HORROR & THRILLER
BAND 179

JONATHAN JANZ

DAS FINSTERE SPIEL

Aus dem Amerikanischen von Bernd Sambale

FESTA

Die amerikanische Originalausgabe *The Dark Game*
erschien 2019 im Verlag Flame Tree Press.

1. Auflage August 2023

Titelbild: Festa Verlag GmbH

ISBN 978-3-98676-075-5
eBook 978-3-98676-076-2

ERSTER TEIL

MAGIE

1

Lucy fummelte am schweißnassen Stoff ihrer Augenbinde herum. »Was dagegen, wenn ich das abnehme?«

Keine Antwort von ihrem Fahrer. Um sie her ruckelte die Limo wie ein schlecht gewartetes Kirmeskarussell.

Entspann dich, sagte Lucy zu sich selbst. *Es wäre blöd von dir gewesen, dir diese Gelegenheit entgehen zu lassen.*

Sie faltete die Hände im Schoß, während die Limo immer heftiger ruckelte. Sie stellte sich dort draußen eine karge Landschaft vor, die Bäume verkümmert, der Boden verbrannt. Wie ihre Zukunft, wenn das hier nicht klappte.

Sie ballte die Hände zu Fäusten.

Ihr fiel auf, dass sie den Fahrer gar nicht gebeten hatte, sich auszuweisen. Niemand wusste, dass sie hier war, und sie durfte kein Handy haben. Sie kaute an einem Daumennagel, während ihr einhundert Horrorfilme durch den Kopf schossen. Warum musste es eigentlich immer eine Frau sein, die in Stücke gehackt wurde?

Die Limo rumpelte über eine rauere Oberfläche. Äste peitschten mit erschreckender Gewalt gegen das Dach, sodass die Antenne sirrte. Lucys Magen schlug einen Salto, als die Limo durch ein Schlagloch fuhr und dermaßen schlingerte, dass ihr beinahe übel wurde.

Mit zitterndem Daumen drückte sie auf den Knopf ihres Fensters, aber offenbar hatte der Fahrer die Kindersicherung aktiviert.

»Gönnen Sie mir wenigstens etwas Luft«, sagte sie durch die Zähne.

Eine endlose Pause. Dann fuhr ihr Fenster herab und eine schwüle Brise drang herein. Ihr Herzschlag hatte gerade angefangen, sich zu verlangsamen, da stach ihr irgendetwas in die Schulter – ein Ast wie ein Finger, vermutete sie. Sie sog Luft durch die Zähne, und vor ihrem inneren Auge flackerte eine grässliche Szene auf: Der Wald, der auf sie eindrang, begierig darauf, Blut zu vergießen, und die Bäume grapschten nach ihr wie eine Horde watschelnder Ghoule.

Mit trockenem Mund bat sie den Fahrer, das Fenster wieder zu schließen.

»Kein Problem«, antwortete er. »Und Sie können auch die Augenbinde abnehmen, wenn Sie wollen.«

Sie schob die Finger unter den Stoff und schob ihn nach und nach aufwärts. Ein letztes Mal zerrte sie daran, und dann löste sich die Binde. Lucy warf sie beiseite. Das trübe Mainachmittagslicht blendete sie nach der Dunkelheit hinter der Augenbinde.

Als ihre Augen sich daran gewöhnt hatten, stellte Lucy fest, dass sie durch einen düsteren Wald fuhren: Die gewundenen Stämme und die knorrigen Äste erinnerten sie an die Gebrüder Grimm. Als sie sich näherten, flatterte eine Amsel kreischend von ihrem Zweig auf, nahm Kurs auf die Windschutzscheibe und schoss über das Dach der Limo hinweg. Mit rasendem Herzen blickte Lucy ihr durch das Rückfenster nach, konnte jedoch nichts ausmachen außer Schatten und uralten Bäumen. Sie rechnete schon halb damit, einen Blick auf eine Hexe zu erhaschen, die sie aus dem Unterholz heimtückisch ansah.

Nach einer Weile verbreiterte sich der Korridor aus Bäumen und sie gelangten auf eine grasbewachsene

Lichtung. Auf der gegenüberliegenden Seite erspähte sie eine einsame Gestalt, die an einem Baum lehnte. Als sie näher kamen, sah sie das hellrote Muskelshirt, die kakifarbenen Cargoshorts und die verblassten Birkenstocksandalen aus Leder. Der Mann war vielleicht dreißig und sehr gut aussehend mit seiner glatten, gebräunten Haut und dem lockigen braunen Haar, das ihm nicht ganz bis zu den Schultern reichte.

Die Limo hielt an. Lucy stieß ihre Tür auf, sog die zederndufgeschwängerte Luft tief in die Lunge, stieg aus und streckte sich genüsslich. Der Fahrer öffnete den Kofferraum, hievte ihren Koffer heraus und kehrte zur Fahrertür zurück, ohne Blickkontakt herzustellen. Einen Moment später beschrieb der Wagen eine sanfte Kurve und verschwand dann in die Richtung, aus der sie gekommen waren.

Lucy blickte sich in dem wundersamen Wald um. Kein Anzeichen eines Hauses, und ein Weg war auch nirgends zu sehen. War die ganze Veranstaltung nur ein Streich? Diese Sorge quälte sie schon, seit sie die Einladung erhalten hatte. Ihr erster Gedanke war gewesen, dass sie sicher einen Fehler gemacht hatte: Sie war zu erfolgreich, um an einem derartigen Wettbewerb teilzunehmen. Dann war ihre alte Furcht zurückgekehrt, ihr früher Erfolg könnte nur ein Glücksfall gewesen sein und die anderen Teilnehmer, zweifellos jünger und talentierter, würden sie lebendig verspeisen.

Aber mit 33 konnte sie doch noch nicht weg vom Fenster sein. Oder doch?

Der Fremde kam auf sie zu. An den Schläfen, wo seine Augenbinde gesessen hatte, hatte er rötliche Abdrücke. Er hob die Arme und streckte sich, offensichtlich um seine schlanken und wohlgeformten Bizepse zur Schau zu stellen. Er seufzte, dann blieb er vor ihr stehen, seine nackten Zehen nur eine Fußlänge von ihren entfernt.

»Tommy Marston«, sagte er und hielt ihr die Hand hin.

Sie schüttelte sie. »Lucy Still.«

Er musterte sie aus verengten Augen. »Sie sehen wie eine Jugendbuch-Autorin aus. Hab ich recht?«

Sie erwog, ihm von ihrem frühen Erfolg zu erzählen, damit die Arroganz in seiner Miene Ehrfurcht wich. Sie hätte mit dem Vorschuss prahlen können, den sie mit 19 Jahren bekommen hatte, den mit Lobeshymnen versehenen Besprechungen in vielen der wichtigsten Literaturzeitungen, ihrem sofortigen literarischen Ruhm.

Doch dann würde er ihr die berüchtigte Frage stellen: *Was haben Sie in letzter Zeit geschrieben?*

»Sie ist 40 Minuten zu spät«, rief jemand mit einer tiefen Stimme.

Tommy blickte dem Mann finster entgegen, der nun zwischen den Bäumen hervortrat. »Woher wollen Sie das wissen?«

Der Mann machte eine vage Handbewegung.

»Ich dachte, wir dürfen keine technischen Geräte mitbringen«, sagte Tommy.

»So stand das nicht im Vertrag«, antwortete der Mann. »Diese Uhr ist jedenfalls analog.« Er war größer als Tommy, und sein weißes T-Shirt und seine dunkelblauen Jeans strafften sich über prallen Muskeln. Er ließ Lucy an einen College-Footballspieler denken, der es irgendwie geschafft hatte, aus dem Team geschmissen zu werden, nachdem er zu oft verhaftet worden war. Er hatte einen Bürstenhaarschnitt von der Farbe schwachen Kaffees und frostige blaue Augen. Sein Mund schien zu einem permanenten Grinsen erstarrt.

Er nickte Lucy zu. »Bryan Clayton. Und Sie?«

Sie sagte es ihm.

Bryan musterte sie einen Augenblick, dann deutete er auf den Wald. »Das ist majestätisch dadrin. Pappeln, Weiden, Tamarack-Lärchen, Walnuss. Sogar ein Wäldchen mit Fraser-Tannen. Extrem selten in Indiana.«

Tommy runzelte die Stirn. »Woher wissen Sie, wo wir sind?«

»Angeborener Orientierungssinn.«

Tommy sah Lucy an. »Angeborener Bullshit.«

»Wir sind südwestlich von Chicago«, sagte Bryan. »Also müssten wir in Indiana sein, stimmt's?« Er griff in seine Gesäßtasche und zog ein gefaltetes Blatt Papier hervor. »Mein Fahrer hat mir gesagt, ich soll dieser Wegbeschreibung folgen, sobald Sie angekommen sind.« Er bedachte Lucy mit einem nachsichtigen Blick. »Das heißt, falls die Prinzessin so weit wäre.«

Arschloch, dachte sie.

»Zeit, sich die Hände schmutzig zu machen«, sagte Bryan und schulterte seinen jägergrünen Rucksack. »Ich werde Wells schon zeigen, dass ich zum Siegen hier bin.«

Tommy warf Lucy einen Blick zu. »Das sind wir auch.«

Bryan beäugte ihn. »Sie beide sind in einer Woche weg.«

»Wenigstens mach ich hier nicht einen auf übertrieben männlich.«

Bryans Grinsen verblasste. »Ich schreibe tatsachenbasierte Survivalstorys.«

Tommy zog einen Mundwinkel hoch. »Bei Ihrer Persönlichkeit wissen Sie bestimmt 'ne Menge übers Alleinsein.«

Einen Moment lang berührten sich fast ihre Nasenspitzen, und dann wirbelte Tommy plötzlich durch die Luft und landete im Gras.

Bryan saß rittlings auf ihm, hatte ihm den Arm auf den Rücken gedreht und schob nun langsam das Handgelenk aufwärts. Lucy glaubte, der Arm würde bald sein Gelenk sprengen.

»*Okay, okay!*«, schrie Tommy.

Bryans dicke Arme spannten sich an, während er Tommys Handgelenk immer höher schob, jetzt schon fast bis zu den Schulterblättern. Er beugte sich hinab und brachte sein kantiges Kinn bis auf wenige Zentimeter an Tommys rotes Gesicht heran, das seitwärts ins Gras gedrückt wurde. »Immer noch 'ne große Klappe?«

Ein hohes Wimmern drang aus Tommys Kehle.

»Gehen Sie runter von ihm«, sagte Lucy.

Tommy stöhnte. Sie erwartete jeden Moment, ein ekelerregendes Knacken zu hören.

»So, wie war das mit übertrieben?«

»*Runter,* hab ich gesagt«, sagte Lucy und trat auf die beiden zu.

Bryans Kopf zuckte herum, und in seinem Blick lag etwas Wildes. Dann breitete sich langsam ein Grinsen auf seinem Gesicht aus. Er ließ Tommy los und setzte sich auf die Fersen, einen beinahe euphorischen Ausdruck der Befriedigung auf dem Gesicht.

Tommy ächzte, den Arm schlaff im Gras.

Bryan stand auf. »Wenn Sie das nächste Mal rumstänkern, passen Sie auf, dass Sie keinen Hochschulringer beleidigen.«

»Sack«, murrte Tommy und erhob sich. Sein überdehnter Arm hing ihm schlaff an der Seite herab. Lucy glaubte nicht, dass er gebrochen war, aber er würde tagelang wehtun.

»Können wir jetzt zu Wells' Haus gehen?«, fragte sie.

»Klar«, sagte Bryan. Er ging auf den Wald zu, blieb dann jedoch noch einmal stehen und sah sich zu ihr um. »Ich hoffe, Sie merken sich, was passiert, wenn man mir blöd kommt.«

2

Rick Forrester blickte zu einem Gewirr aus Efeu, Ranken und schmalen grünen Ästen auf.

Wells Wald stand auf einem Schild. Ein magischer Ort.

Sein Fahrer hatte ihm gesagt, er solle hier auf den nächsten Schriftsteller warten, aber nun, da er sich allein in diesem urwüchsigen Wald befand, nahm er immer wieder einen disharmonischen Ton wahr, nicht mit den Ohren, dafür war er zu leise, aber er spürte ihn in den Knochen.

Er zuckte zusammen, schlug sich in den Nacken und begutachtete seine Handfläche. Der tote Moskito ähnelte einem Mascarafleck, durchzogen mit roter Theaterschminke.

Vielleicht war es keine so brillante Idee gewesen hierherzukommen.

Eine weiße Limousine kam die Straße heraufgerollt und hielt neben ihm an.

Das Fenster fuhr nach unten, und der Fahrer, ein junger Kerl mit einem kurz geschorenen roten Bart, steckte den Kopf heraus. »Ich nehme an, Sie sind einer der Autoren?«

»Wodurch hab ich mich verraten? Mit meinem tiefgründigen Blick?«

Der Fahrer stand auf und öffnete die Tür für eine junge Frau mit punkigem blondem Haar und ein paar Dutzend Armreifen. Nette Figur, aber Ricks Blick wurde eher von der Kleidung angezogen: dem rüschigen violettweißen Oberteil und dem beigefarbenen Rock voller bunter Buttons. Auf einem stand MARK DARCYS LIEBESSKLAVIN, auf einem anderen ›Pass auf, sonst bring ich dich in meinem Roman um‹. Sie setzte sich eine Schildpattbrille auf und blickte sich argwöhnisch im Wald um. »Das hier ist Roderick Wells' Anwesen?«

»Sie sind doch Elaine Kovalchyk, oder nicht?«, fragte der Fahrer.

Sie knurrte. »Sonst wär ich wohl kaum in Ihren Wagen gestiegen.«

Der Fahrer hievte einen gewaltigen Koffer aus dem Kofferraum. »Dann lasse ich Sie hier.«

»Moment, was genau heißt ›hier‹?« Sie warf einen Blick in Ricks Richtung.

Er machte eine nickende Kopfbewegung zu dem rankenbewachsenen Torbogen hin. Elaine schob ihre Brille auf die Nasenspitze hinunter und starrte das Schild an. »Von was für Magie reden wir hier?«

Der Fahrer machte eine Kehrtwende und fuhr davon.

Ihre Armreife klingelten, als sie ihren Koffer auf Rick zurollte. »Sie sind aber kein Serienmörder, oder?«

»Hab ich vor Jahren aufgegeben.«

Der Anflug eines Lächelns. »Da Sie zu meinem Beschützer bestimmt sind, sollte ich wohl Ihre Identität erfahren.«

»Rick Forrester.«

»Wo hab ich Ihre Sachen gesehen?«, fragte sie.

»Lesen Sie manchmal *Grausige ungeklärte Mordfälle?*«

Ihre pinkfarbenen Lippen verzogen sich zu einem schelmischen Lächeln. »Sind Sie immer so ausweichend?«

»Ich bin unveröffentlicht.«

Sie schnippte sich das Haar aus der Stirn. »Meine Profs an der NYU sagen, ich sei die geborene Dialogschreiberin.«

»Geschrieben ist es bestimmt besser.«

Sie blickte ihn von oben bis unten an. »Unveröffentlicht, hm?«

»Ich schätze, die Welt ist noch nicht bereit für mein Werk.«

»Eine Schande. Sie würden sich gut machen auf einem Autorenfoto.« Sie nickte zum Torbogen. »Wollen wir?«

Er ließ sie mit ihrem kühlschrankgroßen Koffer passieren und folgte ihr.

»Sie zieren sich ja enorm, Mr. Forrester. Ein Mann in Ihrem Alter wird doch wenigstens *ein paar* Schreiberfolge vorzuweisen haben.«

»Ich kann mir ja welche ausdenken.«

Sie hielt an und blickte ihn über ihre Brille hinweg an. »Was für Probleme haben Sie sonst noch?«

Er ging an ihr vorbei. »Abgesehen davon, dass ich gerade verhört werde?«

»Wie alt sind Sie?«

»35.«

»Verheiratet?«

Er rückte seinen Rucksack zurecht. »Im Augenblick nicht.«

»Dann waren Sie es aber.«

Rick machte sich nicht die Mühe, es ihr zu erklären.

Er blickte zu den Bäumen auf, aber sie waren so dicht, dass er nur kleinste Splitter heidekrautfarbenen Himmels ausmachen konnte. Heute hatte es noch keinen Regen gegeben, aber die Wolken drohten weiterhin welchen an.

»Soll ich Ihnen von mir erzählen?«, fragte sie.

»Ich bezweifle, dass ich Sie davon abhalten könnte.«

»Ich bin 27. Single bis jetzt. Ich war in der *Goose Neck Review* und im *Maryland Quarterly*.«

»Sind das Jagdmagazine?«

»Es sind zwei der angesehensten literarischen Publikationen in Amerika.«

»Na so was.«

»Sie sehen ganz gut aus für Ihr Alter.«

Er verzog das Gesicht. »Jetzt komme ich mir vor wie ein gruseliger alter Mann.«

»Acht Jahre sind nicht viel«, sagte sie. »Zu schade, dass ich nicht hier bin, um jemanden aufzugabeln.«

Wenn Sie wüssten, was ich im Schlepptau habe, dachte er, *wäre ich der Letzte, mit dem Sie ausgehen wollten.*

Sie ging vorwärts, redete jedoch weiter. »Ich werde meinen Eltern beweisen, dass sie sich irren. Schön, für meine Ausbildung sind sie aufgekommen, insofern haben sie mir geholfen. Aber sie haben immer angenommen, *das mit dem Schreiben* sei nur so eine Phase. An Feiertagen fragten sie mich immer, und hielten sich wohl noch für subtil dabei, ob ich schon mal darüber nachgedacht hätte, mir ein weniger blauäugiges Ziel zu setzen.«

»Aber sie haben Ihnen das College finanziert.«

Sie funkelte ihn über die Schulter hinweg an. »Sie *tolerieren* meinen Lebenswandel.« Er ließ das so stehen und hoffte, sie würde nicht näher auf ihren Lebenswandel eingehen, was immer das auch bedeuten mochte.

Sie blieb stehen. »Wenn ich diesen Wettbewerb gewinne, werden sie nicht mehr so tun, als wäre das nur 'ne Blödelei.«

»Sie haben ihnen nicht erzählt, dass Sie herkommen?«

Sie lächelte ihn verschlagen an. »*Sie* sind ja raffiniert, Rick.« Sie boxte ihm sacht gegen die Schulter. »Suchen wohl nach was, weswegen ich disqualifiziert werden könnte?«

Er öffnete den Mund, um zu antworten, besann sich jedoch eines Besseren und schlängelte sich wortlos an ihr vorbei.

»Sie sind wohl einer Meinung mit meinen Eltern?«, rief sie ihm nach.

»Ich kenne Ihre Eltern nicht.«

»Wahrscheinlich sind Sie genau wie sie. Politisch konservativ.«

Das war er zwar nicht, aber er würde sich eher selbst mit einer brennenden Wunderkerze katheterisieren, als über Politik zu diskutieren.

Zu seiner Erleichterung hörte sie für ein paar Minuten auf zu reden. Der Pfad führte sie zwischen blaugrünen Fichtenwäldchen und hoch aufragenden Pinien hindurch. Etwa zu der Zeit, als Elaine sich über heftigen Durst und Schmerzen in den Füßen zu beschweren begann, lichtete sich der Wald ein wenig, und etwas aus Glas funkelte ihnen matt entgegen.

»Oh, Gott sei Dank«, stöhnte Elaine.

Sie kamen auf eine ausgedehnte, ansteigende Wiese voller Fuchsschwanz und Wildblumen. Rick hielt an und blickte zu dem Herrenhaus auf, das oben auf dem Gipfel stand. Er hätte nicht erklären können, warum, aber er hatte erwartet, dass Roderick Wells in einem modernen Haus lebte, schnittig und mit schimmernden Fenstern. Das Haus, das dort über ihm aufragte, war jedoch viel älter und größer, als er es sich vorgestellt hatte. Rick hätte so etwas zwar nie laut ausgesprochen, aus Furcht, sich töricht anzuhören, aber … dieses Gemäuer wirkte *unheilvoll.* Es war zweistöckig, und die vielen hervorragenden Mansardenfenster und Giebel schienen ihn geradezu herauszufordern, den Hügel zu erklimmen und sich allem zu stellen, was es für ihn bereithalten mochte. Die beherrschende Fassade war aus Backstein, aber an manchen Stellen war die Farbe abgeplatzt. Das Herrenhaus hatte Reparaturen dringend nötig. Die überdachte Veranda neigte sich nach links, die verblassten, elfenbeinfarbenen Säulen waren fleckig und blätterten ab. Die Scheibe eines der Fenster im Erdgeschoss war voller Spinnweben; ein paar Läden hingen schräg. Dem Schieferdach fehlten mehrere Ziegel, aber der starken Neigung wegen konnte Rick sich nicht vorstellen, dass irgendjemand sie je ersetzen würde. Auf der Hinterseite des Hauses ragte ein Turm empor.

Rick blickte an ihm hinauf und hatte das Gefühl, als striche ihm eine eisige Brise über die Haut.

»Das ist es also?«, fragte Elaine.

Er versuchte zu lächeln. »Was haben Sie?«

Sie zitterte und kratzte sich am Unterarm. »Ich weiß nicht. Es ist nur so …«

»Imposant?«

»… *spukhausig.* Ich hab nicht erwartet, dass es *so* abgeschieden ist. Falls was schiefgeht, wie soll es irgendjemand mitkriegen?«

Was soll denn passieren?, hätte er beinahe gefragt. Doch aus irgendeinem Grund wäre es ihm im Angesicht dieses hoch aufragenden schauerlichen Bauwerks so vorgekommen, als forderte er das Schicksal heraus. Er begann den langen Aufstieg.

»Rick?«

Er blickte sich um und sah, dass sie sich nicht vom Fleck bewegt hatte. »Soll ich den Koffer für Sie tragen?«

Sie lächelte und zog auf eine Weise die Schultern hoch, die er liebenswert fand. Wenn sie etwas weniger Energie aufs Konkurrieren verwenden würde, wäre sie mit knapper Not zu ertragen.

Er packte den Griff ihres Koffers, und dann begannen sie ihren Marsch durch das kniehohe Gras. Er erhaschte einen kurzen Blick auf ein purpurnes Schmetterlingstattoo zwischen ihren Brüsten, kommentierte es aber nicht. Stattdessen blickte er zu den brodelnden, schlammgrauen Wolken hoch. Die Luft roch nach Regen.

»Danke«, sagte sie. »Sie sind ein Gentleman.«

»Aber nicht talentiert genug für die *Goose Egg Review.*«

Sie schubste ihn leicht. »*Goose* Neck.«

Während sie die Steigung hinaufstapften, nahm er das Herrenhaus in Augenschein: Es musste etwas mehr als 6000 Quadratmeter groß sein.

Sie fragte: »Warum haben Sie sich scheiden lassen?«

»Ich hab nie gesagt, dass ich verheiratet war.«

»Dann seien Sie halt rätselhaft.« Eine Pause. »Warum sind Sie Single?«

Weil alle, die ich liebe, sterben? Weil mich etwas verfolgt und ich auch hier bin, um ihm zu entkommen?

»Sieht mir nicht nach einem magischen Ort aus«, murmelte Elaine.

Für ihn schon, aber nach der falschen Sorte.

Wells' Herrenhaus sah ihm ganz nach jeder Geistergeschichte aus, die er je gelesen hatte.

3

Zur Abenddämmerung klopfte es an Lucys Tür. Sie öffnete und sah eine Frau mit scharlachrotem Haar, einer winzigen Stupsnase und limonenfarbenen Augen. Sie war jünger als die Autoren, denen Lucy begegnet war, und ihr grünes Trägerhemd und ihre zerrissenen kurzen Jeans waren sehr eng anliegend.

»Anna Holloway«, sagte die junge Frau. »Ich liebe Ihre Arbeit.«

Lucy stieg die Röte in die Wangen.

»*Das Mädchen, das starb* hat mich zum Lesen gebracht«, sagte Anna.

Lucy blickte zu ihrem Zimmer zurück. »Hören Sie, Anna, ich hab noch nicht ausgepackt und …«

»Die ganzen unanständigen Stellen hab ich unterstrichen«, sagte Anna. »Mom war stinksauer, als sie mich damit erwischt hat. Sie hat die Bibliothekarin angerufen und ihr den Arsch aufgerissen.«

Unwillkürlich musste Lucy lächeln.

»Aber ich mochte nicht bloß den Sex, es war die Schreibe. Die *Stimme.*« Anna ergriff Lucys Hände und drückte sie. »Sie sind so *gut.*«

Die Gegenwartsform blieb Lucy nicht verborgen.

»Und als ich gehört hab, dass Sie kommen, konnte ich es nicht glauben. Das wird, als hätte ich zwei Lehrer statt einem.«

Lucy suchte das Gesicht der jungen Frau nach irgendwelchen Anzeichen für Ironie ab, doch wenn Anna schauspielerte, dann absolut fließend.

Lucy rang sich ein Lächeln ab. »Schön zu wissen, dass ich noch einen Fan hab.«

Anna gestikulierte den Flur hinunter. »Wir sollen uns auf der Veranda versammeln.«

»Hat Wells Ihnen das gesagt?«

Anna schüttelte den Kopf. »Das Hausmädchen – diese Miniaturfrau, Miss Lafitte – hat mir gesagt, ich soll alle zusammentrommeln.«

Lucy nickte. »Okay, dann sagen Sie doch den anderen Bescheid, während ich …«

»Sie sind die Letzte.« Anna zuckte verlegen mit den Schultern. »Ich wollte Sie allein kennenlernen, ehe die anderen Sie vereinnahmen.«

»Womit denn? Um mich zu fragen, was schiefgegangen ist?«

Anna wurde ernst. »Ihre Kritiker können sich ficken.«

Lucy lachte.

»Meine Alten dachten, sie läutern mich, indem sie mich auf eine katholische Schule schicken«, erklärte Anna. »Stattdessen wurde ich verdorben.«

»Ich wurde zu Hause unterrichtet«, sagte Lucy.

»Ich weiß. So haben Sie mit dem Schreiben angefangen. All die Zeit für sich allein.«

Lucy runzelte die Stirn. Irgendetwas in Annas Tonfall …

»Kommen Sie schon«, sagte Anna. »Sie können später auspacken.«

Lucy fummelte am Türgriff herum. Was das Make-up anging, hatte sie schon ihr Möglichstes getan – was nicht viel war –, und sie hatte sich die Zähne geputzt, um den muffigen Geschmack von der Reise loszuwerden. Es gab keinen Grund, es weiter hinauszuschieben. Und wenn Wells sie erwartete …

Sie schloss die Tür und folgte Anna die Treppe hinab. Sie traten auf die Veranda hinaus, und nach einem flüchtigen Blick in die Runde stellte Lucy fest, dass immer noch zwei fehlten, um die Zehn vollzumachen. Tommy lehnte an einer Säule und sprach mit Elaine Kovalchyk. Sie kam Lucy ein wenig wie eine Klugscheißerin vor, eine, die zu angestrengt versuchte, provokant zu sein. Bryan Clayton hockte auf der unteren Verandastufe und sah sich die Wiese an. Eine Weile blickte er hinaus, dann kritzelte er etwas in sein Notizbuch. Zweifellos katalogisierte er irgendein Detail, mit dem er künftigen Lesern auf den Geist gehen wollte. Eine schwarze Frau stand abseits der anderen. Sie war knapp 1,80 groß und attraktiv. Ihr Haar hatte sie sich zu einem einfachen Knoten hochgebunden, sie trug einen auffälligen magentafarbenen Lippenstift, und ihr ärmelloses vielfarbiges Kleid hing ganz bis zu ihren Sandalen hinunter.

Der Mann, der am nächsten an der Tür stand, drehte sich um und sah Lucy an. Er blickte mürrisch drein, hatte einen Zottelbart und große kummervolle Augen. Er wirkte auf sie wie ein Flüchtling aus irgendeinem kriegsgeschundenen Land.

Endlich jemand, der älter war als sie.

Eine Packung Zigaretten ragte aus der Tasche seines blassgrünen Hemdes. Er wollte sich gerade eine anstecken, da bemerkte er, dass Lucy ihn beobachtete. »Rauchen Sie?«

Sie schüttelte den Kopf. Sein Lächeln war freundlich, wenn auch ein wenig nikotinfleckig. Er hielt schützend eine Hand über die Zigarette, um sie anzuzünden.

Lucy stellte sich vor. Er kniff die Augen zusammen, dann schloss er beide Hände um ihre Hand.

»Ich bin Marek«, sagte er mit russischem Akzent.

»*Marek*«, wiederholte sie und versuchte, das *r* so zu rollen, wie er es gemacht hatte.

Sein Lächeln wurde breiter. »Das ist gut. Sie sprechen es besser aus als meine Freunde.«

Er zog an seiner Zigarette und blies Rauch aus dem Mundwinkel. »Ich bin 41, falls Sie sich fragen. Die Leute halten mich immer für einen älteren Herrn.« Er klopfte auf die Zigaretten in seiner Tasche. »Muss an denen liegen.«

Sie wandten sich um, als noch ein Mann aus dem Haus trat: dicklich, schwarzes Haar mit Seitenscheitel und hängende Schultern. Sein kurzärmeliges Anzughemd war schweißnass unter den Achseln und klebte an seinen blassen, haarlosen Armen. Seine beigefarbene Bundfaltenhose sah teuer aus. Kammgarn vielleicht. Er musterte die Gruppe durch die Gläser seiner Drahtgestellbrille.

»Wer sind Sie?«, fragte Tommy.

»Evan Laydon«, sagte der Neuankömmling. Er zog ein Taschentuch hervor und tupfte sich den Schweiß von der Stirn. »Ist das eine Sauna hier draußen.«

»Sie sollten sich in Form bringen«, rief Bryan über die Schulter.

Evan blickte Lucy an. »Haben Sie schon den hier residierenden Überlebenskünstler kennengelernt?«

»Klassischer Kandidat für Herzerkrankungen«, sagte Bryan.

»Ich wusste nicht, dass ich hier auch meinen persönlichen Trainer haben würde«, murmelte Evan. Sein Blick schweifte zu irgendetwas hinter Lucy.

Sie wandte sich um, und ihr Magen machte einen Satz. Der Mann lächelte sie an. »Rick Forrester.«

Er hatte hellbraune Augen und ein hübsches Lächeln. Er erinnerte sie ein wenig an den jungen Harrison Ford, von dem sie schon seit ihrer Jugend träumte.

»Wie lange sollen wir noch hier draußen braten?«, fragte Evan. Er nahm sein Hemd zwischen die Finger und fächelte sich damit Luft zu.

Lucy ging zu der großen schwarzen Frau hinüber und stellte sich vor.

»Sherilyn Jackson«, sagte die Frau, die dem Akzent nach aus dem tiefen Süden zu stammen schien. »Ich kann nicht glauben, dass ich tatsächlich hier bin. Roderick Wells' Anwesen. Wo Corrina Bowens Karriere ihren Anfang genommen hat.«

»Ich *liebe* ihr Werk«, sagte Anna. »Sie ist ein Nationalheiligtum.«

Sherilyn legte sich eine Hand auf die Brust und setzte eine träumerische Miene auf. »Ich hab sie bei einer Signierstunde in Mobile kennengelernt. Sie war sogar noch bezaubernder als ihre Geschichten.«

Lucy äußerte sich nicht dazu. Sie fand Gefallen an Bowens Arbeit, aber offenkundig nicht so sehr wie Sherilyn oder Anna.

Nachdem Corrina Bowen vor fünfzig Jahren einen Wettbewerb wie diesen gewonnen hatte, war sie rasch zu Ruhm gelangt. Seitdem hatte sie nicht viele Romane geschrieben, aber die wenigen, die sie verfasst hatte, wurden als Klassiker der Southern-Gothic-Literatur bejubelt. Vor Jahren hatte *Variety* sie als William Faulkners Erbin bezeichnet.

Anna sah Lucy an. »Glauben Sie, der Sieger dieses Wettbewerbs wird auch so berühmt wie Bowen?« Sie blickte an dem Haus hinauf. »Gott, was würde ich dafür geben, so zu leben.«

Evan wischte sich den Schweiß von der Stirn. »Ich frag mich, was aus den anderen neun aus dem Wettbewerb geworden ist«, sagte er. »Hat irgendjemand je von denen gehört?«

»Wen kümmert's?«, fragte Anna. »Sie sind in Vergessenheit geraten wie die meisten Autoren.«

Lucy schwieg weiterhin. Exakt diese Frage plagte sie auch schon die ganze Zeit.

»Ich hab Miss Bowen mal einen Fanbrief geschrieben«, sagte Rick.

Sherilyn hob die Augenbrauen. »Hat sie geantwortet?«

Er nickte. »Einen derart eloquenten Formbrief hab ich seither nie wieder gelesen.«

Sie lachten alle.

»Bin ich als Einzige nervös?«, wisperte Anna.

»Das sind wir alle«, sagte Sherilyn. »Niemand weiß, was für ein Mensch Roderick Wells ist.«

»Klar wissen wir das«, sagte Evan. »Er ist einer von der alten Schule. Wie Hemingway, nur ohne den Stierkampf.«

»Aber mit dem gleichen Sexismus«, rief Elaine, die sich gerade mit Tommy näherte.

Evan machte eine wegwerfende Handbewegung. »Unsinn. Er ist der Grund, dass ich Autor geworden bin.«

»Ach, tatsächlich?«, fragte Tommy und beäugte ihn. »Was haben Sie geschrieben?«

Evan hob das Kinn. »Ich war drei Semester lang Redakteur beim Literaturmagazin der Columbia.«

»Das heißt nicht, dass Sie schreiben können«, sagte Elaine.

Evan lachte ungläubig.

Bryan kam die Stufen herauf und rief Evan zu: »Ihre Möpse wabbeln.«

Evan sah verletzt aus.

Rick wandte sich Bryan zu. »Gibt's einen Grund dafür, dass Sie so fies sind?«

Bryan erwiderte Ricks Blick. »Es sind eher Leute wie Sie, die den meisten Schaden anrichten. Ich wette, Evan umgibt sich selbst mit Gönnern.«

»Sie sind hier der mit den Problemen«, sagte Lucy.

»Ach ja?«, fragte Bryan. »Und was ist mein Problem, Schätzchen?«

»Sie sind ein Idiot.«

Mehrere lachten. Rick grinste sie an. Bryan öffnete den Mund, um zu antworten, aber da unterbrach ihn eine weibliche Stimme: »Ich sehe, Sie liegen sich bereits in den Haaren.«

Sie drehten sich um und sahen eine Frau in einem dekolletierten dunkelbraunen Abendkleid. Sie hatte langes schwarzes Haar und sah aus, als wäre sie ein Partygast und gerade auf die Veranda getreten, um ein wenig frische Luft zu schnappen. Verstärkt wurde dieser Eindruck dadurch, dass sie ein langstieliges Glas mit einem klaren Drink in der Hand hielt.

»Sind Sie die Zehnte?«, fragte Tommy.

»Mein Ehemann ist der Künstler in der Familie.«

Anna blickte sie verwundert an: »Sie sind Mrs. Wells?«

»Amanda«, sagte sie.

Sie nannten alle ihre Namen.

Marek blickte sich um. »Ich dachte, es würden zehn hier sein.«

»Der Letzte wird später eintreffen«, sagte Mrs. Wells.

»Panne mit dem Auto?«, fragte Tommy.

»Das bezweifle ich«, sagte Mrs. Wells.

Sherilyn fragte: »Wollen Sie sagen, Ihr Ehemann lässt ihn absichtlich verzögert ankommen?«

Mrs. Wells wählte ihre Worte sorgfältig und sagte: »Eins müssen Sie über Roderick wissen: Es gibt einen Grund für alles, was er tut.« Sie fasste sie der Reihe nach ins Auge. »Werden Sie die Regeln unserer Vereinbarung einhalten oder würden Sie es vorziehen, die Heimreise anzutreten?«

Bryan trat vor. »Ich denke, ich spreche hier für alle, wenn ich sage, dass wir ausgesprochen dankbar für diese Chance sind.«

»Das sollten Sie auch«, antwortete eine Stimme.

Lucy drehte sich um und sah, dass jemand sie alle durch die Tür betrachtete, eigentlich nur ein Schatten, im Dunkel des Eingangs verborgen. Lucy hatte der Tür am nächsten gestanden, und nun rückten auch die anderen Autoren näher, um Roderick Wells besser sehen zu können. Lucy blinzelte ins Halbdunkel, sah jedoch nichts außer einem Augenpaar, das ihnen unverwandt entgegenblickte, und die Andeutung eines unbarmherzigen Lächelns.

Ihr fiel auf, dass sie die Luft anhielt. Der Mann im Schatten wirkte zwar ein wenig gezeichnet vom Alter, aber sie spürte, dass eine Macht von ihm ausging, eine undefinierbare Vibration. Den Mienen der anderen entnahm sie, dass sie es ebenfalls spürten.

Evan war der Erste, der sprach. »Es ist uns eine Ehre, Sie kennenzulernen, Mr. Wells.«

Wells ignorierte dies. »Ehe wir fortfahren«, sagte er mit einer kultivierten, aber etwas angestrengt klingenden Stimme, »Sie müssen sich mir unterordnen. Sie müssen sich darauf vorbereiten, extremen Bedingungen standzuhalten, sowohl körperlich als auch emotional.«

Sherilyn grinste halb. »Niemand hat etwas von einer körperlichen Komponente gesagt.«

»Meine Liebe«, sagte Mr. Wells, »diese Erfahrung wird Ihnen *alles* abverlangen. Ich lege mein Blut, meine Tränen … ja selbst meine Seele ins Schreiben. Nicht weniger verlange ich von meinen Schülern.«

Stille breitete sich aus, als sie seine Worte sacken ließen.

Er fuhr fort: »Die nächsten sechs Wochen werden Sie über keine Elektronik verfügen, abgesehen von einem Laptop mit Textverarbeitungsmöglichkeiten. Es bekommt auch jeder einen Drucker. Ich habe eine umfangreiche Bibliothek angesammelt, die Ihren Recherchebedürfnissen mehr als genügen sollte. Natürlich werden wir Ihnen auch Kost und Unterkunft bieten, alles, was Sie benötigen. Verlassen Sie jedoch den Besitz, so werden Sie von diesem Anwesen verbannt und dürfen niemals zurückkehren.«

»Mr. Wells«, sagte Bryan, wobei seine Stimme auf uncharakteristische Weise bebte, »im Vertrag wurde auf einen Preis Bezug genommen – für den Besten der Show sozusagen –, aber die Details waren unklar.«

»Sind Sie deswegen hier, Mr. Clayton? Wegen irgendwelcher Preise?«

Bryan öffnete den Mund und hob beschwichtigend die Hand, doch Mr. Wells überging ihn. »Der Sieger erhält drei Millionen Dollar.«

Marek stieß ein leises Pfeifen aus. Tommy murmelte: »Sauber.«

Mr. Wells beäugte sie aus seinem Schattennest. »Das Geld ist bloß ein Sicherheitsnetz, sollte der Roman sich als nicht lukrativ erweisen.

Und dies bringt mich nun«, fuhr er mit lauterer Stimme fort, »zu dem Veröffentlichungsvertrag: zwei oder drei Bücher bei einem der wichtigsten New Yorker Häuser.«

»Ich wusste es!«, sagte Elaine. Anna drückte Lucys Arm.

Wells fuhr fort: »Ich habe die Zusicherungen mehrerer Lektoren, dass die mit diesem Retreat einhergehende Publicity einen beträchtlichen Vorschuss rechtfertigt, mit dem Potenzial einer Beteiligung an Filmeinnahmen, Auslandsrechten und so weiter. Sie werden also über dies alles verfügen: mein Engagement, sofortigen Ruhm, Zugang zu den besten Lektoren und Vermarktern der Branche. Sie wissen alle noch, wie es mit Corrina Bowen angefangen hat?«

Der Name evozierte vereinzelte begeisterte Kommentare.

Mr. Wells' Stimme spülte über sie hinweg: »Zum ersten Mal seit einem halben Jahrhundert öffne ich zehn aufstrebenden Autoren mein Haus. Sie werden die Ausbildung Ihres Lebens erhalten. Und einem glücklichen Autor eröffnet sich die Chance, unsterblich zu werden.« Er warf Lucy einen Blick zu. »Die nächste Corrina Bowen.« Sein Blick wanderte zu Bryan weiter. »Oder der nächste Roderick Wells.«

Bryan grinste so selbstzufrieden, dass sich Lucy der Magen umdrehte.

»Wenn Sie wieder abreisen«, fuhr Mr. Wells fort, »werden Sie niemandem erzählen, was sich hier abgespielt hat. Ich will, dass meine Geheimnisse weiterhin mir gehören, und ich wünsche nicht zu sehen, wie der Markt mit Enthüllungsmemoiren geflutet wird.«

»Das würde doch niemand tun, Mr. Wells«, sagte Evan.

»Da haben Sie recht«, antwortete er, und seine Stimme bekam einen rauen, kehligen Unterton. »Es sei denn, er möchte meinem Zorn ins Auge sehen.«

Damit wandte sich Mr. Wells um und zog sich mit zaghaften Schritten ins Haus zurück. Sie alle blickten ihm sprachlos hinterher.

Nach einer Weile klatschte Mrs. Wells in die Hände. »Wenn Sie sich sicher sind, dass Sie trotz der Risiken den Sommer bei uns verbringen möchten, dann lassen Sie uns aus der Hitze verschwinden.«

Lucy meldete sich zu Wort. »Risiken?«

Mrs. Wells musterte sie mit milder Verwunderung. »Ja, Liebes. Gibt es nicht immer Risiken?« Ihr Lächeln erreichte nicht ihre Augen.

Ohne ein weiteres Wort ging sie ins Haus.

Die anderen folgten ihr, doch Rick blieb auf der Veranda zurück. Lucy musterte sein Gesicht und fragte: »Was?«

Er schüttelte den Kopf. »Ich frag mich nur gerade: Was zur Hölle *ist* denn nun aus den anderen neun Autoren des ersten Wettbewerbs geworden?«

4

Als Lucys Karriere noch voll in Schwung gewesen war, war sie in Dutzende öffentlicher Bibliotheken eingeladen worden, um dort zu lesen. Zwar hatte es in vielen davon mehr Bücher gegeben als in Wells' Privatsammlung, aber keine von ihnen hatte Wells' Bibliothek an Eleganz übertroffen. Der rechteckige Raum wurde von Wandleuchtern und Tischlampen erhellt. Eingebaute Bücherregale ragten bis zu der hohen Decke auf, es gab gemütliche Ledersessel mit dazu passenden Polsterhockern und prächtige orientalische Teppiche. Doch trotz der opulenten Einrichtung hing ein Schleier der Trostlosigkeit über dem Zimmer, und es gab subtile Anzeichen des Verfalls. Die Tische und Lampen waren staubig, die Farben der Buchrücken verblasst. Ein Fenster an der Ostwand wurde durch einen blitzförmigen Riss verunstaltet.

Lucy lenkte ihren Blick auf ihre unmittelbare Umgebung. Zehn Stühle aus poliertem Mahagoni standen in einem Halbkreis, einer von ihnen leer. Ihnen gegenüber stand ein weinfarbener Ohrensessel, der sicher für Wells reserviert war. Die Autoren waren in der Nähe eines Kamins platziert worden, der so breit war, dass ein mittelgroßer Wagen hineingepasst hätte. Unter dem beißenden Geruch brennenden Holzes nahm Lucy den angenehmen Muff alter Bücher wahr. Sie sog den Duft tief in die Nase, und ihre Anspannung legte sich.

Sie wollte gerade Sherilyn fragen, ob sie dem zehnten Autor schon begegnet war, da kam ein Mann in den Raum gerannt, sein kahl werdender Kopf mit Schweißperlen übersät.

»Ich schwöre, ich war rechtzeitig hier«, sagte er, auf die Lehne des leeren Stuhls gestützt. Er gestikulierte und rang nach Atem. »Mein Fahrer hat behauptet, er habe mich nicht hingehalten, aber … ich wusste genau, dass er im Kreis fährt. Wir sind an demselben … verdammten … Farmhaus …«

»Leise«, murrte Bryan. »Wells richtet gleich sein Wort an die Gruppe.« Lucy warf einen Blick zu Rick hinüber: Er sah aus, als hätte er auf etwas Saures gebissen. Ihr fiel wieder ein, was Mrs. Wells gesagt hatte. *Eins müssen Sie über Roderick wissen: Es gibt einen Grund für alles, was er tut.*

Lucy erhob sich und stellte sich dem Neuankömmling vor, dessen Name Will Church war. Rick, Sherilyn und Marek schüttelten ihm ebenfalls die Hand. Will blickte auf sein durchnässtes Chicago-Cubs-T-Shirt hinunter. »Ich bin völlig durchgeschwitzt. Kann man sich hier irgendwo frisch machen?«

»Das bezweifle ich«, sagte Sherilyn nicht unfreundlich.

Lucy kehrte zu ihrem Platz zurück und betrachtete Will aus dem Augenwinkel. Sein Ziegenbart war von einem dunkleren Braun als sein lockiges Haar; sein T-Shirt spannte sich über einem kleinen Bierbauch. Er setzte sich hin, schlug ein Bein über das andere, entschied sich dann dagegen und setzte sich aufrechter hin.

Nun, da sie alle auf ihren Stühlen saßen, senkte sich Schweigen über die Gruppe. Im flackernden Licht des Feuers warf Lucy immer wieder heimliche Blicke zu den anderen hinüber und rief sich ins Gedächtnis, dass auch sie dazugehörte. Das Problem war nur, dass sie alle so verdammt *zusammen* aussahen. Sicher, *äußerlich* waren sie ein bunter Haufen, ihre Gesichter strahlten Selbstvertrauen aus. Die Branche hatte ihnen nicht so übel mitgespielt wie ihr.

Wenn Sie verlieren, gibt's ja immer noch die Pillen, erinnerte sie sich an die Stimme ihres Agenten. *Manchmal ist es leichter, einfach aufzugeben. Nicht wahr, Lucy Goosy?*

Ihre Bauchmuskeln verspannten sich, als sie die spöttische Stimme hörte. Sie gehörte Fred Morehouse, dem Gründer der Literaturagentur Morehouse. Dem Mann, der im Schlaf siebenstellige Summen aushandelte. Der einen emotional zerstörte, wenn er eine seiner Anwandlungen hatte.

Das war nicht die Branche, sagte Fred Morehouse. *Das waren Sie selbst. Die Branche hat Ihnen Ihre Chance gegeben, und Sie haben es vermasselt. Sie haben uns alle enttäuscht, junge Dame.*

Sie schloss die Augen und zog in ihren Schuhen die Zehen ein.

Konzentrier dich, ermahnte sie sich. *Konzentrier dich.*

Wie angewiesen hatte sie ihr aktuelles Projekt mitgebracht. Sie hatte sogar vor dem Spiegel geprobt, als wäre das hier eine Realityshow, die im Fernsehen übertragen wurde.

Frage: *Warum schreiben Sie?*

Antwort: *Weil im echten Leben alle lügen. Nur in Geschichten sagen Menschen die Wahrheit.*

Frage: *Wieso glauben Sie, dass Sie diesen Wettbewerb gewinnen können?*

Antwort: *Weil ich einmal ein großartiges Buch geschrieben habe und weiß, dass ich es noch einmal tun kann.*

Sie mutmaßte, irgendwann würde die gefürchtete Frage kommen. Wells hatte schließlich seine Hausaufgaben gemacht.

Frage: *Wenn Ihr Buch so wundervoll war, warum ist Ihnen dann Ihre Karriere um die Ohren geflogen?*

Antwort: *Weil ich zu früh Erfolg erfahren, einen zu großen Vorschuss erhalten hab. Dann hab ich festgestellt, dass ich nicht so fähig war, wie ich gedacht hatte, und bin unter dem Druck zusammengebrochen.*

Ja, dachte Lucy. Schmerzvoll, roh, demütigend. Aber wahr. Und Wahrheit war alles.

Roderick Wells betrat den Raum, und ihre Gedanken zerstreuten sich.

Nun, da sie ihn in besserem Licht sah, erinnerte er sie an einen Hollywood-Filmstar alter Zeiten. Er war groß, sein silbernes Haar zurückgegelt und leicht gewellt, ganz wie bei den Darstellern in jenen Filmklassikern aus den 30ern und 40ern. Er trug eine dunkelgraue Hose und ein blassblaues Hemd mit offenem Kragen. Offenkundig war er einmal außergewöhnlich gut aussehend gewesen, aber um die Augen herum und an den losen Falten seines Halses sah man ihm sein Alter an. Seine Stirn war tief gefurcht. Auf den Wangen hatte er Leberflecke und am Kinn weiße Barthaare, die dem Rasierer irgendwie entgangen sein mussten. Auch sein Haar, stellte sie bei näherer Beobachtung fest, brauchte einen Schnitt. Um die Ohren stand es in verirrten Büscheln ab. Seine Augen waren ein wenig blutunterlaufen und traten wegen der bleichen Tränensäcke deutlich hervor.

Wells machte es sich in seinem Ohrensessel bequem und ließ ihre prüfenden Blicke auf sich wirken. »Bestürzt Sie mein Erscheinungsbild?«

»Sie sind genau so, wie ich Sie mir vorgestellt hab«, sagte Anna.

Wells sah erfreut aus. »Wirklich?«

»Mir geht's nicht so«, sagte Tommy. »Ich hab jemand viel Älteren erwartet.«

Wells lachte leise. »Sonst noch irgendwelche Überraschungen?«, fragte er.

»Ihr Haus ist so losgelöst von allem, dass es mir vorkommt, als wären wir auf einem anderen Planeten«, sagte Sherilyn.

»Nur indem ich mich aus der Gesellschaft entfernte«, sagte Wells, »konnte ich meinen Wahnsinn quarantänisieren.«

Sie lachten, und ein Gutteil der Anspannung verflog.

»Ah«, sagte Wells. »Schön, Ihre echten Gesichter zu sehen.«

Wieder lachten sie, diesmal jedoch nicht ganz so herzlich. Lucy ertappte ein paar ihrer Kollegen dabei, wie sie einander verstohlene Blicke zuwarfen.

»Nun, da Sie sich davon überzeugen konnten, dass ich in der Tat existiere, hätte ich gern, dass Sie mir Ihre unfertigen Projekte bringen.« Er klopfte auf einen Beistelltisch. »Legen Sie sie direkt hierhin.«

Allesamt kamen sie der Aufforderung nach. Anna zuerst, dann folgten Tommy und Elaine. Marek legte seins oben auf den Stapel, und Will, Sherilyn und Evan taten es ihm gleich. Lucy ging als Nächste, gefolgt von Rick.

Als sie zu ihrem Stuhl zurückkehrte, bemerkte sie, dass Bryan gewartet hatte, sein ordentlich gebundenes Manuskript an sich gedrückt. Nun legte er es oben auf Ricks, das Kinn bestimmt vorgereckt.

Wells stand auf. »Das ist ein effizienter Anfang, und wie wir alle wissen, ist die Eröffnung bei einer großartigen Geschichte von entscheidender Bedeutung.«

Gemurmelte Zustimmung aus der Gruppe. Irgendetwas bereitete Lucy Unbehagen, ein namenloses, ungutes Gefühl. Sie schob es von sich und ermahnte sich, dass sie sich konzentrieren musste. Es konnte ja sein, dass Wells ihren Roman als ersten auswählte.

»Aus diesem Grund«, sagte Wells und beugte sich vor, um sich die Manuskripte zu nehmen, »mögen Sie alle aus den Flammen dieses Opfers neu auferstehen.«

Und damit schleuderte Wells die Manuskripte ins lodernde Feuer.

5

Tommy sprang auf. Mehrere von ihnen sogen erschrocken die Luft ein, und Elaine sagte etwas, das Lucy nicht verstand. Es folgte eine bedeutungsvolle, ungläubige Stille. Obwohl Lucy vier, fünf Meter entfernt stand, spürte sie noch die Hitzewoge, als die dicken Stapel sich entzündeten. Lose Bogen rollten sich auf und wurden schwarz, und verkohlte Fetzen mit glutroten Rändern kamen aus dem Kamin geschwebt. Wells betrachtete die Gruppe mit gelassener Miene.

»Was zum Teufel soll das denn?«, fragte Tommy mit heiserer Stimme.

»Mr. Wells«, sagte Elaine, »ich bin sicher, alle haben eine Sicherheitskopie ihres Werks gemacht. Einen Ausdruck zu zerstören stellt wohl kaum einen Neubeginn sicher.«

Zum ersten Mal bröckelte Mareks freundliche Fassade. »Aber das sind die einzigen Ausdrucke, die wir *hier* haben.«

Lucy presste grimmig die Lippen aufeinander.

Wells erwiderte ruhig ihren Blick. »Sie missbilligen das wohl, Miss Still?«

»Das war grausam«, hörte Lucy sich selbst sagen.

»Mag sein«, räumte er ein. »Aber es war notwendig.«

»Aber Sir«, schaltete Evan sich ein, »das war doch im besten Fall eine symbolische Geste. Selbst wenn die anderen keine Kopien gemacht hätten – was ich mir nur schwerlich vorstellen kann …«

Tommy blickte ihn wild an.

Evan fuhr unbehaglich fort: »… wissen wir sicher alle noch, was wir in unseren Romanen geschrieben haben.«

Tommy murmelte unterdrückt etwas.

Wells verschränkte die Finger. »Haben Sie einen Kommentar, Mr. Marston?«

Tommy blickte ihn finster an und leckte sich über die Lippen.

»Nichts?«, fragte Wells.

Tommy stand stumm da und schien unter Wells' vernichtendem Blick zu schrumpfen.

»Dann setzen Sie sich.«

Tommy tat es und sah aus, als wäre ihm schlecht.

Wells inspizierte die Gruppe. »Ich habe Ihnen allen den größten Gefallen getan, den man einem neuen Autor nur tun kann.«

Er bekam mit, wie Elaine auf ihrem Stuhl herumrutschte. »Und ehe Sie behaupten, irgendetwas anderes als Anfänger zu sein, erinnern Sie sich, dass ich Ihr Werk gelesen habe und über Ihre *Grenzen* im Bilde bin.«

Elaine verschränkte die Arme, und ihre Armreife schlugen gegeneinander.

Wells setzte sich und seufzte zufrieden. »Ein effektiver Lehrer geht bis zum Äußersten, um seinen Schülern zu helfen. Ehe ich Sie zu besseren Schreibern machen kann, muss ich Sie zu stärkeren Personen machen.« Er musterte sie, während er sprach, und als seine dunklen Augen jemanden aus der Gruppe länger als die anderen fixierten, beugte sich Lucy rasch vor, um zu sehen, wen.

Rick. Merkwürdigerweise, gemessen an ihrer früheren Reaktion auf ihn, hatte sie ihn während der Manuskriptverbrennung völlig vergessen. Er sah wie jemand aus, der für irgendein ungesühntes Verbrechen bestraft wurde: gepeinigt und auf finstere Weise erfreut zugleich. Das Resultat war ein gleichermaßen grauenhafter und uralter

Gesichtsausdruck, als wäre Rick ein älterer Mann, der sich als ein jüngerer verkleidet hatte.

Wells sagte: »Trauern Sie nicht Ihrem Roman nach, Mr. Forrester. Sie stehen kurz davor, die Welt so zu sehen, wie sie wirklich ist.«

Er starrte Rick an.

Und dann trat Entsetzen auf Ricks Gesicht.

6

Rick ertrank in Wells' Augen; diese obsidianfarbenen Teiche zogen ihn in ihre eisigen Tiefen.

Jaaaa, gurrte Wells mit einer Stimme, die sicher nur Rick allein hörte. *Ja, Mr. Forrester, Sie sehen, was ich bin, nicht wahr?*

Rick versuchte wegzusehen, aber es gelang ihm nicht. Wells hatte ihn im Griff, und er wusste es. Wusste, wie machtlos Rick gegenüber seinem mentalen Angriff war.

Sehen Sie mich an, Rick. Sehen Sie … mir ins … Gesicht.

Wells veränderte sich.

Seine Wangenknochen wölbten sich vor und sein Kinn verlängerte sich. Die Zähne liefen spitz zu wie die eines Tiers, und die Lippen dehnten sich zum Grinsen eines Jokers. Doch die Augen … diese kohleschwarzen Augen … Sie nagelten Rick am Stuhl fest, kreuzigten ihn und schwelgten in seiner Qual.

Rick wurde klar, warum niemand jemals ein neueres Bild von Roderick Wells fand oder warum er nirgendwo erschien, um einen Preis entgegenzunehmen. Denn wenn irgendjemand diesen Mann zu lange *ansähe,* dann

(er ist kein Mann)

würde es ihn in den Wahnsinn treiben, man wäre für immer verloren in diesen trüben schwarzen Tümpeln, diesen *Brunnen* – es traf ihn wie ein Schlag, wie bezeichnend sein Name war –, und versank man einmal in diesen stygischen Wassern, so wäre man verloren, unwiederbringlich. Gott, sahen die anderen denn nicht, was gerade vor sich ging?

Er ist ein Dämon, dachte Rick. *Eine Bestie.*

Wells' Augen begannen zu leuchten. *Ich bin so viel mehr als das, Mr. Forrester. Ich bin Ihr ewiges Schicksal. Und nun ertrinken Sie in meinen Augen. Ersticken Sie in meiner Umarmung.*

Rick rang um seine Beherrschung, versuchte angestrengt, die Arme zu bewegen, die Füße, ein Wimmern herauszubringen, um Himmels willen. Aber er konnte es nicht, konnte nur in ohnmächtigem Grauen zusehen, wie in den schwarzen Augen wild das Höllenfeuer zu züngeln begann. Das Grinsen wurde breiter, und die Zähne wirkten wie tropfende Spieße. Wells' Gesicht wurde zu einer irrsinnigen Totenmaske, und beim Sprechen bewegten sich seine Lippen nicht.

Ich weiß, was Sie heimsucht, höhnte Wells. Ich kann es herbeirufen, damit es Sie holt.

Ricks Sichtfeld wurde grau, sein Atem flach. Doch Bewusstlosigkeit wäre ihm nun eine Oase. Gerade als er glaubte, Wells würde sich auf ihn stürzen und ihm die Kehle herausreißen, gab ihn der Dämon frei. Als wäre keine Zeit vergangen, wandte sich Wells ein weiteres Mal an die Gruppe. Rick sank auf seinem Platz in sich zusammen, entkräftet.

»Um zu werden, wonach es Sie am meisten verlangt«, sagte Wells, »müssen Sie sich dieser Erfahrung ganz und gar hingeben. Sie müssen sich vollends für *mich* öffnen. Ich muss Ihr uneingeschränktes Vertrauen haben.« Er wies auf den Kamin; die Hitze, die daraus hervorwallte, schimmerte wie eine Wüstenstraße zur Mittagszeit. »Das da ist Ihre Vergangenheit. *Ich* bin Ihre Zukunft.«

Ricks Puls begann sich zu verlangsamen. In kleinen Schritten verflog der Schrecken dieser psychischen Attacke – wie hätte er sich sonst erklären können, was geschehen war? Mit dem Arm wischte er sich den Schweiß von der Stirn, holte tief Luft und konzentrierte sich auf Wells.

»Was ich mit Ihren Bagatellen gemacht habe, mag Ihnen wie ein Akt der Bosheit erscheinen, als nähme sich ein Mann, der alle wichtigen Schriftstellerpreise gewonnen hat, die Freiheit heraus, andere zu schikanieren.«

Ricks Herzfrequenz war nun wieder normal, das Grauen hatte seinen Griff gelockert. Er ließ den Blick über die Gruppe schweifen und kam zu dem Schluss, dass die anderen den dämonischen Wells nicht gesehen hatten. Es schien kaum möglich. Mein Gott, war er etwa eingenickt und hatte das Ganze geträumt?

»Aber Preise machen mich nicht zu einem Schriftsteller«, sagte Wells.

»Ich bin ganz Ihrer Meinung, Mr. Wells«, sagte Elaine. »Kritiker verfechten nur, was andere Kritiker preisen.«

Wells neigte den Kopf. »Fahren Sie fort.«

»Neigt man sein Haupt vor der richtigen Person, dann werden einem Privilegien zugestanden.« Sie warf Lucy einen Blick zu. »Wie große Vorschüsse und *überschwängliche Besprechungen.*«

Tommy nickte, sein Schrecken, sein Werk zu Asche verbrannt zu sehen, hatte sich offenbar gelegt. »Genau richtig. Darum verdienen auch manche der besten Schreiber nie einen Penny.«

Wells lächelte.

»Was?«, fragte Elaine.

»Wissen Sie was, Miss Kovalchyk?«

»Sie finden, ich habe unrecht?«

»Sie und Mr. Marston wiederholen das Mantra des erfolglosen Schreibers.«

Tommy runzelte die Stirn. »Sie haben doch selbst gesagt, Preise bedeuten nichts.«

»Das habe ich nicht gesagt.«

Elaine strich sich eine Locke ihres blonden Haars von der Schläfe weg. »Ich erkenne den Unterschied nicht.«

»Eindeutig. Würden Sie ihn erkennen, dann wäre Ihre Illusion zerschmettert und Sie müssten der bitteren Wahrheit ins Gesicht blicken.«

»Und was wäre die?«

»Dass Sie beschissen schreiben.«

Elaine starrte ihn mit offenem Mund an. Sie blickte von Gesicht zu Gesicht, auf der Suche nach einem Verbündeten. Dann wandte sie sich wieder Wells zu, das Kinn vor Zorn eingezogen. »Wenn mein Schreiben so unerträglich ist, wie habe ich dann meinen Abschluss mit Auszeichnung geschafft? Zum Henker, warum haben Sie mich erwählt?«

»Sie haben Potenzial, Miss Kovalchyk, aber Ihre Stimme hat den Beigeschmack Tausender Toxine.«

Elaine stand auf. »Das muss ich mir nicht anhören.«

»Niemand zwingt Sie«, sagte Anna.

Rick wandte sich Anna zu und stellte fest, dass der Feuerschein ihr Haar halloweenorange getönt hatte. Ihr Blick war vollkommen blutleer.

Elaine stemmte die Hände in die Hüften. »Und was zur Hölle wissen Sie? Sie sind ja nicht mal alt genug, um Alk zu kaufen.«

»Ich bin 23.«

»Sehen Sie? Sie sind noch ein Kind.«

Wells lächelte. »Miss Kovalchyk kocht vor Wut, weil wir von ihrem mentalen Skript abgewichen sind.«

Elaine fuhr zu ihm herum: »Mein mentales *Skript?*«

»Sie haben sich vorgestellt, wie Sie uns Ihr Werk vorlesen.«

»Woher wollen Sie …?«

»Sie haben sich vorgestellt, wie Sie Ihre Kollegen überwältigen, ganz wie Sie in Ihren albernen Kursen alle überwältigt haben …«

»Albern?«

»Und wie Ihre blasierten Professoren haben Sie gemutmaßt, ich würde wissend nicken in Anerkennung Ihrer Begabung und ins Feuer blicken, während Sie mich mit Ihrer vollendeten Prosa verzücken.«

»Sie wissen gar nichts über mich«, sagte sie, aber sie klang unsicher.

»Ich weiß *alles* über Sie, meine Liebe. Ich kenne Ihre solipsistischen Tendenzen und Ihre abstoßende Überheblichkeit.«

Elaine traten Tränen in die Augen. »Sagen Sie mir, was mit mir außerdem nicht stimmt. Hier, vor allen anderen.«

»Vor allen anderen«, wiederholte Wells in nachdenklichem Tonfall. »Ja, das sind die Schlüsselworte, nicht wahr? Was wir vor anderen tun und sagen, hält uns davon ab zu werden, was wir werden könnten. Unsere sozialen Masken verschmelzen mit unserem Fleisch und verändern, zum Schlechteren, unser wahres Selbst. Nehmen Sie nur einmal Will«, sagte er und drehte sich in seinem Sessel, um sich Will Church zuzuwenden.

Wills Augen weiteten sich. Der arme Kerl sah wie ein Zuschauer aus, der eingedöst und plötzlich mitten auf der Bühne wieder aufgewacht war, dem riskanten Trick eines Magiers ausgeliefert.

»Mr. Church hat seinen Fahrer verdächtigt, seine Ankunft zu sabotieren.«

Will zögerte, dann sagte er: »Der Gedanke ist mir tatsächlich gekommen.«

»Sie hatten recht.«

»Ich wusste es!«

»Man hat Sie hingehalten, weil Ihnen das Selbstvertrauen fehlt, Mr. Church. Auch verdächtigen Sie sich selbst der Faulheit. Das kommt daher, dass Sie faul *sind*. Immerzu sind Sie unpünktlich und bringen sich aufgrund dieser unglückseligen Gewohnheit Mal für Mal in Situationen, bei denen ein anderer Ihrer Charakterfehler zutage tritt – Ihre lähmenden Selbstzweifel.«

Will sah aus, als würde ihm schlecht.

»Es wurde so eingerichtet, dass Sie als Letzter ankommen, nachdem die anderen sich schon flüchtig bekannt gemacht haben. Vor diesem Szenario hat Ihnen gegraut, Sie haben nachts wach gelegen und sich deswegen Sorgen gemacht.« Wells stützte die Wange auf seine Faust. »Sagen Sie mir, Mr. Church: Wie hat sich das angefühlt?«

»Furchtbar. Als wäre man das neue Kind an der Schule.«

»Und wie fühlen Sie sich jetzt?«

»Ich bin nicht sicher, was ich dazu sagen soll.«

Wells' Miene verhärtete sich. »Es geht nicht darum, was Sie *sagen* sollen. Ich will, dass Sie etwas *tun.*«

»Und was?«

»Hören Sie auf, so feige zu sein.«

Will zuckte zusammen.

Nun wandte sich Wells Elaine zu. »Will hat Schwächen, aber er ist mehr, als er zu sein glaubt. Sie hingegen sind erheblich weniger. Wie Tommy sind Sie auf die letzte Zuflucht des verkümmerten Künstlers verfallen: auf den Glauben, dass alle, die Erfolg haben, mithilfe einer schlauen List dorthin gelangt sind.«

Rick hörte sich selbst fragen: »Was sollte es bezwecken, Will bloßzustellen?«

Wells lächelte. »Ich gebe Mr. Church nur, was er braucht: eine verbale Ohrfeige und eine Dosis Selbstvertrauen. Außerdem verhelfe ich Miss Kovalchyk und Mr. Marston zu dem, was sie benötigen: eine gehörige Demütigung.«

Tommy drehte sein mürrisches Gesicht zum Feuer. Elaine saß mit hochgezogenen Schultern auf ihrem Stuhl, die Arme verschränkt.

»Und wie sollen wir jetzt unsere Romane fertigkriegen?«, fragte Bryan. »Meine Dateien sind in Minnesota. Ich kann unmöglich weitermachen, ohne zurückzublättern.«

»Sie sollen eine neue Geschichte erfinden.«

»Eine Kurzgeschichte?«, wagte sich Marek vor.

»Einen neuen Roman.«

Evan lächelte. »Bei allem gebotenen Respekt, Sir: Wir sind bloß sechs Wochen hier.«

»Und Sie«, sagte Wells mit einem reptilienhaften Grinsen, »haben wohl vergessen, mit wem Sie sprechen.«

Evans Augen weiteten sich. »Es tut mir leid, Mr. Wells«, sagte er kleinlaut.

»Sie werden auf eine Inspiration lauschen«, sagte Wells, die Stimme ein wenig heiser. Lucy vermutete, dass es ihn anstrengte, so viel sprechen zu müssen. »Damit meine ich nicht, dass Sie nun Ihr mentales Notizbuch nach abgestandenen Ideen durchblättern sollen. Sie werden Ihrem Unterbewusstsein *zuhören,* und wenn Sie seine Stimme hören, werden Sie schreiben.«

»*Was* schreiben?«, fragte Bryan, die Augenbrauen zusammengezogen. »Der Stapel Papier, den Sie soeben eingeäschert haben, repräsentiert die letzten vier Jahre meines Lebens.«

»Dann haben Sie vier Jahre verschwendet.«

Bryan blickte die anderen flehentlich an, doch niemand sprang ihm bei.

Wells sah Marek an. »Sie, Mr. Sokolov, werden uns als Erster etwas vorlesen. Morgen Abend.«

Mareks Mund zuckte. »Wenn Sie wünschen.«

Wells' Grinsen flackerte nicht. »Das wünsche ich.«

Marek schien auf seinem Stuhl in sich zusammenzusinken.

Wells musterte sie alle. »Mit dem, was Sie schreiben, sollen Sie sich selbst treu bleiben. Doch eine Gemeinsamkeit werden die Romane haben.«

»Und die wäre?«, fragte Sherilyn.

»Horror«, sagte Wells. »Alles beginnt mit Horror.«

Sherilyns Augenbrauen hoben sich. »Horror? Sie meinen Vampire, Werwölfe und Starlets mit großen Brüsten, die terrorisiert werden?«

»Was ist dagegen einzuwenden?«, fragte Tommy grinsend.

Evan saß geziert da. »Ich bin ein Bühnenautor, kein reißerischer Angstmacher wie Stephen King.«

»Ich würde töten, um wie Stephen King zu schreiben«, sagte Rick.

Evan warf die Hände in die Luft. »Ich hab im Leben noch keinen Horrorroman gelesen. Wie können Sie da erwarten, dass ich einen schreibe?«

»Ich *erwarte* nur eins von Ihnen«, sagte Wells, »nämlich dass Sie aufhören zu quengeln.«

Evan erstarrte.

Wells erhob sich. »Suchen Sie nach Inspiration. Wenn Sie Ihre früheren Werke ausschlachten, schicke ich Sie nach Hause. Wir sehen uns morgen Abend um sechs. Ich erwarte 5000 Wörter.«

Elaines Mund klaffte auf. »Wie bitte?«

»Ich bin nicht Ihre Mutter, Miss Kovalchyk, und nicht hier, um Ihre Hand zu halten. Wenn Sie nicht die Härte oder den Willen besitzen, etwas zu produzieren, dann können Sie gern in das Meer des Versagens zurückkehren, in dem Sie bisher herumgepaddelt sind. Und merken Sie sich«, fügte er hinzu, und seine blutunterlaufenen Augen weiteten sich, »nur einer von Ihnen kann gewinnen.«

Elaine verstummte und spielte an ihren Armreifen herum.

Wells beäugte sie alle grimmig. »Machen Sie sich an die Arbeit. Wenn Sie scheitern und nichts hervorbringen«, fuhr er fort, »wird das ernste Konsequenzen haben.« Er ging auf die Tür zu.

»Was denn?«, fragte Sherilyn. »Verköstigen Sie uns dann nur noch mit Wasser und Brot?«

Wells blieb an der Türschwelle der Bibliothek stehen, und ein dunkler Schatten fiel auf sein Gesicht. »Ich halte nichts von halben Sachen, Miss Jackson. Es wäre weise von Ihnen, mich nicht auf die Probe zu stellen.«

7

Rick lag im Bett und blickte zur Zimmerdecke hinauf. Er hatte bei fordernden Lehrern studiert und für harte Trainer gespielt. Wenn sie einigermaßen aufgeweckt waren – ein paar waren dümmer als Spüllappen gewesen –, machte es ihm nichts aus, angetrieben zu werden. Er konnte scharfe Kritik aushalten oder, im Fall seines High-School-Footballtrainers, ein vierstündiges Training, in kompletter Schutzkleidung, bei 38 Grad.

Doch Wells ...

Er rollte sich auf die Seite und hörte der tickenden Standuhr zu. Im Licht der Sterne konnte er das antike Elfenbeinziffernblatt ausmachen, die Formen eines Mondes und einer Sonne. Lagen sie alle wach wie er?

Das bezweifle ich, dachte er. *Nicht jeder hat einen Grund, sich vor der Dunkelheit zu fürchten.*

Rick mahlte mit den Zähnen und kämpfte gegen den Gedanken an, doch nun war er einmal da und wollte nicht wieder verschwinden.

Genau wie Raymond Eddy.

Nein! Er warf sich auf die andere Seite. *Denk nicht an ihn. Wenn* du *nicht weißt, wo du bist, dann kann* er *es auch nicht wissen.*

Doch Raymond hatte ihn überall sonst gefunden. Warum sollte es diesmal anders ein?

Weil ich es nicht mehr ertragen kann, so zu leben, ständig voller Furcht.

Eine bösartige Stimme meldete sich zu Wort: *Es ist das Leben, das du verdienst.*

Missmutig schob er sich am Kopfende seines Bettes hoch. Er zwang seine Brust, sich nicht mehr krampfhaft zu heben und zu senken, und sein Herz, nicht zu flattern wie ein verirrter Feuerwerkskörper.

Raymond *war* ihm nicht hierher gefolgt. Er war sicher.

Aber bist du auch sicher vor Wells?, flüsterte die Stimme.

»Hölle«, murmelte Rick.

Ihm fiel wieder ein, wie sich in der Bibliothek Wells' Gesichtszüge verwandelt hatten, wie der Mann vor seinen Augen zu einem bösen Dämon geworden war. Nur hatte es von den anderen niemand gesehen. Und sie hatten auch nicht Wells' Stimme gehört, als er mit Rick gesprochen hatte.

Dafür gab es nur eine Erklärung: Es war nicht passiert.

Vielleicht war er ja wahnsinnig. Wenn er als Einziger gesehen hatte, wie Wells sich in ein Monster verwandelte, konnten dann nicht die anderen schrecklichen Dinge auch nur Visionen gewesen sein?

Verdammt. Vielleicht brauchte er gar keinen Schreiblehrer, sondern ein Psychologenteam. Könnte er doch …

In der Ferne erklang ein vertrautes Jaulen. Während er auf das Geräusch lauschte, wurde es deutlicher.

Er warf die Decke ab, stieg aus dem Bett und tappte zum Fenster hinüber. Er brauchte einen Moment, um im Dunkeln den Fenstergriff zu bedienen, doch sobald ihm wieder eingefallen war, dass er ihn erst entriegeln musste, schwang die hohe Scheibe umstandslos nach außen.

Wieder kam das Geräusch, diesmal nachdrücklicher. Es erinnerte ihn an seinen Großvater, der eine Farm besessen hatte. Grandpas Land war weitgehend gerodet gewesen, meilenweit hatten Reisfelder vorgeherrscht, doch hier und da hatten verstreut Bäume gestanden, und die hatte sein Grandpa während der eisigen Winter in Iowa geschlagen, um sie in den Holzofen zu werfen.

Rick lehnte sich hinaus, und die Mitternachtsluft strich über seine nackten Schultern. Es war noch Mai, aber die Nacht war schwül, eher wie im Juli. Er blickte auf die Wiese hinunter, den Hügel, der sanft zum Wald hin abfiel. Und dann wurde ihm klar, um was für ein Geräusch es sich handelte.

Jemand bediente da draußen eine Kettensäge. Mitten in der Nacht.

Die Vision traf Rick wie ein eiskalter Windstoß: ein gigantischer Mann in einer Uniform und ein jüngerer, die auf der Wiese standen. Der Riese – eine Polizeiuniform war das, und dazu trug er einen Cowboyhut – ließ wieder und wieder seine Kettensäge aufheulen, wobei das bestialische Dröhnen immer höher wurde. Der jüngere Mann – auch ein Cop, aber in Zivil – stand wie gelähmt da, sein jugendliches, gut aussehendes Gesicht im Angesicht des reinsten Schreckens eingefroren.

Die Wiese war ohne jedes Leben, doch Rick sah das alles mit verstörender Klarheit in seinem Geist: Wie der große Bulle seine Kettensäge herabsenkte und etwas über den Auslöser klebte, damit die Maschine auch weiterlief, wenn er sie losließ. Und wie er sie losließ: Er wuchtete die dröhnende Säge hoch in die Luft, wobei die Stahlzähne unaufhörlich weiterrotierten. Er lachte bellend, während der Jüngere sich zusammenkauerte, nicht in der Lage, der Kettensäge, die in den Himmel aufstieg, mit dem Blick zu folgen. Es war eine Form des russischen

Roulettes, begriff Rick. Ging die Kettensäge auf einen der Männer nieder, bliebe von diesem nichts als blutroter Schleim übrig, aber dem großen Bullen machte das nichts aus, er schien den Todeskampf, den die surrenden Zähne bringen würden, geradezu herbeizusehnen. Der jüngere Cop wirbelte herum und rannte davon. Rick erhaschte einen Blick auf die Kettensäge, die fiel, fiel, beinahe anmutig stürzte die qualmende Waffe herab, und der junge Mann kreischte, und die surrende Waffe funkelte silbrig, während sie herabfuhr …

Rick holte scharf Luft.

Er stand da, die Finger in den Fenstersims gegraben, und hörte noch die fallende Kettensäge und das Kreischen des jungen Mannes.

Das Gelächter des psychotischen Cops.

John Anderson, dachte er. *John Anderson ist der Name dieses Gestörten.*

Rick hastete zum Schreibtisch hinüber, schaltete die Lampe ein und begann, die Szene niederzuschreiben.

8

Liebe Justine,
wie ich vermutet hatte, bin ich hier die Jüngste. Ich hatte angenommen, dass Lucy und ich die einzigen Autoren mit Agenten sein würden, aber es hat sich herausgestellt, dass Evan und Elaine auch welche haben.

Lucy sieht ganz anders aus als damals auf der Umschlaginnenseite von *Das Mädchen, das starb*. Sogar noch weniger als das Mädchen auf dem Autorenfoto für *Das Mädchen, das weinte*. Nebenbei bemerkt, hast du in deinem Leben je einen erbärmlicheren Titel gehört? Ich weiß, es war eine Fortsetzung, aber Jesus Christus. Ich hatte schon Angst, die machen weiter mit *Das Mädchen, das scheiße war. Das Mädchen, das fistete. Das Mädchen, das von Anfang an kein Talent hatte, aber einen anständigen Roman zustande brachte, ehe sie sich als totaler Reinfall entlarvte.*

Wie auch immer.

Auf dem Bild in *Das Mädchen, das starb* hatte Lucy diese Schüchternheit, die Hoffnung, dass es sie ganz groß rausbringt. Die Naivität. Das Foto ist amüsant, auf schicksalsträchtige Weise. Das Lamm vor dem Schlachter. Der Käfer vor der Windschutzscheibe.

Die Kehle vor der Klinge.

Das Autorenfoto aus *Das Mädchen, das weinte* ist High Comedy. Auf den Stufen irgendeines Sandsteinhauses. *Ich gehöre jetzt zum Kanon,* soll das Setting dem Leser sagen. *Ich hab's geschafft, und Sie können sich glücklich schätzen, mein neues Buch zu lesen!*

Lucy blickt nicht in die Kamera; das wäre zu viel verlangt von der Prinzessin. Stattdessen ist sie im Profil, lacht und lehnt sich zurück auf ihrem mageren kleinen Hintern. Sitzt da in ihren geschmackvoll ausgefransten blauen Jeans, trägt ihre Louis-Vuitton-Sandalen zur Schau (als hätte sie am Morgen gar nicht groß drüber nachgedacht – ach, das Leben eines Kritikerlieblings!), und das Detail, das mir am besten gefällt, das mich reizt, ins Bild zu greifen und ihren schneeweißen Hals zu würgen: der entblößte BH-Träger. Als hätte diese subtile sinnliche Note nicht zur Strategie gehört.

Die Fotografie aus *Das Mädchen, das weinte* motiviert mich jedes Mal, wenn ich mein Wortpensum nicht schaffe. Ich hol dann diesen jämmerlichen Nachfolger hervor und betrachte das lachende Gesicht. Ich will ihr dieses *Lächeln einfach runterklatschen.*

Dann fällt mir ein: Dies ist die *Hindenburg*. Dies hat alles zum Einsturz gebracht. Die dumme kleine Schlampe. Hat sie wirklich gedacht, sie würde für immer angesagt bleiben?

Mein Gott, Justine, klinge ich etwa bitter?

Das bin ich auch, jetzt kann ich es dir sagen. Aber nach diesem Retreat (das Wort ›Retreat‹ bringt mich immer noch zum Kichern. Rückzug wovor denn? Dem Anstand? Nennen wir es doch beim Namen: literarischer Krieg) werde ich nicht mehr bitter sein.

Ich werde berühmt sein.

Ich werde größer sein, als Lucy es jemals gewesen ist.

Arme, arme Lucy. Ihr dritter Roman war ein Desaster solch epischen Ausmaßes, dass sich keine Metapher dafür findet. Irgendwas Biblisches vielleicht. Eine Flut oder eine Pestilenz.

Und nun sieh dir die geschätzte kleine Lucy an. Ein abschreckendes Beispiel für Autoren, ein Schreckgespenst mit blondem Haar, um jedem talentlosen Schmierfink Angst zu machen.

Sie werde ich zuerst zermalmen.

Und die anderen?

Die werde ich ausweiden.

Ach, bleib locker. Ich meine das mit dem Ausweiden natürlich nicht wörtlich (obwohl ich mich tief und schmerzlich danach sehne, das Gesicht dieser Schlampe Elaine in einen ungesicherten Ventilator zu stoßen und zuzusehen, wie es in blutige Streifen geschnitten wird). Ich meine nur, dass ich ihnen mit meinen Worten ihre traurigen Ärsche versohlen werde.

Tommy? Ein Witz. Er wird weg sein, noch ehe die Woche vorbei ist.

Bryan? Ein einfältiger Frauenhasser mit der Empathie einer Axt. Wells wird ihn lebendig verspeisen.

Sherilyn? Die mag ich nicht. Die könnte noch lästig werden, weil sie im Gegensatz zu ihrem Idol, der gärtnernden, Tee trinkenden Corrina Bowen, gewillt scheint, du weißt schon, zu arbeiten.

Rick könnte auch ein Problem sein. Davon abgesehen, dass ich ihn bespringen will, stelle ich fest, dass ich ihn nicht leiden kann. Er scheint eine gewisse Tiefe zu haben, und Tiefe, Justine, können wir gar nicht gebrauchen.

Ich werde ihn trotzdem schlagen.

Evan, Will und Marek?

Sie würden töten für die Chance, mir die Zehen zu lecken.

Es ist Zeit, den Ausmerzungsprozess einzuleiten.

Wir sprechen uns bald wieder.

Umarmungen und Küsse
Anna Holloway

9

Rick schritt über die Wiese, auf der die Quecken und Goldruten so dicht standen, dass er sich nach einer Sense sehnte, um sich den Weg freizuhacken. Fette, pelzige Bienen ließen sich auf violetten Disteln nieder, und ihr dezentes Summen schwoll kurz an, als er vorüberging. Er wischte sich den Schweiß von den Schläfen und blickte zum Himmel hoch. Er hatte bis drei Uhr morgens geschrieben und wusste, dass das Geschriebene rau war, grausig, bizarr sogar. Er vermutete jedoch, dass es auch gut war.

Vor ihm wartete ein Waldweg. Er stieß einen Seufzer aus, als er in den Schatten trat. Der Schweiß auf seiner Stirn kühlte augenblicklich ab. Ein angenehmer Duft nach Geißblatt stieg ihm in die Nase. Während er auf dem gewundenen Pfad durch den Wald ging, der ihn an einen State Park erinnerte, dachte er ans Frühstück zurück und an die ermüdenden Versuche der anderen, einander zu überbieten:

Elaine Kovalchyk hatte geheimnistuerisch von ihrem Einfall erzählt. Ihr Auftreten und der gedämpfte Tonfall hatten suggeriert, dass sie sich nun anschicke, den nächsten amerikanischen Klassiker zu verfassen.

Evan Laydon hatte geschnieft und ihnen erzählt, seine Storyidee sei *gehoben* und *High Concept*, was zur Hölle das auch bedeuten mochte.

Bryan Clayton hatte erklärt, mit seiner Idee werde er alle anderen wegfegen.

Gemächlich folgte Rick dem Pfad und gelangte schließlich zu einem glitzernden See.

Er war bezaubernd: blau-braunes Wasser, vielleicht 90 Meter im Durchmesser, umringt von feinem weißem Sand. Rick streifte die Sandalen ab und ging aufs Wasser zu. Er fühlte sich an eine Zeit erinnert, als Sarah und er in Cancún Urlaub gemacht hatten, an jene Nacht, in der er ihr den Antrag gemacht hatte.

Jene Nacht, in der sie beinahe erdrosselt worden war.

»Lass das«, murrte er laut. Keine schlechten Gedanken mehr. Die Albträume, die ihn im Schlaf heimsuchten, waren schon scheußlich genug.

Rick spannte sich an, und das Haar in seinem Nacken stellte sich auf.

Er wurde beobachtet.

Er schluckte und tastete mit seinem Blick langsam die Uferlinie ab. Nichts zu seiner Rechten, nichts auf dem See, obwohl es da draußen eine Insel gab, mit ein paar Bäumen darauf und mit weißem Sand. Als er nach links blickte, erspähte er, in einer Bucht versteckt, einen hölzernen Aussichtspavillon.

Eine Gestalt dort zog sich in die Schatten zurück.

Entsetzen packte ihn. Auf kraftlosen Beinen wankte er vorwärts. *Nein,* sagte er sich. *Es ist nicht, was du denkst. Das ist nur einer der Autoren. Oder Wells. Oder seine Frau.*

Es ist zu groß, um seine Frau zu sein, antwortete eine Stimme. *Sieh dir die Schultern an.*

Dann Wells. Oder Bryan oder Tommy.

Oder Raymond Eddy, wisperte die grausame Stimme.

Rick schüttelte den Kopf, und sein Herz hämmerte. Er machte sich auf den Weg zu dem Pavillon.

Du marschierst in den Tod, beharrte die Stimme. *Er hat dich wiedergefunden, und diesmal lässt er dich bezahlen für das, was du getan hast.*

Nein!

Als Rick sich näherte, erhob sich die schattenhafte Gestalt. Streckte sich.

Gähnte.

Ricks Schultern sanken herab, als die Anspannung von ihm wich.

Will Church winkte ihm kurz zu.

»Was machen Sie hier?«, fragte Rick und war sich der Schärfe in seiner Stimme bewusst.

Will hob eine Augenbraue. »Nun, Vögel beobachte ich jedenfalls nicht.«

Rick nickte in Richtung des Notizbuchs, das Will locker an der Seite hielt. »Schon ziemlich anders, ohne Computer zu schreiben, oder?«

Will trat aus dem Pavillon. »Haben Sie eine Ahnung, wie unleserlich meine Handschrift ist?«

»Benutzen Sie doch Ihren Laptop.«

»Ich hatte Angst, dass der Akku nicht hält.«

Wills Ziegenbart und seine Geheimratsecken waren mit Schweißtropfen gesprenkelt. Auf seinem T-Shirt, das das Buchcover von Hunter S. Thompsons *Angst und Schrecken in Las Vegas* zeigte, war ein dunkles Lätzchen zu sehen, wo er es durchgeschwitzt hatte.

Will schüttelte den Kopf. »Meine Hand verkrampft sich bereits, und ich hab noch kaum was geschrieben.«

Sie gingen auf die Bucht zu. Rick blickte aufs Wasser hinaus. »Manchmal sind die Worte scheu.«

»Hatten Sie schon mal eine Schreibblockade?«

Rick bückte sich und hob einen umbrafarbenen Stein auf. »Was ich schreibe, ist manchmal mies, aber dann mache ich eben weiter, bis es weniger mies ist.«

»Falls Sie erreichen wollten, dass ich mich schlechter fühle: Mission erfüllt.«

Rick lächelte. »Wovon handelt Ihre Geschichte?«

Will verschränkte seine haarigen Unterarme. »Was, wenn Sie meine Idee klauen?«

Rick holte aus und warf den Stein seitlich ins Wasser. Er hüpfte fünf Mal, ehe er mit einem gedämpften Platschen versank. »Dann wäre ich ein echter Bastard.«

Will suchte sich auch einen Stein. *Eignet sich schlecht zum Hüpfenlassen,* urteilte Rick.

»Was glauben Sie, warum hat Wells mich verzögert eintreffen lassen?«, fragte Will.

»Vielleicht mag er Sie nicht.«

»Arschloch«, murrte Will, grinste aber. Er schleuderte seinen Stein. Er versank sofort, der See verschlang ihn wie ein hungriger Leviathan.

Sie setzten sich wieder in Bewegung, zu einer Stelle, wo das Ufer auf eine nackte Felswand stieß. Will fragte: »Waren Sie je am Rappahannock River?«

Rick nickte in Richtung der Klippe. »Halten wir uns nahe daran. Der Sand ist so nass, dass meine Füße immer wieder eingesaugt werden. Nein, ich hab noch nie davon gehört.«

»Er ist schön«, sagte Will, »aber alt. Ich weiß, jeder Fluss ist alt, aber dieser … er hat diese Aura des Altertums. Dunkel wie Würzelbier … langsam und breit. Aber flach. Man könnte durchwaten, auch wenn man dafür einen halben Tag bräuchte.«

»Und von diesem Fluss handelt Ihre Geschichte?«

»Sie spielt da«, sagte er. »Aber … Nun, ich habe einen Titel.«

Vor ihnen machte das Ufer eine Biegung nach links, und dann waren sie aus der Bucht heraus und wieder am offenen See. »Er lautet: *Die Sirene und das Gespenst*«, sagte Will. »Es ist eine Geistergeschichte.«

»Das ist ein guter Titel.«

Will sah ihn an. Fragte sich wahrscheinlich, ob Rick ihn verspottete. So dachten die Leute oft über ihn. Er hatte keine Ahnung, warum.

»Wie heißt Ihre?«, fragte Will.

»*Garten der Schlangen.*«

»Wow«, sagte Will. »Haben Sie schon was geschrieben?«

»Ein bisschen was.«

Will blieb stehen. »Sagen Sie bloß nicht, Sie haben schon Ihre 5000 zusammen?«

Als Rick nicht antwortete, eilte Will an seine Seite. »Wie? Wir haben doch erst gestern Abend begonnen.«

Rick zuckte mit den Schultern. »Ich konnte nicht schlafen.«

»So was hasse ich.«

Rick hob fragend die Augenbrauen.

»Falsche Bescheidenheit«, erklärte Will.

Rick lachte. »Okay, ich hab letzte Nacht etwas Unglaubliches geschrieben. Besser?«

»Wenigstens ehrlich. Mir ist es lieber, wenn ...« Will hielt inne und sein Mund stand ihm offen. »Großer Gott.«

»Was?« Rick folgte seinem Blick zu der Insel, die knapp 40 Meter von ihnen entfernt war.

Dann sah er es: eine Gestalt, beim Sonnenbad.

Unbekleidet.

»Ist das die, an die ich denke?«, fragte Rick.

»Sie gleicht einem Gemälde.«

Rick konnte ihm nicht widersprechen. Anna Holloway lag auf dem Rücken, völlig nackt, ihre Brüste rund und blass im Gleißen der Sonne. Ein rötliches Büschel Schamhaar, eingerahmt von kreideweißem Sand.

»Großer Gott«, wiederholte sich Will.

Rick kratzte sich im Genick. »Wir sollten gehen.«

Will nickte schwach. »Ja, sollten wir.«

Doch statt loszugehen, schirmte Will mit einer Hand die Augen ab.

Rick räusperte sich, um den Kloß im Hals loszuwerden. »Ich genieße den Anblick so sehr wie Sie, aber wenn sie uns beim Spionieren erwischt ...«

»Ich weiß, ich weiß. Bloß noch ein paar Sekunden.«

Mit einiger Anstrengung riss Rick den Blick von Annas nacktem Körper los und machte sich auf den Rückweg zum Pavillon.

Einige Sekunden später hastete Will an seine Seite. »Das war eine religiöse Erfahrung.«

»Eine Erfahrung war es, ja.«

Will bedachte ihn mit einem verwunderten Blick. »Können Sie das glauben?«

»Sie ist eine hübsche Frau.«

»Ich hab von Nacktbadestränden in Europa gehört, aber es ist was anderes, wenn man die Person kennt.«

»Sie glauben, wir kennen sie?«

Will war einen Moment lang still. »Wohl nicht. Aber von der Warte betrachtet, kenne ich Sie ebenso wenig.« Er blickte ihn finster an. »Sie werde ich aber nicht beim Nacktsonnen erwischen, oder?«

»Ich ziehe einen Bikini vor.«

Sie setzten ihren Weg das Ufer entlang fort. Als der Pavillon in Sicht kam, murmelte Will: »Heilige Scheiße.«

»Stimmt was nicht?«

»Ganz im Gegenteil.« Wills Augen leuchteten. »Ich glaube, ich hab einen Anfang für meinen Roman.«

»Hat das was mit dem zu tun, was wir gerade gesehen haben?«

»Die Sirene«, sagte Will. »Mein Protagonist wird sie auf einer Insel im Rappahannock finden.«

»Wird sie wie Anna aussehen?«

Will nickte. »Exakt wie Anna.«

10

Tommy schleppte sich durch den Wald und brütete über Bryan Clayton. Das Sackgesicht. Es war früher Nachmittag. Zwar hatte Tommy mit seinem *Tagebuch des Fleisches* einen ordentlichen Anfang hingelegt, aber irgendwann war er stecken geblieben.

Er konnte an nichts anderes denken als daran, wie Clayton ihn gedemütigt hatte.

Er lehnte sich gegen einen Baum, riss jedoch die Hand weg, als er das Harz spürte. Er bemühte sich, seine Hand sauber zu wischen, beschmutzte damit jedoch nur sein weißes T-Shirt.

Er ließ den Blick durch den Pinienhain schweifen, die Nase gerümpft wegen des Geruchs. Clayton bekäme hier bestimmt einen Steifen und würde einem ein Ohr abkauen über die Abgeschiedenheit und die urwüchsige Schönheit. Wie Thoreau, dieser Wichser, den Tommy in ›Englisch 201‹ hatte lesen müssen. Er wusste nur noch wenig aus dem Kurs, erinnerte sich bloß noch an einen Haufen wutentbrannter Puritaner, die gegen Sex und Alkohol wetterten, und andere wie Thoreau, die den Sinn des Universums in einer Eichel fanden.

Tommy schritt über den Teppich aus orangebraunen Piniennadeln und dachte daran, wie Clayton ihn ins Gras gedrückt hatte … *Verdammt,* machte ihn das wütend. Er wettete, Lucy war beeindruckt gewesen, wie mühelos Clayton ihn niedergerungen hatte.

Ihm fiel auf, dass er das Gesicht zu einer eifersüchtigen Grimasse verzerrt hatte, und sofort entspannte er seine Wangen. So ein Gesichtsausdruck ging gar nicht. Wenn irgendeins der Mädchen ihn sah, während er so guckte, dann wüsste sie, dass Clayton ihn getroffen hatte. Er würde sich dieser Tendenz bewusst bleiben müssen – dass er sich anspannte, wenn er an Clayton dachte – und sie künftig unterdrücken.

Er holte tief Luft und atmete wieder aus.

Clayton hatte noch keinen Eindruck auf die Mädchen gemacht, sonst hätte Tommy es bemerkt. Auf keinen Fall war er so vielseitig wie Tommy, der Gitarre spielte und ein bisschen sang. Er konnte Gedichte schreiben und die Ladys in Verzückung versetzen.

Niemals hatte Clayton schon so viele Mädchen ins Bett gekriegt wie Tommy.

Ungebeten stieg die Erinnerung an sein erstes Mal in ihm auf. Er war Achtklässler gewesen, wohlgemerkt. Zur Hölle, Clayton hatte in der achten Klasse wahrscheinlich noch nicht einmal gewusst, wie er seine eigene Hand benutzte, geschweige denn wohin er sein Ding stecken musste.

Das kommt daher, dass er Sloppy Suzy nicht gekannt hat. Tommys Gliedmaßen wurden steif, und seine gute Laune schwand dahin.

Deine erste Geliebte, flüsterte die schlüpfrige Stimme.

Die zählt nicht, und das weißt du auch, dachte er. Er schritt durch das Piniengehölz, versessen darauf, diesem schattigen Ofen zu entkommen.

Dein erstes Mal …

Nein …

Die süße Suzy, der immer der Mund offen stand.

Hör auf.

Suzy, immer im selben Schulbus wie die anderen Kinder mit den besonderen Bedürfnissen. Suzy, die 17 war, aber die mentalen Kapazitäten einer Vierjährigen hatte.

Die Welt fing an, sich um sich selbst zu drehen. Er ließ sich auf seinen Hintern sinken. Noch immer wirbelte der Hain herum, also legte er sich hin. Er warf sich einen Arm über die Augen, um das Sonnenlicht abzuhalten, das durch die Pinienzweige schnitt.

Besser. Viel besser. Er glaubte nicht, dass er sich würde übergeben müssen, aber es stiegen nun unerbittlich Erinnerungen an jenen brütend heißen Julitag empor, Bilder von ihm und seinen Freunden Jason und Ty, die auf Fahrrädern einen Hügel hinabsausten. Es war eine ländliche Gegend gewesen, besiedelt von Farmern, die meisten von ihnen Amish. Jason, Ty und er hatten immer ihren Spaß mit den Amish gehabt: den Frauen mit ihren Häubchen und den Männern mit ihren langen Ziegenbärten.

Suzy Powlen war ein Kind der Amish gewesen. Tommy hatte sie allerdings selten gesehen. Irgendwann war sie nicht mehr auf dieselbe Schule gegangen, aber niemandem von ihnen war es aufgefallen. Dafür war ihnen jedoch an jenem sengenden Julinachmittag der Korb aufgefallen, der an der backenden Macadam Road gestanden hatte. Tommy erinnerte sich lebhaft an diesen Korb. Er war grob geflochten gewesen, mit einem Deckel an einem Scharnier und einer falschen blauen Nelke am Griff. Jason und Ty waren direkt daran vorbeigeschossen, doch Tommy war hart auf die Bremse getreten, und das Zehngangfahrrad war auf unansehnliche Weise zum Stehen gekommen. Er hatte es zum Seitenstreifen geschoben, den Ständer ausgeklappt und sich hingehockt, um den Korb in Augenschein zu nehmen, ein hübsches Ding in einwandfreiem Zustand, offenbar nicht aus einem Autofenster geschmissen.

Ty und Jason kehrten um. »Meint ihr, der Besitzer ist noch hier?«, fragte Ty.

Jason nickte. »Da führt ein Weg zum Bach runter. Vielleicht ist sie da.«

Etwas an diesen Worten erzeugte noch immer ein Echo in Tommys Erinnerung. Jenes magische, talismanische Pronomen. *Vielleicht ist sie da.*

Sie.

Es war das Pronomen, was ihn antrieb, dem Pfad zu folgen. Ein, zwei Minuten, und sie waren da. Das braune Wasser gurgelte und schäumte wie ein gigantischer Wassersprudler, und Bäume mit freiliegenden Wurzeln warfen Schatten auf das Flüsschen. Tommy blickte stromaufwärts, sah jedoch nichts außer einer Angelrute, die jemand da aufgestellt und dann vergessen hatte. Sie hing an einem verrotteten Baumstamm fest.

Jason flüsterte: *»Seht.«*

Tommy sah seinen Freund nur dumm an, doch dann entdeckte er, was Jason anstarrte: Stromabwärts, gut zehn Meter entfernt, stand ein Mädchen bis zur Taille im Wasser.

Nackt bis zur Taille.

Sie hatte ihnen den Rücken zugewandt. Tommy sah hin, und sein Herz schlug wie ein Vorschlaghammer in seiner Brust, als sie sich umdrehte, die Titten groß und herabhängend, die Schultern schneeweiß und rund.

Am ersten Tag sahen sie nur zu, wie Suzy badete.

Die nächsten paar Tage kehrten sie zu der Landstraße zurück, aber der hübsche Flechtkorb war nicht da. Tommy fing an, sich auszumalen, was für ein Gefühl es wohl wäre, sich eine dieser drallen, schlaffen Brüste zu greifen, sie sich in den Mund zu stecken, daran zu saugen und sich an den Grunzgeräuschen zu erfreuen, die Suzy machen würde.

Am vierten Tag protestierten Jason und Ty erst gegen die Fahrt aufs Land, doch als sie den Korb entdeckten, hielten sie sofort die Klappe. Sie fanden sie an derselben Stelle, wieder ohne Hemd. Tommy sprach sie mutig an – später würden ihm seine Freunde sagen, sie könnten nicht glauben, dass er es getan hatte – und platschte ganz bis dahin, wo sie stand und das dunkle Wasser um ihre dicken Beine strömte. Er stellte ihr ein paar einfache Fragen über den Bach. Mochte sie ihn? Und über die Hitze. War die schlimm?

Als er ihr Vertrauen gewonnen hatte, überraschte er sich selbst: Er zog sein feuchtes T-Shirt aus und legte Suzy die Arme um die Taille.

Sie ließ sich küssen, und das war schön. Sie zu küssen, ließ ihn vergessen, wie sie war und dass er in der Schule nie ein Wort zu ihr gesagt hätte, es sei denn, um sie zu ärgern.

Aber der Sommer war anders als die Schule.

Er zog ihr die durchweichte Unterwäsche aus und drückte sich gegen sie, sich deutlich bewusst, dass seine Freunde ihm vom Ufer aus zusahen. Auch der Hitze in seinen Sportshorts und in seinem weißen Slip war er sich bewusst, also zog er beides runter. Er fing an, sie zu küssen, stieß aufwärts, bis er eine größere Hitze fand, eine schlüpfrige Feuchtigkeit, und er brauchte nicht lange, höchstens 20 Sekunden.

Zwei Wochen lang fuhren sie mit ihren Fahrrädern dorthin und hielten nach dem Korb Ausschau.

Jason und Ty lösten ihn ab. Bald hatten die drei jeden Tag Sex mit Suzy und brachten nun auch eine Decke und ein paar Handtücher mit, sodass sie schwimmen und es hinterher am Ufer treiben konnten.

Auch am 24. Juni – Tommy erinnerte sich daran, weil am nächsten Tag sein 15. Geburtstag war – radelten sie aufs Land hinaus, in der Erwartung, den Korb am Straßenrand vorzufinden.

Stattdessen wartete dort ein Mann.

Er war allein, aber es reichte, um Tommys Blut zu Eis werden zu lassen. Der Mann hatte einen langen weißen Bart und ein hageres, verdrießliches Gesicht. Seine Augen waren von einem geisterhaften Blau, so blass, dass Tommy an einen Husky denken musste, den sie einmal besessen hatten. Der Mann trug einen schwarzen Hut, ein hellblaues Hemd und eine marineblaue Hose.

Der Mann wartete auf sie, ließ die Hände an den Seiten herabbaumeln. Tommy wollte vorbeifahren, wäre vorbeigefahren, doch da trat der Mann auf die Straße und versperrte ihnen den Weg. Tommys Hände krampften sich zu hart um die Handbremsen, und das Rad blieb ruckartig stehen.

»Suzy hat uns von euch erzählt«, sagte der Mann mit leiser, bebender Stimme. »Was habt ihr zu eurer Verteidigung zu sagen?«

Tommys Mund stand weit offen, und er atmete angestrengt. Er wollte etwas sagen, um seine Freunde zu beeindrucken, etwas, worüber sie später Witze reißen konnten, aber er hatte so große Angst vor diesem hageren Mann mit den Eissplitteraugen, dass er nicht mehr zuwege brachte, als sich nicht einzuscheißen. Er stellte fest, dass er den Tränen nahe war.

»Ihr habt etwas Gottloses getan«, sagte der Mann. »Ihr alle drei. Ihr seid böse Jungen.«

Tommy nickte, und nun begannen ihm die Tränen über die Wangen zu laufen. Er stolperte, als er sein Rad umdrehte. Schweigend strampelten sie in die Stadt zurück und sprachen nicht über den Vorfall. Erst am Abend fragte Ty mit stockender Stimme: »Meint ihr, das war ihr Dad?«

Sie waren im Keller von Tommys Eltern. Er sagte: »Er war zu alt, um Sloppy Suzys Dad zu sein. Ihr Urgroßvater vielleicht. Oder die Familienziege.« Und alle drei lachten, ein kathartischer Ausbruch, der im selben Moment Tommys Scham ausradierte und die Schleusen öffnete für ganz andere Gespräche, eine Art, über Mädchen zu reden, bei der sie sich stärker und älter fühlten, als sie waren. Wann auch immer sie danach im Fernsehen eine Frau mit großen Brüsten sahen, sagte einer von ihnen: »Nicht so groß wie die von Sloppy Suzy.« Wenn sie ein Sexvideo sahen, scherzte jemand: »Ich wette, die kann nicht so gut Schwänze lutschen wie Suzy«, und sie lachten noch ein wenig mehr.

Sie lachten nicht mehr, als sie ihr im Oktober bei einem Herbstfestival begegneten.

Alte Siedler nannte sich der schäbige Rummel, der kurz vor Halloween in die Stadt gerollt kam. Die drei spielten gerade und verzockten ihr Geld, da blickte Tommy zufällig zur Dorfwiese hinüber und erspähte das Amish-Mädchen, das hübsch hätte sein können, wäre ihre geistige Störung nicht gewesen. Suzys Haar steckte in einer Art hauchdünnem Netz, und ihr schlichtes grünes Kleid bedeckte den Hals, die Arme und ihre dicken weißen Beine.

Doch ihren gewölbten Bauch konnte das Kleid nicht verbergen.

Eine Woche später erschien der weißbärtige Mann bei Tommys Haus.

Er war gerade oben, als es klingelte, und er wusste sofort, wer es war, wusste es einfach, ohne aus dem Bett aufstehen und einen Blick aus dem Fenster werfen zu müssen. Er stand dennoch auf und wünschte, er hätte nicht so lange geschlafen. Sein Dad würde bei der Arbeit sein, aber seine Mom war womöglich zu Hause, wenn sie nicht gerade einkaufen war. *O Hölle,* dachte Tommy und ging auf Zehenspitzen zum Fenster. Wenn seine Mom zu Hause war und dieser blassäugige Spuk mit dem weißen Bart ihr alles erzählte, dann wäre sein Leben vorbei. Er lauschte auf Geräusche, die seine Mom unten machte, aber es war still im Haus.

Er erreichte das Fenster und strich mit den Fingerspitzen über den durchsichtigen Vorhang. Plötzlich blickte der Mann zu ihm hoch. Tommy sog die Luft ein und wich zurück, und Gott helfe ihm, er kroch *unter* das Bett und lag schwitzend fast eine Stunde lang da, während an dem glühend heißen, lichtlosen Platz Staub und Haare an ihm kleben blieben. Er wartete auf das nächste Klingeln, und obwohl er keins hörte, wusste er, dass der Mann noch dort unten war.

In der Nacht träumte er von dem Mann. Und in der Nacht darauf. Und das Schlimmste dabei war, dass der Mann ihm nie wehtat, niemals Hand an ihn legte, ihn nie mit seinem verfluchten Pferdegespann niedertrampelte. Er verurteilte ihn nur mit seinen kalten Augen, und in den Albträumen sprach er mit ihm, wiederholte dieselben Worte, die er an jenem schrecklichen Juninachmittag ausgesprochen hatte.

Ihr habt etwas Gottloses getan.

Im folgenden Sommer bekam Tommy das Kind zum ersten Mal flüchtig zu sehen, als er und seine Kumpel Baseball spielten. Eine Gruppe Amish schlenderte den Gehweg entlang, der das Feld umgab, und die Schatten der Bäume erschwerten es ihm, ihre Gesichter zu erkennen. Er machte jedoch ein Mädchen aus, das einen Kinderwagen vor sich herschob, und jene Worte hallten in seinem Kopf wider: *Ihr habt etwas Gottloses getan, Tommy. Ihr habt etwas Gottloses getan.*

»Nein!«, heulte er und kehrte in die Gegenwart zurück. Er schluchzte in die Walderde, drückte das Gesicht in seine Unterarme, wälzte sich in den Piniennadeln, deren Geruch ihm den Atem raubte, doch die Erinnerungen waren weit, weit schlimmer.

Als er den Kopf hob, ein Gemisch aus Lehm und Schweiß auf dem Gesicht, erspähte er auf der anderen Seite der Lichtung etwas, das ihn sein Entsetzen vergessen ließ. Zuerst glaubte er, es sei nicht real, also kämpfte er sich auf die Knie und tupfte sich mit der Vorderseite seines Hemdes die Augen ab.

Anna Holloway stand dort, den Rücken ihm zugewandt. Dieses scharlachrote Haar hätte er überall wiedererkannt.

Und diesen Wahnsinnskörper.

Sie trug ein weißes, plissiertes Hemd, das locker herabhing und Hals und Schultern frei ließ. Tommy rappelte sich auf und klopfte sich die Erde ab. Er kämmte sich mit den Fingern durch das lockige Haar und tat sein Möglichstes, alle Piniennadeln herauszupflücken.

Dann trat er auf die Lichtung. Er sah nicht gerade wie aus dem Ei gepellt aus, aber das kümmerte Anna offensichtlich nicht. Warum sollte sie sonst den ganzen Weg hier herausgekommen sein? Er wusste, dieser Wald war gewaltig, also konnte es nur Absicht sein, dass es sie zu ihm an diesen stillen, geheimen Ort verschlagen hatte. Tommy schlich näher.

Ihre Hände waren mit irgendetwas beschäftigt, ihre Schultern leicht hochgezogen.

Das Hemd rutschte ihren Rücken herunter.

Tommy grinste in sich hinein, hatte bereits eine Erektion. *So* hatten die Dinge zu laufen. Eine Nummer mit der liebreizenden Anna würde sein Selbstvertrauen wiederherstellen, würde ihn als den Alphahund etablieren. Es würde ihm sogar beim Schreiben helfen.

Er fragte sich, ob Anna wusste, dass er direkt hinter ihr war. Eine Armlänge entfernt zögerte er und erörterte für sich, was sie wohl mehr erschrecken würde: wenn er laut sprach oder ihre nackte Schulter berührte. Und Mann, *sieh* doch nur die geschmeidige Haut. Er wettete, sie massierte Lotion in diese Schultern. Er streckte die Hand aus.

Seine Finger waren nur wenige Zentimeter von ihrer Haut entfernt, da hielt er inne und runzelte die Stirn. Er hatte sich getäuscht: Ihre Haut war nicht makellos. Der Rücken war mit Pickeln gesprenkelt und hatte eine Blässe, die ihm entgangen war.

Seine Finger schwebten über ihrer Schulter.

Sie drehte den Kopf zu ihm um.

Tommy stockte der Atem.

Ihre kräftigen Schultern drehten sich, und aus dem listigen, abwärtsgeneigten Gesicht blickte sie mit vorgetäuschter Schüchternheit zu ihm auf. Die geschwollenen Lippen verbreiterten sich zu einem grässlichen Grinsen. Ihr nackter Oberkörper bewegte sich in seinen Fokus. Tommys Lähmung fiel von ihm ab und er schlug sich eine Hand vor den Mund. Als er das missgestaltete Neugeborene sah, das an der Brust des Mädchens saugte, bewegte er sich bereits rückwärts. Suzy öffnete ihren Mund weiter, ihre Lippen dehnten sich zu einem scheußlichen Halloweenkürbisgrinsen, und als er herumwirbelte, um wegzulaufen, sah er noch voller Entsetzen, wie eine haarige schwarze Spinne über die Unterlippe des Mädchens krabbelte.

11

Aus *Tagebuch des Fleisches*, von Tommy Marston:

So wirst du sterben.

Nicht an Krebs, nicht an einer Herzkrankheit. Du erstickst nicht an einem Brocken knorpeligen Steaks.

Du gehst an deiner Begierde zugrunde.

Du stirbst an *Ich will.*

Wenn du sie zum ersten Mal siehst, bist du nicht auf der Suche nach derjenigen, die dich vernichten wird. Der, die dich von innen auffressen wird.

Der, an der du erstickst.

Wenn du sie siehst, schreitest du durch eine Buchhandlung, und sie arbeitet am Informationsschalter, hat das Haar blau getönt, trägt einen schwarzen Wollsweater, der genug verbirgt, dass du dich umdrehst, und unter der Kraft deines Blicks wirbelt ihr Kopf herum. Sie sieht dich an. Zu einem Teil kokett, zu sechs Teilen neugierig. Blickt dich über die Schulter an, den Kopf geneigt, fast so, als stünde sie auf dem Kopf.

Du stehst auf dem Kopf.

Dir ist übel. Auf eine gute Weise. Gefährlich übel. Du erwägst, etwas zu sagen, aber was du sagen würdest, lässt sich nicht sagen, und sowieso steht ihr gerade jemand am Tresen gegenüber. Also starrst du sie nur an, errötend, und sie hält deinen Blick noch einen Moment länger fest, und du weißt, dass du warten sollst. In einer Sekunde wird sie für dich da sein. Wäre es bereits, wäre da nicht dieser beschissene Job.

... das neue Buch von James Patterson, sagt die Kundin, bebrillt, irgendwo zwischen 40 und 60. Schildkrötenartig.

Das steht in der Belletristik, unter P, sagt deine blauhaarige Mörderin und zeigt mehr Geduld, als du es würdest.

Und auf Hardcover gibt es 30 Prozent Rabatt?, fragt die Kröte, als trüge nicht jedes Hardcover im Geschäft einen Aufkleber.

Ja, sagt deine Mörderin, und nur du kannst ihre Ungeduld spüren.

Ihr Lächeln ist gelassen, aber sie ist ebenso erpicht darauf wie du, diesen gedrungenen Klumpen Ahnungslosigkeit loszuwerden. Du stehst da und wartest, bis die Kundin gegangen ist, dann dreht die Frau mit dem blauen Haar sich um und legt ihre Unterarme auf die jägergrüne Laminatoberfläche. Du sagst ihr deinen Namen. Sie blickt dir direkt in die Augen und sagt: *Ich werde nicht mit dir schlafen, ehe ich mich in deiner Gegenwart wohlfühle.*

Du sagst ihr, das sei schon in Ordnung. Du willst gerade gehen, da sagt sie deinen Namen.

Ja?, fragst du.

Und sie sagt: *Ich fühl mich bereits wohl in deiner Gegenwart.*

12

Die Wandleuchter und Lampen, die in der Bibliothek verstreut waren, vermochten wenig gegen die Schatten auszurichten, die sich an allem festklammerten. An den Stühlen, den Regalen. An Marek, der seine Papierbogen umklammerte und vor der glühend heißen Feuerstelle stand.

Er blickte zu Lucy hinüber wie ein Schuljunge, der seinen Aufsatz vor der Klasse vortragen muss.

Er schaute zur Tür. »Sollten wir nicht auf Tommy warten?«

Elaine lächelte geheimnisvoll. »Tommy ist indisponiert.«

»Was heißt das?«, fragte Anna.

»Schont immer noch seinen Arm«, sagte Bryan und zwinkerte Lucy zu.

Arschgeige.

»Ich weiß nicht, was mit ihm nicht stimmt«, sagte Elaine. »Ich hab vielleicht fünf Mal an seine Tür geklopft, dann hat er mir gesagt, ich solle weggehen.«

»Hat wohl zu viel Angst, dass er ausgewählt wird«, sagte Bryan. »Ich wette, er hat sein Wortpensum nicht geschafft.«

Marek raschelte mit seinem Papier. Er öffnete den Mund, bekam dann jedoch einen Hustenanfall.

»Geht's Ihnen gut?«, fragte Sherilyn.

Marek straffte sich, lächelte zerknirscht und fuhr mit festerer Stimme fort. Zuerst klang er gehemmt, doch bald floss der Rhythmus seiner Erzählung glatter dahin. Wells saß zurückgelehnt in seinem Sessel und blickte ins Feuer. Marek war mitten in einem Satz, da sagte Wells: »Müll.«

Marek lächelte unsicher. »Wie bitte, Sir?«

Wells schlug die Beine übereinander. »Sie sind ein kriecherischer Hochstapler.«

Marek stieß ein ungläubiges Lachen aus. »Ich bin kein Hochstapler, Mr. Wells. Wenn Ihnen das Stück nicht gefällt, sagen Sie mir, wie ich es besser machen kann.«

»Es ist unrettbar, Mr. Sokolov.«

Zum ersten Mal flackerte echter Ärger in Mareks Augen auf. »Dann sagen Sie uns, warum wir hier sind. Um uns herabwürdigen zu lassen? Verspottet zu werden?«

»Sie haben gegen die Wettbewerbsregeln verstoßen«, sagte Wells.

»Wovon sprechen Sie?«

»Von der unteren Schublade Ihrer Kommode.«

Mareks Lächeln verblasste. Lucy fiel auf, dass sie nervös die Hände zu Fäusten geballt hatte.

»Ja.« Wells nickte. »Sie wissen, was dort ist, Mr. Sokolov. Und Sie wissen, warum Sie gehen müssen.«

Lucy sagte: »Wovon spricht er, Marek?«

»Wilson«, rief Wells.

Ein Mann mit eckigen Brillengläsern und einem braunen Pferdeschwanz erschien an der Tür. Zwar sah Wilson in seinem elfenbeinfarbenen Chambrayhemd und seinen verblassten blauen Jeans vage wie ein Professor aus, doch Lucy spürte, wie sie sich am ganzen Leib anspannte. Er hatte etwas Beunruhigendes an sich …

»Ja?«, fragte Wilson.

»Bitte sorgen Sie dafür, dass Mr. Sokolov vom Grundstück geleitet wird.«

»Und was dann?«, fragte Marek. »Ich weiß nicht einmal, wo wir sind.«

»Der Polizeichef wird es wissen.«

»*Polizeichef?*«, fragte Marek und blickte zur Tür, doch Wilson war bereits verschwunden.

Sherilyn trat an Mareks Seite, sprach jedoch Wells an. »Sie waren nicht sehr taktvoll, Mr. Wells. Ich kann Marek nicht verübeln, dass er verletzt ist.«

»Marek verdient es, verletzt zu werden«, sagte Wells. »Seine Doppelzüngigkeit entehrt uns alle.«

»Sherilyn hat recht«, sagte Rick. »Wir sind hier, um von Ihnen zu lernen. Es besteht keine Notwendigkeit, so boshaft zu sein.«

Wells blickte Rick verwundert an. »Sie glauben, ich sei boshaft, Mr. Forrester? Ich bin mit diesem verräterischen Verhalten außerordentlich *human* umgegangen. Mangelt es Ihnen etwa an Wettbewerbsgeist, Mr. Forrester? Dieser … *Heuchler* hat versucht, sich seinen Weg zur Krone zu erschleichen. Er hat versucht, Vorteile zu erlangen, über die niemand von Ihnen verfügt.«

»Was hat er denn so Schreckliches getan?«, fragte Sherilyn.

»Lassen Sie's gut sein«, murmelte Marek. »Ich wusste gestern Abend schon, dass das hier nicht das Richtige für mich ist.«

Wells schien interessiert. »Und woher wussten Sie das?«

Marek sagte: »Ihr Beharren darauf, uns alle in dieselbe Schublade zu stecken. Dass Sie uns *so* viel in *so* kurzer Zeit haben schreiben lassen. Und befohlen haben, im selben Genre zu schreiben.«

»Da hat er nicht unrecht«, sagte Elaine.

»Sehen Sie sich vor, Miss Kovalchyk«, sagte Wells. »Ich habe ein gutes Gedächtnis.«

Elaine öffnete den Mund und schloss ihn wieder.

Wells sah Marek an. »Meine Worte sind an Sie verschwendet, Mr. Sokolov, aber zugunsten der anderen werde ich Ihnen eins noch sagen.«

»Da bin ich gespannt«, murrte Marek.

»Zu Recht«, stimmte Wells zu. Er ließ den Blick durch den Raum schweifen. »Merken Sie sich meine Worte gut, Herrschaften; sie könnten Ihnen das Leben retten.«

»Uns das Leben retten? Wie das?«, fragte Sherilyn.

Wells beachtete sie nicht. »Geschichtenerzähler gibt es seit Anbeginn der Zeit. Auch wenn die Gesellschaft sie als bloße Entertainer betrachtet, ist ihre Rolle eine heilige. Eine *essenzielle*. Ihr Geschäft mag die Fantasie sein, das Erdachte, doch die Essenz ihrer Kraft liegt in der Wahrheit. Niemand ist aufrichtiger als der Geschichtenerzähler. Niemand hat größere Macht. Er hat die Fähigkeit, Leben zu erschaffen.« Er sah Marek an. »Oder Tod zu bringen.«

Es gab einen lauten Schlag im Foyer.

Dann noch einen.

Wells erhob sich. »Ihre Eskorte ist hier.«

»Das ist nicht möglich«, sagte Will. »Wie lange ist es denn her? Eine Minute?«

»Ich habe den Chief schon früher kontaktiert«, sagte Wells. »Nachdem ich Mr. Sokolovs Täuschung aufgedeckt hatte.«

Wells verließ die Bibliothek.

Lucy blickte die anderen an. »Sollten wir uns nicht dagegen wehren? Oder wenigstens um Beweise bitten?«

»Das ist nicht notwendig«, sagte Marek.

Bryan lehnte sich auf seinem Stuhl zurück. »Dann sind wir wohl nur noch neun.«

Auf dem Flur näherten sich Stimmen.

»Ich hole meine Sachen«, sagte Marek, schon auf dem Weg hinaus.

Lucy sah zu Rick hinüber, aber von ihm kam keine Hilfe. Er starrte die Tür an, als könnte sie jeden Augenblick nach innen explodieren und sie würden alle in einer Feuersbrunst zugrunde gehen.

Die Tür öffnete sich. Der Polizist, der eintrat, war mindestens zwei Meter groß. Sein Kopf passte zum riesigen Körperbau, aber der eckige Unterkiefer und die vorgewölbte Stirn gaben ihm das Aussehen einer Karikatur – ein fleischgewordenes Collegemaskottchen. Er war auf animalische Weise gut aussehend. Seine Beine waren dorische Säulen, seine Füße große schwarze Platten. Er hatte einen Bauch, doch selbst der sah granithart aus. Auf dem Kopf trug er einen braunen Cowboyhut.

Er grinste Lucy an und lüpfte ihn. »Ma'am.«

Sie winkte ihm halbherzig.

Er sah Evan an. »Was ist mit Ihnen, junger Mann? Gefällt's Ihnen hier draußen?«

Evans Lächeln war beinahe eine Grimasse. »Aber klar doch. Welchem Autor würde es hier nicht gefallen?«

Der Polizeichef nickte. »Ich habe Wells' Werke selbst nie gelesen, aber meine Frau liebt ihn.«

Evans Lächeln hellte sich auf. »Ihre Frau hat einen exzellenten Geschmack.«

»Hat sie den?«

Evans Lächeln verblasste.

»Ich bin bereit«, sagte jemand.

Marek stand in der Tür, einen ausgeblichenen braunen Rucksack über der Schulter.

Der Polizeichef drehte sich um. »Haben Sie irgendetwas zu sagen?«

Marek hob herausfordernd das Kinn. »Es gibt nichts, wofür ich mich entschuldigen müsste.«

Ein Mundwinkel des Polizeichefs zuckte. »Wie Sie wollen. Dann kommen Sie mal mit.« Marek ging hinaus, und der Chief war auch schon halb durch die Tür, da blieb er noch einmal stehen und drehte sich um.

Zu Rick sagte er: »Habe zu danken.« Und dann ging er hinaus.

Lucy atmete aus. Erst jetzt merkte sie, dass sie den Atem angehalten hatte. Sie sagte zu Rick: »Was hat er damit gemeint?«

Aus seinem Gesicht war alle Farbe gewichen.

»Rick?«, fragte sie. »Was haben Sie?«

»Das ist er«, sagte er mit schwacher Stimme.

»Was meinen …?«

»John Anderson«, sagte Rick. »Das ist der Bösewicht aus meinem Roman.«

13

Der Polizeichef sagte nichts auf dem Weg durch den Wald, und er sprach auch nicht, als sie in seinen Streifenwagen stiegen. Das war Marek recht. Ihm war ohnehin nicht nach Reden.

Er stellte sich die anderen vor, wie sie seine Abreise feierten. Marek hatte sich als Favorit gesehen. Zum einen war er der Älteste. Vielleicht galt das nicht viel in den Köpfen der Jugendbesessenen, immerzu auf der Jagd nach der neusten, *jüngsten* Mode. Aber Marek konnte schreiben, gottverdammt. Er konnte *schreiben*. Und das hätte etwas gelten sollen.

Er blickte aus dem Fenster und sah zu, wie der schwarze Wald vorbeirauschte. Es war so verdammt unfair, derart ausgebootet zu werden. Unerklärlich, wie wenig die anderen sich für ihn eingesetzt hatten. Er dachte an seinen Lieblingsroman, *Der Herr der Fliegen*, an ein unschuldiges Kind, das von Gleichaltrigen in Stücke gehackt wird.

»Sie sind kein bisschen wie Simon«, murrte der große Cop.

Marek wandte sich ihm zu. »Was haben Sie gesagt?«

Die Miene des Polizisten war ausdruckslos. »Sie haben mich gehört.«

Marek starrte den gewaltigen Mann an. Er dachte an eine Nacht in Belarus zurück, hinten in einem Polizeiauto eingesperrt.

Sie sind kein bisschen wie Simon.

Marek rutschte auf seinem Sitz herum. Nur ein Zufall. Sonst nichts. Dieser große Cop war ein Mais fressender Hinterwäldler. Er konnte unmöglich wissen, was Marek gedacht hatte.

Ausgeschlossen, dass er auf den ersten Charakter im *Herrn der Fliegen* Bezug genommen hatte, der umgebracht wird.

Er konnte die Stille nicht länger ertragen. »Und wie lange sind Sie schon bei der Polizei?«

»Wollen wir uns jetzt anfreunden?«

Großartig, dachte Marek. *Ein Arschloch.*

Warum hätte ihn das überraschen sollen? Waren nicht alle Bullen Arschlöcher? Seiner Erfahrung nach waren sie das.

Er versuchte etwas anderes. »Kennen Sie Wells schon lange?«

Statt zu antworten, blickte der Cop ihn an. »Wissen Sie, Sie sehen nicht so gut aus«, sagte er. »Sie sollten nicht so viele verdammte Zigaretten stehlen.«

Mareks Herz sank in die Hose. Er spürte seine Gliedmaßen nicht mehr.

Denn der Cop hatte nicht gesagt, er solle nicht so viele verdammte Zigaretten *rauchen*, sondern dass er nicht so viele *stehlen* sollte. Aber das war unmöglich. Mehr als unmöglich. Es war paranoid und gestört. *Bitte*, dachte Marek. *Bringen Sie mich einfach aus diesem Wald heraus.*

Der Gesichtsausdruck des Cops war neutral, als hätte er das Wetter kommentiert. Doch Marek wusste, was der Mann gesagt hatte, und es hatte ihm sein Mark gefrieren lassen.

Sie sollten nicht so viele verdammte Zigaretten stehlen.

Davon kann er nichts wissen!, dachte Marek.

Aber er wusste davon. Da war Marek sicher.

Der Cop verlangsamte den Polizeiwagen und parkte.

»Gehen Sie nach hinten«, sagte er.

O Gott. War dies eine ausgeklügelte Falle? Um den Deal zu annullieren? Oder, Jesus Christus, ihn nach Belarus auszuliefern?

»Kriegen Sie mal keinen hysterischen Anfall«, sagte der Polizist. »Ich will nur, dass alles koscher aussieht.«

»Koscher?«, fragte Marek.

»Die Leute hier mögen es, wenn alles traditionell gemacht wird. Wenn ich Sie durch Shadeland zum Busbahnhof fahre – ich nehme an, das wollen Sie …?« Er neigte seinen Felsbrockenkopf vor und weitete die Augen, als wartete er auf eine Bestätigung.

Marek nickte.

Der Cop nickte ebenfalls. »Dann würde es schrecklich seltsam aussehen, wenn Sie bei der ganzen Fahrt durch die Stadt neben mir sitzen. Meinen Sie nicht?«

»Ich wüsste nicht, warum.« Marek versuchte zu lachen, aber es klang blechern. »Ich bin schließlich nicht Ihr Gefangener.«

Dazu sagte der Cop nichts. Die Kälte in Mareks Knochen wurde schlimmer.

»Sind Sie so weit?«, fragte der Cop.

Marek klopfte sich mit den Fingern auf die Knie. »Es kommt mir nur … übertrieben vor.«

Echte Freude im Blick des Cops. »Warum lassen Sie nicht mich darüber entscheiden?«

Marek seufzte. Dies war das Revier des Polizeichefs, und es waren keine Zeugen in der Nähe. Und selbst wenn der Mann kein Riese gewesen wäre, er trug mindestens zwei Waffen: Die eine an seiner Hüfte sah nach einer Magnum .44 aus, die an seinem Fußgelenk nach einer .38 Smith & Wesson. Marek hatte einen guten Blick auf beide erhaschen können, da der Cop die .44 rechts trug und beim Hinsetzen sein Hosenbein hochgerutscht war. Vielleicht, überlegte Marek, war das ja Absicht gewesen. Vielleicht hatte der Cop gewollt, dass er die Waffen sah.

Aber warum?

Weil ihm die Macht gefällt, erklärte eine Stimme in Mareks Kopf. *Ist dir je ein Cop begegnet, bei dem das anders war? Lass ihm einfach seinen Spaß, dann ist es bald vorbei.*

Marek öffnete seine Tür und stieg aus. Der Cop tat es ihm gleich.

Kurz fragte sich Marek, ob er weglaufen sollte, einfach blindlings in den Wald hineinrennen. Aber das wäre unklug, das wusste er. Wenn der Cop ihm tatsächlich etwas Böses wollte, könnte er ihn problemlos niederschießen. Marek war in entsetzlicher Form. Er trank zu viel, rauchte sogar noch mehr, und er machte nur Sport, wenn es keine Alternative gab.

»Sie ist unverschlossen.«

Marek drehte sich um und sah, dass der monolithische Mann ihn über das Wagendach hinweg beobachtete.

Er stieg hinten ein und schlug die Tür zu.

Der Cop kam zu ihm auf die Rückbank, und der ganze Wagen neigte sich unter seinem Gewicht.

Marek runzelte die Stirn. »Warum setzen Sie sich hierhin?«

Der Cop ließ die Tür offen stehen und lehnte sich zurück. »Schon besser.«

Mareks Herz dröhnte ihm in der Brust. »Bitte bringen Sie mich zum Busbahnhof.«

»Es gibt keinen Busbahnhof.«

»*Was?*«

Der Cop lachte. »Mensch, ich mach nur Witze. Ich dachte mir, wir nehmen uns ein paar Minuten, sprechen uns aus.«

»Ich weiß nicht, was Sie meinen.«

»Warum haben Sie ein Handy mitgebracht?«

Marek sank in sich zusammen. Darum ging es hier also. »Ich weiß nicht. Ich schätze, mir gefiel der Gedanke nicht, komplett abgeschnitten zu sein.«

»Wie fühlt es sich an, wenn man seinen besten Freund hintergeht?«, fragte der Cop.

Marek versuchte zu schlucken, aber es war, als hätte ihm jemand die Kehle mit Stroh ausgekleidet. »Hat Wells …?«

»Ich weiß gern was über die Leute, die in meine Zuständigkeit fallen. Ich hab jeden von euch kleinen Scheißern überprüft.«

Mareks Gedanken rasten. Also wusste der Polizist von der Schmuggelei. Das war schlecht – vielleicht extrem schlecht.

Er schluckte. »Was wollen Sie hören?«

»Alles.«

Er zögerte. »Was, wenn Sie das aufzeichnen?«

Der Polizist schmunzelte. »Wie wär's, wenn wir einander vertrauen?«

Marek blickte dem Polizeichef in die schwarzen Augen und fühlte sich hypnotisiert. Und ein wenig entwaffnet. Der Mann war ein Riese, aber er schien ein sanfter zu sein. Dann wollte er eben über Mareks Unbesonnenheiten sprechen, na und? Sicher hatte er seine Gründe.

Marek nickte. »Können wir vielleicht die Fenster runterkurbeln? Ist ein bisschen stickig hier drin.«

Hatte der Cop sich angespannt und wirkte sein Lächeln forcierter? »Die kann ich nur vom Vordersitz aus steuern.«

Das ergab wohl Sinn. Es gefiel Marek trotzdem nicht. Der große Mann beanspruchte mehr als die Hälfte des Rücksitzes. Sein rechtes Knie berührte das von Marek und drückte ihn gegen die Tür.

Sag ihm, was er hören will.

»Mein Vater ist weggegangen, als ich noch jung war. Ich hab angefangen zu stehlen, damit wir …«

»*Überspringen Sie den Oliver-Twist-Scheiß*«, fuhr ihn der Cop an. »Erzählen Sie mir von dem Deal.«

Mareks Hals schnürte sich zu. »Das war später. Das war …«

»... als Sie 25 waren, ich weiß. Sie hatten eine Scheißangst davor, ins Gefängnis zu gehen, weil Sie wussten, dass Sie für irgendwen als Schlampe herhalten würden. Also haben Sie Ihren besten Freund ans Messer geliefert.«

Marek begann zu zittern. »Warum fragen Sie, wenn Sie es schon wissen?«

»Ich kenne die Fakten des Falls«, sagte der Cop geduldig. »Sie frag ich nach dem persönlichen Zeug. Den Details. Sie sollen mir erklären, wie es sich anfühlt, seinen Freund zu verraten, um seinen eigenen schneeweißen Arsch zu retten.«

Eine Träne lief Marek über die Wange. Er wischte sie weg, und seine feuchten Stoppeln schabten über seine Handfläche. »Sie wissen, wie es sich angefühlt hat.«

Etwas schoss auf ihn zu, und dann flog sein Kopf zurück. Flüssigkeit spritzte ihm aus der Nase. Als er seinen Mund abtastete, durchfuhr ihn ein Schmerz, als hielte ihm jemand eine Fackel ins Gesicht.

»Sie dürfen mich nicht schlagen«, sagte Marek mit quengeliger Stimme. »Sie sollten mich doch ...«

»Ficken?«, unterbrach ihn der Cop.

Marek starrte ihn entsetzt an.

Der Polizeichef lachte brüllend.

»Jeee-sus Chrrrr-istus, sind Sie ein Waschlappen. Wissen Sie das, Suckalot?«

»Sokolov«, protestierte Marek. »Mein Name ist Sokolov!«

»Mein Name ist Sokolov!«, säuselte der Cop in einem grässlichen Falsett wie Graf Dracula auf Helium.

»Sie dürfen keine Gewalt gegen mich anwenden«, beharrte Marek. »Sie können nicht einfach Ihre Waffen zeigen und dann machen, was Sie wollen.«

Der Cop entfernte sich ein Stück. Seine schwarzen Pupillen verschwanden beinahe im Weiß seiner Augen. »Sie glauben, die Waffen spielen eine Rolle? Scheiße, gibt's ja nicht.« Er riss die Tür auf und warf mit zwei raschen Bewegungen zuerst die .44 und dann die .38 hinaus.

Marek kletterte über ihn hinweg, wollte sich ins Gras fallen lassen und dann ins schützende Unterholz kriechen.

Aber der Polizist packte ihn und schleuderte ihn gewaltsam nach oben. Mareks Hinterkopf krachte gegen den offenen Türrahmen, seine Schultern schlugen gegen die Decke. Der Schmerz war ungeheuerlich. Er wurde seitwärts gezerrt und krachte mit der linken Augenbraue gegen den Polizisten, dessen Rammbock von einer Stirn. Blut tropfte ihm über die Augen. Er war zu entgeistert, um sich zu wehren. Als der Cop ihn wieder auf seinen Platz schleuderte, sackte er im Fußraum zusammen und hielt sich das blutende Gesicht.

Der Polizeichef sprach mit einer so heiteren Stimme, als wäre ihm gerade eine schöne Kindheitserinnerung eingefallen. »Mit am meisten Spaß hatte ich mit einer hübschen Blondine. Praktisch noch ein Kind. Sie war mit zu einem meiner Azubis gegangen – er war verheiratet, wohlgemerkt –, und sie wollten gerade zur Sache kommen.« Der Chief lachte in sich hinein. »Aber ich bin ihnen hinein gefolgt – sie hatten die Tür nicht geschlossen, zu rattig dafür – und hab der Kleinen gesagt, sie soll ein Kissen nehmen und es sich vors Gesicht halten.« Er schlug sich auf die Knie. »Und können Sie's fassen? Sie hat's auch noch gemacht! Jesus Christus, ich werde nie begreifen, warum die Leute bei allem mitmachen, was man ihnen sagt. ›Halt dir das Kissen vors Gesicht.‹ ›Steig hinten in den Streifenwagen.‹ ›Ich verspreche, ich tu dir nichts.‹« Er pfiff. »Ein Haufen Dummköpfe.«

»Was hätte ich sonst tun sollen?«, heulte Marek.

Der Cop fuhr fort, als hätte Marek nichts gesagt. »Ich hatte gedacht, das Kissen würde das Geräusch dämpfen, aber es war immer noch ziemlich laut. Ihr Gesicht ist weggespritzt wie 'ne Schüssel rosafarbene Suppe.«

»Es tut mir leid, was ich Alexej angetan hab«, sagte Marek.

»Sie haben ihn ins *Gefängnis* geschickt, Suckalot. Nehmen wir kein Blatt vor den Mund. Nicht zu dieser späten Stunde.«

»Es tut mir leid! Bedeutet das denn gar nichts?«

»Sie denken, ich mach mir was aus Ihrem Freund?«

»Warum machen Sie es sonst? Wenn es Ihnen egal ist, warum …«

»Weil ich gern Leute umbringe.«

Marek begann zu weinen.

Der Cop lachte schallend. »Scheiße, Kumpel, geraten Sie doch nicht so aus der Fassung. Ich werde Ihnen nicht wirklich was tun. Wie wär's, wenn Sie sich wieder zu mir setzen?«

Den Blick gesenkt, begann Marek, sich vom Boden abzudrücken, blieb jedoch mit den Hüften zwischen Lehne und Sitzbank stecken.

»Hier«, sagte der Cop. »Ich helf Ihnen.«

Er riss an seinem Arm. Schmerz fuhr ihm in die Schulter, unaussprechlicher, rötlich schwarzer Schmerz, der sich wie Vipern wand. Marek schluchzte, aber es war ihm egal.

»Ups!«, sagte der Cop. »Das verdammte Ding ist einfach gebrochen wie'n defektes Spielzeug. Hier …« Und dann drückte er Marek mit dem Gesicht voran zu Boden. Ehe er wusste, wie ihm geschah, hatte der Polizist ihm einen Stiefel aufs Gesäß gestellt und riss ihn an den Schultern rückwärts. Wie von ferne begriff Marek, dass er gerade zurückgebogen, *in der Mitte geknickt* wurde. Irgendetwas in seinen Eingeweiden platzte. Er wollte, dass alles einfach verschwamm, aber das geschah nicht. Er spürte *alles.* Und der Polizist knickte ihn nach hinten um und drückte ihn nach unten, bis seine Schulterblätter auf seinen Waden zu liegen kamen. Marek fühlte noch, wie er irgendwo in der Bauchgegend aufriss.

Dann spürte er gnädigerweise nichts mehr.

ZWEITER TEIL

SCHATTEN

1

Wieder klopfte Rick an Wells' Tür, und wieder kam keine Antwort. Er zögerte, hörte Geräusche von innen. Er hämmerte an die Tür und wartete.

Nichts.

Er probierte den Knauf, fand ihn verschlossen. Er ballte die Faust, bereit, so hart gegen die Tür zu hämmern, dass sie im Rahmen wackelte, da hörte er es. Ein Grunzen. Fieberhaftes Grunzen. Und Stöhnen. Roderick und Amanda Wells.

Himmelherrgott!, dachte Rick.

Er hatte sich auf einen Streit eingestellt, bei dem er Wells die Meinung geigte und dann in die Nacht davonstapfte. Er hatte nicht erwartet, ihn bei einem stürmischen Liebesspiel zu stören.

Rick ließ die Faust sinken und stand einen Moment lang da. Dann wandte er sich um und ging die Treppe hinab. Plötzlich rief hinter ihm eine Stimme: »Mr. Forrester?« Wells kam aus seinem Zimmer. »Ich war gerade beschäftigt.«

Mürrisch starrte Rick Wells' verschwitztes Haar an und die Brust, die unter seiner burgunderroten Robe aufblitzte. Trotz seines zerzausten Erscheinungsbilds sah der Mann jünger aus als zuvor in der Bibliothek. Hatte er sich zwischendurch rasiert? Seine Augen waren ganz gewiss klarer und weniger blutunterlaufen.

»Feiern Sie was?«, fragte Rick.

»Sie sind hier, um mich etwas zu fragen«, sagte Wells.

Rick öffnete den Mund, zögerte jedoch.

Wells betrachtete ihn. »Ja?«

Ja, Rick?, fragte er sich selbst. *Worüber genau willst du sprechen? Darüber, dass der Mann, der aufgetaucht ist, um Marek mitzunehmen, ein Charakter ist, den du erschaffen hast?*

Wahnsinn.

Wells legte Rick eine Hand auf den Rücken. »Gehen wir ein Stück. Es gibt da etwas, das Sie sehen müssen.«

Schweigend gingen sie die Stufen hinab. Wells führte ihn zu einem Korridor hinter der Küche. An seinem Ende öffnete er eine Tür und legte einen Lichtschalter um, sodass eine Holztreppe zum Vorschein kam, die in die Dunkelheit hinabführte. Rick bekam eine Wolke modriger Luft in die Nase.

»Der Keller?«, fragte Rick.

»Mein Kerker«, sagte Wells mit einem breiten Lächeln.

Rick erkannte das Herausfordernde in Wells' Blick. »Was ist da unten? Eine Menagerie Ihrer früheren Schüler?«

Wells ging an ihm vorbei und in die Düsternis hinein. Rick folgte ihm. Einen Moment später erhellte eine nackte Glühbirne einen großen kreisförmigen Raum, der mit Stahltüren gesäumt war.

Wells sagte: »Polizeichef John Anderson.«

Ricks Herz drohte ihm aus der Brust zu springen.

Wells lächelte. »Sie glauben ernsthaft, Sie hätten den Gentleman geschrieben, der Mr. Sokolov von meinem Land heruntergeleitet hat?«

Rick sagte nichts.

»Sie glauben wohl … was? Dass Sie ihn mit Ihrer Vorstellungskraft heraufbeschworen haben? Ihn gottgleich haben Fleisch werden lassen?«

Rick spürte, wie sein Adamsapfel hüpfte. »Wie erklären Sie es? Die Stimme, das Gesicht, sogar der Sinn für Humor, das alles …«

»… stammt aus Ihren Erinnerungen, Mr. Forrester.«

»Mir ist noch nie jemand wie dieser Sheriff begegnet.«

»Polizeichef«, korrigierte ihn Wells. »Wir sind alle das Produkt unserer Erfahrungen. Und unsere Erzählungen ebenfalls.«

Ricks Gedanken rasten. War es möglich, dass Wells die Wahrheit sagte? Konnte die Saat des Charakters ausgebracht worden sein, ohne dass er davon gewusst hatte?

Es kam ihm unwahrscheinlich vor. »Mr. Wells, es gibt zu viele Ähnlichkeiten … Ich verstehe nicht, wie …«

»Ich schon«, sagte Wells und griff in seine Robe.

Er hielt ein Bündel Seiten in der Hand.

Rick warf einen Blick darauf. »Ist es das, was ich glaube?«

»Garten der Schlangen.«

Ricks Kiefer verspannte sich. »Wie sind Sie da rangekommen?«

»Während Sie draußen waren, hat meine Frau Kopien Ihrer neuen Manuskripte angefertigt.«

»Wie …«, begann Rick. »Das ist aber *übergriffig.*«

»Inwiefern?«, sagte Wells und lachte. »Wegen Ihrer Privatsphäre? Sie haben zugestimmt, sich in meine Hände zu begeben.«

Rick griff nach den Seiten.

Wells riss sie weg. »Lassen Sie das, Mr. Forrester, sonst gehen Sie als Nächster.«

Rick ließ die Hand fallen, aber ein neuer Gedanke stieg in ihm auf. »Wenn Ihre Frau Kopien gemacht hat … dann hatten Sie Mareks Entwurf schon gelesen.«

Wells erwiderte nichts, aber sein selbstzufriedenes Lächeln genügte als Antwort.

»Wenn es Ihnen nicht gefallen hat«, fragte Rick, »warum haben Sie's ihn dann vorlesen lassen?«

Wells breitete die Hände aus, als verstünde sich das von selbst. »Um zu demonstrieren, dass schlechtes Schreiben Konsequenzen hat.« Wells trat näher und stieß mit dem Kopf gegen die tief herabhängende Glühbirne, sodass sie zu schwingen begann und ihr Licht an den Betonziegelwänden auf und ab schwamm. »Denken Sie doch nur, wie viel besser die Welt wäre, wenn jeder unfähige Schreiber zum Schweigen gebracht würde.«

Rick schwitzte und ihm wurde schwindlig von dem herumwirbelnden gelben Licht. »Sie hätten einfach sagen können: ›Hier haben Sie es falsch gemacht, und so machen Sie es besser.‹«

»*Verstehen* Sie nicht? Das dient lediglich dazu, den Schock abzumildern.«

Der Raum vollführte eine langsame Rolle zur Seite. Rick streckte die Arme aus, um das Gleichgewicht zu bewahren.

»Würden Sie sich gern hinlegen, Mr. Forrester?«

Die Birne pendelte weiter.

Er hypnotisiert dich.

Lächerlich.

Kämpf dagegen an!

Rick hob eine Hand an die Stirn und massierte sie, als könnte er so manuell sein träges Gehirn stimulieren.

»Anderson«, murmelte er. »In meinem Buch ist er ein Mörder.«

»Er hat in der Tat ein Faible fürs Blutvergießen. Worauf wollen Sie hinaus?«

»Ich will Marek sehen.«

»Marek ist fort.«

»Hat Anderson ihm etwas angetan?«

Wells' trübe Augen weiteten sich. »Ist Ihnen klar, was Sie da sagen, Mr. Forrester? Wie absurd das klingt?«

Die Glühbirne schwang weiter. Einen Moment lang war Wells hellgelb und seine Augen funkelten, im nächsten war er nur noch ein Schatten.

»Es ist schlimmer, als ich dachte«, flüsterte Wells.

»Lassen Sie uns hinaufgehen.«

»Ich wusste, dass Sie Schwierigkeiten haben, was die Realität betrifft, aber ich habe nicht geahnt, wie ernst es ist. Sie glauben wahrhaftig, Sie leben in einem Märchen.«

Im flackernden Licht schien Wells zu wachsen. Rick wich einen Schritt zurück. »Mir geht's nicht so gut ...«

Die teerigen Augen glommen. »Sie entwickeln sich zurück, Mr. Forrester, werden infantil. Ich habe mir viel von Ihnen versprochen, aber Sie fürchten sich ...«

Rick spürte seine Beine nicht mehr.

»... wie ein Kind, das sich vor Monstern zitternd unter seiner Bettdecke verkriecht.«

Rick wich noch einen Schritt zurück und warf einen Blick hinter sich. Er musste sich dringend an eine Wand lehnen, um nicht umzufallen, aber die Wände waren nirgends in Sicht, als dehnte sich der Keller aus. Ein Geruch nach Erde stieg ihm in die Nase. Ein dumpfes, fernes Brüllen drang ihm an die Ohren. Wells kam näher, doch Rick konnte nirgendwohin.

»Bitte«, murmelte Rick, schwankend.

»Gute Nacht, Kind«, sagte Wells.

Und dann raste der Beton auf ihn zu.

2

Die Atmosphäre in Lucys Zimmer war erdrückend. Der unbenutzte Laptop starrte sie vorwurfsvoll an.

»Zur Hölle damit«, murrte sie. Sie ging zur Tür, öffnete sie und erschrak, als sie in zwei Gesichter blickte.

Will und Sherilyn.

»Wir wollten Sie nicht erschrecken«, sagte Sherilyn.

Lucy fasste sich an ihr hämmerndes Herz. »Haben Sie das absichtlich so getimt, um maximalen Schrecken hervorzurufen?«

Will lächelte vorsichtig. »Sherilyn findet, wir haben alle einen schlechten Start erwischt. Sie glaubt …«

»… dass unsere Energie schlecht ist«, beendete Sherilyn den Satz. »Kommen Sie mit uns nach oben.«

Lucy folgte ihnen ins zweite Geschoss, wo sie einen gewaltigen Raum betraten, der sie an eine Kirche erinnerte.

Der Boden war aus grob behauenem Stein, die Wände ebenso. Es gab ein Dutzend Bänke, die einen breiten Mittelgang flankierten. Am anderen Ende, gut zehn Meter entfernt, gab es einen erhöhten Bereich, einer Bühne nicht unähnlich. Und die Außenwand dahinter bestand fast zur Gänze aus buntem Glas.

»Was zur Hölle ist das hier?«, fragte Lucy.

Sherilyn sah sie an. »Eine Kapelle.«

»Wozu braucht Wells eine Kapelle?«

Sherilyns Tonfall war nachdenklich. »Seine Bücher haben keine metaphysische Schwingung.«

»Dafür eine empörte«, sagte Lucy. »Figuren, die Gott anklagen, organisierte Religionen attackieren …«

»*Martins Eid*«, sagte Will, und sie beide sahen ihn an.

Er zuckte mit den Schultern, als wäre das offensichtlich. »Die Szene, in der Martin die Kathedrale entweiht? Sagen Sie mir bitte, dass Sie das noch wissen.«

»Tut mir leid«, sagte Lucy.

»Wie können Sie sich daran nicht erinnern? Wie er geschrien hat, Sachen umgeschmissen, und dann«, er gestikulierte, »das Urinieren ...«

»Ich bin froh, dass ich's nie gelesen hab«, sagte Sherilyn und ging den Mittelgang hinunter.

»Sie sind religiös?«, fragte Lucy und folgte ihr.

Sherilyn legte ihr sanft eine Hand auf die Schulter. »Lassen Sie uns essen.«

Als Lucy sich der Front der Kapelle näherte, bemerkte sie, dass die beiden ein Picknick vorbereitet hatten. Auf mehreren Stoffservietten fand sie Cracker, ein Käserad, eine lange Salami und mehrere Flaschen Wasser.

Will setzte sich Sherilyn gegenüber hin und deutete auf das Essen. »Wir haben die Speisekammer geplündert. Hauen Sie rein.«

Erst jetzt fiel Lucy auf, dass sie das Abendessen ausgelassen hatte. Ihr lief das Wasser im Mund zusammen. »Ich hab bis jetzt nicht dran gedacht, aber ...«

»Sie sind richtig ausgehungert«, sprach Will für sie weiter. »Uns ging's genauso. Ich krieg auf Reisen sowieso immer Hunger – irgendwas daran zehrt an meinen Kräften, wissen Sie? –, und dann noch dieser beschissene Fahrer ...«

Sherilyn sah ihn komisch an.

»Tut mir leid. Dieser Pimmel von einem Fahrer ...«

Lucy lachte.

»Alles zusammengenommen ... war ich wohl zu gestresst, um zu essen.«

Lucy sägte einen Brocken Käse von dem Rad ab und warf einen Blick nach oben.

Die Gewölbedecke war mit Gemälden übersät, aber das Licht der Wandleuchter reichte nicht, um zu sehen, was sie darstellten.

Als sie ihre Augen sehr anstrengte, machte sie etwas aus, das ein herumspringender Dämon sein mochte, der ein kleines Kind durch einen Wald jagte. Vielleicht war es auch nur ein amorpher Fleck und sie war bloß überspannt.

»Sie haben gefragt, ob ich religiös sei«, sagte Sherilyn.

Lucy hielt mitten im Kauen inne. »Ich ziehe die Frage zurück.«

»Gut«, sagte Will. »Nichts macht mich unruhiger als Gequatsche über Gott. Nun, das und Krebs.«

Sherilyn sah ihn aus Augenschlitzen an. »Sie wollen nicht über Krebs sprechen?«

»Was soll ich sagen? Da krieg ich Panik.«

»Ist jemand, den Sie kannten, daran gestorben?«, fragte Lucy.

»Noch nicht.«

»Aber warum wollen Sie dann nicht …?«

»Weil's mir *Angst* macht, okay? An einem Tag geht's einem noch prima, man geht seinem Leben nach, und dann findet man einen Knoten. Keine große Sache, sagt man sich, aber tief im Inneren geht ein Alarm los, und gruselige Orgelmusik spielt im Kopf, denn ganz tief im Bauch *weiß* man: Falls es bösartig ist, ist man gehörig gefickt.«

»Könnten wir davon absehen, das F-Wort zu verwenden, solange wir uns hier aufhalten?«, fragte Sherilyn.

Lucy sah sie an. »Warum *sind* wir nun eigentlich hier?«

»Um gemeinsam das Brot zu brechen«, sagte Sherilyn.

»Sie meinen: *Dies ist mein Blut* und *Tut dies zu meinem Gedächtnis?*«

»Ich rede vom Brotbrechen mit anderen *Menschen*. Wir drei gehen eine positive Verbindung ein. Keine von Wells' verdrehten Dynamiken.«

Will knurrte. »Wie die, dafür zu sorgen, dass ich zuletzt eintreffe?«

»Das war grausam«, sagte Lucy.

»O ja«, stimmte Sherilyn zu. »Und dass er Sie zusammen mit Tommy und Bryan hat ankommen lassen, ebenfalls. Was für eine ›Dynamik‹ wollte er damit wohl erschaffen?«

»Darüber hab ich noch gar nicht nachgedacht.«

»Nun, dann denken Sie mal darüber nach.«

Lucy staunte über Sherilyns Eindringlichkeit. »Anscheinend haben Sie eine Idee.«

»Die habe ich.«

»Ich würde sie gern hören«, sagte Will, der aufgestanden war und sich streckte. Die Unterseite seines Bauchs ragte haarig und weiß unter seinem grauen Cubs-Shirt hervor.

Sherilyn fuhr fort: »Sie mit zwei Kerlen in eine Gruppe zu stecken – zwei attraktiven Kerlen – hat eine Rivalität zwischen den beiden erzeugt. Außerdem …« Sherilyn brach ab und blickte zu Will auf. »Würd's Ihnen was ausmachen, nicht so über mir zu stehen? Da fühl ich mich, als werde ich gleich vom Schulleiter versohlt.«

»'tschuldigung«, sagte Will und setzte sich hin.

Sie wandte sich wieder Lucy zu. »Wells hat Sie zu einem Objekt gemacht.«

»Ich gehe wohl kaum als Objekt durch.«

»Haben die beiden um Ihre Aufmerksamkeit gewetteifert?«

Lucy zog ein Gesicht. »*Gewetteifert* würde ich nicht sagen. Die beiden … Wissen Sie …«

»Haben sich geprügelt?«, schlug Will vor.

»Natürlich haben sie gewetteifert«, sagte Sherilyn. »Sie sind jung und hübsch …«

»Ansichtssache.«

»… die beiden haben einen auf Alphamännchen gemacht, Bryan hat gezeigt, was für ein Riesenblödmann er ist, und Tommy hat versucht, Ihnen an die Wäsche zu gehen.«

Lucy steckte sich ein Stück Salami in den Mund. »Hört sich an, als wären Sie dabei gewesen.«

»Das musste ich nicht, meine Liebe. Ich kenne die Männer.«

»Moment mal«, sagte Will. »Sie wollten doch, dass wir hier *das Brot brechen*. Stereotype helfen da aber mal gar nicht.«

Sherilyn hob die Augenbrauen. »Liege ich denn falsch?«

»Was Bryan und Tommy angeht?«, fragte Will. »Wahrscheinlich nicht. Aber wenn Sie *alle Männer* meinen …«

Lucy nahm einen Schluck Wasser. »Was erreichen wir, indem wir hier zusammensitzen? Wir kämpfen doch trotzdem um dieselbe Sache.«

Wills Miene verfinsterte sich. »Sie glauben doch nicht, dass Wells wirklich so ist, oder? Er schafft nur eine bestimmte Grundstimmung.«

»Das glauben Sie doch selbst nicht.«

»Ich *muss* es glauben. Haben Sie die Anspannung dadrin gespürt? Das war schlimmer als in der Firma, bei der ich arbeite.«

Lucy schnitt sich ein Stück Salami ab. »Also ist das hier so was wie 'ne Selbsthilfegruppe?«

Sherilyn sprang auf. »Jetzt seien Sie doch nicht so zynisch.« Sie ging auf die Buntglasfenster zu. »Wir wissen alle, was auf dem Spiel steht. Wer behauptet, drei Millionen Dollar seien kein ernst zu nehmender Anreiz, der lügt.«

Lucy kaute. »Warum haben Sie Rick nicht eingeladen?«

»Haben wir versucht«, sagte Will. »Er war nicht auf seinem Zimmer.«

»Ein handfester Kerl wie er ist bestimmt draußen im Wald und hackt Holz oder so«, sagte Sherilyn.

Lucy lachte, stellte ihn sich jedoch unwillkürlich mit einer Axt vor. Ohne Hemd.

Sherilyn wandte sich ihnen zu. »Es gibt da etwas, das noch keiner von uns angesprochen hat. *Jemanden.*«

»Marek«, sagte Lucy.

Sherilyn nickte knapp. »Marek.« Sie stützte sich auf ein Rednerpult, das zahlreiche unbekannte Runen aufwies. »Marek wurde vor unseren Augen verbannt, und keiner von uns hat einen Finger gerührt, um ihn zu retten.«

»Er hat die Regeln gebrochen«, sagte Will.

»Warum sagt Wells ihm dann nicht einfach, dass er gehen soll?«, fragte Sherilyn herausfordernd. »Was sollte die Farce, ihn erst seine Arbeit vorlesen zu lassen, nur damit er sie dann vor der Gruppe verreißen kann?«

»Macht«, sagte Lucy. Als beide sie ansahen, sagte sie: »Darauf läuft es letztlich hinaus, richtig? Macht? Kontrolle?« Sie sah Will an. »Es tut mir leid, aber bei dem Wells, den wir gesehen haben, ist das keine Show. Der ist tatsächlich so.«

»Stimmt«, sagte Sherilyn.

»Wie er mit Marek umgesprungen ist, das beweist es«, fuhr Lucy fort. »Er wollte ihn nicht nur demütigen, er wollte, dass wir alle es mitansehen.«

Will gestikulierte vage. »Wenn Marek aber doch die Regeln gebrochen hat …«

»Das hat er trotzdem nicht verdient«, sagte Sherilyn. »Er hat es nicht verdient, von diesem Berg von einem Cop drangsaliert zu werden.«

Lucy fiel wieder ein, was Rick über den Polizisten gesagt hatte, und entzog sich eilig dem Gedanken.

Will blickte mit gerunzelter Stirn auf seine Knie hinunter. »Sie haben wohl recht. Es war maßlos, herzlos und all das. Aber wenn ich zu lange darüber nachdenke, werde ich nur neurotisch.«

»Sie sind bereits neurotisch«, stellte Sherilyn fest.

»Nein, wirklich«, sagte Will. »Und zu sehen, wie Marek kaltgestellt wird …«

»Könnten wir ein anderes Wort verwenden?«, fragte Lucy.

»… die Tür gezeigt bekommen hat, da drängt sich mir der Gedanke auf, dass ich auch bald fällig bin.«

»Mag sein«, sagte Sherilyn.

Will starrte sie an. »Na, vielen Dank.«

»Vielleicht werden es aber auch Sie sein«, sagte sie zu Lucy. »Oder ich.«

Wills Miene wirkte angestrengt. »Sie meinen …«

Sherilyn lächelte. »Was ich vorschlagen möchte, ist simpel: Wir drei – und jeder, der sich unserer kleinen Kabale noch anschließen möchte – legen ein Gelübde ab, unsere Menschlichkeit zu bewahren, trotz der zuwiderlaufenden Anreize.«

Lucy blickte auf ihre Füße hinunter und streckte sich. »Aber es macht so viel mehr Spaß, sich gegenseitig zu zerstören.«

Sherilyns Miene wurde düster. »Oh, davon wird es eine Menge geben, meine Liebe. Seien Sie ganz beruhigt.«

»Besonders mit Bryan im Boot«, murrte Will.

Lucy sagte: »Ich glaube, es ist schlimmer, als Ihnen bewusst ist.«

Sherilyn runzelte die Stirn. »Wie kommen Sie darauf?«

»Nur so ein Gefühl«, sagte Lucy und ging sich das Buntglas ansehen. »Wenn er wütend wird …«

»Was oft geschieht«, sagte Will.

»… dann geht so eine *Kälte* von ihm aus. Als wollte er Leute verstümmeln.«

»Ich weiß, was Sie meinen«, sagte Sherilyn. »Sein Gesichtsausdruck, als Wells ihm widersprochen hat, war wirklich unheimlich.«

»Das ist alles Prahlerei«, sagte Will. »In meinem Büro gibt es haufenweise solche Typen. Die müssen ihre Dominanz etablieren, einem zeigen, was für harte Kerle sie sind. Deswegen geh ich auch nicht mehr ins Studio. All das Getue.«

Sherilyn sah ihn komisch an.

Er zuckte mit den Schultern. »Okay, deswegen und weil ich Sport hasse.«

Lucy lachte, hörte jedoch gleich wieder auf, als sie Sherilyns Miene sah. »Was ist denn?«

Will folgte Sherilyns Blick zu dem Buntglasfenster. »Was macht der Mann da?«

Aber es war keine Erklärung nötig. Lucy war es vollkommen klar, und der Stille der anderen nach zu urteilen ging es ihnen genauso. Im Buntglas war ein mittelalterlicher Ritter in voller Kriegsrüstung dargestellt: rote Panzerplatten, ein kreuzförmiges Schwert, geschmiedet aus antikem Gold, und ein silberner Helm mit offenem Visier.

Lucy wünschte, das Visier wäre geschlossen geblieben.

Denn das Gesicht ähnelte einem jüngeren Roderick Wells, Wells, wie er in den Vierzigern ausgesehen haben musste, ein wenig abgehärmt, aber atemberaubend attraktiv. Seine schroffen Konturen waren zu einer Maske der Bestimmtheit erstarrt, während er sein Schwert schwang, umgeben von Schlangen und Menschen.

»Jesus Christus«, hauchte Will.

Die Schlangen hatten ihre Fänge gebleckt, doch Wells, statt sie mit seinem Schwert abzuwehren, wies sie an, die Umstehenden zu attackieren, die Bauernkleidung trugen.

In Blut getränkte Kleidung.

Die Vipern wimmelten über die kreischenden Buntglasgestalten hinweg, hatten entweder schon ihre Zähne ins Fleisch ihrer Opfer geschlagen oder waren drauf und dran, sie umzubringen. Der ritterhafte Wells, eine albtraumhafte Umkehrung der St.-Patricks-Legende, zeigte seine Zähne und hieb mit seinem Schwert nach einer hilflosen jungen Frau, die nur noch heulen konnte, als Schlangen mit wahnsinnig funkelnden Augen über sie hinwegkrochen.

»Warum«, fragte Sherilyn, »sollte Wells nun wohl ein solches Bild in Auftrag geben?«

Will lächelte zaghaft. »Vielleicht hat er dafür Modell gestanden.«

Sherilyn blickte ihn ausdruckslos an. »Das ist doch mal ein erfreulicher Gedanke.«

3

Beim ersten milchigen Morgenlicht lag Rick zitternd da und dachte: *Ich sterbe.*

Dann: *Wells weiß es. Irgendwie, unglaublicherweise, kennt er die Wahrheit über mich.*

Seine Zähne klapperten und sein Bett war mit eisigem Schweiß getränkt. Er erinnerte sich kaum noch, wie er aus dem gottverlassenen Kerker gekrochen war, aber das spielte jetzt keine Rolle.

Was eine Rolle spielte, waren die Schatten, die er im Keller erspäht hatte. Und was geschehen war, als er zwölf gewesen war.

Der Sog riss ihn tiefer hinab, stürzte ihn in einen Mahlstrom albtraumhafter Erinnerungen:

Mit seinem Stiefvater Phil hatte es sich verschlimmert und Rick hatte am meisten abbekommen. Auch seine Mom hatte er schlecht behandelt, und Rick war erbleicht bei Phils schneidenden Worten und dem unaufhörlichen Gemecker.

Linda, warum machst du dich nicht mal ein bisschen hübsch?

Dabei hing ihm selbst das Hemd schlampig aus der Hose und sein Haar war zerzaust.

Linda, lass nicht immer die Käfer rein. Mach die Tür zu, Herrgott noch mal!

Dabei war Phil doppelt so oft draußen und machte nie hinter sich zu.

Zu Rick: *Du spielst nicht den ganzen Sommer nur Videospiele.*

Rick hingegen, mit zwölf, mähte schon den Rasen, spülte das Geschirr, schleppte den Müll hinaus und verrichtete eine Menge anderer niederer Arbeiten. Vertragsknechtschaft, und er beklagte sich kaum jemals.

Nie bringst du zu Ende, was du angefangen hast!, brüllte Phil.

Dabei fing er selbst Dutzende von Aufgaben an und ließ sie unbeendet liegen. Werkzeuge überall im Haus. Elektrischer Bohrer auf dem Küchenboden. Hammer und Nägel auf dem Esszimmertisch. Die Garage ein Durcheinander aus Sägeböcken und Verwahrlosung.

Es verschlimmerte sich mit Phil:

Linda, hast du denn nichts von den Einbrüchen gehört? Wer ersetzt uns unsere Sachen, wenn sie gestohlen werden?

Ricks Mom schlug kleinlaut vor, dass sie ihre Wertgegenstände versichern lassen *könnten*.

Phils Reaktion war so heftig, als hätte sie das Geld der Familie im Garten aufgehäuft und angezündet.

Eines Nachts erwacht Rick, weil er Stimmen hört.

Was meinst du damit, du hast es vergessen? Jesus Christus, wir haben drei verfluchte Türen. Drei! Und du hast vergessen, eine abzuschließen? Und was ist mit Rick? Ich hab ihm gesagt, er soll es noch mal nachprüfen.

Es ist meine Schuld, Phil. Ich lasse alles ersetzen.

Rick kommt aus seinem Zimmer, kein bisschen schlaftrunken. Das macht die Angst.

Im Speisezimmer ragt sein Stiefvater wild gestikulierend über seiner Mutter auf und seine blutunterlaufenen Augen treten hervor. *Ach so? Tatsächlich? Und wie willst du eine 20.000-Dollar-Muskete ersetzen, Linda?*

Seine Mutter holt zitternd Luft und ihre knochigen Schultern verspannen sich unter ihrem schäbigen braunen Morgenmantel. *Es tut mir leid. Ich bring's wieder in Ordnung.*

Du bringst gar nichts *in Ordnung. Ich kann nicht glauben, dass du so dumm warst …*

Als er Rick sieht, nimmt sein Gesicht einen noch dunkleren Rotton an.

Ich dachte, du hättest deine Aufgaben erledigt.

Rick findet seine Stimme. *Es war meine Schuld, dass die Tür nicht verschlossen war.*

Phils Gesicht verhärtet sich, er lässt sich kein bisschen erweichen, obwohl Rick so zerknirscht ist. *Du hast recht, du bist schuld. Du und deine Mutter. Und wenn du glaubst, du kämst damit durch, dann hast du wirklich bloß Scheiße im Kopf.*

Er kommt *näher*. Das Gesicht nun beinahe purpurn, der Zeigefinger ausgestreckt.

Du wirst jeden Tag arbeiten, bis du es mir zurückgezahlt hast. Und deine Mutter nimmt dich nicht mehr in Schutz. Schluss mit Samthandschuhen.

Okay, Phil, sagt er, und sofort geht ihm auf, dass er nicht *Phil* sagen soll, *Sir* soll er sagen, und dann stößt Phil mit der Schulter seine Mutter aus dem Weg und kommt mit erhobener Faust auf ihn zu. Er hat Rick schon mehr als einmal geschlagen, aber dass er direkt vor Ricks Mutter zuschlagen wird, glaubt Rick immer noch nicht.

Ricks Füße verheddern sich, und er landet unelegant auf den Ellenbogen. Er blickt zu Phil auf, der brüllt: *Steh auf, du fauler kleiner Bastard!*

Rick will sich erheben, ist jedoch nicht schnell genug. Phil packt ihn am T-Shirt und reißt ihn in die Höhe, hebt ihn hoch, schüttelt ihn und spuckt ihm Obszönitäten ins Gesicht. Rick hat immer gewusst, dass sein Stiefvater stark ist, aber das hier ist, als hätte ein Tornado Rick erfasst.

Etwas pfeift, und dann knirscht es.

Rick stolpert zurück. Phil sackt vor seinen Füßen zu Boden. Rick starrt auf ihn hinunter, blickt über dessen reglose Gestalt hinweg und sieht seine Mutter, den Hammer in der Hand.

Mutlos lässt sie den Kopf hängen. Sie weint stille Tränen.

Nach einer Weile begegnen sich ihre Blicke.

Du hattest nichts hiermit zu tun, sagt sie.

Okay, antwortet er, aber sein Stiefvater, der mit dem Gesicht nach unten zwischen ihnen liegt, lenkt ihn ab.

Liebst du mich?, fragt sie.

Er öffnet den Mund, um ihr zu sagen, dass er sie natürlich liebt, aber sie hält ihn auf, indem sie eine Hand hebt, verärgert über sich selbst. *Entschuldige, Schatz, dumme Frage. Ich weiß, dass du mich liebst.* Ein zitternder Atemzug. *Und weil du mich liebst, musst du etwas für mich tun.*

Er kommt sich nun klein vor. Sechs Jahre alt. Vielleicht vier. Nicht einmal einen Grunzer bringt er heraus, so außer sich ist er.

Ich möchte, dass du dich umdrehst, sagt seine Mom.

Rick fängt an, sich zu drehen, macht dabei aber den Fehler, auf Phils Kopf hinunterzusehen, die Erhöhung am Schädelansatz. Da ist ein dunkelroter Kreis, kein perfekter Kreis, aber definitiv hammerförmig. Mit einem mulmigen Gefühl vollendet er die Drehung.

Die Stimme seiner Mutter, näher jetzt. *Versprich, dass du dich nicht umdrehst.*

Okay.

Sag es. Ihre Stimme heiser.

Ich dreh mich nicht um.

Gar nicht. Nicht ein Mal. Nicht bis ich ganz fertig bin und sage, dass du darfst. Wir haben nicht viel Zeit. Versprochen?

Okay.

Eine Pause, dann rauscht etwas hinter ihm, wie wenn eine Bettdecke auf den Boden rutscht.

Sie sagt: *Geh vorwärts.*

Das macht er.

Weiter, weist sie ihn an.

Er geht weiter, nun etwa zweieinhalb Meter von Phils Kopf entfernt.

Der dumpfe Schlag lässt ihn zusammenzucken. Noch einer. Dann werden die Hammerschläge rhythmisch und … *saftig*. Auf einer Ebene weiß er, was sich hinter ihm abspielt, aber er flieht davor, sagt sich selbst, dass es nicht passiert, hält sich an allem fest, was ihm gerade einfällt. Das Spiel der Cubs an dem Tag. Die neue Tankstelle drei Blocks weiter. Vielleicht haben die da eine Saftpresse.

Scheiße. Saft. Roter Saft. Rotes Gehirn. Rotes Blut.

Rick dreht sich um und weiß, dass alles real ist.

Seine Mutter keucht, die nackten Füße links und rechts von der Leiche, die jetzt zuckt, und es riecht nach Scheiße im Esszimmer, was er aber noch nicht in Verbindung bringt mit dem schlotternden, zuckenden Haufen auf dem Boden. Seine Mutter ist nackt und ziemlich blutig. Heilige Scheiße. Sie sieht wie ein Kannibale aus einem südamerikanischen Stamm aus oder wie die rachsüchtige Frau aus dem Film, den er zu Hause bei einem Freund gesehen hat: die Frau, die vergewaltigt wird, zurückgelassen im Glauben, sie sei tot, und es dann den Kerlen heimzahlt, die es gemacht haben.

Das zieht seinen Blick wieder zu Phil, dessen Arme und Beine jetzt nicht mehr flattern.

Phil ist kein Vergewaltiger, soweit Rick weiß, aber er ist irgendwie wie die Typen in den Filmen über weibliche Rache. Rick wird klar: Er hat gewollt, dass Phil stirbt, hat es aber nie als wahrscheinlich angesehen, hat sogar angezweifelt, dass Phil sterben könnte. Dafür war er ein zu großes Arschloch.

Es tut mir leid, dass du mich so sehen musstest, sagt seine Mom.

Plötzlich beschämt ihn der Anblick des schwarzen Schamhaars seiner Mutter, auf dem rote Spritzer zu sehen sind, er wendet den Blick ab und ertappt sich dabei, wie er den Haufen Nudeln mit Tomatensoße ansieht, der eben noch der Kopf seines Stiefvaters gewesen ist. Rick merkt, wie ihm das Essen hochkommt, und seine Mutter sagt mit lauter und gebieterischer Stimme: *Geh ins Badezimmer, Rick! Sofort!*

Er tut wie geheißen und schafft es in letzter Sekunde. Er erbricht sich ausgiebig, zum ersten Mal in seinem Leben froh darüber, sich die Eingeweide auszukotzen. Zumindest ist er so vom Mordtatort weg.

Seine Mutter geht an ihm vorbei, zieht den Duschvorhang beiseite und dreht das Wasser auf. Rick fängt automatisch an, sein Hemd auszuziehen, aber sie legt ihm eine Hand auf den Rücken. *Die ist für mich, Ricky. Du wartest hier, während ich mich zurechtmache.*

Das macht er, obwohl sich der Raum noch immer wie ein Karussell dreht. Seine Mom braucht lange. Er begreift, dass sie sich jedes Atom des Bluts abspült, das sie vielleicht bespritzt hat. Sicher schrubbt sie sich die Fingernägel sauber und obendrein noch die Dusche.

Als sie heraustritt, sagt sie: *Jetzt geh du rein. Deine Geschichte ist: Du hast mich schreien gehört. Du bist aus deinem Schlafzimmer gekommen. Du hast mich über Phils Leiche weinen sehen und dich übergeben. Dann hast du auf meine Anweisung hin eine Dusche genommen. Das erklärt das nasse Handtuch. Kannst du dir das alles merken?*

Rick hört kaum zu. Offen gesagt flippt er fast aus beim Anblick seiner Mutter, die aus der Dusche steigt. In all der Zeit seit seiner frühsten Kindheit hat er sie nicht so lange nackt gesehen und hätte es gern für den Rest seines Lebens dabei belassen.

Rick?

Er blinzelt sie an. *Was?*

Kannst du's dir merken?

Klar.

Sie nickt. *Dusch. Bis du rauskommst, wird die Polizei hier sein.*

Sein Magen macht einen Satz. *Polizei?*

Sie sieht ihn flehentlich an. *Ricky, du musst das für mich machen. Ich wollte deinen Stiefvater nicht umbringen, aber er war ein schrecklicher Mensch und er hat uns beiden wehgetan. Oder nicht?*

Mhm.

Hätte ich mich scheiden lassen, hätte er alles behalten. Ich weiß nicht, wie, aber irgendwie hätte er's hingekriegt. Er hätte dafür gesorgt, dass ich gefeuert werde, und hätte Gerüchte über mich verbreitet.

Rick nickt, obwohl er keine Ahnung hat, wovon seine Mom redet.

Die Polizei kommt und befragt ihn dazu. Er schlägt sich gut. Seine Mutter ebenfalls. Niemand stellt sich irgendetwas anderes vor als den Dieb, der Phil mit dem Hammer umbringt.

Die Nacht endet.

Der Schrecken beginnt einen Monat später.

4

Die Eier und der Speck sorgten nur dafür, dass sich Lucys geschrumpfter Magen noch mehr zusammenzog. Trotz der Übelkeit nahm sie ihren Stift, setzte ihn aufs Notizbuch und dachte: *Du bist durchs halbe Land gereist, um deinen Schwierigkeiten zu entkommen, und stell dir vor: Du kannst immer noch nicht schreiben. Bist immer noch ein One-Hit-Wonder. Fred Morehouse hatte recht:* Das Mädchen, das starb *bist du.*

Um dem Gedanken zu entfliehen, sah sie sich das Esszimmer genauer an: die verblasste rot-goldene Art-déco-Tapete, die uralten Spitzenvorhänge, des Alters wegen vergilbt. Der ganze Raum musste saniert werden, einschließlich der entfärbten Messingtürgriffe.

»Wells ist ein Mann mit Stil«, sagte Bryan. Er warf sich eine lila Traube in den Mund und kaute. »Ich wette, dieses Zimmer kostet mehr als die meisten Häuser.«

»Könnte aber ein bisschen Liebe gebrauchen«, sagte Sherilyn.

Lucy blickte zu der Kassettendecke auf, sah, dass das Holz subtil verzogen war, und kam zu dem Schluss, dass Sherilyn nicht ganz unrecht hatte.

»He«, sagte jemand neben ihr.

Tommy.

»Was?«, fuhr sie ihn an.

Er hob beschwichtigend die Hände. »Immer mit der Ruhe.«

Seufzend legte sie den Stift hin und rückte mit dem Stuhl vom Tisch weg.

»Warten Sie«, sagte Tommy. »Sie müssen nicht gehen.«

»Ich will nicht die Nächste sein.«

»Haben Sie Ihr Wortpensum geschafft?«

Ihr Magen zog sich zusammen. Sie hatte *nichts* geschrieben.

»Irgendwas stimmt nicht, oder?«, fragte Tommy.

Lucy stieß zitternd den Atem aus und ermahnte sich, sich seinetwegen nicht aufzuregen. An ihren Problemen war schließlich nicht er schuld. Andere Leute kämpften gegen eine Schreibblockade; Lucy blockierte eine verdammte Gebirgskette den Weg.

Sie wollte aufstehen, aber Tommy sagte: »*Bitte.* Ich muss mit jemandem reden.«

Sie zögerte. Sein gebräuntes Gesicht hatte einen kränklichen Ton, er hatte Ringe unter den Augen und die Haut dort war so blutunterlaufen, dass es aussah, als wäre er in einen Autounfall geraten.

»Was ist los?«

»Leiser«, murmelte er. Ein Nicken über den Tisch hinweg. »Ich will nicht, dass sie es hören.«

»Ich muss etwas zu Papier bringen, Tommy. Wenn's nicht gerade um Leben und Tod geht …«

»Geht es aber.«

Sie sah Angst in seinem Blick. »Hat es was mit Marek zu tun?«

»Indirekt.« Er lehnte sich nach vorn, die Ellenbogen auf den Knien, sein lockiges Haar nur Zentimeter über seinem Teller, den er nicht angerührt hatte.

»Ich höre«, sagte sie.

»Haben Sie jemals das Gefühl, dass die Vergangenheit Sie verfolgt?«

Jede Minute meines Lebens, dachte sie.

Er brachte seine gefalteten Hände zur Stirn wie ein betendes Kind. Beunruhigt stellte sie fest, dass er weinte.

»Tommy?«

»Ich bin in Schwierigkeiten«, wisperte er.

Sie legte ihm eine Hand auf die Schulter, ausnahmsweise unbesorgt, dass er die Geste falsch deuten könnte. »Ist was passiert?«

»Nicht hier. Nicht … O *Gott.*«

»Ich kann Ihnen nicht helfen, wenn Sie mir nicht …«

Er räusperte sich und starrte zu Boden. »Es tut mir leid, wie ich Sie angesehen habe.«

Lucy zögerte. »Ich weiß nicht …«

»Doch, tun Sie. Sie sind wirklich hübsch, aber das ist keine Entschuldigung. Ich …« Tommy schluckte und schüttelte den Kopf. »Ich weiß, dass es falsch ist, aber ich mach es trotzdem immer wieder. Denke mit meiner Libido …«

»He, Tommy«, fing sie an.

Er stand auf und driftete Richtung Tür. »Ich hätte nichts sagen sollen.«

Bryan grinste schief und rief über den Tisch: »Zerbrechen Sie unter dem Druck, Marston?«

Sherilyn sah ihn an. »Wie kann ein Autor nur so wenig Empathie haben?«

Bryan ignorierte sie. »Ihm fehlt's an Disziplin.«

Tommy war fort.

Lucy fragte sich, ob sie ihm nachgehen sollte. Sie verspürte ihm gegenüber keine besondere Herzlichkeit, doch was sie in seinen Augen gesehen hatte, ging über gewöhnlichen Stress hinaus. Etwas quälte ihn, er stand schwankend am Abgrund. Vielleicht, dachte sie, wäre es besser, wenn er sich entschlösse zu gehen. Sie sagte sich selbst, sie sei nicht wie Bryan, bejubelte nicht den Niedergang eines Konkurrenten, und sie war auch einigermaßen sicher, dass es stimmte.

Dann geh ihm nach, sagte sie sich.

Aber sie tat es nicht. Saß nur da und sagte sich, das flaue Gefühl in ihrem Bauch habe nichts mit Schuld zu tun.

Sie konnte das Gefühl nicht abschütteln, dass sie ihn nie wiedersehen würde.

5

Zeit zu gehen, dachte Tommy. *Zeit zu gehen.*

Als er sich von dem Herrenhaus entfernte, kämpfte er gegen den Impuls an, zu rennen. Wenn er lossprintete, worum seine Nerven ihn anflehten, könnte er in ein Loch treten und sich ein Fußgelenk brechen. Seinen Kram hatte er zurückgelassen, aber das war ihm scheißegal, das ließ sich alles ersetzen. Seine Anziehsachen waren nichts Besonderes, und der einzige Gegenstand von Bedeutung war ein Brief, den ihm einmal ein Mädchen geschrieben hatte. Er hatte ihn aufbewahrt, weil er schmeichelhaft war, und unter dem Strich mochte Tommy es, wenn man ihm schmeichelte. Es gefiel ihm, angeschmachtet zu werden und gesagt zu bekommen, wie schön seine Augen seien, wie umwerfend sein Lächeln.

Er näherte sich dem Fuß des Hügels und dem Wald voller Schatten, der dort auf ihn lauerte.

Er grinste, mittlerweile schweißbedeckt, und stellte fest, dass ihm die Idee eines lauernden Waldes gefiel. Das würde er irgendwann in einer Geschichte verwenden. Keine Horrorgeschichte – zur Hölle mit dem gruseligen Scheiß –, aber etwas Dunkles. Etwas über eine Frau, die nackt auf eine Lichtung schritt, mit einem falschen Baby, eine Frau, die ihn anstierte und der eine Spinne aus dem Mund kroch …

»Jesus Christus«, sagte er und zitterte trotz der Hitze.

Tommy erlebte einen Moment des verwirrten Entsetzens, glaubte kurz, der Pfad, den er suchte, sei vom Wald verschlungen worden. Doch nein, Gott sei Dank war da der Weg, derselbe, auf dem er erst vor zwei Tagen hierhergelangt war.

Hast nicht lange gebraucht bis zum Zusammenbruch, oder?

Tommy hetzte den Pfad hinunter, um der Frage zu entgehen und dem, was sie implizierte.

Es war nicht derselbe Weg. Das sah er deutlich. Zum einen war die Flora hier eine andere, eher wie die Bäume, an die er sich aus seiner Kindheit erinnerte.

(wie die Bäume, die du gestern gesehen hast, die, die dich und Suzy und die pelzige Spinne umgeben haben, die aus ihrem Mund gequollen ist)

»Scheiße«, murmelte er. Was hier auch vor sich ging, er konnte davonlaufen. Wenn er diesem Pfad nur lange genug folgte, würde er wieder auf die Lichtung finden, und dann war's eh egal. Er würde gehen, bei irgendwem als Anhalter mitfahren, er würde sich sogar von dem großen Polizisten fahren lassen …

… nein, würde er nicht, bitte streichen. In einem Graben würde er sich verstecken, wenn er dem Bullen begegnete, der Marek weggebracht hatte. Bei dem wurde ihm ganz anders.

Konzentrier dich, sagte er sich. Er hielt den Blick auf den Weg vor sich gerichtet, der ganz und gar nicht so war, wie er sich an ihn erinnerte. Der, auf dem sie zum Herrenhaus gelangt waren, war von einem tiefen, kräftigen Braun gewesen, fast so, als ginge man auf einer Schokoladenbiskuittorte.

Dieser Weg hingegen war kiesig und sandig wie solche, die an Flüssen entlangführen. Nun meinte er sogar, den Fluss zu riechen, das langsam dahinströmende Wasser und die Fische …

… und vor seinem geistigen Auge sah er das Seil schwingen, sah seinen eigenen Körper über das Wasser hinwegsausen, während seine Freunde johlten und klatschten, und dann schlug er einen Salto und platschte ins Wasser und tauchte wieder auf und sah sie alle mit erhobenen Bierdosen, und da stand auch Lexi, eins der Mädchen, mit denen er in seinen späten Teenagerjahren ausgehen sollte, Jahre, in denen er trinken, vögeln und jede Droge einwerfen würde, die er in die Hände bekam, immer mit der Behauptung, er entdecke sich gerade selbst. Was er nun neben dem Fluss entdeckte, war Lexis nackter Körper, und alles war so natürlich und schön, dass er ihr das Kondom ausredete, und ein paar Monate später fragte einer seiner Kumpel: He, hast du das von Lexi gehört? Und Tommy, nicht sehr interessiert, fragte zurück: *Was ist mit ihr?*

Sie hatte 'ne Abtreibung.

Oh, machte Tommy, gespielt desinteressiert.

Ist das alles?, fragte der Kumpel. *Oh?*

Was soll ich denn sagen?, fragte Tommy zurück.

Sein Kumpel hatte nicht geantwortet, und auch sonst hatte niemand in Tommys Gegenwart die Sache angesprochen, aber er hatte noch wochenlang wie besessen darüber nachgedacht. Und ein Jahr später hatte er definitiv ein Mädchen geschwängert, sie sagte es ihm selbst, und als sie ihn fragte, was er nun zu tun gedenke, sagte er: *Ich fahr dich zur Klinik.*

Sie sagte: *Ich behalte es.*

Er: *Meinetwegen, ist wahrscheinlich eh nicht meins.*

Sie wieder: *Es muss deins sein. Du bist der Einzige, mit dem ich zusammen war. Ich bin erst 16.*

Gott. Dass sie ihn daran erinnerte. Er kannte nicht einmal die Gesetze. War es illegal, wenn er erst 20 war? Er wusste es nicht, aber er lag nachts wach, schwitzte und stellte sich einen Richter vor, der in einem Fall von Unzucht mit Minderjährigen um Beweise bat, und das Mädchen legte dem Richter das Baby auf den Tisch und sagte: *Hier ist mein gottverdammter Beweis.*

Der Weg beschrieb vor Tommy eine Kurve, und er stolperte. Er war viel zu schnell gegangen, um anmutig zu stürzen, und jetzt schlug er mit voller Wucht hin, ein echter Köpper, rutschte auf dem Bauch vorwärts, während der Kies ihm die Handflächen zerfleischte, und …

… hörte er da jemanden lachen?

Tatsächlich. Ein Kinderlachen.

Er wusste, er hatte es schon einmal gehört, damals, als er diese Braut Megan gedatet hatte. Wie war noch ihr Nachname gewesen? Sie hatte einen hübschen Körper gehabt, dafür, dass sie schon ein Kind ausgespuckt hatte. Es war niedlich gewesen, wenn es nicht gerade gebrüllt hatte.

Tommy kämpfte sich auf die Knie hoch und klopfte sich Hemd und Cargoshorts ab.

Dann stand er auf, hörte wieder das Lachen und spähte in die Richtung, wo die Bäume sich ausdünnten. Das Geräusch kam definitiv von dort. Unheimlich, wie sehr es sich wie Megans Junge anhörte … Wie hatte er geheißen? Justin vielleicht? Jacob oder Justin?

Jacob oder Justin war erst drei gewesen, aber das Kind hatte ihn wirklich ins Herz geschlossen, was es ihm mit Megan leichter gemacht hatte. Sie hatte Hintergedanken gehabt, aber so getan, als ginge es ihr nur um ihre Beziehung.

Klar, Megan, hatte er gedacht, während er neben ihr auf der Couch gesessen und so getan hatte, als guckte er ganz gern mal so eine beknackte Romantikkomödie, *es geht nur um uns, stimmt's? Nicht etwa darum, dass du einen Versorger für den Jungen willst. Der Typ, der dir den Braten in die Röhre geschoben hat, will nichts mit Justin/Jacob zu tun haben, also denkst du dir, wenn du nett zu mir bist, werde ich sein neuer Daddy.*

Werde ich aber nicht. Ich war nämlich schon der Typ, der, der dich abserviert hat. Und ich kann mich total mit ihm identifizieren, verstehe auch total, warum er geflohen ist. Wer würde nicht? Windeln und laufende Nasen und kein Schlaf und von der Alten ausgeschimpft werden. Wer ließe sich denn freiwillig darauf ein?

Gelächter, deutlicher diesmal.

Tommy blickte in den Wald und dachte: *Justin/Jacob, bist du das?*

Die Bäume waren mit Spanischem Moos behangen, was kein bisschen Sinn ergab, weil so die Bäume in Georgia waren, nicht die in Indiana. Tommy passte auf und ging zögerlich weiter. Wenn er das Kind fand, *könnte* es ihm verraten, wie er hier herauskam. Vielleicht hätte es sogar einen Dad dabei, und dieser Dad würde Tommy in die Stadt mitnehmen.

Ein Streifenhörnchen huschte vor ihm über den Weg. Er strengte seine Augen an, und als er den enormen Zypressenbaum sah, von dessen kräftigen Ästen das Spanische Moos herabhing wie Stränge geschmolzener Haut, konnte er es nicht glauben: Dies war exakt der Baum, an den er sich erinnerte; er hatte vor dem Nachbarhaus des Ferienhauses gestanden, in dem er den Sommer seines 22. Lebensjahrs verbracht hatte. Die Englischlehrerin war dorthin gekommen, um im Urlaub einen Roman zu schreiben, 39, attraktiv und ein komplettes Mysterium für Tommy, der noch nie mit einer älteren Frau geschlafen hatte. Es dauerte nicht lange, bis sie nachgab, sie wollte es ja selbst, und er war nett zu ihr, schnitt im Garten seiner Eltern Rosen – Gott sei Dank waren sie in dem Sommer zu Hause geblieben – und überreichte sie ihr, zusammen mit einem seiner Gedichte. Sie war begeistert von den Blumen und den Worten, sagte ihm, er habe echtes Talent, und Tommy sagte, ohne es ernst zu meinen, dass sie zusammen an einem Buch arbeiten sollten, und Tammi – *mit einem i,* hatte sie ihm eingeschärft – war ganz und gar hingerissen von der Aussicht.

Spaziergänge spät am Abend am Ozean entlang, Liebe machen am Strand oder in ihrem großen, gemütlichen Bett. Ihren Roman schrieb sie nicht, und die Schwärmerei hielt auch nicht lange an. Bei ihm jedenfalls nicht. Doch ehe sie im August abreiste – sein Herbsttrimester ging erst Anfang September wieder los, und er konnte wenigstens noch die letzten paar Wochen Ferien genießen, ohne sie ständig um sich zu haben –, setzte sie ihn darüber in

Kenntnis, dass sie »in anderen Umständen« sei, mit genau diesen Worten.

Tommy sah sie finster an und fragte sie, was sie deswegen unternehmen werde. Mit trauriger Miene sagte sie: *Ich werde ihn Thomas nennen,* und es verlangte ihm alles ab, nicht zu kotzen. *Willst du nicht mit uns mitkommen?,* fragte sie. *Du kannst abends schreiben und tagsüber auf Thomas aufpassen, während ich unterrichte.*

Und Tommy lachte sie aus, lachte so verfickt heftig, dass ihm Tränen aus den Augen strömten. Er sah davon ab, ihr die Tür ins Gesicht zu schlagen, aber sie hatte begriffen, wie die Dinge standen. Sie sah ihn nur noch einmal mit ihren traurigen Rehaugen an und wünschte ihm alles Gute. Das war das Schlimmste an alledem gewesen, der Teil, der nun zu ihm zurückkehrte.

Dies war der Baum vor Tammis Ferienhaus, das sie gemietet hatte, in dem sie ihren Roman hatte schreiben wollen, wo sie geschwängert worden war. Das Kind musste nun … wie alt sein? Sieben Jahre? Fast acht?

Schwer zu glauben. Fast so schwer zu glauben wie der Anblick, der ihn auf der anderen Seite des Eichenbaums erwartete.

Der Bach. Exakt der Bach, der sich durch die Landschaft nahe seiner Heimatstadt gewunden hatte. Sein Herz hämmerte ihm gegen den Brustkorb, und er blieb stehen, ehe er noch eine Erhöhung hinabpurzeln konnte, sicher, dass am Ufer dort unten Suzy Powlen auf ihn wartete, das geistig behinderte Mädchen, mit Pickeln auf dem Rücken und Sabber am Kinn.

Er war bereit, in die entgegengesetzte Richtung davonzuschießen, sobald sein Blick auf Suzy fiel oder irgendwelchen anderen gruseligen Scheiß, doch als er zwischen den Blättern hindurchspähte, die sich sanft über dem Bachufer hin und her bewegten, sah er nichts außer nassen Steinen, grobkörnigem schwarzem Sand und Wasser, das sanft gegen das Ufer plätscherte, dunkel und tröstlich wie Träume.

Tommy schwitzte wie verrückt, seine Kleidung klebten an ihm, also riss er sich das Muskelshirt herunter und warf es auf den Weg. Er hatte nicht mehr danach gelauscht, und als er es hörte, traf es ihn unvorbereitet.

Das Lachen.

Er ging den grobkörnigen Sand entlang und atmete die Flussgerüche ein. Wieder hörte er es, und wenngleich es schwach war, glaubte er nun bestimmen zu können, dass es hinter der Felswand gleich zu seiner Rechten hervorkam, wo die Böschung sehr steil war.

Schließlich verbreiterte sich das Ufer und die Böschung ging in einen sandigen Strand über, traumhaft, mit Sonnenlicht gesprenkelt. Tommy lächelte und ließ den Anblick auf sich wirken. Er konnte sein Glück nicht fassen. Er konnte nicht glauben …

Ein Platschen zu seiner Rechten.

Er drehte sich dorthin und sah ein blau-schwarzes Objekt im Wasser. Ein kleiner Felsbrocken, der durch die Oberfläche stach. Tommy runzelte die Stirn und trat vom Sand auf die Steine am Rand des Wassers. Sah, wie das Objekt aufstieg, nahm eine Blässe wahr, jemandes Stirn, und ehe er begreifen konnte, was er sah, war da ein Gesicht, die Lider geschlossen und …

… es war Tammi, die genauso aussah wie in jenem Sommer vor langer Zeit, und ihr Hals, ihre Brüste, ihr nackter Körper erhoben sich aus dem Wasser.

Ihr Bauch wölbte sich wegen der Schwangerschaft.

Er trat einen Schritt zurück, nicht gewillt, das zu glauben. Wie hatte sie ihn hier gefunden?

Er wich zurück, und obwohl ihn der Anblick ihres vorgewölbten Bauchs schockierte, wanderte sein Blick zu ihren Seiten, wo in ebendiesem Augenblick zwei weitere Köpfe durchs Wasser brachen. Der erste stieg auf, ein blonder. Seine ehemalige Freundin Megan, nackt, schritt aus dem Wasser, und ein Streifen Sonnenlicht fiel ihr über die geschlossenen Lider und die großen Brüste. Darunter der gedehnte Bauch, und der Bauchnabel stieß nach außen wie eine groteske Fleischkuppel.

Auf Tammis anderer Seite erspähte er Lexi, das Mädchen, das er am Fluss gepoppt hatte, und sie war um keinen Tag gealtert. Nur dass sie etwa neun Monate gealtert sein musste, seit er sie geschwängert hatte, so angeschwollen war ihr Bauch. Sein Blick wanderte abwärts, und er musste würgen, als er aus ihrer Vagina einen winzigen Fuß baumeln sah. Ihre Schamlippen weiteten sich noch mehr, und er erhaschte einen Blick auf die untere Hälfte des Kindes, noch ein Bein, ein winziger Penis, und es war zu viel. Er stöhnte, torkelte rückwärts und sah zwei weitere Köpfe aus dem Wasser aufsteigen.

Einer gehörte Suzy Powlen.

Auch ihre Augen waren geschlossen wie die der anderen Frauen. Aber ihr Bauch war enorm. Tommy sank in den Sand, konnte jedoch nicht wegsehen. Die Augen der Frauen, der nackten, schwangeren Frauen, öffneten sich, und sie waren völlig weiß, die Münder zu anzüglichem Grinsen gedehnt, die Zähne schwarz und schlammverkrustet, und Schlick drang zwischen ihnen hervor.

Tommy brachte die Kraft auf, von dem Bach wegzukriechen, aber da hörte er Gelächter. Nun wurde ihm klar, dass es hier am Strand mehrere Kinder gab, fünf oder sechs davon. Sie waren wohl im Kindergartenalter, außerdem waren sie nackt und starrten ihn an, und irgendwie war das schlimmer als alles andere, schlimmer noch als die Mütter, denn die Augen dieser Kinder waren normal, es waren *seine* Augen, weil sie *seine* Kinder waren. Kleine Jungen und Mädchen, die Arme ausgestreckt, und ihre Füße tapsten auf ihn zu.

Tommy schrie zum Himmel hinauf, heulte, und die Kinder umringten ihn, und er schrie: *»Es tut mir leid! Es tut mir so leid!«*, doch seine Worte erstarben in einem erstickten Rasseln.

Die Kinder zwangen ihn in den Sand, hielten ihn am Boden, bereiteten ihn vor, und er blickte auf, sah die weißäugigen Mütter und kreischte vor Entsetzen, denn ihre Babys waren in den Sand geplumpst, krochen blind auf ihn zu, ihre winzigen Zähne wie Rasierklingen. Die Mütter glotzten ihn an und sahen zu, wie die widerwärtigen Neugeborenen, die Nachgeburten hinter sich herschleifend, Tommy erreichten und an seinem Fleisch zu reißen begannen.

6

Aus dem Tagebuch von Sherilyn Jackson:

Meine Partnerin Alicia liegt mir damit in den Ohren, dass ich ein Tagebuch schreiben soll. Ich bringe vor, dass eine Aufzeichnung meines Lebens wertlos sei. Wer liest den Scheiß überhaupt? Biografien sind immer von Präsidenten oder Rockstars. Wer zur Hölle bin ich?

Aber da wir irgendwo anfangen müssen, beginnen wir hiermit:

Es stinkt, arm zu sein.

Gut, meine Familie war nicht so arm, dass meine Brüder, meine Schwestern und ich in einem staubigen Vorgarten rumgesessen hätten, wie man es auf den ganzen Bildern sieht. Aber wir erfüllten definitiv die Kriterien für Essensmarken und reichlich Geringschätzung seitens der Stadtleute. Dann bekam unser Papa Wundbrand wegen schlechter Durchblutung, die vom Diabetes herrührte, der von der beschissenen Ernährung verursacht wurde, weil er sich keine bessere leisten konnte. Es läuft doch immer wieder alles aufs Geld hinaus, nicht wahr?

Ich hab das hier gerade noch mal gelesen und direkt Lust bekommen, mir eine zu scheuern. Es klingt so gottverdammt larmoyant. Ich wollte nur einmal gesagt haben, dass Geld bei mir schon immer ein Thema war, und deswegen, das gebe ich zu, fing ich auch an, nach einem Mann zum Heiraten Ausschau zu halten, als ich ins entsprechende Alter kam. Mein Kriterium Nummer eins, noch vor einem guten Sinn für Humor und einem Lächeln, bei dem ich da unten feucht wurde: Der Kerl musste Geld haben. Je mehr, desto besser. Denn mit 17 hatte ich es gründlich satt, die Anziehsachen meiner älteren Schwestern aufzutragen. Ich rede von Kleidung, die getragen, aufgetragen und schließlich mir hingeworfen wurden, *Löcher in den Knien, kaputte Reißverschlüsse, verblasste Farben.* Selbst Bremsspuren in Höschen. Und wenn man gezwungen ist, die kackfleckige Unterwäsche der Schwester zu tragen, dann fängt man schon an, nach etwas Besserem Ausschau zu halten.

Und dieses Bessere war David Zendejas.

Sprechen wir erst mal über den Namen. Er klingt spanisch. Irgendeiner von Davids Verwandten hatte vielleicht einmal in Mexiko gelebt, ich weiß es nicht. Ich weiß nur, dass er schwarz aussieht und dass meine Mom immer gestrahlt hat, wenn er mich besuchen gekommen ist. Daddy hatte zu der Zeit beide Beine verloren und verbrachte dann noch ein paar Jahre damit, im hinteren Schlafzimmer seinen Gestank zu verbreiten. Als er schließlich starb, sah er überhaupt nicht mehr wie der starke, fröhliche Mann aus, der mich in die Luft geworfen hatte, als ich noch ein kleines Mädchen gewesen war.

Traurig. Und beklagenswert. Ich glaube, wenn unser Papa gesund gewesen wäre, als Zendie anfing, um mich herumzuscharwenzeln, er hätte den lächelnden Mistkerl sofort durchschaut und ihm entweder in den Arsch getreten oder ihn zumindest weggeschickt.

Niemand schickte ihn weg, schon gar nicht meine Mutter. Zendie brachte ihr Blumen (nicht mir wohlgemerkt, sondern ihr), präsentierte sein strahlendes Lächeln, und wenn dieser riesige gut aussehende Mann mit seiner tiefen Stimme sprach, brachte er sie um den Verstand. Er hätte mich direkt auf der Veranda ficken können, wenn er gewollt hätte. Ich sag dir, Mom hätte sich noch einen Stuhl rangezogen und ihn zu seiner Technik beglückwünscht.

Aber ich sagte ja bereits, ich war erst 17, und wenn 17 sich für dich alt genug anhört, beachte bitte, dass Zendie schon 28 und Vater dreier unehelicher Kinder war (von drei unterschiedlichen Frauen).

Rückblickend frage ich mich, warum er mich auserkoren hat. Er war bereits oberster Pastor in einer Kirche in Tuscaloosa und hatte 20 attraktive junge Frauen zur Auswahl. Die Hälfte von ihnen beschlief er, nachdem wir geheiratet hatten. Nach zwei Ehejahren bekam er ein Angebot von einer geringfügig größeren Kirche, und er nahm es an, aber diese Kirche hatte nicht so kecke Brüste und knackige Ärsche zu bieten, daher zogen wir schon wenig später zu einer anderen Kirche weiter, und 18 Monate lang waren wir glücklich. Ich, weil er endlich davon sprach, ein Baby zu kriegen. Ich war immer noch ein Kind, gerade einmal 20, aber meine Schwestern bekamen Babys, und jede Dame in der Gemeinde schien ein Kind an jeder Zitze zu haben, und ich ließ mich anstecken und versuchte, mich durchzusetzen, was wahrscheinlich der Grund dafür war, dass er das Thema dann für erledigt erklärte, und zwar ›pronto‹ (eins seiner Lieblingswörter), indem er mein Spesengeld einbehielt und Gebrauch von seiner harten Handfläche machte.

Spesengeld nannte er es, aber in Wirklichkeit war es mein Taschengeld. Früher schämte ich mich dafür, aber mit der Zeit ist mir klar geworden, dass jeder manchmal ein Arschloch ist.

Ich war also ein Arschloch und ließ mir das Geld zu Kopf steigen. Im Großen und Ganzen war es nicht viel Geld, aber es war mehr, als ich je im Leben besessen hatte. Ich wurde Stammkundin im Einkaufszentrum und fing an, Biolebensmittel zu kaufen. Dabei war mir scheißegal, dass sie gesünder waren, mir gefiel einfach der Klang des Wortes. Vielleicht wollte Zendie ja die Sucht seiner Frau nach Biokarotten unterstützen und nahm aus dem Grund das Angebot einer der größten Baptistenkirchen in Tuscaloosa an, eine Herde aus 8000 Gemeindeschäfchen zu hüten.

Ich werde wohl nie verstehen, warum Zendie ausgerechnet einer verheirateten Frau nachstellen musste – der Frau des jungen Pastors, verflucht noch mal –, obwohl seine Gemeinde nie größer und seine Ausbeute nie reicher gewesen war. (Oh, Zendie hörte nie auf, mich zu betrügen. Alles, was hübsch und willig war, bestieg er. Wenn das Mädchen nur dalag und ihn seine Lust ausleben ließ, blieb es bei einem Mal, nicht so jedoch, wenn das Mädchen experimentierfreudig war. Natürlich wollte er nie, dass ich experimentierfreudig war. Gab ich je einen Kommentar von mir, den er zu anstößig fand, dann zeigte er mir seine harte flache Handfläche. Etwaige Abenteuer im Schlafzimmer konnte Sherilyn Jackson sich also abschminken, die damals Sherilyn Zendejas hieß, was sich SIZ abkürzte. Für ›Sherilyn Irene Zendejas‹, was sich für mich immer wie irgendeine sexuell übertragbare Krankheit anhörte oder vielleicht ein Syndrom, das Kinder sich im Krankenhaus holten, aber wie auch immer …)

Zendie wurde mit runtergelassener Hose erwischt. Buchstäblich. Ich verabscheue abgedroschene Wendungen und das Adjektiv ›buchstäblich‹, aber beide Beschreibungen passen. Mein Ehemann vögelte gerade die junge Pastorsfrau im Krabbelzimmer der Kirche, sie über eins der Fisher-Price-Küchensets drapiert, den nackten Arsch in die Luft gestreckt, und mein Ehemann rammelte sie von hinten, als wollte er sie bestrafen, weil sie einen Fantasiekuchen hatte anbrennen lassen.

Anders als andere Verwalter waren die der First Baptist Church of Tuscaloosa nicht gewillt, über die Angewohnheit meines Ehemanns hinwegzusehen, seinen Schwengel in jede willige Dame zu stecken, die ihm über den Weg lief, und er wurde prompt rausgeschmissen. Ich war stinksauer, weil mein Spesengeld halbiert wurde (eine Folge der Entlassung meines Ehemanns und seiner anschließenden Rückkehr in seine vorige Kirche, die offenbar keinen Anstoß nahm an Zendies nicht enden wollender Jagd nach sexueller Befriedigung), und ich wollte ein Kind. Zendie brachte vor, es sei eine schlechte Idee, zu empfangen, wenn weniger Geld hereinkam. Ich wies darauf hin, dass er zu dem Zeitpunkt schon vier uneheliche Kinder gezeugt hatte und es ihm anscheinend nichts ausmachte, denen Geld zu schicken, warum sollte er also Bedenken haben, seine eigene Frau zu schwängern?

Ich hatte schon in Filmen gesehen, wie Leute gewürgt wurden. Aber lass dir sagen: Diese großen schraubstockartigen Finger an der Kehle zu spüren und in diese hervortretenden wahnsinnigen Augen zu blicken ist ernsthaft gruseliger Scheiß. Man denkt sich: Oha, das hier ist real. Und dann: Mensch, das tut echt weh. Dann: Verdammt, es könnte sein, dass ich hier sterbe. Und schließlich: Heilige Scheiße, ich sterbe hier.

Okay, es wird Zeit, dass ich an meinem Roman arbeite. Ich will diesen Wettbewerb gewinnen.

Und nicht aus den Gründen, an die du denkst.

Ich hab gesagt, ich schreibe das Tagebuch, weil Alicia mir damit in den Ohren liegt, und Alicia, falls du das hier jemals liest, das stimmt. Du verdienst ein bisschen Anerkennung dafür.

Aber es ist so (und wenn ich deswegen jetzt wieder ein Arschloch bin, dann sei es so):

Ich fürchte mich vor Roderick Wells.

Ich hab versucht, es mir nicht anmerken zu lassen, aber jetzt ist es raus. Ich fürchte mich vor ihm. Wenn irgendwas passiert, will ich, dass es Aufzeichnungen darüber gibt, was sich hier ereignet hat. Wo wir auch sein mögen.

Wobei mir noch eins einfällt. Das Erwürgen. Oder Fast-Erwürgen. Das erste von vielen.

Ich lag auf dem Küchenboden und röchelte in die Fliesen und die schmutzigen Fugen. Ich dachte an meine Zwanziger und Dreißiger, die dahinschwanden, ohne dass ich ein Baby bekam. Ich dachte daran, wie ich älter werden würde, während Zendie weiter Jagd auf die gleichen jungen Schlampen machte, die auf seinen Charme hereinfielen und auf sein Aussehen (das nur besser zu werden schien). Ich weinte beim Gedanken daran und fing an, mich hoffnungslos zu fühlen.

Und wütend.

Damals, als ich gewürgt wurde, dachte ich zum ersten Mal daran, meinen Ehemann umzubringen.

7

Blockiert und frustriert stieg Lucy die Treppe hinauf, doch statt an der Kapelle anzuhalten, ging sie weiter den Korridor im zweiten Stock entlang. Sie war halb den Flur hinunter, da zögerte sie, denn eine ganz bestimmte Tür rief nach ihr, und ohne jeden Grund dachte sie an *Die Schöne und das Biest* und wohin ihr verboten worden war zu gehen. In den Westflügel?

Mit einem köstlichen Schaudern ergriff Lucy den Knauf und drehte. Dann gab sie der Tür einen Schubs und trat ein.

Mit offenem Mund starrte sie in den Ballsaal vor sich. Er war atemberaubend. Er war etwa 20 mal 25 Meter groß und hatte eine kuppelförmige Decke, von der zahlreiche Lüster herabhingen, ein monumentaler mittig über der Tanzfläche, die aus schwarzen und weißen Fliesen bestand und von kreisförmigen Tischen eingerahmt war. Alle Gedanken an *Die Schöne und das Biest* zerstreuten sich, und *Der große Gatsby* trat an die Stelle, eine erhabenere Zeit. Lucy schritt auf die Tanzfläche hinaus und stellte sich vor, an den Tischen säßen Frauen in fließenden Abendkleidern, ihre Männer in schwarzen Smokings, die Haare glänzend. Alle rauchten, die gute Stimmung stand ihnen ins Gesicht geschrieben und sie beobachteten Lucy. Zwar fühlte sie sich etwas töricht dabei, aber sie vollführte dennoch eine Pirouette, wobei sie ein wenig stolperte, denn Tanzen war noch nie ihre Stärke gewesen.

Sie erlangte das Gleichgewicht zurück, stieß einen Seufzer aus und strahlte ihre Umgebung an. Zwar war es düster im Saal, aber durch Oberlichter fiel genug Licht herein, um etwas sehen zu können. Wenn sie die Lüster angeschaltet hätte, wäre sie sich exponiert und großtuerisch vorgekommen. So, als glaubte sie, sie verdiente diese Art Grandeur. Und …

… und hörte sie aus den Nischen des Ballsaals etwa ganz leise Töne? Als spielte in den Schatten ein elegantes Orchester und drängte sie zum Tanzen?

Nein, ging ihr auf, nicht zum Tanzen – zum *Schreiben*.

O mein Gott, dachte sie, des Surrens in ihrem Kopf gewahr. Erst erkannte sie es nicht als das, was es war, doch nun wurde ihr klar … Ja, dies war die Vibration, die sie verspürt hatte, bevor sie *Das Mädchen, das starb* geschrieben hatte, vor all den Jahren. So hatte es sich angefühlt: ein psychisches Summen, eine spirituelle

Erregung. Schon sah sie, wie in der Dunkelheit Silhouetten Gestalt annahmen, um der Musik des Orchesters zu lauschen. Sie erkannte beinahe die Melodie. Dann sprach hinter ihr jemand. Sie schrie auf, fuchtelte mit den Händen und wirbelte herum. Als sie sah, wer da bei der Tür saß, schlug ihr Herz wie ein Presslufthammer.

»Wollen Sie meine Frage nicht beantworten?«, fragte die Gestalt.

Sie wusste, wer es war, und es beruhigte ihre gereizten Nerven ganz und gar nicht. Wilson, Wells' Handlanger, beobachtete sie und wartete auf eine Reaktion. Schlimmer noch, er war amüsiert.

Ebenso sicher wusste sie, dass sie in Schwierigkeiten steckte. Niemand hatte eine Ahnung, dass sie hier oben war.

Niemand außer Wilson.

Sie ahnte schon, dass ihre Worte nicht überzeugend herauskommen würden, aber sie straffte sich dennoch und sagte: »Sitzen Sie immer in dunklen Zimmern und warten auf eine Gelegenheit, anderen einen Mordsschrecken einzujagen?«

»Ich war zuerst hier.«

»Dann hätte ich Sie gesehen.«

»Sehen ist nicht Ihre Spezialität. Ebenso wenig, offenkundig, wie Ihre Dämonen zu überwinden.«

Lucy runzelte die Stirn. Es war zwar dunkel bei der Tür, aber sie bemerkte dennoch, wie sehr sein Haar glänzte. Zurückgegelt. Und was trug er da?

Einen Smoking.

Lucys Brust zog sich zusammen.

Sie kämpfte dagegen an und sagte: »Ich sammle Details für meinen Roman.«

»Soll ich das Mr. Wells berichten? Damit Sie pflichtbewusst erscheinen?« Er sprach affektiert, honigsüß. Mit so einer dicken Schicht Hohn darüber, dass ihr zwangsläufig Fred Morehouse einfiel.

»Mir egal, was Sie machen«, sagte sie.

Ihre Füße zuckten Richtung Tür, die offen stand, Gott sei Dank. Aber um zu entkommen, musste sie nicht nur in Griffweite an Wilson vorbei, sie würde ihm so auch unverblümt zeigen, dass er ihr Angst machte.

»Sie und noch einer sind die Nachzügler hier«, bemerkte Wilson. »Und ich argwöhne, er wird noch vor Ende der Nacht etwas schreiben.« Ein Nicken. »Damit bleiben nur noch Sie.«

Ihre Stimme kam zitternd heraus. »Ich gehe nach unten.«

»Sie verlassen diesen Ort?«, fragte Wilson. »Wollen Sie mir weismachen, Sie hätten sich nicht ausgemalt, wie es wäre, diesen Ballsaal zu besitzen? Hier schicke Galas abzuhalten?«

»Ich bin kein Fan von Menschenmengen.«

»Es gibt da noch einen Ort, den Sie sehen sollten.«

Sie hasste, wie er sie zwang, die naheliegende Frage zu stellen, ebenfalls eine von Fred Morehouse' Taktiken. Sie weigerte sich mitzuspielen. »Ich wünschte, ich könnte sagen, es sei mir eine Freude gewesen, mit Ihnen zu reden …«

»Ein Farmhaus. Im Obergeschoss gibt es ein Zimmer, das Sie besonders faszinieren dürfte.«

Sie ging auf die Tür zu. »Ich bin nicht interessiert.«

Wilson saß seitwärts auf seinem Stuhl und blockierte zur Hälfte die Tür. »Ist es nicht komisch, wie wir von unseren Erfahrungen geformt werden? Wie uns alles einfach … *nachjagt,* sosehr wir auch versuchen, davor davonzulaufen?«

»Hören Sie, Wilson …« Sie brach ab, als sie ihn lachen sah.

»Wilson?«, fragte er und legte sich die Hand vor den Mund. »Nicht *Mister,* hm? Einfach nur Wilson?«

»Ich hatte nicht die Absicht …«

»Bringen Sie mir mein Abendessen, Wilson!«, rief er mit tiefer Stimme, um autoritär zu klingen. »Tragen Sie mir meine Taschen, Wilson!«

Sie schluckte. »Wenn Sie …«

Wilson sprang auf und schwang seine Faust seitwärts an seinem Bauch vorbei. »Machen Sie ein Feuer an, Wilson. Entstauben Sie die Regale dort!«

Er war größer, als sie ihn in Erinnerung hatte, und breiter. Sein Pferdeschwanz pendelte hin und her, als er immer wilder gestikulierte.

Sie schob sich auf die Tür zu. »Ich gehe auf mein Zimmer.«

Jetzt wieherte er, die Hände auf den Knien. »Auf Ihr *Zimmer* gehen Sie? Was sind Sie, ein Kind?«

Ihre Zähne mahlten. »Ich glaube nicht, dass Mr. Wells es schätzen würde, wenn sein Bediensteter so unhöflich ist.«

»Ach, so weit sind wir also, ja? ›Der *Bedienstete*‹?«

Sie machte Anstalten, an ihm vorbeizuhuschen, aber er trat gleichzeitig mit ihr zur Seite. »Sehe ich da etwa Ärger?« Er neigte sich auf sie zu. »Meine Güte, tatsächlich!« Er warf den Kopf zurück und breitete die Arme aus. »Halleluja! Lucy hat ein Rückgrat!«

»Halten Sie die Klappe«, knurrte sie und stieß ihn mit dem Ellenbogen aus dem Weg.

»Mein Gott, ja«, säuselte er, »es ist doch Leben in ihr! Und ich dachte schon, ich hätte einen Fehler gemacht!«

Sie zögerte nur einen Sekundenbruchteil, wusste aber, dass er es bemerkt hatte. Dennoch eilte sie aus der Tür und steuerte auf die Treppe zu. Sie hatte die ersten Stufen zurückgelegt, da rief Wilson ihr nach: »Am besten begrüßen Sie es, Miss Lucy! Am besten bringen Sie's zu Papier, ehe die Angst sich wieder anpirscht!«

Polternd lief sie die Treppe hinab, erreichte den ersten Stock, und auf halber Strecke zwischen dem Absatz und ihrem Zimmer stand Rick, dessen Lächeln erstarb, als er die Wildheit in ihrer Miene sah.

»Alles in Ordnung?«, fragte er.

»Was glauben Sie wohl?«, antwortete sie und wusste, dass sie sich später dafür hassen würde, so unfreundlich gewesen zu sein. Aber das Schreiben war wie ein Sieb, das wusste sie, und die Magie rieselte hindurch, wenn man sie nur lange genug mit sich herumtrug. Sie durfte die Idee nicht entschlüpfen lassen.

Sie betrat ihr Zimmer, sich bewusst, dass Rick immer noch dort stand, wo sie ihn zurückgelassen hatte, und ihr nachblickte. Den Laptop hochzufahren würde zu lange dauern. Mit gefletschten Zähnen eilte sie zum Schreibtisch und schnappte sich einen Bleistift, aber der war abgebrochen. Mit sinkendem Herzen sah sie sich nach etwas anderem um, fand einen Kuli, aber es kam keine Tinte, und obwohl das auch nichts brachte, warf sie den Stift beiseite, und dann riss sie die mittlere Schublade auf, in der weitere Kugelschreiber und Bleistifte herumklapperten. Sie griff nach einem Bleistift, fand einen makellosen Bogen Papier, kritzelte ein, zwei Wörter hin und stellte fest, dass sie zu verstört war, um zu schreiben, und ohnehin nichts zu sagen hatte. Da war nichts, nur eine formlose Idee, die sie mit ihrem Zorn und ihrer Verzweiflung erstickt hatte. Sie ballte die Faust um den Bleistift, schlug ihn auf den Tisch, stach auf das Holz ein, sich bewusst, dass sie knurrte und fluchte, und ließ mit ihren Schlägen den ganzen Schreibtisch hüpfen.

»Gottverdammt, gottverdammt, gottverdammt!«, brüllte sie, während Gegenstände vom Schreibtisch fielen. Sie rammte die Stirn auf das Holz, weidete sich an dem Schmerz, tat es noch einmal. Dann drang in ihr Bewusstsein, dass jemand an die Tür klopfte, und sie sprang hin, riss sie auf und funkelte zornig Rick an, dessen Blick sofort zu ihrer Stirn huschte.

»*Was?*«, fuhr sie ihn an.

Ein verwirrtes Lächeln. »Ich dachte, ich sehe mal nach Ihnen.«

»Sonst nichts?« Sie spürte, dass ihr Blut über den Nasenrücken rann.

Er deutete auf den Schnitt auf ihrer Stirn. »Soll ich mich darum kümmern?«

Unerklärlicherweise musste sie grinsen. »Ich kümmere mich selbst um mich.«

»Okay. Falls Sie mich brauchen, bin ich in der Nähe.«

Sie nickte, schlug die Tür zu, drehte sich um und besah sich im Spiegel: Mit dem zerzausten Haar und den Rinnsalen aus Blut im Gesicht erinnerte sie sich selbst an eine Wilde, eine Frau aus irgendeinem Film, besessen von einem Dämon.

Sie fand, dass der Look eine Verbesserung darstellte.

8

Evan schlich auf den Wald zu. Er war Insekten abgeneigt, hatte eine atavistische Furcht vor kleinen Kreaturen, vor allem Schlangen, und jedes Mal wenn seine Mutter seine Schwestern und ihn zu einem ihrer »Spaziergänge in der Natur« mitgenommen hatte, hatte ihn die abergläubische Gewissheit gepackt, eins der doppelzüngigen Ungeheuer werde sich aus den Schatten auf ihn stürzen. Schlangen machten das, das wusste er, sie glitten Äste entlang und attackierten unachtsame Opfer, sowohl von oben als auch von unten.

Aber in seiner Geschichte kam ein Wald vor. Er *musste* ihn aus erster Hand erleben.

Er ging von Weg zu Weg und verwarf jeden aus dem einen oder anderen Grund. Einige bogen plötzlich in die Finsternis ab, und Evan zog es vor zu sehen, wohin er ging. Andere übersprang er wegen verdächtig aussehender Kräuter. Seine Haut, wusste er von seiner Mutter, war anfällig für Ausschläge. Sie hatte sich große Mühe gegeben, ihm die Blätterzahl des Giftefeus zu vermitteln oder die verheerenden Auswirkungen der Gifteiche. Evans junger Geist hatte daraus nur *eine* Lehre gezogen: Man musste sich generell vor Pflanzen fürchten.

Nachdem er 30 Minuten lang den Wiesenrand nach einem geeigneten Eintrittspunkt abgesucht hatte, fand er endlich einen. Die Mündung des Pfads war knapp zwei Meter breit, sodass selbst eine Person mit Evans Körperumfang durchpasste. Ferner schien der Korridor geradeaus zu verlaufen – keine plötzlichen Biegungen oder Stürze in einen Abgrund. Gleichermaßen gab es keine Kräuter, die ihm ihre heimtückischen Gifte in die

Knie injizieren konnten. Am wichtigsten war, dass er nicht einen herabhängenden Ast erspähte; die Schlangen konnten sich ihm also nur vom Boden her nähern.

Froh darüber, dass er sich für Kniestrümpfe entschieden hatte, die seine Waden bedeckten, trat er in den Wald. Nachdem er dem Weg eine Minute lang gefolgt war, war er sicher, dass er richtig gewählt hatte. Zwar erhaschte er hin und wieder einen Blick auf einen Vogel, hörte jedoch kein verstohlenes Rascheln im toten Laub.

Etwas kitzelte ihn an der Schulter.

Er sog erschrocken die Luft ein und stolperte von der Stelle weg, die Arme zu einer abwehrenden Geste ausgestreckt.

Nur ein Ast, wurde ihm jetzt klar, angeknackst, aber nicht ganz abgebrochen. Wieso hatte er ihn nicht gesehen? Welche Gedanken hatten ihn so sehr in Beschlag genommen, dass er ausgerechnet das übersehen hatte, wonach er so wachsam gespäht hatte? Der Ast lief in eine gemeine Spitze aus wie ein Speer, fast so, als hätte ihn dort jemand als Falle platziert, die ihre Opfer aufspießen sollte.

Das Schwert des Damokles, dachte Evan.

Er lächelte schief. Wo kam das nun wieder her? Er hatte die Geschichte vor langer Zeit gehört und wusste noch, dass sie ihm gefallen hatte. Irgendetwas über einen Diener namens Damokles, der dem König sagte, er wolle die Plätze mit ihm tauschen. Ja, sagte der König, er werde mit dem Diener tauschen. Es gab jedoch eine Bedingung: Ein tödliches Schwert würde an einem einzigen Pferdehaar über dem Diener baumeln, während er auf dem Thron saß.

Dies war, erinnerte sich Evan an die Erklärung des Lehrers, eine Lektion über die Pflichten, die mit einer

Führungsrolle einhergingen, und den konstanten Schatten der Furcht, mit dem ein Anführer leben musste.

Evan folgte weiter dem Pfad. In diesem seltsamen Königreich war Roderick Wells derjenige auf dem Thron. Wie war es wohl, der gefeiertste Autor auf dem Planeten zu sein? Verspürte Wells den Druck, etwas zu …?

Hinter ihm knackte es trocken.

Er wirbelte herum, den Mund zu seinem lautlosen Schrei geöffnet, und sah, dass der lange Ast sich in den Weg gebohrt hatte – genau dort, wo er gerade noch gestanden hatte. Einen Augenblick lang blieb der Ast aufrecht wie ein Speer. Dann neigte er sich langsam zur Seite und blieb schließlich auf dem weichen Humus liegen.

Wenn du da gestanden hättest …, flüsterte eine Stimme.

Es reicht!, schrie Evans Geist. *Ich bin hergekommen, um meine Muse zu finden, nicht um ganz aus dem Häuschen zu sein wegen eines herabfallenden Asts.*

Dennoch … Evan ertappte sich dabei, wie er den Kopf nach hinten neigte und argwöhnisch in die *überhängenden Bäume hinaufspähte.*

Zeit umzukehren, sagte die Stimme.

Nein, antwortete er. *Zeit aufzuhören, so feige zu sein.*

Entschlossen ging Evan tiefer in den Wald hinein.

9

Jemand folgte ihm.

Er wirbelte herum und seine Haut kribbelte. Vielleicht sollte er doch umkehren. Noch kam er zwar ungehindert voran, aber der Weg war deutlich schmaler geworden, sodass er mehrmals die Arme hatte einziehen müssen, damit ihn kein grünspanig aussehender Busch kratzte. Die Pflanzen wuchsen nun größer und dichter und schienen ihn zu umringen wie der Wald in irgendeinem makabren Märchen.

Er schob den Gedanken von sich, die Lippen grimmig zu einer Linie zusammengepresst. Er hatte sein Leben voller Furcht verbracht, und nun, mit 27, war es allerhöchste Zeit, erwachsen zu werden und *etwas zu tun*, statt zurückgezogen in seinem Zimmer zu sitzen. Allein.

Den Wald zu erkunden war nicht dasselbe, wie im Bett mit einer Frau zu sein, das wusste er, aber es war ein Anfang. Wenn es ihm gelang, seine Quelle der Kreativität anzuzapfen, dann konnte er etwas schreiben, das sich verkaufen ließ. Und wenn er das tat, dann würden ihm die Professoren an der Columbia zur Belohnung Assistentenstellen anbieten. Dann könnte er in Teilzeit unterrichten und schreiben. Klar, das erste Buch würde vielleicht kein Bestseller, aber es würde Aufmerksamkeit erregen. Mit dem zweiten und dritten Buch würde seine Leserschaft wachsen und er würde anfangen Geld zu verdienen, sein eigenes Geld, das nicht von den Eltern kam, und dann könnte er sich schöne Sachen kaufen, und mit besserer Kleidung und einem schnittigen neuen Auto würde er Frauen anziehen.

Ja …

Grübelnd trottete Evan einen Hügel hinauf. Männer verschafften sich gute Jobs, stemmten Gewichte und unternahmen Sachen, um besser auszusehen, weil sie Frauen anziehen wollten. Warum sollte es bei Frauen anders sein? Sie machten Sport und suchten sich sinnliche Kleidung aus, die ihre Brüste zur Schau stellten und so eng an ihren Pobacken anlagen, dass die elektrisierenden Ränder ihrer

Slips durchschienen … und das taten sie, um Männer anzuziehen. Und warum nun hatte Evan sich nicht aus nächster Nähe am schönen Geschlecht erfreuen dürfen? Ganz einfach weil er nichts unternommen hatte, um sich selbst attraktiv zu machen. Darauf ließ es sich zurückführen, oder nicht?

Die Hitze des Tages breitete sich im Wald aus. Evans hellblaues Hemd klebte ihm an der Haut, also knöpfte er es auf und zog es sich von den Schultern. Er versuchte, es sich um die Körpermitte zu binden, wie es Männer seiner Auffassung nach manchmal taten, doch wie er es auch bündelte, nie reichte der Stoff so weit um seine Hüfte, dass er einen Knoten machen konnte. Er beschloss, sich einfach ein Ende des Hemds vorn in seinen Hosenbund zu stopfen.

Er setzte sich wieder in Bewegung, aber es gefiel ihm nicht, wie ihm das Hemd zwischen den Beinen baumelte. Er kam sich auf lächerliche Weise wie ein kleiner Junge vor, der sich ein langes Objekt gesucht hatte und nun so tat, als wäre das sein Penis.

Er nahm Kurs auf ein dunkles Tal und dachte über Frauen nach. Sie würden verblüfft sein, wie er mit Wörtern umgehen konnte – alle seine Professoren hatten Bemerkungen zu seiner Wortwahl gemacht –, und ihm bei Signierstunden Fragen stellen.

Er gluckste, nicht mehr beunruhigt wegen des Blattwerks. Er stellte sich eine Cocktailparty in einem alten Haus vor. Es stünde in einem altehrwürdigen Viertel – Evan lächelte über das Adjektiv – in den Hamptons und würde seinem Lektor gehören. Dort würde er die langbeinige blonde Frau kennenlernen. Ihre Haut hätte jenen hellbraunen Schimmer, ihr Haar den

Frisch-geschnitten-und-frisiert-Look, bei dem er krank vor Sehnsucht werden würde.

Er würde sich ihr halb zuwenden – über das Geländer irgendeines Balkons gelehnt –, und während ihm eine Brise auf attraktive Weise das Haar zauste, würde er Hallo sagen.

Sie würde kichern, und er würde ihr die Befangenheit nehmen und sich ihren Fragen stellen:

Was hat Sie dazu gebracht, Autor zu werden?

Ach, ich habe es einfach in mir, schätze ich.

Sie würde lächeln. Perlweiße Zähne. Volle rosafarbene Lippen. *Woher bekommen Sie Ihre Ideen?*

Hauptsächlich, er würde sich gegen die Stirn klopfen, *kommen sie von dadrin.*

Das ist ja unglaublich. Sie würde sich spielerisch mit der Zunge über die Zähne fahren. *Und was machen Sie, wenn Sie nicht gerade schreiben?*

Ein selbstironisches Lachen. *Ach, ich lese gern, erkunde die Natur. Im Wald erfahre ich tiefen Frieden.*

Ihr Gesicht wird ernst und sie blickt ihn kokett aus ihren blauen Augen an. *Vielleicht nehmen Sie mich ja irgendwann mal mit.*

Ach so? Ein Seitenblick von ihm. Cool. Keine Spur von Übereifer.

Sie würde nicken, das Angebot in ihrem sinnlichen Gesichtsausdruck offen zutage treten.

Er würde sagen: *Wie wär's denn heute Nacht? Wir nehmen Wein mit und eine Decke.*

Sie würde erbeben, näher kommen, den Ellenbogenflicken seines Tweedsakkos berühren. Ihr süßer Zitrusatem nahe an seinen Lippen. *Das fände ich wunderbar.*

Und sie würden gehen.

Evan hatte eine beginnende Erektion. Er stellte sich die Stelle im Wald vor, zu der er sie bringen würde, das Wiesenrispengras noch platt gedrückt von der letzten Frau. Aber die langbeinige Blondine würde es nicht wissen. Sie würde glauben, sie hätten eine gemeinsame Zukunft und aus ihr würde eine reiche Schriftstellerfrau. Doch damit hätte sie unrecht. Und sie würden im Sternenschein beieinanderliegen. Er würde an ihren runden, ätherischen Brüsten lecken und sein Gesicht zwischen ihren gespreizten Beinen vergraben, sie zum Stöhnen bringen, zum Aufheulen.

Evan streichelte sich selbst durch die Shorts, aber es brachte nichts, zu viele Stoffschichten. Auf eine gewisse Weise machte es das besser, eine schmutzige, kribbelnde, verschmähte Hitze, aber er sehnte sich so sehr nach der süßen Erlösung, dass er den Reißverschluss aufzog und die Hose herunterschob.

Er entledigte sich seiner Boxershorts und wankte weiter vorwärts, und die göttliche Hitze des Waldes ließ seine Nacktheit eher natürlich als vulgär erscheinen. Ihm kam der Gedanke, dass er draußen noch nie nackt gewesen war. Noch nie war er nackt baden gewesen, hatte nie in einem Tal voller Rispengras Liebe gemacht, und trotz seiner autoerotischen Sucht hatte er noch nie im Wald onaniert.

Aber jetzt tat er es, bei Gott. Er wichste fachmännisch, wobei er sich Zeit ließ, entdeckte dann jedoch etwas, das ihn innehalten ließ.

Der Weg hatte abrupt geendet.

Er stand da, seinen Atem in heißen Wellen ausstoßend, und musterte den Halbkreis aus Büschen, die Dichte der handförmigen Blätter.

Einer seiner Mundwinkel hob sich. Dieser jähe Endpunkt erfreute ihn eher, als dass er ihn enttäuschte. Er war dem Pfad bis zu dessen Ende gefolgt.

Und das bedeutete, seine Furcht hatte ihn nicht bezwungen! Das Gift, die Käfer und die herumstreifenden Schlangen hatten ihm nichts anhaben können und würden es, mutmaßte er, auch nicht mehr. Wenn er den Wald meistern konnte, dann konnte er jeder Herausforderung entgegentreten.

Frohlockend stand er am gewehrkugelförmigen Ende des Pfades und nahm sich selbst in die Hand. Er würde seine Fantasie hier beenden, würde seinen Samen auf die Erde spritzen.

Er vernahm ein verstohlenes Kratzen im Gebüsch zu seiner Linken, aber das spielte keine Rolle mehr. Kein Tier würde ihn behelligen. Er war Evan Laydon, künftig ein berühmter Autor, und die Frauen würden sich vor ihm niederwerfen. Sein Körper bebte, der exquisite Schmerz wurde schärfer, intensiver, und seine Faust fuhr wie ein Kolben auf und ab an seinem kurzen Schaft, von dem die Frauen, die er ins Bett bekam, sich nicht beirren lassen würden, weil er war, wer er war. Die umwerfende Blondine bog den Rücken und stieß ihm ihre Hüften entgegen, und Evan ergoss sich in sie, eine weiße Fontäne hob ihren Körper in die Höhe, eine vollkommene, strahlende Explosion …

Evan öffnete die Augen. Drehte sich um.

Und stellte fest, dass Bryan Clayton ihn beobachtete.

Sein olivgrünes Hemd lag eng an seinen harten Muskeln an und die Tarnfarbenhose spannte sich über seinen mächtigen Quadrizepsen. Etwas ragte hinter Bryans Kopf hervor, aber Evan konnte nicht erkennen, was es war.

Das war auch nicht von Belang. Von Belang waren Evans Nacktheit und das Kleiderknäuel, das Bryan in der Hand hielt.

Er versuchte zu schlucken, konnte es aber nicht. Bis jetzt hatte er nicht gemerkt, wie durstig er war. Als er Bryan erblickt hatte, hatte er sich schützend die Hände über die Weichteile gehalten, aber er war sich schmerzhaft seiner hängenden Brüste bewusst – *Titten* hatten die Mistkerle in seinem Sportkurs dazu gesagt – und der erbärmlichen Haarbüschel um seine Nippel.

Bleib locker, sagte er sich. *Das hier ist Bryan wahrscheinlich ebenso peinlich wie dir.*

»Hi«, sagte Evan und versuchte zu lächeln.

Bryan sah ihn teilnahmslos an.

»Ich hab Sie nicht kommen hören«, sagte Evan.

»Waren wohl ganz damit beschäftigt, sich einen von der Palme zu wedeln«, sagte Bryan.

Evan räusperte sich. »Ich weiß nicht, was über mich gekommen ist.«

»Haben Sie dabei an Anna gedacht?«, fragte Bryan. »Oder Lucy?«

Er hörte den einschüchternden Tonfall in Bryans Stimme, aber da war noch etwas anderes, das ihn ungleich mehr beunruhigte.

»Elaine vielleicht?«, beharrte Bryan. Als Evan den Kopf schüttelte, hoben sich Bryans Augenbrauen. »An mich?«

Das wirkte auf Evan wie eine Ohrfeige. »Ich will meine Sachen zurück.«

»Die müssen Sie sich verdienen.«

»Geben Sie mir ...«

»Erzählen Sie mir was Pikantes.«

Evan stieß einen Seufzer aus und begutachtete das lückenlose Blattwerk ringsumher.

»Kein Kleingedrucktes, Evan. Erzählen Sie mir einfach ein Geheimnis, und ich gebe Ihnen Ihre Sachen zurück. Ein Geheimnis für jedes Kleidungsstück.«

Angewidert wollte Evan sich abwenden, aber ihm behagte der Gedanke nicht, seine nackten Pobacken zu exponieren. Er blickte auf seine verschränkten Hände hinunter und sah, wie ihm der milchige Samen über die Fingerknöchel lief.

»Vielleicht hilft dies Ihrem Gedächtnis auf die Sprünge«, sagte Bryan, griff hinter sich und zog etwas Langes und Dünnes hervor. Es war ein Ast, den Bryan zu einem Speer gestaltet hatte, sah Evan nun. Ein Ende funkelte. Vom anderen hing ein Stück aufgewickeltes Seil.

»Wissen Sie, was das ist?«, fragte Bryan und löste den Knoten, der die Wicklung zusammenhielt.

»Ein Speer«, sagte Evan mit trockener Kehle.

»Ein *Seil*speer«, berichtigte Bryan ihn. »Die alten Chinesen nutzten den als Waffe. Afrikanische und südamerikanische Stämme fischen schon seit Jahrtausenden mit Seilspeeren. Wo ich aufgewachsen bin, in Carlsbad, haben wir die aus Birke gemacht. Das ist ein gutes, flexibles Holz. Hart genug, dass es nicht bricht, wenn's auf Stein trifft, aber dehnbar genug, dass man alles damit rausziehen kann, was man damit fischt. Ein Freund und ich sind oft zu dieser versteckten Enklave drüben in Loma Point.« Er fummelte an seiner Stahlspitze herum. »Wir haben vier von diesen Speerspitzen gemacht. Nur eine von ihnen ist verloren gegangen. Mein Freund Barry hat einen Thunfisch gesehen, der in einem Gezeitenbecken festhing. Er hat ihn harpuniert und sich gegen seinen Zug gestemmt. Die Wucht des Speers hatte den Fisch betäubt, aber sobald er merkte, dass Barry zog, wurde er wild. Und mit einem Mal fliegt Barry der Speer aus der Hand, und der Thunfisch peitscht mit seinem Schwanz und verschwindet in den Pazifik.«

Evan machte einen Schritt vorwärts.

»Ein Geheimnis«, verlangte Bryan.

»Das ist doch absurd.«

»Ich habe Ihnen gerade was anvertraut. Speerfischen ist in Kalifornien verboten. Barry und ich hätten große Probleme kriegen können.«

Sag einfach was, drängte die Stimme. *Denk dir einfach was aus, damit du deine Sachen zurückkriegst.*

»Ich …« Evan leckte sich über die Lippen. »Ich … äh, einmal hab ich bei einem Mathetest geschummelt.«

»Wie alt waren Sie?«

»15.«

»Welcher Kurs?«

»Algebra.«

»Warum haben Sie nicht ›Algebratest‹ gesagt?«

Evan starrte ihn an.

»Man nennt sie nicht Mathetests, wenn man auf der High School ist«, erklärte Bryan. »Man sagt Algebra oder Geometrie, nicht Mathe.«

Evan schüttelte den Kopf. »Das …«

»… war *gelogen*«, beendete Bryan den Satz. »Aber ich will mal nicht so sein.«

Bryan zog Evans Boxershorts aus dem Bündel.

»Bitte schön«, sagte er und warf sie Evan zu. Die Luft fing sich darin und ließ sie herabsegeln. Evan schlurfte vorwärts und bückte sich danach, wobei er sich weiter mit einer Hand bedeckte. Er wendete die Shorts und wollte gerade hineinsteigen, da sagte Bryan: »Noch nicht.«

In gebeugter Position blickte Evan zu Bryan auf. Der Schweiß brannte ihm in den Augen. Die Sicht verschwamm ihm, sodass er plötzlich zwei Bryans sah statt einem.

»Die dürfen Sie noch nicht anziehen«, wiederholte Bryan. Evan beäugte ihn einen langen Augenblick durch den brennenden Schweiß. Zur Hölle damit, dachte er schließlich, er würde sich das verdammte Ding trotzdem anziehen.

Ein Pfeifen durchbrach die Stille des Waldes. Evan wurden die Boxershorts aus der Hand gerissen und flogen davon. Ihm fiel die Brille herunter. Er richtete sich auf und sah gerade noch, wie Bryan geschickt seinen Speer aus der Luft fing. Er pflückte die Shorts von der Spitze.

Mit zusammengebissenen Zähnen sammelte Evan seine Brille auf. »Warum haben Sie das gemacht?«

»Sie haben mich angelogen.«

Evan betrachtete die funkelnde Speerspitze. »Wie persönlich muss es sein?«

»Pikant«, antwortete Bryan.

Evan ließ den Kopf hängen. »Ich hab früher Mädchen ausspioniert.«

»Inwiefern?«

»Sie beobachtet, ohne dass sie es wussten.«

»Nackt?«

Evan schluckte. »Ja.«

Bryans Miene nahm einen zweifelnden Ausdruck an. »Sie bleiben schrecklich vage. Jeder Perverse ist auf was Bestimmtes fixiert. Aber Sie haben einfach nur ›Mädchen‹ gesagt. Wie kommt das?«

»Was wollen Sie von mir?«

»Warum haben Sie ›Mädchen‹ gesagt?«

Evan schüttelte den Kopf. »Na schön. Ich hab meinen Schwestern beim Duschen zugesehen.«

Bryan strahlte. »Evan! Das *ist* pikant. Älter oder jünger?«

»Eine älter, die andere ein paar Jahre jünger.«

»Exzellent.« Bryan griff nach Evans Hemd und warf es ihm aus der Rückhand zu.

»Was ist mit der Unterwäsche?«

»Wie haben Sie sie beobachtet?«

»Bitte hören Sie auf damit.«

»Haben Sie am Duschvorhang vorbeigelinst? Ihre Schwestern waren doch nicht zusammen unter der Dusche, oder?«

Evan rollte mit den Augen. »Nein, sie waren nicht *zusammen.*«

»Wie haben Sie also …?«

»Mit einem Bohrer, okay? Ich hab den Bohrer meines Vaters benutzt und ein winziges Loch gemacht.«

Bryans Gesicht verfinsterte sich. »Durch die Kachel?«

»Die Kacheln gingen nicht bis ganz nach oben. Da war … Gipskarton zwischen den Kacheln und der Decke.«

»Haben Sie sich einen runtergeholt?«

Evan schürzte die Lippen, und heiße Scham brannte ihm auf den Wangen. »Ja, hab ich, okay? Krieg ich jetzt meine Sachen wieder?«

»Das ist ziemlich gut«, sagte Bryan. »Ich geb Ihnen den Rest, aber ziehen Sie's noch nicht an.«

Bryan raffte die Kleidung zusammen, zögerte aber.

»Was jetzt?«

»Es gibt da was, das Sie mir nicht erzählen.«

»Herrgott noch mal«, sagte Evan. »Ich hab Ihnen gerade was erzählt, das ich noch nie jemandem erzählt habe. Jetzt geben Sie mir endlich meine Hose!«

»An wen haben Sie gerade eben gedacht?«

Evan schüttelte den Kopf. »Was ist nur los mit Ihnen?«

»Sie erzählen mir, dass Sie Ihre kleine Schwester als Wichsvorlage genommen haben, wollen aber nicht beichten, was Sie gerade gedacht haben. Naheliegenderweise ist also das, was Sie mir nicht erzählen, schlimmer als das, was Sie mir erzählt haben.«

Evan schüttelte entgeistert den Kopf. »Was zur Hölle stimmt nicht mit Ihnen? Warum sind Sie so unverschämt? Was gibt Ihnen das Recht ...?«

»Das hier«, sagte Bryan und hob den Speer.

Und ehe Evan begriff, was geschah, schleuderte Bryan den Speer in seine Richtung, und die funkelnde Spitze schwankte kaum, während sie durch die Luft schnitt und auf seinen Bauch zusauste. Instinktiv schlug Evan die Hände zusammen. Heller Schmerz flammte in einer Handfläche auf. Ein flacher Schnitt, aus dem jedoch reichlich Blut lief.

»Reden Sie«, sagte Bryan und fing seinen Seilspeer. »Und wenn Sie irgendwas auslassen, jage ich Ihnen den hier durch die Luftröhre.«

Langsam blickte Evan von seiner Wunde auf.

Und begann zu reden.

10

Aus *Die Sterne haben den Himmel verlassen* von Elaine Kovalchyk:

Kerri rutscht auf dem Beifahrersitz herum und weiß, dass sich etwas verändert hat. Scoots Zähne schlagen so heftig aufeinander, dass sie an die Aufziehgebisse aus dem Scherzartikelladen denken muss, und obwohl sie auch friert – sie kommt immer noch nicht darüber hinweg, dass Scott den Hummer zum Laufen gebracht hat, obwohl die Temperaturen draußen um die minus 40 Grad schwanken –, überkommt sie nun eine eigenartige Ruhe, als schwebte pulvriger Schnee auf sie nieder. Die einzigen Körperteile Scotts, die nicht mit Schalen umwickelt sind, sind Mund, Nase und Augen, und das bisschen Haut, das zu sehen ist, ist bereits leuchtend rosa von der Kälte. Wundersamerweise ist der Hummer noch nicht in den kühlergrillhohen Verwehungen liegen geblieben, aber sie vermutet, es ist nur eine Frage der Zeit. Sie nähern sich einer Erhöhung, die zwar nicht steil ist, jedoch in der Lage sein wird, ihre knochenweißen Finger auf dieselbe Weise über dem Fahrzeug zu verschränken wie bei anderen Fahrzeugen, an denen sie vorbeigefahren sind und die dem Schnee zum Opfer gefallen sind.

Wie viele Tote?, fragt sie sich wieder. *Wie viele Leichen pro Auto?*

Zum ersten Mal seit Tagen ist die Sonne herausgekommen und strahlt regelrecht über dem festgetretenen Schnee, spendet aber nicht einmal die bloße Andeutung von Wärme, nur dieses Gleißen, das sich einem ins Gehirn bohrt. Scotts Zähne klicken so rasch, dass sicher gleich Stücke abplatzen werden, doch in dem Moment sieht sie zur Linken ein Farmhaus. Kerri erinnert sich an den Psychologen – Psychiater? Sie kann sich den Unterschied einfach nicht merken –, der dort lebt, erinnert sich an die Geschichten über ihn, aber offen gesagt kümmert sie das alles gerade gar nicht, da sie im Fenster des Farmhauses nicht nur den Psychologen/Psychiater sieht, sondern eine Phalanx aus Gesichtern, mindestens sechs oder sieben, mit ovalen rosafarbenen Kinnen und Augen wie gekochten Eiern, mit denen sie den Hummer anstieren, der sich die Kuppe hinaufschiebt.

Der Hummer macht einen Satz.

»Halt bei dem Farmhaus«, sagt sie, ihre Stimme so schneidend, dass sie sie nicht wiedererkennt.

»Vergiss es«, sagt Scott und reißt sich die Handschuhe herunter.

Sie wirft einen raschen Blick auf seine Fingerknöchel, sieht, wie weiß sie sind, wenn auch nicht so bläulich weiß wie die karge Eiswelt, in der sie beide begraben sind. Sie stellt sich vor, wie die Haut seiner Hände grau wird und sich abschält, sodass darunter der glanzlose Knochen zum Vorschein kommt, und der Gedanke verunsichert sie so sehr, dass sie ihm ins Gesicht sieht, um sicherzugehen, dass er noch eins hat. Sie hat die entstellten Leichen gesehen, hat aber keine Ahnung, was die Leute so zurichtet. Als wäre die schlimmste Kälteperiode in der Geschichtsschreibung nicht genug, als wäre der Tod nicht ohnehin eine Gewissheit.

Als Kerri dies denkt, kracht der Hummer in eine Verwehung.

Der Gurt peitscht sie gegen ihren Sitz und Scott sagt: »Schätze, du kriegst deinen Wunsch erfüllt.«

Als sie ihn verständnislos anstarrt, zeigt er ein einzigartig schreckliches Grinsen und erklärt: »Das Farmhaus. Zur Hölle, das war doch deine Idee.«

Das stimmt, wird ihr klar. Ihre Idee ist nie gewesen, dass sie fliehen, sondern dass sie Zuflucht in einem anderen Haus suchen. Denn Scott hat angefangen, ihr Angst zu machen.

17 Tage lang in ihrem Haus eingeschneit, und ihr Ehemann ähnelt nicht länger dem Mann, den sie geheiratet hat. Oder dem Mann, den zu heiraten sie geglaubt hat.

»Komm schon«, sagt er und streckt die Hand nach dem Türgriff aus.

»*Warte*«, schreit sie, aber da ist es schon zu spät, und sie sieht mit kristalliner Klarheit, wie es passiert:

Die Tür, die gegen die gefrorene Verwehung schlägt, die entstehende Lücke von vielleicht 15 Zentimetern.

Gestalten aus dem Farmhaus, zwei Männer, versuchen offenbar, sie zu retten. Sie stolpern durch den Schnee und rufen, aber irgendetwas veranlasst sie stehen zu bleiben, ihre Augen weiten sich vor Entsetzen, und dann treten sie überstürzt den Rückzug an.

Scott beobachtet sie ebenfalls, und er knurrt auf seine zynische Art: »Keine barmherzigen Samariter mehr, was? Ach, scheiß drauf. Komm«, und er packt ihre Hand zu grob, und als er sich umdreht und sie ansieht, sieht sie den ersten Käfer über seine Schulter krabbeln. Er muss vom Dach hereingefallen sein, oder vielleicht kommt er aus der Verwehung selbst, aber jetzt sind da plötzlich Dutzende, schwarz schimmernde Käfer, nicht größer als Bleistiftradiergummis, und sie wimmeln über Scotts freiliegende Haut. Er beginnt zu schreien, aber sie fressen ihm bereits die Haut ab, reißen ihm die Lippen auf, und seine Zähne und sein Kieferknochen liegen frei wie etwas, das man im Wüstensand findet.

11

Als sie sich an dem Abend zum Essen hinsetzten, bemerkte Lucy einen zusätzlichen Stuhl und mutmaßte, er sei für Wilson. Das gefiel ihr überhaupt nicht, allein beim Gedanken an diesen Mann mit seinem ausdruckslosen Gesicht bekam sie eine Gänsehaut. Rick saß ihr schräg gegenüber. Während Miss Lafitte, das winzige Hausmädchen, herumging und ihre Wassergläser füllte, flehte Lucy ihn mental an, sie anzusehen, aber er schien zu sehr mit seinen eigenen Gedanken beschäftigt, um Notiz von ihr zu nehmen. *Er ist in der Zone,* dachte sie ein wenig wehmütig. Was hätte sie dafür gegeben, um auch dort zu sein.

Ihr Blick wurde von Evan angezogen. Seine Haut wirkte fahl, seine Schultern eingesunken. Hatte Wells ihm unter vier Augen eine beißende Kritik gegeben?

Er ist der Nächste, dachte sie. Dann fragte sie sich: *Wo ist Tommy?*

Diener eilten im Zimmer hin und her, und mehrere hatte Lucy noch nie gesehen. Sie schenkten ihnen ein und trugen Tabletts und silberne Suppenterrinen herein.

»Daran könnte ich mich gewöhnen«, merkte Bryan an.

Annas Augen funkelten, während sie die Kassettendecke betrachtete. »Geschissen aufs Gewöhnen. Ich würde gern hier *leben.*«

Lucy folgte Annas Blick zu der Glastür, die auf den Hof hinausführte, und kurz überkam sie ein Schwindelgefühl.

Nicht nur waren die Vorhänge neu – oder zumindest waren sie gewaschen und gebleicht worden –, auch die Messinggriffe glänzten, als wären sie gerade erst installiert worden.

Was ist daran so ungewöhnlich?, fragte sie sich. *Die Diener haben den Tag damit verbracht, den Raum vorzubereiten. Na und?*

Es kommt einem so vor, als wäre man in die Zeit zurückgereist, als der Speisesaal gerade erst gebaut worden war.

Schaudernd schob sie den Gedanken beiseite.

Wells kam mit seiner Frau herein. Lucy starrte den Mann an, fassungslos, wie sehr sich sein Erscheinungsbild verändert hatte. Sie mutmaßte, es sei einfach eine Frage der Körperpflege: Er hatte sich rasiert und das Haar um die Ohren war gestutzt. Dennoch war hier noch mehr im Gang, etwas Subtiles und zugleich Tiefgreifendes. Seine Augen strahlten eine Lebendigkeit aus, die am ersten Abend nicht da gewesen war. Die Furchen auf seiner Stirn waren weniger ausgeprägt.

Es sind die Lüster, sagte sie sich. *Du hast ihn gestern Abend im Feuerschein gesehen. Das Licht heute schmeichelt ihm mehr.*

Dennoch …

Mrs. Wells saß zur Rechten ihres Ehemanns, und zu seiner Linken war der leere Platz. Mit Gänsehaut wartete Lucy darauf, dass Wilson ihn besetzte.

Wells sagte: »Tommy Marston hat uns verlassen.«

»Ich wusste es«, sagte Bryan und lehnte sich zurück.

Lucy funkelte ihn an. »Sie brauchen nicht so schadenfroh zu sein.«

»Er hat sich von niemandem verabschiedet?«, fragte Elaine.

»Warum?«, fragte Bryan. »Sind Sie geknickt, weil er vorher nicht noch ein bisschen Zeit mit Ihnen verbracht hat?«

Elaine ging nicht auf ihn ein und runzelte die Stirn. »Niemand hat sich verabschiedet. Marek ist einfach mit dem Polizisten mitgegangen, und Tommy … Er ist einfach verschwunden?«

»Seien Sie nicht so sentimental«, sagte Anna. »Es gehört zum Wettbewerb dazu, dass Leute ausscheiden.«

»Deswegen müssen wir ja nicht herzlos sein«, konterte Elaine.

Anna öffnete den Mund, um zu antworten, schloss ihn jedoch abrupt wieder. Lucy folgte ihrem Blick und sah, wie Wells sich auf den Tisch stützte und zornig aussah.

»Wären Sie dann fertig mit dem Genörgel?«, fragte er.

»Es tut mir leid, Sir«, sagte Anna.

Er sah Elaine an, die den Blick abwandte. »Tut mir leid«, murmelte sie.

Als Wells Bryan ansah, wich der ein wenig zurück und zuckte mit den Schultern. »Ich hab's nicht so gemeint.«

»Unsere Worte«, sagte Wells, »haben Bedeutung. Wer behauptet, er hätte nichts gemeint mit dem, was er gesagt hat, lügt schamlos. Haben Sie vergessen, wie wichtig Aufrichtigkeit ist?«

Bryan senkte den Blick. »Ich entschuldige mich.«

»So ist's besser«, sagte Wells. Er lehnte sich zurück und nickte. »Heute endet unser dritter gemeinsamer Tag, und die Erfahrung hat mich gelehrt, dass der vierte Tag jeder Bestrebung aufreibend sein kann. Denn etwa mit dem vierten Tag setzt die Ermüdung ein. Darum bringen viele Autoren nie ihren ersten Roman zu Ende, und falls doch, bleibt es bei dem einen Roman.«

Wells ließ seinen wachen Blick über sie schweifen. »Am vierten Tag ist unser anfänglicher Schub kreativer Energie so gut wie aufgebraucht. Enthusiasmus ist zwar mächtig, aber so kurzlebig wie ein Magnesiumblitz. Ein einziges blendendes Aufflammen reicht nicht, um durchzuhalten. Autoren müssen fortwährend nach Mitteln der Erneuerung, der Inspiration suchen.«

Er lächelte und sagte: »Bitte heißen Sie unseren Gast willkommen.«

Die Tür des Speisezimmers öffnete sich. Als Lucy plötzlich Corrina Bowen vor sich sah, war ihr erster Gedanke, dass sie kleiner und dünner war, als sie gedacht hätte. In einem Feature in der *Publishers Weekly* hatten die Schwarz-Weiß-Fotos eine elegante, gutmütige Frau gezeigt, mit einem wissenden Lächeln und einem wachen Blick.

Stand man ihr leibhaftig gegenüber, dann verstörte es einen nahezu, wie hager sie war. Ihre hellbraune Haut und ihr krauses Haar wirkten hinreichend gesund, aber ihre knochigen Schultern – entblößt in ihrem marineblauen Trägerkleid – und ihre hervorstechenden Wangenknochen beunruhigten Lucy. Eine rasche mentale Schätzung verortete die Frau in ihren frühen Siebzigern, doch da ihre Augen so tief in den Höhlen lagen und ihre Knochen so sehr hervorstachen, konnte man Bowen gut für zehn Jahre älter halten.

Die Gruppe applaudierte – offenbar waren die anderen nicht so schockiert von Bowens Äußerem wie Lucy –, und als der Jubel anschwoll, reagierte Bowen mit einer bescheidenen Verbeugung.

Als sie sich hinsetzte, blieb ihr Blick an Lucy hängen. Lucys Lächeln geriet gezwungen, doch Bowen ließ sich nicht anmerken, ob es ihr aufgefallen war.

Beim Abendessen sprachen sie über Bowens Bücher und die erfolgreichen Filmadaptionen. Sie gestand ihre Aversion gegenüber den Filmen ein: Ihrer Ansicht nach verfehlten diese regelmäßig den Sinn ihrer Geschichten. Lucy hörte zu, sagte jedoch wenig. Während Bowen mit leiser Stimme erzählte, flüsterte Anna immer wieder Rick etwas zu, der sich unbehaglich zu fühlen schien.

Gegen Ende des Essens kam Wilson herein und sagte zu Mr. Wells: »Die Frau von der *New York Times* ist wieder am Telefon. Sie will ein Zitat zu Ihrer Nominierung als Nobelpreisträger.«

»Ich hab ihr letzte Woche eins gegeben«, sagte Wells. Er schüttelte den Kopf. »Das sind zehn Minuten, die ich nie zurückbekomme.«

»Sie sagt, sie braucht mehr. Ich wollte Sie nicht stören, aber ihre Deadline ist heute Abend.«

Wells schniefte und legte seine Stoffserviette auf den Tisch. »Typisch, diese Ineffizienz«, murrte er. Er sah Corrina Bowen an und sagte: »Diesen Reportertyp kenne ich: Wenn ich ihr nicht irgendeinen geistreichen Aphorismus liefere, denkt sie sich einen aus und lässt mich töricht aussehen.«

Damit verließ er das Speisezimmer. Lucy bemerkte, dass Anna ihm fasziniert nachblickte.

Nach dem Abendessen nahmen sie Drinks im Hof und warteten geduldig auf ihre Chance, mit Miss Bowen zu sprechen. Lucy unterhielt sich ein wenig mit Sherilyn und Will, aber einen Großteil der Zeit verbrachte sie damit, im Hof herumzugehen. Es war ein wenig deprimierend hier draußen: An manchen Stellen waren die angelegten Gärten überwuchert, an anderen die Pflanzen verdorrt.

Die Wege und Steinplatten waren rissig und moosbedeckt, die Bänke aus Marmor und Granit verwittert und eingesunken. Viel von dem Efeu, der an den Mauern ringsum emporwuchs, war verwelkt und tot, und feuchtes Laub begrub den Großteil der Gärten unter sich. Ein nichtssagender grauer Brunnen, drei Meter hoch, stand ungenutzt und verlassen in der Mitte des Hofs.

Bryan stand davor, blickte daran hoch und kritzelte etwas in sein Notizbuch. Noch während Lucy hinüberblickte, kam Wilson von der anderen Seite des Brunnens herum und näherte sich Bryan.

Von Lucys Standpunkt aus, sechs Meter entfernt, war seine Stimme gerade eben zu hören. »Sie sollten weniger Zeit darauf verwenden, sich umzusehen, und stattdessen mehr tun«, sagte er zu Bryan.

Bryan sah den Diener nicht einmal an. »Ich schreibe, so wie Mr. Wells es uns aufgetragen hat.«

Wilson streckte die Hand aus und ergriff Bryans Handgelenk.

»He«, fing Bryan an, aber Wilson unterbrach ihn.

»Ich rede nicht vom Schreiben, Mr. Clayton. Ich rede vom *Tun*.«

Bryan starrte Wilson ungläubig an. »Lassen Sie mein … Das tut weh, verdammt.«

»Senken Sie Ihre Stimme, Mr. Clayton«, sagte Wilson und zog Bryan näher, als wäre er ein Kind.

Lucy strengte sich an, Wilsons Worte zu hören.

»Dies ist ein Ausschlussverfahren, Mr. Clayton. Sie sollen *kämpferischer* sein.« Er drückte Bryans Handgelenk; Bryan wand sich in seinem Griff. »Verstehen wir einander?«

»Ich glaub, schon«, sagte Bryan kleinlaut.

Wilson ließ ihn los und lächelte breit. »Genießen Sie den Rest des Abends, Mr. Clayton. Und machen Sie sich ans Werk.«

Bryan blickte ihm nach und rieb sich das Handgelenk. Dann ging er zu der Glastür und verschwand ins Haus. Lucy runzelte die Stirn und taxierte die verbliebenen Dinnergäste.

Rick war frühzeitig verschwunden. Anna ebenfalls, wenngleich sie zu unterschiedlichen Zeiten gegangen waren. Dass beide gleichzeitig abwesend waren, ließ Wolken über Lucys Stimmung aufziehen, und als ihr jemand auf die Schulter klopfte, sie sich umdrehte und Corrina Bowen sie anlächelte, war sie ganz und gar unvorbereitet.

»Ich höre, Sie haben den ganzen Zirkus schon hinter sich«, sagte Bowen.

Die Frau war etwa anderthalb Meter groß und konnte nicht mehr als 40 Kilo wiegen.

Lucy brachte ein Lächeln zustande. »Das hier ist eine unerwartete Aufregung.«

Als sie ihr sagte, wie sehr sie ihre Werke mochte und ihr Können bewunderte, nickte Bowen nur.

Dann sagte sie etwas, das Lucy nicht verstand.

Sie lehnte sich nach vorn. »Wie bitte?«

Das abgeklärte Lächeln noch immer auf dem Gesicht, wiederholte Bowen: »Fliehen Sie sofort.«

Lucy wich ein wenig zurück. »Ich bin nicht sicher, ob ich Sie verstehe.«

Das Grinsen war noch da – die bloße Andeutung weißer Zähne, die zwischen rosafarbenen Lippen aufblitzten –, doch ihre Augen hatten sich beträchtlich geweitet. »Steigen Sie aus, solange Sie noch können.«

Lucy blickte sich um und stellte fest, dass die anderen beschäftigt waren. Evan und Elaine zankten sich. Sherilyn und Mrs. Wells hörten Roderick Wells zu, und Will stand für sich allein und wirkte fehl am Platz und kläglich.

Als Lucy Corrina Bowen wieder ansah, war das Grinsen fort. Ihre Augen waren groß und gepeinigt, und ihr Mund bebte. Sie kam näher und ergriff sie bei den Schultern. »Sehen Sie nicht, dass ich in der Hölle bin, Mädchen? Sehen Sie nicht, wohin das alles führt?«

Der Atem der Frau war übel riechend, ein Gemisch aus Kaffee und Mundgeruch. Lucy wollte wegsehen, konnte es aber nicht. Die Finger gruben sich tiefer in ihre Schultern.

»Kapieren Sie's nicht, Sie dumme kleine Möse?«, fragte Bowen. Ihre knochigen Finger drückten zu. »Ihre Träume sind Blödsinn. Glauben Sie etwa, das Ganze hätte keinen Preis? Glauben Sie, Sie können nachts noch schlafen mit dem Wissen, was sich hier vor 50 Jahren abgespielt hat?«

Lucy versuchte sich loszureißen. »Miss Bowen, Sie tun mir weh.«

Bowens Grinsen war grässlich. »*Ich* tue Ihnen weh? Sie wissen gar nicht, was Schmerz ist.« Bowen schüttelte sie. »Sie strecken nur Ihren Knackarsch raus und hoffen, dass Roderick Sie wählt. Ich weiß es, weil ich es *erlebt* hab.«

»Hören Sie auf.«

»Warum, glauben Sie, bin ich heute Abend hierher zurückgekommen? Um Sie und die anderen Arschlöcher hier rauszuholen.« Ein brutales Rütteln. »Hören Sie mich? Sagen Sie den anderen …«

Bowen sog die Luft ein und ließ sie los. Sie starrte etwas rechts von Lucy an. Lucy drehte sich dorthin und sah Wells, der Bowen finster anblickte, das Gesicht starr vor Zorn. Die anderen standen wie versteinert da und beobachteten sie.

»Haben Sie vergessen, was Sie getan haben, Corrina?«, fragte Wells.

Bowen wich zurück. Wells musste ihr nicht folgen. Sein giftiger Blick brachte selbst Lucy zum Zittern.

»Ich dulde keinen Verrat, Corrina«, sagte er. »Und ich werde es ganz bestimmt nicht vergessen.«

Bowen war fast bei der Glastür, einen Ausdruck reinsten Entsetzens auf dem Gesicht. Tränen liefen ihr über die Wangen. Einen Moment lang tat sie Lucy leid.

Das Letzte, was sie von Corrina Bowen sah, war, wie sie durch die Glastür verschwand und die Vorhänge sich hinter ihr bauschten.

DRITTER TEIL

MONSTER

1

In dieser Nacht saß Will an seinem Schreibtisch und trieb sich selbst an weiterzuschreiben. Doch eine hässliche Wahrheit hing über ihm wie eine Wolke Mücken.

Er musste auf die Insel zurückkehren.

Etwas sagte ihm, er habe sie zu früh verlassen und es gebe dort noch mehr zu sehen als Anna Holloway und ihren Traumkörper.

Also geh zurück.

Will überlegte.

Was hast du zu verlieren?, fragte die Stimme in seinem Kopf.

Will trommelte mit den Fingern. Er hatte sich noch nicht ausgezogen, um ins Bett zu gehen. Er musste also lediglich seine Tennisschuhe anziehen und aufbrechen.

Weißt du den Weg noch?

Er glaubte sich zu erinnern, aber er konnte nicht sicher sein.

Er stand vom Schreibtisch auf, zog sich seine Sneaker an und schnürte sie zu. Vorsichtig schloss er die Tür hinter sich – wahrscheinlich schliefen die anderen mittlerweile – und eilte den Korridor entlang.

Es ist sehr spät, ermahnte ihn eine Stimme. *Und sehr dunkel.*

Er blickte finster drein, ging jedoch weiter.

Was, wenn du stolperst und dich verletzt?

Ich bin vorsichtig.

Und was ist mit Moskitos? Du hast kein Insektenspray.

Die haben mich noch nicht belästigt.

Wenn du richtig Schwein hast, verläufst du dich noch im Wald.

Als er das Erdgeschoss erreichte, blieb er stehen, denn ein Gefühl der Absurdität hatte von ihm Besitz ergriffen.

Was zur Hölle tat er eigentlich? Es war bald ein Uhr morgens. Wenn er am nächsten Tag zu irgendetwas zu gebrauchen sein wollte, sollte er jetzt lieber ins Bett gehen. Sonst würde er gegen Mittag aufwachen und durch den Tag wanken wie ein Zombie.

Will stahl sich gerade die Treppe hoch, da gewahrte er jemanden auf dem Treppenabsatz im ersten Stock. Er hielt inne, blickte hinauf und sah, dass es sich um Roderick Wells handelte.

Wells sagte: »Meiden Sie niemals die Wahrheit, Mr. Church.«

Will durchlebte eine flüchtige, doch sehr mächtige Erinnerung an seinen großen Bruder, der ihm, nachdem sie sich in den Keller gewagt hatten, den Rückweg die Treppe hinauf versperrte. Er hatte Will ins Gesicht gelacht und gesagt: »Wie lange willst du noch so eine Heulsuse sein, *Willy?*«

»Geh da weg, BJ.« In dem Augenblick kam ihm der kalte Schweiß, ein Vorbote der Panik.

»Fast ein Drittklässler und hat immer noch Angst vor Monstern.«

»Ich hab keine Angst vor ihnen.« Er ermahnte sich, nicht in die Anballungen aus Schatten hinter ihm zu blicken, denn wenn er das tat, würde er etwas sehen, und sobald er etwas sah – real oder nicht –, würde wilde Furcht sich einstellen und er würde mit den Fäusten auf BJs Brust einschlagen und schluchzen und flehen.

»Es ist das Ding in der Kiste«, ärgerte BJ ihn. »Die Gorillakreatur.«

Da riskierte Will doch einen Blick zwischen den offenen Treppenlatten hindurch und glaubte, er sähe eine Bewegung, hervorgerufen durch die Erinnerung an einen Film, den BJ mit dem alleinigen Ziel ausgeliehen hatte, Will eine Heidenangst einzujagen, einen Film namens *Creepshow*. Das waren in Wirklichkeit mehrere Filme in einem, aber ein Handlungsstrang über einen Ehemann und dessen Frau, eine totale Schreckschraube, war ihm besonders im Gedächtnis geblieben. Der Mann fand eine große Kiste, in der sich, wie sich herausstellte, etwas wirklich Schlimmes befand. Ein Monster. Eine Schauspielerin namens Adrienne Barbeau hatte mitgespielt; Will hatte sich ihren Namen gemerkt, weil er ihr in *Cannonball Run* tief ins Dekolleté hatte blicken können und in *Swamp Thing* fast ihren vollständigen nackten Körper gesehen hatte. Die Frau, die sie spielte, wurde am Ende von dem Monster gefressen. Die Kiste hatte unter einer Treppe gestanden. Zwar besaß Wills Familie keine solchen Kisten und bewahrte auch sonst nichts unter der Kellertreppe auf, doch in diesem Moment, wie immer, wenn BJ sein grausames Spiel mit ihm trieb, war er plötzlich überzeugt, dass ebenjene Kreatur ihn an den Fußgelenken packen und schreiend die Treppe hinunterzerren würde.

»Das Monster kriegt dich«, sagte BJ.

»Nein, es kriegt mich nicht«, antwortete Will mit zitternder Unterlippe.

»Es hat scharfe Zähne, Willy. Es *lächelt dich gerade an.*«

»Verdammt, BJ, hör auf!«

Will versuchte, sich an seinem großen Bruder vorbeizuschieben, aber er wusste, dass er keine Chance hatte.

»Es starrt dich mit seinen roten Augen an, Willy. Es hat *Hunger* auf dich, es …« Und BJs Stimme verschmolz mit dem Panikrauschen in Wills Ohren, und Will wusste, dass die Augen des Gorillamonsters nicht rot waren, sondern blassgelb, nur lachten ihn die krokodilhaften Pupillen aus und sagten ihm, er sei des Todes, doch zuerst würde er leiden, und die weiße Mähne, die das garstige Gesicht umgab, kam näher, umfasste ihn, und die Zähne, mein Gott, die *Zähne,* zu zahlreich und spitz, um irgendeinem lebenden Wesen zu gehören, öffneten sich vor ihm, als die gewaltigen, lachenden Kiefer aufklafften.

»Brüder können schrecklich sein, nicht wahr?«, fragte Wells.

Ruckartig hob Will den Kopf. Wells konnte unmöglich von BJ wissen, dachte er sich, denn wenn er von diesen Dingen wusste, dann konnte er auch *andere* Dinge wissen.

Er machte eine schwache Geste hinter sich. »Ich wollte nach unten, um noch 'ne Kleinigkeit zu essen.«

»Seien Sie ganz offen, Mr. Church.«

»Ich war …« Will brach ab und schüttelte den Kopf. »Ich hatte diese verrückte Idee: Wenn ich irgendwohin ginge, dann würde ich vielleicht …«

»Sie kamen nicht recht voran.«

Will sah ihn an. »Das stimmt.«

»Ihnen schwebte vor, zu dem Ort zurückzukehren, wo die Inspiration Sie ereilt hat.«

Will umklammerte das Geländer fester.

»Das ist ein weiser Gedanke«, sagte Wells.

»Ach ja?«

»Ich habe als junger Autor gelernt, dass ein Ort als Prüfstein für eine Geschichte dienen kann. Häufig habe ich Jahrmärkte besucht, Bordelle. Einmal habe ich die Nacht auf einem Friedhof verbracht, um die Stimmen der Toten besser zu hören.«

Will starrte Wells an, tief beeindruckt. »Machen Sie das immer noch?«

»Mr. Church, warum, glauben Sie, lebe ich hier? Aus Bequemlichkeit?« Er breitete die Arme aus. »Dies ... *dieser Ort* ... ist eine Wunderwelt widerwärtiger Schönheit. Lästerlicher Leidenschaft. Das Wasser, das auf diesem Grundstück fließt, ist mit dem Elixier des Wahnsinns versetzt und die Bäume sind mit dem Blut der Verdammten genährt.«

Will schluckte. Er fand es unmöglich, den Blick von Wells' schwarzen Augen abzuwenden. Er sah Farben darin herumwirbeln, die ihn tiefer hineinlockten, immer tiefer ...

»Die Nacht ist Ihre Herrin«, sagte Wells mit eindringlicher Stimme. »Der Wald ist Ihre Pforte, die Insel ein Zauber. Ihre Muse erwartet Sie dort, Mr. Church. Sie müssen zu ihr. Sie müssen ihre makabre Umarmung willkommen heißen.«

»Ihre Umarmung«, wisperte Will.

»Jetzt, Mr. Church.« Wells packte seine Schulter. *»Jetzt.«*

Will hatte die Empfindung, in die Höhe zu schießen; die Treppe um ihn her erschien wieder. Er blinzelte Wells an und stellte fest, dass seine Augen dunkelbraun waren, nicht schwarz.

Erlöst von dem Bann, der auf ihm gelegen haben musste, dachte er über Wells' Worte nach. Einen Augenblick später fand er endlich seine Stimme wieder. »Also glauben Sie … wenn ich die Stelle noch einmal aufsuche …?«

»Es ist Ihr Prüfstein«, sagte Wells. »In ihm ist Ihre Magie geborgen.«

»Meinen Sie?«

»Sie müssen sie nur aus ihm herausziehen.«

Will wies hinter ihn. »Also sollte ich jetzt dorthin gehen?«

»Ich würde es nicht länger aufschieben, Mr. Church. Sie sind der Zauberer der Geschichte. Sie müssen sie heraufbeschwören.«

Will stellte fest, dass ihm ein schüchternes Lächeln aufs Gesicht trat. »Ich bin der Zauberer?«

»Das sind Sie«, sagte Wells. »Und jetzt gehen Sie. Erschaffen Sie!«

Seit seiner Ankunft war es ihm nicht so gut gegangen. Er hastete die Treppe hinab.

Mithilfe einer Taschenlampe, die er in der Vorratskammer der Küche beschlagnahmte, begab er sich zu dem See. Dort richtete er den Strahl der Taschenlampe über das Wasser. Die Insel sah sehr anders aus, nun, da Anna sich nicht am Strand sonnte. Der Wald jenseits des blassen Sandstreifens sah dichter aus, die Dunkelheit tiefer.

Hör auf, Zeit zu schinden.

Will zog Socken und Schuhe aus und trat näher ans Ufer.

Okay, dachte er. *Hier komme ich.*

Er watete ins Wasser. Ein Dutzend Horrorfilme mit dem Thema Wasser blitzten in seinem Geist auf. *Der weiße Hai.* Eine schaurige kleine Sache namens *Open Water*. Er blickte auf den See.

Erinnerte sich an eine Szene aus *Creepshow,* in der das Monster in der Kiste auf den Grund eines Steinbruchs gesunken war.

Sanft spülte ihm das Wasser gegen die nackten Schienbeine. Noch ein paar Schritte, und seine Shorts würden durchnässt.

Musste er wirklich einen Fuß auf die Insel setzen? War er nicht bereits nahe genug?

Beweg deinen Arsch!, sagte er zu sich selbst. *Du hast gehört, was Wells gesagt hat.*

Wells ist aber nicht derjenige, dem hier draußen mitten in der Nacht die Hoden schrumpeln.

Will runzelte die Stirn. Er hielt die Taschenlampe still und richtete ihren Strahl auf einen vielleicht viereinhalb Meter entfernten Punkt. Er war sicher gewesen, dass er am Strand eine Bewegung gesehen hatte, eine leichte Regung im Sand.

Dann sah er sie: eine Gestalt, unverkennbar weiblich, unverkennbar nackt. Aber es war nicht Anna Holloway. Ihr Haar war zu dunkel, die Hautfarbe ganz falsch. Er ließ den Lichtstrahl über ihren Körper streichen.

Schrie, als ihre scheußlichen schwarzen Augen direkt in seine starrten.

Er zog sich durch das flache Wasser zurück. Die Frau

(die Sirene)

kroch auf ihn zu, eine wurmartige schwarze Zunge glitt aus ihrem Mund und ihre Lippen kräuselten sich zu einem widerwärtigen Grinsen.

Will kletterte ans Ufer. Er hielt nicht einmal inne, um sich seine Schuhe und Socken zu schnappen, sprintete stattdessen auf den Pavillon zu, wo er links Richtung Wald abbog. Er hatte keine Ahnung, ob die Sirene ihm folgte, aber er würde ganz sicher nicht das Schicksal herausfordern.

Mit brennender Lunge und einem scharfen Stechen in den Rippen taumelte Will in den Wald. Vielleicht eine Minute lang schlurfte er dahin, bis er eine Anhöhe erreichte. Er kletterte den Hang hinauf und blieb dort keuchend stehen.

Etwas am Fuß des Hügels zog seine Aufmerksamkeit auf sich.

»O Jesus«, flüsterte er.

Die Überreste eines Hauses.

Ehe in dem freiliegenden Kellerloch ein Gesicht erscheinen konnte, rannte Will in die entgegengesetzte Richtung davon.

2

Aus dem Tagebuch von Sherilyn Jackson:

Ich hab dich ganz schön schmoren lassen, oder?

Ich dachte, ich würde mir blöd vorkommen, wenn ich mein Herz ausschütte in diesem Notizbuch voller Blumen (Woher hast du's, Alicia? Target? Barnes & Noble?), muss aber gestehen, dass es mir verdammt viel besser ging, nachdem ich letztes Mal meine Gedanken geteilt hatte.

Ich hab dir gerade erzählt, wie David Zendejas versucht hat, mich zu erwürgen. Das wurde später eine regelmäßige Sache. Ich hab einmal ein Buch namens *Freude am Sex* gelesen, mit detaillierten Darstellungen darin und einer Menge Zeugs, bei dem ich rot wurde. Darin kam der Begriff »kleiner Tod« vor. Offenbar ist das ein Zustand so intensiver Leidenschaft, dass die Frau ohnmächtig wird, gleichsam einen kleinen Tod stirbt. Ich hab auch gehört, dass manche Leute das Strangulieren in ihre Schlafzimmerroutine aufnehmen. So nach dem Motto: »Ich fick dich und stranguliere dich gleichzeitig, und irgendwie macht das deinen Orgasmus kraftvoller.« Für mich ist das ein idiotisches Konzept, aber man muss nur lange genug suchen, dann findet man Leute, die sich an praktisch allem aufgeilen: bepinkelt werden, sich mit Fliegenklatschen versohlen lassen und so weiter.

Bei Zendie war das Würgen keine sexuelle Vorliebe. Er war wirklich angepisst. Aber es war nicht das Schlimmste, was er mir angetan hat. Nicht einmal annähernd.

Davon kann ich dir nicht erzählen. Noch nicht.

Was ich dir erzählen kann: wie verflucht arm wir in jenen drei Jahren wurden. Nicht nur war Zendie degradiert und entmannt worden (sein Wort), auch seine Kirche durchlebte harte Zeiten. Es gab wenig Spenden, die Kassen leerten sich allmählich und Zendies dürftiger Lohn machte einen Sturzflug ins Armutsterritorium. Erwartungsgemäß wurde er gemein wie ein tollwütiger Hund und ließ es an mir aus.

Ich erzähl dir das alles nicht, um Mitleid hervorzurufen. Ich hasse Mitleid. Nichts macht mich wütender, als von jemandem bemitleidet zu werden.

Darum wurmt es mich auch, gestehen zu müssen, dass ich mich selbst bemitleidet habe während dieser drei höllischen Jahre.

Alle wussten: Zendie bezahlte dafür, seinen Docht in den falschen Topf getaucht zu haben, und hatte es verdient, nun zu Kreuze kriechen zu müssen. Der oberste Pastor, ein weißer Mann mit einem üppigen blonden

Haarschopf und einem Lächeln beinahe so elektrisch wie Zendies, machte es sich zur Gewohnheit, ihm die Aufgaben zu geben, die sonst niemand wollte. Du weißt schon, durch Gottes ganze Schöpfung zu fahren und bei Shut-ins das Abendmahl zu reichen. In den Nachbarschaften um neue Mitglieder zu werben.

Dann veränderte sich alles.

Das Erste war eine Bombe von einer Neuigkeit über den leitenden Pastor. Es stellte sich heraus, dass er und sein leuchtendes Blondhaar fast ein Jahrzehnt lang Geldmittel veruntreut hatten.

Der blonde Bastard wanderte in den Knast, das war das Erste.

Als Zweites wurde mein Ehemann befördert.

Eins mag David Zendejas noch mehr als Muschis, und zwar den Helden zu spielen. Seine messianischen Fantasien ausleben, den Dank verheulter Leute entgegenzunehmen. Und mein Gott, was strömte die Dankbarkeit, nachdem Zendie die Kirche gerettet hatte. Noch immer schlug er mich grün und blau und kam nach Parfüm und Frauenschweiß riechend heim. Die Kirche hatte er jedoch vor dem Bankrott bewahrt und war so der Montgomery First Baptist aufgefallen, der größten und am besten zahlenden Kirche Alabamas.

Und es gab sogar noch glücklichere Neuigkeiten.

Meine Mutter war zwar immer bettelarm gewesen, aber ihre Eltern waren schlau genug gewesen, Land zu kaufen, als die Preise niedrig gewesen waren. Die Vorstädte rückten immer näher heran, und wofür sie ein paar Tausend Piepen bezahlt hatten, war plötzlich mehrere Hunderttausend wert. Das Bieten geriet außer Kontrolle, und der Preis sprengte die Millionengrenze. Als sich das Land verkaufte, taten meine Großeltern das Überraschendste von alledem: Sie gaben das Geld meiner Mutter. Sagten, sie hätten keine Verwendung dafür und würden sich freuen, wenn ihre einzige Tochter ein bisschen Sicherheit und ein paar hübsche Sachen bekäme.

Du fragst dich vielleicht, welche Auswirkungen das alles auf mich hatte?

Herr im Himmel …

Ich hab dir ja erzählt, dass Zendie ein charismatischer Hurensohn ist. Meine Mutter hatte er immer schon fest im Griff gehabt. Ohne mein Wissen brachte er sie dazu, in ein paar Projekte zu investieren. Meine Mutter dachte sich, dass dies jedem ihrer Kinder ein ansehnliches Erbe sichern würde, nicht bloß eine Million oder so, die wir durch neun teilen müssten.

Gottverdammt. Noch etwas, worüber ich kaum sprechen kann.

Bist du hierfür bereit, Tagebuch? Bereit für den Gnadenstoß?

Zendie sagte zu mir, wir könnten schwanger werden.

Und da Lügen ja unter seiner Würde gewesen wären und sein gut aussehendes Gesicht glückselig auf mich herablächelte, glaubte ich, dass nun alle meine Träume wahr würden. Ich hatte einen so heftigen Orgasmus, dass es die Dachsparren durchrüttelte. Drei Wochen später pinkelte ich auf einen Stab und guckte zweimal hin. Zendie sagte: Liebling, das sind wunderbare Neuigkeiten. Hättest du gern noch ein paar wunderbare Neuigkeiten?

Klar, sagte ich, dafür war ich zu haben. Auf das Wort wunderbar fuhr ich richtig ab, und ich begehrte mehr davon.

Ich hab die Stelle des leitenden Pastors bei der Montgomery First Baptist gekriegt.

Ich war verdammt nahe daran, in Ohnmacht zu fallen.

Als er mich über sein künftiges Gehalt in Kenntnis setzte, bin ich sogar ziemlich sicher in Ohnmacht gefallen. Wir haben gefeiert, indem wir Liebe machten, und ich hab mir eingeredet, dies sei das Ende all der Schlechtigkeit. Seine Misshandlung, dachte ich, sei nur eine Folge der finanziellen Belastung gewesen, und seine Untreue aus Unsicherheit geboren. Wegen seines Berufs war er ruhelos gewesen, doch nun, da er seinen Traumjob bekommen hatte, würde er nicht mehr unter irgendwelchen Frauenröcken nach Bestätigung suchen.

Ich hätte mich nicht schlimmer irren können.

Okay, ich bin gerade nach unten gegangen zu der Bar von Wells' Herrenhaus und hab meinen Mut gestählt für das, was ich nun schreiben werde. Falls du dich fragst: Ich hab nicht getrunken, als ich mit der kleinen Vivien schwanger gewesen war. Den Namen hatte ich aus *Vom Winde verweht*. Meine Mutter war stolz auf die Schauspielerin, die die Dienerin spielte, weil sie die Rassenbarriere bei den Oscars durchbrochen hatte, aber ich fragte meine Mom, was so toll daran sei, sie habe doch eine Sklavin gespielt. Sie bedachte mich mit jenem kalten, sturen Blick, den sie immer an den Tag legte, wenn sie glaubte, ich sei respektlos, und sagte, ich könne mich glücklich schätzen, wenn ich nur halb so viel erreichte wie Hattie McDaniel. Mom hatte womöglich recht, aber über die Sklavensache kam ich nicht hinweg. *Zur Hölle damit,* dachte ich. *Ich will diejenige sein, die das ganze Land besitzt, nicht die, die in der Küche festsitzt.* Also entschied ich mich für den Namen Vivien.

Dann bekam Zendie den Job bei der First Baptist und wurde wieder zu einem Ungeheuer, nur dass es diesmal hundertfach schlimmer war.

Offenbar war doch nicht professionelle Unruhe die Ursache seiner Liebeleien gewesen. Nur eine Woche nachdem er den Posten übernommen hatte, fing er an, für lange Zeiträume zu verschwinden, und in manchen Nächten bequemte er sich nicht einmal mehr nach Hause. Man sollte meinen, das ganze Rumgeficke müsse Spuren bei einem Mann hinterlassen, aber Zendie hatte nie robuster ausgesehen als zu jener Zeit.

Auch als unzutreffend erwies sich meine Annahme, er würde aufhören, mich zu schlagen. Jetzt geriet er in Rage, wann immer er mich sah. Er boxte mir gegen die Schultern, schlug mir gegen die Brüste. Er würgte mich, aber daran hatte ich mich gewöhnt, und ich konnte mittlerweile lange den Atem anhalten.

Meine Belastungsgrenze war erreicht, als er die kleine Vivien ins Visier nahm.

Sieh, hier kommt es zum Thema Abtreibung. Dieses gottverdammte Thema hat mich immer traurig gemacht. Ich schätze, wenn ich mich für eine Seite entscheiden müsste, würde ich den Frauen die Wahl lassen, aber das mag nur daran liegen, dass ich so verflucht viel misshandelt worden bin und mir die Frauen leidtaten, die die Babys von Monstern austragen mussten. Aber ich verstehe auch die Gegner (abgesehen von den Arschlöchern, die Bomben in Abtreibungskliniken legen, das sind auch Monster) und bin todtraurig, wenn ich an einen sterbenden Fötus denke. Es liegt wohl daran, dass ich mir nie einen Schwangerschaftsbauch ansehe und Fötus denke, ich denke Baby, und gottverdammt, ich hab Vivien von dem Moment an als Baby gesehen, als Zendie seinen Saft in mich gespritzt hat. Ich kann dir sogar Zeit, Tag, Monat und Jahr sagen, weil es der beste Sex war, den wir je hatten, und Zendie hat ejakuliert wie ein Feuerwehrschlauch, und dank irgendeines primitiven Gespürs in mir wusste ich, dass es geklappt hatte, ich hörte beinahe den tobenden Fußballkommentator schreien: Tooooooor!

Eines Nachts schlug mir Zendie in den Bauch.

Hinterher entschuldigte er sich und sagte, das sei ein Unfall gewesen. Meine Brüste und mein Bauch waren immer seine Lieblingsziele gewesen, und ich mutmaßte, er hatte einfach nicht daran gedacht, als er mir in den Bauch geschlagen hatte.

Okay, bin soeben wieder von der Bar zurück. Wahrscheinlich sollte ich die verdammte Flasche einfach mit hochbringen (wir trinken heute Nacht Wodka, liebes Tagebuch), aber ich möchte gern glauben, dass ich flüchten kann, wenn ich will. Diese Worte verurteilen mich. Sie verdammen mich. Und wenn ich sie ansehe, kehrt alles zurück, und ich komme jetzt zu den schlimmsten Teilen, also lasse ich sie einfach raus.

Zendie kennt diesen Arzt, einen Kindheitsfreund namens Terry Dove (wie der Vogel oder die Seife, obwohl nichts an Terry friedvoll oder sauber ist, vor allem nicht sein Gewissen). Er ist Allgemeinmediziner, ist aber gewillt, ein bisschen nebenher zu machen. Terry Dove hatte schon drei Abtreibungen bei mir vorgenommen, und ich hasse mich selbst dafür, dass ich mich von Zendie dazu hab nötigen lassen, aber in meinem abgewrackten, verdrehten Geist dachte ich, es sei meine Schuld, dass ich schwanger geworden war, und glaubte, ich verdiene noch kein Baby.

Zendie hatte mich hinterher immer gehalten und mir gesagt, wir könnten ein Baby bekommen, wenn wir es planten, und das hatte es irgendwie besser gemacht.

Ich bin zurück. Wusstest nicht mal, dass ich weg war, stimmt's? Mehr Wodka.

Vier Monate gingen ins Land. Jedes Mal wenn er mich ansah, wusste ich, dass er eigentlich das Baby ansah. Ich ging ihm nach Möglichkeit aus dem Weg. Legte sogar schützend die Hände auf meinen Bauch, was er nicht zu bemerken schien, jedenfalls sagte er nichts dazu, sondern starrte nur die wachsende Wölbung an, als wäre sie ein Insekt, das man töten musste.

Als Zendie mich zum letzten Mal schlug, wusste ich, dass es kein Unfall gewesen war, denn er tat es wieder und wieder, und ich wankte ins Badezimmer und fiel in die Wanne, und er packte die Duschvorhangstange und stampfte auf meinen Bauch, und da wusste ich, er bringt gerade die kleine Vivien um, und so dumm das klingt, ich wiederholte immer wieder: *Du hast gesagt, ich darf's behalten, wenn's geplant ist! Du hast gesagt, ich darf's behalten, wenn's geplant ist!*

Er ließ es mich nicht behalten. Terry Dove bestätigte dies an jenem Abend in seinem Büro. Half mir, mein totes Baby zur Welt zu bringen, und auf dem Weg nach Hause sagte ich zu Zendie, dass ich ihn umbringen würde. Er blieb ruhig und sagte nur gähnend, er werde sich von mir scheiden lassen. Ich sagte: *Ich krieg die Hälfte deiner Besitztümer und hab immer noch das ganze Geld von meiner Mutter*, und er sagte: *Einen Scheißdreck wirst du haben.* Wenn ich irgendwem erzähle, was er getan hatte, werde er mich umbringen. Er werde mir eine kleine Summe geben, um mir auf die Sprünge zu helfen, und das Geld meiner Mutter sei weg, die Investitionen in die Hose gegangen.

Weißt du es schon, Tagebuch? Hast du es rausgekriegt?

Die meisten Autoren wollen ein paar Sachen. Geld (es läuft immer auf Geld hinaus). Ruhm (es läuft oft auf Ruhm hinaus). Selbstachtung (nicht jeder kümmert sich einen Dreck um Selbstachtung, insbesondere wenn Geld und Ruhm den Mangel aufwiegen können).

Ich will nichts von alledem.

Okay, vielleicht will ich das alles, aber vor allem will ich etwas anderes.

Mom starb vor ein paar Monaten, nachdem sie erfahren hatte, was Zendie ihr angetan hatte. Wie er es bei mir gemacht hatte, hatte er auch ihr gedroht, sie umbringen zu lassen, wenn sie irgendetwas sagte, und wie ich hat sie die Klappe gehalten wie ein geprügelter Hund. Mom starb und ich war gebrochen, aber jetzt hab ich ein anständiges Unternehmen, eine liebevolle Partnerin und mein Schreiben.

Ich will mehr.

Zendie hat mir gesagt, ich sei ein zu großer Schisser, um ihn umzubringen, und in gewisser Weise hatte er recht. Ich will nicht ins Gefängnis. Ich will nicht die Jahre verlieren, die vor mir liegen. Ich weigere mich, noch mehr Zeit wegen David Gottverdammt Zendejas zu verschwenden. Also werde ich ihn nicht umbringen.

Nicht selbst.

Wenn man jemanden anheuert, der den Ex-Mann umbringen soll, überrascht einen am meisten, wie teuer das ist. In Filmen findet man für 10.000 Kröten jemanden, der das erledigt, aber wenn irgendjemand es für die Summe tut, dann würde ich den gern kennenlernen. Ich muss mich auf den falschen Auftragsmörderwebseiten herumtreiben oder so.

Alicia kennt eine Frau, die etwas Ähnliches durchgemacht hat. Eine Frau, die ihren Ehemann hat umbringen lassen. Alicia hat die Frau gefragt, wie viel das kostet, und die Frau hat geantwortet: einhundert Riesen.

Ich hab keine einhundert Riesen, aber wenn ich diesen Wettbewerb gewinne, werde ich sie haben, und dann bezahle ich zuallererst den Mann, den ich bereits angeheuert habe, Zendie umzubringen. Ich hab ihm gesagt, ich würde ihm das Doppelte zahlen, wenn er den Mord auf Video aufnimmt und ein kurzes Skript vorliest, das ich vorbereitet habe.

Ich will nicht ins Gefängnis, aber ich will, dass David Zendejas einen garstigen, scheußlichen Tod stirbt. Ich will, dass seine Geheimnisse herauskommen, sodass die Gemeinden, die er geführt hat, erkennen, was für ein Ungeheuer er ist. Ein totes Ungeheuer, kastriert, gefoltert und mit einer Machete vergewaltigt.

Passiert es jetzt gerade? Ist es bereits passiert? Das war die Abmachung: 5000 im Voraus, den Rest des Geldes, wenn Zendie tot ist.

Und was ist das Beste daran?

Ich habe ein Alibi. Ich werde einen Veröffentlichungsvertrag haben. Ich werde über das nötige Geld verfügen.

Zendie, mein Mann kommt dich holen.

Du hast dich mit der falschen Frau angelegt.

3

Will tat alles weh von der Flucht durch den Wald. Er lag in seinem Bett und dachte an den Sommer seines zehnten Lebensjahrs zurück.

Hinter dem Haus hatte es einen dichten Wald gegeben, den sein Bruder gemieden hatte, da er mit Giftefeu verseucht gewesen war. Aber ein bisschen Giftefeu, hatte Will sich gedacht, war besser, als sich von BJ piesacken zu lassen. Seine Eltern hätten ihn umgebracht, hätten sie gewusst, wo er war, aber seine Eltern waren nicht hier, oder? Und BJ war wahrscheinlich bei seinen Freunden, sie glotzten in *Playboys* und sprachen darüber, welches Mädchen in welcher Klasse die dicksten Titten hatte.

Will erspähte einen Weg, eine schmale Schneise unbewachsener Erde, voller einander durchkreuzender Wurzeln und getrocknetem Schlamm. Er folgte ihm zehn Minuten lang, während die brutale Julihitze über den Wald hereinbrach. Er fragte sich gerade, ob er umkehren sollte, da bemerkte er etwas, das ihn an Ort und Stelle erstarren ließ.

Ein verlassenes Haus.

Heilige Scheiße, dachte er. Er hatte diesen heruntergekommenen Bau noch nie gesehen und bezweifelte, dass irgendeiner seiner Freunde davon wusste.

Was bedeutete, dass es ganz allein seine Entdeckung war.

Mit hämmerndem Herzen ging er auf die Ruine zu.

Eine der Wände fehlte, die anderen waren jedoch intakt, abgesehen von den zerbrochenen Fenstern, die ihn angafften wie leere Augenhöhlen. Argwöhnisch blickte er zu dem durchlöcherten Dach auf. Die Tür fehlte, sodass er ins Haus und, da der Boden eingestürzt war, in den Keller hinunterblicken konnte.

Er verweilte vor dem Haus, wusste, dass er umkehren sollte. Das wäre intelligent. Erwachsen.

Er stieg die Stufen hinauf und spähte hinein. Er ließ den Blick über die Unterseite des Dachs schweifen, das durchsiebt war, als hätte jemand mit einer Schrotflinte darauf geschossen.

Etwas krächzte, und er schrie auf. Er blickte hoch und entdeckte eine Amsel, die in den Dachsparren Zuflucht gesucht hatte. Er legte sich die Hand auf sein donnerndes Herz.

Erst als er die Stimme hörte, bemerkte er, dass ein Mann zu ihm aufschaute: »He, Champ.«

Will zischte, als er am Fuß der Verandatreppe hinschlug, und rappelte sich auf. Er war schon ein ganzes Stück gerannt, bis das, was der Mann gerufen hatte, zu ihm durchdrang.

»Geh nicht, Champ! Och, bitte geh nicht!«

Will warf einen verängstigten Blick zurück. Neugier keimte in ihm auf, und er vergaß seine Flucht. Was für ein Mann, fragte er sich, lebte im Fundament eines verlassenen Hauses?

Ein Geisteskranker, der lebt da, verkündete eine Stimme.

Will überlegte. Die Chance, in dieser verschlafenen Stadt einem Geisteskranken zu begegnen, war gering. Wahrscheinlicher war, dass es sich um einen Obdachlosen handelte. Will leckte sich über die Lippen, sich allzu bewusst, wie groß sein Durst war. *Und wenn ich Durst hab,* dachte er, *wie ausgedörrt muss dann erst der Mann in dem Haus sein?*

Das ist nicht bloß ein Mann, argumentierte die Stimme. *Das ist ein Penner. Obdachlose können gefährlich sein. Labil sogar.*

Wasser braucht er trotzdem, dachte Will.

Er grübelte darüber nach und durchforstete sein Gehirn nach dem Wort, das sein Vater manchmal benutzte.

Mittellos.

Der Mann war ein Mittelloser, und wäre Wills Vater hier, er hätte den Mann verhaften lassen. Darum ging Will nach Hause, packte eine Kühlbox und kehrte zu der Hütte zurück.

Trotz der Schatten im Keller konnte er die Silhouette des Mannes deutlich erkennen. Er lag in den Ruinen wie eine weggeworfene Schaufensterpuppe, seine Kleidung staubig und blassblau.

Er war schon etwas älter, mindestens 50, und hatte ein hohlwangiges Gesicht.

Traurig blickte er zu Will auf und lehnte sich unbeholfen an einen Stapel Bretter. Eins seiner Hosenbeine glänzte an der Wade dunkelrot.

Er lächelte matt. »Sieht nicht allzu gut aus, oder, Champ?«

Will schüttelte langsam den Kopf.

»Ich hab versucht, mich hier herunterzulassen, da hat ein Brett nachgegeben.« Der Mann blickte auf sein Bein hinunter und verzog das Gesicht. »Muss es angeschlagen haben, als ich runtergefallen bin. Tut scheiße weh, verzeih die Ausdrucksweise.«

Will entspannte sich ein wenig. Das Wort *scheiße* ließ den Mann irgendwie weniger wie einen Troll aus einem Märchen erscheinen, der ihn unter eine Brücke locken wollte.

Der Mann schirmte seine Augen vor einem Sonnenstrahl ab und sagte: »Ich hatte Angst, dass du nicht wiederkommst.«

»Meine Eltern werden sich fragen …«

»Ich tu dir nichts.«

Als Will nicht antwortete, lachte der Mann. »Aber das sagen böse Menschen wohl immer, was?« Der Mann kniff ein Auge zu und sprach im Altweiberfalsett: »*›Hab keine Angst vor mir, Söhnchen, ich tu dir auch nichts!‹*«

Will musste grinsen. Der Mann gab eine ganz ordentliche Hexe.

Will wies hinter sich. »Ich hab Ihnen ein paar Sachen mitgebracht.«

»Sag nicht, du hast Wasser dabei. Ich würde direkt jemanden umbringen für einen Schluck Wasser.« Er schnitt eine Grimasse. »Tolle Wortwahl, hm?«

Will griff nach der Kühlbox. »Wie krieg ich das zu Ihnen?«

»Sieht nach Hartplastik aus. Müsste okay sein, wenn du's einfach runterwirfst.«

Will nickte und setzte an, die Kühlbox hochzuhieven, aber dann zögerte er. »Sie versprechen, dass Sie sie mir zurückgeben? Meine Mom würde mich umbringen, wenn sie wüsste, dass ich das hier mache.«

»Wahrscheinlich wär's besser, wenn deine Mom nichts von mir erfährt.«

Will trat einen Schritt zurück und sah, wie sich die Augen des Mannes vor Furcht weiteten.

»So hab ich das nicht gemeint«, sagte er mit rauer Stimme. »Ich will dir nichts tun. Ich meine nur … Scheiße.« Er schüttelte den Kopf. »Alles, was ich sag, löst einen Alarm in meinem Kopf aus. Ich kann mir nicht vorstellen, wie sich das erst für dich anhört. Ich will nur … Bitte geh nicht, Champ. Ich schwöre, ich bin nicht gefährlich. Ich weiß nicht, wie ich es sonst sagen soll.«

»Warum wollen Sie nicht, dass ich's meinen Eltern sage?«

»Du weißt nicht, wie die Leute sind. Sie hören von einem Obdachlosen in der Gegend und machen sich Sorgen. Und wenn sie sich Sorgen machen, rufen sie die Polizei.«

»Sind Sie denn einer? Ein Obdachloser?«

»Champ, ich hab wirklich Durst. Könnte ich einen Schluck haben? Danach erzähl ich dir gern alles.«

Will wuchtete die Kühlbox ins offene Kellerloch. Zentimeter von dem Mann entfernt schlug sie auf den Boden. Wortlos machte sich der Mann am Deckel zu schaffen und holte eine Flasche hervor. Mit steifen Händen neigte er die Flasche und lehrte sie mit ein paar Schlucken. Während er ein Schinkensandwich hinunterschlang, summte er eine Melodie, die Will wiedererkannte, denn seine Mutter hörte dieselbe Musikrichtung: Glenn Millers »Moonlight Serenade«.

Bald stellte der Mann die leere Kühlbox aufs Ende eines Brettes und hob es an, sodass Will sie entgegennehmen konnte. Er wollte gerade gehen, da traf ihn ein Gedanke so hart, dass seine Furcht zurückkehrte und sich wie ein schwarzer Schwall über ihn ergoss.

»Ein Arzt«, sagte Will.

Der Mann blickte verwirrt zu Will auf. »Was sagst du, Champ?«

»Sie haben mich nicht gebeten, einen Arzt zu holen.«

Der Mann schüttelte den Kopf, verstand nicht, was er meinte.

»Sie haben ein gebrochenes Bein. Sie bluten. Aber Sie haben mich nicht gebeten, einen Arzt zu holen. Warum nicht?«

Der Mund des Mannes bewegte sich einen Moment lang, dann machte er eine vage Geste. »Ich kann mir keinen leisten.«

»Das ist egal. Der müsste Ihnen helfen. Er hat den …«

Verzweifelt suchte er nach dem Wort, kam aber nicht drauf. »Er hat einen Eid abgelegt.«

Der Mann blickte ihn einen ausgedehnten Moment lang an. Dann, vielleicht war ihm klar geworden, dass er Will nicht so einfach zum Narren halten konnte, stieß er angewidert den Atem aus. »Na gut, Champ. Du willst die Geschichte, ich geb sie dir. Aber ich warne dich: Sie ist lang.«

Also erzählte der Mann ihm, wie er entlassen worden war und seine Frau ihn verlassen hatte, weil er die Rechnungen nicht bezahlen konnte. Er hatte sein Haus verloren, war krank geworden und wäre fast gestorben, weil er keine Krankenversicherung hatte. Er hatte gedacht, diese alte Hütte gäbe bis zum Winter einen guten Unterschlupf ab.

Der Mann rieb sich die Kniescheibe. »Ich könnte wirklich etwas Tylenol gebrauchen. Habt ihr welches bei dir zu Hause?«

»Da können Sie nicht hin«, sagte Will rasch.

Der Mann hob eine Hand. »Das hab ich nicht gemeint. Ich hatte nur gehofft, du bringst vielleicht ein paar Schmerzmittel vorbei.«

Also kam Will an dem Tag noch einmal wieder, und zweimal am Tag darauf. Er erfuhr, dass der Mann Peter hieß.

Er brachte ihm, was sich im Medizinschränkchen finden ließ. Er wusste, dass seine Mom ihm früher oder später auf die Schliche kommen würde, aber was hätte er tun sollen? Peter war schlimm verletzt. Will wusste auch ohne einen Eid, dass man jemandem half, der in Not war. Besonders wenn er arm war.

In müßigen Momenten ertappte er sich dabei, wie er ›Moonlight Serenade‹ pfiff.

Am dritten Tag verbrachte er den größten Teil des Nachmittags damit, sich von Peters beiden Töchtern erzählen zu lassen. Als Peter von ihnen sprach, kamen ihm die Tränen und er schimpfte auf seine Frau. Er bezeichnete sie als Schlampe, und als Wills Schock sich abgenutzt hatte, sie so bezeichnet zu hören, brachte es ihn zum Lachen, weil Peter sich jedes Mal, wenn er es sagte, die Hand vor den Mund schlug, als wäre es ein Versehen gewesen. Will kam zu dem Schluss, dass die Schlampe alles verdient hatte, was Peter über sie sagte. Peter war nicht perfekt – *Welcher Mann ist schon perfekt, Champ?* –, aber er hatte versucht, ein guter Vater zu sein, und für Will, dessen Vater etwa so involviert war wie der Typ, der alle paar Monate das Salz für den Wasserenthärter brachte, war das eine höchst bewundernswerte Eigenschaft.

Als seine Familie am Freitagabend in die Stadt fuhr, stahl Will sich zum Drugstore hinüber und gab Geld, das er heimlich beiseitegeschafft hatte, für weitere Schmerzmittel aus.

Er fing an, sich Sorgen um Peter zu machen. Dessen Gesicht war blass geworden, und die dunklen Ringe unter den Augen schienen nicht allein das Ergebnis schlechten Schlafs zu sein.

An dem Abend weinte er sehr viel und bedankte sich wieder und wieder bei Will für seine Güte.

Weder seine Nettigkeit noch seine Großzügigkeit, sondern seine *Güte*. Das Wort blieb in Wills Geist haften, weil es so anders war als alles, was seine Angehörigen über ihn sagten.

Will mag seine Comichefte aber sehr, sagte seine Mutter vielleicht.

Den muss man mal auf den Boden der Tatsachen zurückholen, würde sein Vater antworten, unoriginell, selbst wenn er herabwürdigend war.

BJs Urteil? *Will ist ein ängstlicher kleiner Waschlappen.*

Sie alle betrachteten Will mit einem giftigen Gemisch aus Verwirrung und Verachtung.

Nicht jedoch Peter. Bei Peter ging es immer um Wills Güte, um seine Bereitschaft, das Richtige zu tun.

Sie hatten auch über andere Sachen geredet. Peter hatte gefragt:

Ich liebe Horrorfilme, Champ. Was ist dein Favorit?

Oder: *Es ist nichts Falsches dabei, seine Vorstellungskraft zu benutzen. Damit kann man's weit bringen.*

Dann: *Ich hatte früher auch Angst im Dunkeln. Mach dir nichts draus.*

Also kam es ihm gar nicht seltsam vor, sich eines Abends zu Peter hinunterzulassen, um ihn zu trösten, als er seiner Töchter wegen emotional wurde. Es fühlte sich weder merkwürdig noch falsch an, Peter zu umarmen und ihn an seiner Schulter weinen zu lassen.

Jene Gefühle sollten später kommen.

Am Morgen des fünften Tages erzählte sein Dad – es war Sonntag, daher war er zum Frühstück zu Hause – etwas von einer Fahndung. Will blickte von seinen

Waffeln auf und bemerkte, dass seine Mom zitterte, trotz der äquatorialen Hitze in der engen kleinen Küche.

»Die glauben, er sei nach Indy weiter«, sagte sein Dad. »Dachte wohl, er könne sich hier unters Volk mischen.«

»Vielleicht ist er hier in der Nähe«, sagte seine Mom.

»Sharon«, antwortete sein Dad, als hätte seine Mom den IQ einer Sirupflasche, »was sollte er denn in Shadeland? Der würde hier doch auffallen wie ein bunter Hund.«

Derart kasteit widmete sich seine Mom wieder dem Toast und dem Kaffee. Will wartete, dass jemand an das Thema anknüpfte, doch seine Mom hatte sich ausgeklinkt und BJ blätterte in einem Sportmagazin.

»Was hat der Mann gemacht?«, fragte Will.

Sein Dad sah ihn ausdruckslos an.

Wills Wangen brannten. »Der Mann, dem sie hinterher sind. Warum soll er ins Gefängnis?«

Seine Mom spannte sich an. »Das ist kein passendes Gesprächsthema, während wir essen, Schatz.«

»Dad hat davon angefangen.«

»Er hat seine Familie abgeschlachtet«, sagte sein Dad rundheraus. »Beantwortet das deine Frage?«

Will wurde flau im Bauch. »Wie heißt er?«

»Was hat das damit zu tun?«

Will sah in das feindselige Gesicht seines Vaters und dachte: *Warum kannst du nicht mehr wie Peter sein?*

Daher traf es ihn auch wie ein Fausthieb in den Magen, als sein Dad antwortete: »Peter Bates. Der Morton-Meuchler.«

Das brachte BJ dazu, aus seiner *Sports Illustrated* aufzuschauen. »Hast du nicht gesagt, der sei aus Peoria?«

»Morton ist knapp außerhalb von Peoria«, sagte sein Dad.

»Wie hat er sie umgebracht?«, fragte Will. Ihm war, als müsste er vielleicht seine Waffeln erbrechen, aber er musste es wissen.

Sein Dad hatte seine Gabel abgelegt und die Hände auf dem Tisch gefaltet. »Ich hab nie weiter was gesagt zu deiner verdrehten Faszination hinsichtlich Blut und Eingeweiden.« Als Wills Mom einschreiten wollte, sagte er: »Und nur weil deine Mom zu feige ist, um mit der Faust auf den Tisch zu hauen, muss ich nicht tatenlos zusehen, wie mein Sohn sich zu einem Freak entwickelt.«

Will zwang sich, dem Blick seines Vaters zu begegnen. »Wie hat er sie umgebracht?«

Die Augen seines Dads weiteten sich, und ein hässliches Grinsen trat auf sein normalerweise ausdrucksloses Gesicht. »Du willst wissen, wie er sie umgebracht hat? Ich sag dir, wie er sie umgebracht hat.«

»Richard«, flehte seine Mom.

Sein Dad zählte die Fakten an seinen Fingern ab. »Zuerst hat er sie gefesselt. Seine Frau und seine kleinen Mädchen. Er hat seine Frau vergewaltigt. Mit einer Astschere hat er ihr die Hände an den Gelenken abgeschnitten.«

Er knickte einen weiteren Finger um. »Er hat seiner Frau Druckverbände um die blutenden Stümpfe gebunden, damit er sie länger foltern kann. Die spekulieren, dass sie zwischendurch immer mal wieder bei Bewusstsein war, während Bates seine kleinen Mädchen vergewaltigt und ihnen die Hände abgehackt hat …«

»*Bitte,* Richard«, sagte seine Mom.

»… und dann hat er bei deren Stümpfen die Blutung gestillt, damit sie die Enthauptung ihrer Mutter mitansehen konnten.«

»Hör auf!«, schrie seine Mom.

»Und dann hat er *ihnen* die Köpfe abgeschnitten. Befriedigt das deine krankhafte Neugier, Will?«

Seine Mom verließ aschfahl und schluchzend das Zimmer.

Auch Will waren ein, zwei Tränen über die Wangen gelaufen, aber aus einem anderen Grund. Den würde er aber nicht mit seinem Dad teilen. Er war entschlossen, nie wieder irgendetwas mit ihm zu teilen.

BJ fragte: »Warum denken die, er sei in Lafayette?«

»Bates ist geflohen und hat ein Auto geklaut. Den Fahrer hat er erwürgt und in einen Graben geworfen. In der Nähe von Lafayette wurde er gesehen, und dann gab's eine Verfolgungsjagd.«

Wills Gedanken rasten. Er wollte die Frage nicht stellen, musste aber. »Haben sie ihm ins Bein geschossen?«

Die Augen seines Dads verengten sich. »Woher weißt du das?«

Will schluckte. »Das war in den Nachrichten, oder nicht?«

»Du hast gesagt, du weißt nichts von der Fahndung.«

Will schüttelte schlecht gespielt den Kopf. »Ich muss es vergessen haben.«

Das Gesicht seines Dads wurde todernst. »Das glaub ich dir nicht.«

Unfähig, seinem kalten, durchdringenden Blick zu begegnen, hob Will die Gabel und besah sich die Reste seiner Waffeln. Er konnte sie ebenso wenig essen, wie er eine Brechstange hätte essen können, aber wenn er sie nur lange genug auf dem Teller herumbewegte, kam er vielleicht unbeschadet durchs Frühstück.

Später am Tag ging er wieder in den Wald.

Er hatte Peter länger als eine Minute beobachtet, ehe der seine Augen öffnete, zu ihm hochblinzelte und ein dümmliches Grinsen aufsetzte. »He, Champ. Ich muss ja mächtig gesägt haben. Bringst du mir was zu beißen?«

Will sagte nichts.

Peters Miene verdüsterte sich. Er brachte sich in eine sitzende Haltung. »Stimmt was nicht, Champ? Du guckst mich an, als hätte ich dir deinen Lieblingscomic geklaut.«

»Ist Ihr Nachname Bates?«

Das dümmliche Grinsen verschwand, und Wachsamkeit trat an die Stelle. »Ehe du Mutmaßungen anstellst, muss ich ein paar Dinge erklären.«

»Die hätten Sie mir erklären können, als wir uns zum ersten Mal gesehen haben.«

»Die haben mir das angehängt, Champ.«

»Was ist mit dem Fahrer?«, fragte Will.

»Hä?«

»Der, dessen Wagen Sie gestohlen haben. Den Sie umgebracht haben.«

Peter rutschte unbehaglich herum.

»Hat den auch jemand anderes umgebracht? Hat Ihnen das dieselbe Person angehängt, oder war das diesmal jemand anderes?«

»Du musst etwas begreifen, Champ.«

»Nennen Sie mich nicht so.«

»Na schön«, rief Peter aus. »Dann nenn ich dich eben Junge oder so. Ich versuche dir zu sagen, dass es nicht meine Schuld war.«

»Es ist nie Ihre Schuld.«

»So mein ich das nicht.«

»Jemand hat Sie gezwungen, Ihrer Frau die Hände abzuhacken ...«

»Sag das nicht.«

»… und ihr den Kopf abzuhacken …«

»Ich hab nicht …«

»… und Ihre kleinen Mädchen umzubringen …«

»Ich hab ihnen nichts getan!«, schrie Peter.

Will wandte sich um. »Ich werde Sie verraten.«

»Jesus Christus, hör auf!« Peter fing an zu schluchzen. »Du bist genau wie die anderen. Der Richter und dieser verfluchte Anwalt. Die alten Schlampen in der Jury.«

Will kam eine Frage in den Sinn. Er könnte seinen Dad fragen, aber er wusste, wohin das führen würde. Seine Mom könnte er auch fragen, aber es würde nur damit enden, dass sie ihn zum Arzt brachte. BJ würde die Antwort, die er brauchte, nicht liefern können, da das nichts mit Sport zu tun hatte oder damit, wie viel Haar Miss February im Schritt hatte.

Er blickte auf den Mann hinunter, mit dem er sich angefreundet hatte, das Monster, das vier Menschen ermordet hatte.

»Was war Ihre Strafe?«

Peter blickte ihn finster an. »Was spielt das denn jetzt für eine Rolle?«

»Was hat Ihnen die Jury gegeben?«

»Ich bin unschuldig.«

Will presste die Zähne zusammen. »Was haben die Ihnen gegeben?«

»Lebenslänglich, was sonst?« Er lachte freudlos. »Dreimal lebenslänglich, wenn man genau sein will.«

»Warum nicht die Todesstrafe?«

»Die gibt's in Illinois nicht.«

Will nickte. Damit hatte er gerechnet.

Peters Gesicht versteinerte. »Du willst es ihnen sagen?

Deinen Namen in die Zeitungen kriegen? Der Junge, der Peter Bates gefasst hat, nachdem er ihm erst mal Beihilfe geleistet hat.«

Will stellte überrascht fest, dass er grinste. »Das würden Sie denen erzählen?«

»Aber hallo.«

»Und Sie glauben, das hält mich davon ab?«

Peter antwortete nicht.

Die Stille zog sich in die Länge.

Will sagte: »Peter?«

Als Peter nur vor sich hin stierte, sprach ihn Will noch einmal mit lauterer Stimme an.

Peters Lippen verzogen sich bitter. »Was?«

»Ich werde Sie nicht verraten.«

Peter blickte ihn an. »Wirst du nicht?«

Will schüttelte den Kopf. Er ging davon.

Und kehrte nie zurück.

4

Du bist nachweislich wahnsinnig, dachte Lucy. *Es ist zwei Uhr morgens. Als du das letzte Mal mit ihm gesprochen hast, hast du an der Stirn geblutet, und du hast ihm im Kern gesagt, dass er sich verziehen soll.*

Vor seiner Tür blieb sie stehen.

Du weckst ihn auf, beharrte die Stimme. *Er wird stinksauer sein.*

Lucy klopfte. Wartete.

Er liegt im Bett und fragt sich, welcher Schwachsinnige jemanden um zwei Uhr morgens besuchen kommt.

Geraschel aus dem Zimmer.

Es ist noch nicht zu spät, um wegzurennen, drängte die Stimme.

Lucy hielt die Stellung.

Gedämpfte Schritte.

Na schön. Dann schluck deine Medizin. Was du auch kriegst, du hast es verdient.

Die Tür öffnete sich. Rick blickte ihr triefäugig aus dem Schatten entgegen.

Sie begutachtete seinen gemeißelten Oberkörper, seinen geriffelten Bauch, wie das Cover eines Liebesromans. Hölle.

Er trug schwarze Boxershorts, die an der Taille ein wenig herabhingen und Muskeln entblößten, die schwindelerregend deutlich hervortraten.

Sein Blick begegnete ihrem, und obgleich sie errötete, sah sie nicht weg.

»Wie geht's Ihrer Stirn?«

Sie berührte das Pflaster. »Nicht mein stolzester Moment.«

Er grinste. »Wollen Sie reinkommen oder sollen wir woandershin gehen?«

Ihr Mund öffnete sich halb bei dieser Frage.

Ein leichtes Nicken. »Ich zieh mir ein Hemd über. Und Schuhe, falls ich sie finde.«

Sie stand auf dem Flur, während er herumgeisterte, vor sich hin murrte und schließlich das Licht anschaltete. Sie wollte ihn zwar nicht bewusst ausspionieren, konnte aber nicht umhin zu bemerken, wie er in der Zimmermitte stehen blieb und offenkundig den Boden nach seinen Sachen absuchte. Sie musterte seine Rückenmuskeln und seine definierten Schultern.

Sie riss den Blick los, ehe er sie dabei ertappen konnte.

Als er zu ihr auf den Flur trat, wehte ihr ein frischer Dufthauch entgegen. »Haben Sie sich die Zähne geputzt?«

»Musste ich«, sagte er. »Ich kann nichts tun, ohne vorher zu duschen oder mir die Zähne zu putzen. Sonst komme ich mir widerlich vor.«

Sie gingen den Flur hinunter.

»Geduscht haben Sie allerdings nicht.«

»Hätte ich sollen. Aber ich wollte Sie nicht warten lassen.« Er fuhr sich mit der Hand durchs Haar. »Ich hätte meinen Hut aufgesetzt, konnte ihn aber nicht finden.«

»Sind Sie immer so desorganisiert?«

»Machen Sie immer mitten in der Nacht Hausbesuche?«

»Autsch.«

Er lachte leise. »Ich bin froh darüber. Wir hatten nicht viel Gelegenheit, uns zu unterhalten.«

»Ich hab angenommen, Sie gehen mir aus dem Weg.«

Er wandte den Blick ab, doch vorher sah sie noch so etwas wie Frustration in seinem Gesicht aufblitzen. Sie erreichten die Treppe und machten sich an den Abstieg.

»Ich hab mit meiner Geschichte angefangen«, sagte sie.

Sie wappnete sich gegen eine bissige Entgegnung – *Wird aber auch Zeit, verdammt noch mal* –, aber stattdessen lächelte er nur breit. »He, das ist ja hervorragend! Wovon handelt sie?«

Als sie zögerte, hob er die Hände. »Kein Druck. Wenn Sie nicht möchten …«

»Es ist ein Krimi«, sagte sie. »*Die Fred-Astaire-Morde.*«

»Das ist ja ein Wahnsinnstitel.«

»Ja?«

»Die reine Wahrheit.«

»Ich meine, *mir* gefällt der Titel, aber das ist ja auch kein Wunder, stimmt's?«

»Ich seh ihn auf dem Buchrücken. Alles Großbuchstaben, hohe weiße Lettern auf schwarzem Hintergrund.«

»Meinen Sie?«

»Mhm. Er wird spannend, aber mit Klasse. Blutig, wo es sein muss …«

»Woher wollen Sie das wissen?«

Er zuckte mit den Schultern. »Der Titel.«

Sie erreichten den unteren Treppenabsatz. »Ich weiß allerdings nicht, ob's als Horror durchgeht.«

Sie bogen ab und kamen in einen Bereich, den sie noch nicht erkundet hatte. Es war ein hübscher Korridor – kastanienbraune Vertäfelung, ein paar Gemälde –, der aber ungenutzt wirkte, als müsste er mal gut durchgelüftet werden.

Zur Linken gab es eine Tür. Rick blieb stehen, öffnete sie und steckte den Kopf ins Zimmer.

»Was ist dadrin?«, fragte sie.

Er ging beiseite. »Sehen Sie selbst.«

Sie trat neben ihn und blickte in ein beengtes Zimmer, kaum größer als ein Wandschrank. Darin standen eine Werkbank, Werkzeuge, ein Feuerlöscher und eine Axt. »Sieht ja wie eine Folterkammer aus«, sagte sie.

Rick schloss die Tür, und sie setzten ihren Weg fort. »Wo wir gerade dabei sind: Was für einen Antagonisten haben Sie?«, fragte Rick. »Von dem könnte der Horror ausgehen.«

»Er macht mir Angst.«

»Gut.«

»Nein, ernsthaft«, sagte sie. »Er ist völlig amoralisch, aber ich hab solche Leute kennengelernt.«

Rick wurde langsamer, als sie zu einer Tür am Ende des Gangs kamen. »Sie sind schon beim Bösewicht angekommen?«

»Ich hab die letzte Szene zuerst geschrieben. Finden Sie das merkwürdig?«

Er zuckte mit den Schultern. »Ich hab gehört, dass das manchmal passiert. Autoren kennen schon das Ende, dann gehen sie zurück und machen den Rest.«

»Haben Sie je so gearbeitet?«

»Nee«, sagte er. »Ich bin nicht so merkwürdig.«

Sie schlug ihm gegen den Arm. »Wohin bringen Sie mich eigentlich?«

Er schien mit sich zu ringen. »Das ist das Ding. Ich weiß nicht, ob ich sollte.«

»Nun, jetzt müssen wir reingehen.«

»Neugierig, was?«

»Sind das nicht alle Autoren?«

»Nicht unbedingt«, antwortete er. »Manche glauben, sie wüssten schon alles.«

»Wie Bryan?«

»Das wäre schon mal einer.«

»Und Elaine.«

»Sie ist ziemlich festgefahren«, stimmte er zu.

»Machen Sie die Tür auf.«

Er bedachte sie mit einem anerkennenden Blick. »Hm, na gut.«

Als er die Tür aufzog, schlug ihr ein Geruch von feuchter Erde entgegen und sie rümpfte die Nase. Sie griff durch die Tür und schaltete das Licht an.

»Sie haben gesagt, Sie hätten das Ende schon?«, fragte er, als sie die Stufen hinabstiegen.

»Das kann ich Ihnen nicht erzählen.«

»Sie spannen einen ja auf die Folter.«

Halb hinunter erhellte die nackte gelbe Glühbirne nur ein kleines Betonoval am Fuß der Treppe. Der Rest des Kellers blieb in Dunkelheit gehüllt.

Sie sah ihn an. »Erzählen Sie anderen von Ihren Geschichten?«

»Niemand fragt danach.«

»Okay, aber *würden* Sie irgendwem davon erzählen?«

»Wahrscheinlich nicht«, gestand er ein.

»Die Szene, die ich geschrieben hab, ist *ganz* am Ende«, sagte sie am Fuß der Treppe. »Die Auflösung.«

Wortlos schlängelte er sich an ihr vorbei, streckte den Arm aus und zog an einer Schnur. Eine gelbe Glühbirne tauchte den Keller in ein kränkliches Licht. Der Raum war kreisförmig und breit, und mehrere Türen gingen von ihm ab, was Lucy an Fahrradspeichen denken ließ. Sie hatte keine Ahnung, wie groß die angrenzenden Zimmer waren, aber sie hatte das ausgeprägte Gefühl, auf der Nabe eines enormen Rades zu stehen.

»Ich bin hier unten ohnmächtig geworden«, sagte Rick. Als sie fragend die Augenbrauen hochzog, erklärte er: »Letzte Nacht. Als ich mit Wells hier war.«

Sie glaubte, die Türen seien aus Metall oder Stahl. Im Halbdunkel war es schwierig zu erkennen. »Ich kann mir gut vorstellen, dass einem in diesem Zimmer schlecht werden kann.«

»Heute kam ich mir ziemlich albern vor. Hab mir gesagt, ich sei zu ängstlich. Aber jetzt, da ich wieder hier bin, fühl ich mich wieder genauso.«

Lucy musterte sein Gesicht, sah die vielen Schweißperlen auf seiner Stirn. »Was Sie über den Polizisten gesagt haben …«

Seine Haut rötete sich. »Ah. Das.«

»Sie haben gesagt, er sei ein Charakter aus Ihrem Roman.«

Er stieß ein Lachen aus, aber es lag kein Humor darin. »Gestört, oder? Ich weiß selbst nicht, was mit mir los war.«

»Vielleicht …«

»Könnten Sie so nett sein und so tun, als hätte ich es nicht gesagt?«

Sie öffnete den Mund, um die Sache zu forcieren, sah jedoch den Appell in seinen Augen. Sie nickte nach links hin. »Wollen wir eine der Türen ausprobieren?«

»Ich wollte es nicht vorschlagen.«

»Warum haben Sie mich hierhergebracht?«

»Bin etwa ich um zwei Uhr morgens zu Ihrem Zimmer gekommen?«

»Du lieber Himmel.«

Rick lächelte. »Keine Sorge, ich bin ja froh darüber.«

Sie sah zu einer Tür hin, die geringfügig mehr beleuchtet war als die anderen, und setzte sich dorthin in Bewegung.

Rick schloss zu ihr auf und sagte: »Erzählen Sie mir von der Auflösung.«

»Meine Heldin ist in einem Bankettsaal«, sagte sie. »Der Mörder taucht auf, ist aber nicht ihretwegen da.«

»Sowohl die Heldin als auch der Schurke schaffen es lebendig durch die Geschichte?«

»Das hat mich selbst überrascht.«

Sie erreichten eine Stahltür.

An manchen Stellen war sie verbogen, als hätte etwas versucht, sich den Weg ins Freie zu rammen.

»Das kommt mir wie ein schlechtes Zeichen vor«, sagte Rick.

»Sehen wir uns eine andere an.«

Die nächste Tür bestand aus dem gleichen gealterten Stahl, war jedoch nicht nach außen hin eingedellt. Furcht regte sich in ihr, als Rick die Hand ausstreckte und den Knauf drehte. Knarrend schwang die Tür nach innen, und eine Woge stinkender Luft spülte über sie hinweg.

»Riecht wie ein offenes Grab«, sagte er.

»Rick …«

»Nein, ehrlich. Ich hab mal einen Sommer als Totengräber gearbeitet …« Als sie ihn zweifelnd ansah, sagte er: »Na gut, zumindest hab ich auf einem Friedhof gearbeitet. Selbst damals auf dem College wollte ich schon Horrorromanautor werden. Also bin ich auf die örtlichen Friedhöfe zugegangen und hab gefragt, ob sie Hilfe brauchen.«

»Nennen die so was einen Küster?«

»Niemand hat das da so genannt. Ich glaub, das ist eher jemand auf einem Kirchenfriedhof im 18. Jahrhundert. Wie auch immer …« Er machte einen Schritt nach vorn, griff in den dunklen Durchgang und tastete an der Wand entlang. »Verdammt … Kein Schalter.«

»Sind Sie sicher?«

Er zuckte mit den Schultern. »Vielleicht gibt's innen eine Zugschnur, aber ich geh da nicht rein.«

»Können wir die Tür schließen?«

Das tat er, und es gelang ihm nur schlecht, zu verbergen, wie eilig es ihm damit war. »Ich bin froh, dass ich nicht als Einziger Bammel hab«, sagte er und ging wieder auf die Treppe zu.

»Und wie war das auf dem Friedhof?«

»Das meiste war Mähen, Unkraut rupfen, den Friedhof aufräumen.« Er kam bei der Treppe an, hielt dort aber und ließ sie zuerst hinaufgehen. Er löschte die Hauptbirne und folgte ihr. »Aber wenn es einen Todesfall gab, hab ich geholfen, das Grab auszuheben.«

»Werden Gräber nicht von einer Maschine ausgehoben?«

»Zum Teil. Aber der Bagger macht nur die Hauptgrabung. Für die Ecken ist er zu ungenau.«

Sie verließen den Keller. »Sie mussten ins Grab hineinklettern?«, fragte sie.

»Die Älteren konnten nicht glauben, dass ich scharf darauf war. Sonst zogen sie immer Strohhalme.«

»Die haben Sie bestimmt für einen Ghoul gehalten.«

Sie schlenderten den Flur hinunter.

»Verraten Sie mir, wie Sie sich an der Stirn geschnitten haben?«, fragte er.

Ihr Lächeln schwand dahin. »Ich glaub, das wissen Sie bereits.«

»Frustration.«

Sie nickte.

»Ich würde gern Ihre Bücher lesen.«

Das brachte sie dazu, stehen zu bleiben. »Wie haben Sie von denen erfahren?«

Er versuchte gar nicht erst, sich dumm zu stellen.

»Ich hab gehört, wie Elaine sie erwähnt hat. Anna auch.«

Sie blickte ihn an. »Mögen Sie Anna?«

»Sie sind die Einzige, die ich in den Keller mitgenommen hab.«

Sie musste lächeln.

Er sagte: »Wissen Sie … Das liegt in Ihrer Vergangenheit.«

Als sie die Augen verengte, fuhr er eilig fort. »Ich will nicht sagen, dass Ihre Bücher schlecht sind – ich hab sie ja nicht gelesen. Ich meine nur, was für Enttäuschungen oder Frustrationen es da auch gegeben hat«, er nickte in Richtung ihrer Stirn, »das ist vorbei. Es kann Ihnen nichts anhaben, wenn Sie es nicht zulassen.«

»Leben Sie denn selbst nach dem Ratschlag?«

Er sah betroffen aus. Müde seufzte er und blickte auf seine Füße hinunter. »Ich bin der Letzte, der Ratschläge erteilen sollte.«

Sie wollte es zurücknehmen, die ursprüngliche Stimmung wiederherstellen. Doch ehe sie die Worte finden konnte, sagte er: »Es ist spät. Wir sollten sehen, dass wir ein bisschen Schlaf kriegen.«

Scheiße, dachte sie.

Sie folgte ihm die Treppe hinauf, und er verlor kaum noch ein Wort, ehe er wieder in seinem Zimmer verschwand.

Sie war auf dem Weg zu ihrer Tür, da sagte jemand: »Kein Gutenachtkuss, hm?«

Sie sah, dass Bryan sie von seiner Tür aus beobachtete.

Er schüttelte den Kopf. »Manche Kerle wissen einfach nicht, wie man richtig Gas gibt.«

»Wissen Sie was, Bryan?«, sagte sie. »Gehen Sie zum Teufel.«

Sie knallte die Tür zu und hörte ihn noch lachen.

5

Anna hörte, wie jemand an ihre Tür klopfte. Sie kam aus dem Badezimmer und dachte: *Evan.* Der erhoffte sich wahrscheinlich, einen Blick auf sie im Frotteemantel zu erhaschen.

Sie fragte sich: *Rick?*

Es war sieben Uhr morgens, da war sie immer besonders spitz. Vielleicht ging es Rick ja genauso.

An der Tür hielt sie inne und öffnete ihren grünen Mantel ein wenig, sodass man den Ansatz ihrer Brüste sah. Sie waren brauner als sonst, ihre Sonnenbäder machten sich bezahlt.

Sie öffnete die Tür und wich unwillkürlich einen Schritt zurück.

Bryan grinste sie an.

Ihre Finger zuckten, wollten zu ihrer Brust, aber sie zwang sich, ihre Hand still zu halten. »Kommen Sie rein. Ich wollte mich gerade anziehen.«

Bryan trat ein und schloss die Tür. Dann stand er mitten im Zimmer herum, während sie zum Schminktisch ging. Sie legte nie viel Make-up auf, aber was sie machte, erforderte gutes Licht.

Sie saß mit dem Rücken zu Bryan, aber das war in Ordnung, denn sie konnte ihn im Spiegel sehen. Ehe ihr klar wurde, was er vorhatte, schritt er zu ihrem Bett hinüber und griff nach dem Laptop.

Instinktiv drehte sie sich um, sagte aber nichts.

Er blickte auf den Bildschirm. »Sie haben ja schon viel geschrieben.«

13.526 Wörter, dachte sie.

»Ist es gut?«, fragte er.

Sie unterdrückte ein Schnauben. *Ist es gut? Natürlich ist es gut, du Hämorrhoide.*

»Rothenburg«, murmelte er. »Das ist in Deutschland, oder?«

Über Geografie wusste er also Bescheid. War das überraschend?

Sie hätte darauf gewettet, dass er alle Hauptstädte der Welt auswendig wusste und die Periodentafel, bereit für sein *Jeopardy*-Debüt.

»›Die Frau des Küsters ging zum Fenster‹«, las er, »›und schob mit ihren schlanken weißen Fingern den Vorhang beiseite.‹«

Annas Zehen verkrampften sich, und die Haut auf ihrer Brust brannte.

Bryan fuhr fort, völlig unempfänglich für ihren Ärger. »›Sie strengte ihre Augen an und spähte über den Hügel. Das Tor zum Friedhof war wie immer fest geschlossen.‹«

Anna stand auf und trat neben ihn. Es empörte sie, dass er die erste Person war, die diese Worte laut aussprach. Er besudelte ihre Geschichte, seine monotone Stimme saugte jede Leidenschaft aus ihr heraus.

»Friedhof«, sagte Bryan, während sein Blick den Bildschirm hinunterkroch. »Der Mond.« Er wandte sich ihr zu, eine Augenbraue hochgezogen. »Ist das 'ne Vampirgeschichte?«

»Gewissermaßen.«

»Titel?«

Sie verschränkte die Arme. »*Der Nachzehrer.*«

»Ah, die deutsche Vampirlegende. Die hat mir schon immer gefallen. Sehr urig.«

Sie presste die Lippen zu einer dünnen Linie zusammen.

»Wie haben Sie den Selbstmord eingearbeitet?« Als sie schwieg, verzog Bryan das Gesicht. »Sie kennen doch wohl die Legende?«

Sie konnte sich seinem ungläubigen Grinsen nicht stellen. Sie wandte sich ab und ging zielstrebig zum Fenster.

»Sie haben sie *nicht* recherchiert, stimmt's? Herrgott, Sie sind wie alle anderen Schreiber. Gehen auf 'ne Spritztour, und der Leser ist gezwungen mitzufahren und … Mein Gott, Selbstmord ist der wichtigste Aspekt der Legende!«

Diesmal klang das Wort *Selbstmord* in ihrem Kopf wie das unheilvolle Läuten von Kirchenglocken, und nun legte Bryan erst richtig los:

»Und ich dachte, Sie wären anders. Ich hab mir gesagt, da scheut sich jemand nicht, die Ärmel hochzukrempeln, da versteht jemand, dass …«

Bryans Worte erstarben, als sie, ihm den Rücken zugewandt, ihren Mantel aufband. Ihn ausbreitete.

»Was machen Sie …?«, fing er an und verstummte, als ihr Bademantel herabfiel und zu ihren Füßen liegen blieb.

Sie spürte seinen bestürzten Blick auf ihrem nackten Hintern. Spürte den Konflikt, der in ihm tobte.

Sie drehte sich um und fixierte ihn.

Sein Blick strich über ihr nacktes Geschlecht. Er sah aus, als wäre ihm nicht wohl.

»Stimmt was nicht?«, neckte sie ihn.

Er sagte nichts. Sie ließ sich von der Morgensonne umschmeicheln, was die Bräunung ihrer Haut unterstrich. Die rostbraunen Locken ihres Schamhaars.

»Bei mir müssen Sie nicht kompensieren, Bryan.«

Seine Augen verloren ihren Fokus. »Ich geh frühstücken.«

»Ich werde gewinnen.«

Sein Grinsen kehrte zurück. »Den Teufel werden Sie. Meine Geschichte wird allen anderen den Rang …«

»Sie werden mir helfen«, sagte sie. Ihre Nippel wurden hart. Sie spürte, wie sein Blick an ihr herunterwanderte, sich losriss, weiterwanderte. »Wenn Ihr Buch so gut ist, wie Sie behaupten, kommen Sie so auch selbst dem Sieg näher.«

Er stieß ein hartes Lachen aus und fuhr sich mit der Hand durchs Haar. »Ich habe keine Ahnung, wovon wir gerade reden.«

»Druck«, sagte sie.

»Was …?«

»Alle spüren ihn«, erklärte sie und trat auf ihn zu. »Wir müssen den Druck intensivieren.«

»Und wie?«

Sie kam immer näher. »Es hat Ihnen gefallen, wie Marek rausgeschmissen wurde.«

Er funkelte sie an. »Ihnen hat's auch gefallen.«

Einen Schritt von ihm entfernt blieb sie stehen. Wenn er sich jetzt drehte, würde sein Arm ihre hervorstehenden Nippel streifen. In gewisser Weise sehnte sie sich danach. Sein Körper war muskelbepackt, gestählt durch harte Arbeit. Körperlich war er ein Musterexemplar, geistig hingegen ein Hornissennest der Selbstverachtung.

»Mir hat's auch gefallen«, stimmte sie zu. »Ich mochte auch, dass Tommy weggelaufen ist.«

Das brachte ihn zum Lachen. »Hat's eben nicht verkraftet.«

»Ich werde es auch genießen, wenn Elaine flieht.«

»Meinen Sie, die haut ab?«

»Oder Evan.«

Ein hungriger Ausdruck huschte über sein Gesicht. Sie würde ihn sich für später aufheben. »Oder Lucy. Sie war von Anfang an schwach.«

»Hatte ihre Chance und hat's versaut«, murmelte er. Sein Blick sank zu ihrer Schamregion hinab und zuckte dann wieder zu ihrem Gesicht. »Ich nehme an, Sie haben Ideen, wie Sie sie loswerden?«

»Die habe ich. Aber zuerst müssen wir einander vertrauen.«

Er schnaubte, begann sich abzuwenden.

»Bryan.«

Bei ihrem Tonfall erstarrte er.

»Wenn nur noch wir beide übrig sind, können wir einander wieder hassen. Bis dahin lassen Sie uns zusammenarbeiten.«

Er sagte nichts.

»Machen Sie mit?«, fragte sie. »Im Wissen, dass am Ende einer von uns beiden den anderen zerstören wird?«

Er blickte sie einen ausgedehnten Moment lang an. Dann breitete sich ein böses Grinsen auf seinem Gesicht aus. Es ließ sie frösteln und verursachte ihr zugleich einen Schmerz.

»Möge das Blutvergießen beginnen«, sagte er.

6

Liebe Justine,

Der Nachzehrer ist mein Meisterwerk. Und weißt du noch was, Justine? Du bist eine unverschämte Schlampe. Und schwierig. Ach, so schwierig. Ich dachte, ich kenne mich, aber offenbar ist Selbsterkenntnis für mich so schwer wie für alle anderen.

Aber weißt du was?

Es spielt keine Rolle.

Es macht nichts, dass du in meiner Geschichte vorkommst, dass ich *dich* schreibe.

Denn es ist gut, Justine.

Scheiß drauf. Es ist *sagenhaft*.

Sagenhafter als du damals, als wir uns in Syracuse im zweiten Jahr ein Zimmer geteilt haben.

Ja, Justine, ich gebe es zu. Du warst damals sagenhaft. *Stille Anmut* waren die Worte meiner Mutter, nachdem ich dich mit nach Hause gebracht hatte, und ich glaube, es könnte in dem Moment gewesen sein, dass die Idee sich zu formen begann.

Weißt du, mir gegenüber hat meine Mutter diese Worte nie verwendet. Ach, sie hat nie etwas über mich gesagt, das dem auch nur nahekam. *Lebhaft,* klar. *Primadonna* ebenfalls. Oder, mein Favorit, das verdammte Klischee, dessentwegen ich ihr die Augen auskratzen wollte: *Sie hat den Kopf in den Wolken.*

Verstehst du, Justine? Die Worte implizieren, dass ich eine Spinnerin bin, so ein Hippiekind, das durch die Welt schwebt und irgendwelches Geschwätz ablässt über Toleranz, Akzeptanz und ein Leben in Harmonie.

Scheiß auf Toleranz.

Scheiß auf Akzeptanz.

Und Harmonie kannst du in den Arsch ficken.

Und du sollst dich auch ficken, Justine. Du hattest jene unerreichbare Qualität, an die ich nie heranreichte. Ja, sicher, wenn es um Sex-Appeal ging, hab ich dich weggepustet, und den meisten Männern hat das auch gereicht.

Aber nicht Jake. Und weil Jake derjenige war, der mich ignoriert hat, wurde er zu dem Einzigen, der wichtig war. Eigentlich sind wir simple Kreaturen. Wollen immer das, was wir nicht haben können. Ein Kerl konnte ein Aussätziger sein, aber wenn er kein Interesse an mir zeigte, dann fixierte ich mich auf ihn, bis sich das änderte, und dann gab ich ihm den Laufpass und zog weiter.

Doch Jake wollte dich.

Ihr wärt vielleicht glücklich geworden, hättet euch ein Leben aufgebaut, der ganze Müll. Vier Kinder, denke ich mal, ein Backsteinhaus in einer geschlossenen Wohnanlage. Er wäre irgendeiner prestigeträchtigen Arbeit nachgegangen, du hättest die Gören in deinem SUV rumkutschiert, bei Starbucks Kaffee geschlürft und dich in deinen Tennisröckchen präsentiert. Alle hätten dich angesehen und gedacht: *Da ist Justine. Und sieh nur, ihre stille Anmut.*

Aber das haben wir in Ordnung gebracht, stimmt's?

Jake war der bestaussehende Kerl in seiner Verbindung. Aufgeblasen, aber in der Lage, sich zärtlich zu geben. Das war dein erster Fehler: das lüsterne Glimmen in seinen Augen zu übersehen.

Er verbarg es gut, aber wenn man aufmerksam hinsah, konnte man jenen Funken ausmachen, den Wolf unter dem Lamm. Wenn er trank, wurden seine Augen freier, frecher, und dann starrte er dich an, und das war quälend für mich.

Ich sah, wohin das alles führen würde, und ich hatte nur zwei Möglichkeiten. Ich konnte mich aus dem Staub machen und zum ersten Mal eine Niederlage eingestehen. Geschlagen von meiner Zimmergenossin, dem

Mädchen, das ich meine liebste Freundin nannte und das meine Eltern adoptieren wollten.

Oder ich konnte machen, was ich immer gemacht hab.

Einmal habe ich etwas mitangesehen, das ich niemals vergessen werde. Auf der High School besuchten ein paar von uns eine Freundin, deren Eltern Hunde züchteten. Sie hatten Zwinger, vollgestopft mit jaulenden Hunden. Ein Zwinger war unterteilt: ein Vaterdalmatiner auf der einen Seite, und Mutti und ihre Welpen auf der anderen. Getrennt durch Maschendraht.

Mein Freund Alec merkte an, dass es grausam sei, den Vater von den Welpen getrennt zu halten. Daher beschloss er, dem Vater Besuchsrechte einzuräumen, und hob die Trennplatte zwischen dem Daddy und den Welpen an.

Zuerst geschah nichts. Der Vaterdalmatiner hielt inne, um seinen Nachwuchs zu beäugen. Ein Welpe näherte sich. Ich weiß noch, dass ich dachte, was für ein süßer Moment das doch war und wie ungerecht von den Besitzern, die Familie getrennt zu halten. In dem Moment kam unsere Freundin heraus, begriff, was Alec getan hatte, rannte vorwärts und rief: »Nein, nein, nein!«

Es geschah so schnell, dass ich es kaum glauben konnte. In einem Moment bewegt sich der Welpe noch langsam auf seinen Vater zu. Im nächsten packt der Vater ihn mit den Zähnen, schüttelt ihn wie im Wahn und schmettert ihn mit erschreckender Kraft auf den Boden. Der Welpe quiekte vor Schmerz, und selbst in dem Gewirr aus Zähnen und Klauen zwischen Mutter und Vater sah ich das gebrochene Vorderbein des Welpen, den Knochen, der die Haut durchstieß, und Blut, das in den Staub im Zwinger tröpfelte.

Ich hab viel über diesen grässlichen Vorfall nachgedacht, hab ihn wieder und wieder im Kopf herumgewälzt. Was hat den Vater dazu gebracht, sein eigenes Kind zu attackieren? Ich glaub, da war etwas in der Natur des Vaters, das ihn dazu getrieben hat. Er konnte nicht anders, musste Gewalt ausüben.

Hätte ich verhindern können, was dir widerfahren ist?

Du fingst im Oktober an, mit Jake auszugehen. Jedes Mal wenn ihr beiden anfingt, euch zu küssen, hast du dich von ihm zurückgezogen, eine Hand auf seiner Brust, ein verlegenes Lächeln auf dem Gesicht, und hast eine Bitte um Entschuldigung gemurmelt, als hättest du mir soeben irreparablen Schaden zugefügt.

Ich erwiderte dann dein Lächeln. Die Zehen zusammengerollt wie eine Ballerina, die Sehnen im Hals angespannt, versicherte ich dir, das sei okay, ich hätte schon vorher Leute rummachen sehen.

Die Sache war nur …

Ich hab gelogen.

Niemals war ich so gründlich gedemütigt worden. Niemals hatte ich einen Jungen so sehr gewollt wie Jake Bryant. Jake mit seinen blauen Augen, dem schwarzen Haar und dem kurz geschnittenen Bart, noch bevor dieser Look in Mode kam.

Jake hingegen wollte dich.

Da gab es nur ein Problem.

Du hast ihn nicht rangelassen.

Dein Grund? In einer Novembernacht, wir beide tranken Weinschorle in unserer Verbindung, die Fensterscheiben vereist und die Wolldecke warm, erzähltest du mir dein dunkelstes Geheimnis.

Im ersten Jahr hattest du die Kostbarkeit zwischen

deinen Beinen mit vier verschiedenen Jungs geteilt. Nichts Abnormales daran, nichts, weswegen man sich schämen müsste.

Was dich verdammt hat, waren die Besitzgier eines Jungen und sein Zorn darüber, abgelegt zu werden. Der Junge war auf deine High School gegangen, kannte all deine alten Freunde. Als du ihn nicht mehr zurückriefst, ließ er seine Wut online heraus, teilte Details über deine sexuellen Gelüste. Er *nannte Namen*. Urplötzlich war die süße kleine Justine zu dem *Mädchen* geworden, das alles bumste, was einen Puls hatte. Selbst deine Eltern fanden es heraus! Du seist zutiefst beschämt gewesen, gestandest du über deiner vierten Weinschorle, und du erwogst sogar, *schluck*, Selbstmord. Die Gräuel der sozialen Medien, behauptetest du, hätten beinahe deinem Leben ein Ende gesetzt.

Mein Gott, Justine, erkennst du es nicht? Begreifst du nicht, was du getan hast?

Du hast selbst die Axt geschmiedet. Die Klinge gewetzt.

Und sie deinem Henker überreicht.

Die Woche vor Valentinstag hattest du deine Periode. Zu der Zeit hat Jake sich mir anvertraut. Sich bei mir ausgeheult wäre wohl die treffendere Beschreibung. Auch stille Anmut hat ihre Grenzen, und nach einer Weile muss ein Mann ficken. Ein Kerl mag noch so süß sein, noch so galant, letzten Endes triumphiert der Drang, sein Ding in etwas Heißes und Feuchtes zu stecken, über alles andere.

Weswegen Jake mich auch zuerst gefickt hat.

Das war alles ungeplant. Ich saß auf dem Rücksitz seines Mustang und hörte mir teilnahmsvoll seine

Beschwerden über dich an. Großartiges Mädchen. Könnte die Richtige sein. Aber so *frigide*. So unsensibel, was seine Bedürfnisse anging.

Ich nickte, kannte die Geschichte schon. Ich wusste, dass du am Boden zerstört warst wegen dem, was in deinem ersten Jahr am College passiert war, aber zum Teil hast du deine kleine Sextournee auch genossen. Ja, du hast es genossen, Justine, und ich glaube, das war der wahre Grund, aus dem du Jake so lange hingehalten hast. Du assoziiertest Vergnügen mit Demütigung, und so eine Verbindung kann haarig sein. Dein wacher Verstand verabscheute, was geschehen war, bekam immer mehr Angst, abermals bloßgestellt zu werden.

Aber dein Unbewusstes sehnte sich nach jener schamlosen Freiheit. Ich hab dich beim Schlafen beobachtet, dir den Konflikt von der gefurchten Stirn und den verschwitzten Laken abgelesen. Du sehntest dich danach, die Kontrolle zu verlieren, träumtest davon, unartig zu sein.

Als ich Jake darüber in Kenntnis setzte, brannte er darauf, meine Theorie zu testen. Wir einigten uns darauf, es so aussehen zu lassen, als hätten wir erst in letzter Minute entschieden, dass ich euch auf euren Valentinstagsausflug begleitete. Jake buchte ein Hotel, eines jener opulenten Etablissements mit einem Spiegel über dem Bett.

Zuerst konntest du dich nicht erwärmen für die Idee, dass ich mitkomme – schließlich wolltest du Jake für dich allein haben. Aber er hat dich in der Verbindungslobby beiseitegenommen und dir erklärt, wie allein dann die arme Anna sein würde, und wolltest du das denn wirklich? Am Valentinstag?

Natürlich wolltest du das, Justine, aber du hast so getan, als wäre es in Ordnung. Auf der Fahrt zum Restaurant hast du eine Schnute gezogen, aber ein paar Long Island Ice Teas haben dich auftauen lassen. In den Bars hast du dann weitergetrunken, und wichtiger noch: weitergetanzt. Du zwischen mich und Jake geklemmt, rieben wir unsere Körper aneinander, und irgendwann hat es dich nicht mehr gekümmert, wessen Hände deinen Arsch streichelten oder wessen Zunge in deinem Mund war.

Bis wir in dem knalligen Hotel mit der rosenroten Badewanne und der Bettwäsche aus schwarzem Satin ankamen, warst du zu allem bereit, und Jake war mehr als dabei. Wie Vipern haben wir drei uns gewunden, obwohl du am nächsten Morgen behauptet hast, dich an nichts davon zu erinnern.

Zum Glück hatte ich den Camcorder mitgebracht.

Die Feierlichkeiten zu filmen war meine Idee gewesen, aber Jake leistete keinen Widerstand. Er war zu glücklich darüber, dass er seine lang gehegte Fantasie würde ausleben können. Nur einmal runzelte er die Stirn: als ich mich weigerte, ihm die Kamera zu geben.

Aber das hätte nicht funktioniert, oder? Denn hätte Jake den Kameramann gespielt, dann hätte er vielleicht mein Gesicht erwischt. So, wie es war, konnte ich *dich* in den Fokus nehmen: Justine, gebückt und die perfekten Pobacken in die Luft gestreckt, während Jake dich stößt. Dich, Justine, mit dem Gesicht zwischen meinen Beinen, wie du meine Klitoris leckst wie eine pflichtbewusste Sklavin. Dich, Justine, wie du den Dödel deines Freundes bis zum Anschlag im Hals hast und dann seine Ladung schluckst.

Die stille Anmut eines Hardcore-Pornostars.

Ich weiß noch, wie schockiert du warst, als ich dir gesagt hab, Tränen in den Augen, ich könne die Kamera nicht finden. Auf dem Weg zum Coffeeshop sei sie noch in meiner Tasche gewesen, doch als ich zurückgekommen sei – fort.

Der Schrecken in deinem Gesicht war so befriedigend, dass ich es beinahe dabei hätte bewenden lassen.

Beinahe.

Aber ich hab dich gehasst, Justine. Letztendlich war es eine Frage des Hasses gewesen. Alle liebten dich abgöttisch. Zeigten dir gegenüber mehr Achtung. Mehr Respekt. Und ich hatte den Beweis, dass du nicht besser warst als irgendjemand sonst.

Am schwersten war es, mit dem Hochladen des Materials bis Spring Break zu warten. Ich hab's mir natürlich verkniffen. Das hätte sich womöglich zu mir zurückverfolgen lassen.

Es ist verblüffend, wie viele skrupellose Menschen es gibt. Wie leicht es ist, einen Kerl zu finden, der für 100 Mücken ein Sexvideo in den sozialen Medien und auf Pornoseiten postet.

Dein Schweigen werde ich nie vergessen. Dass du, nachdem ich dir den Link zu dem Video geschickt hatte – O mein Gott, das ist furchtbar, was machst du jetzt nur??? –, nicht geantwortet hast. Du bereitetest dich damals gerade auf eine Missionsreise für deine Kirche vor (die Ironie!), aber dazu ist es nie gekommen. Ich frag mich oft, wie wohl deine letzten Stunden gewesen sind. Bist du ruhelos in deinem Zimmer auf und ab gegangen? Hat deine Mom an deine Tür geklopft? Dir Sandwiches mit Erdnussbutter und Marmelade angeboten? Wie lange hast du gebraucht, um dich für die Pillen zu entscheiden?

Hier ist der Teil, der mich fertigmacht. Mein Ziel war, dich zugrunde zu richten. Dich zu demütigen. Deinen Ruf zu ruinieren. Ich wollte dich raushaben aus unserer Verbindung, raus aus Syracuse. Raus aus dem Staat New York, falls möglich.

Ich hatte nicht vor, dich umzubringen.

Mit Bedauern

Anna Holloway

7

Evan saß da und spielte mit seinen Blättern herum.

Neun Stühle waren am Rand der Tanzfläche aufgereiht, acht davon in einem Halbkreis angeordnet, der neunte war ein faltbarer schwarz-weißer Regiestuhl. Ein Ring aus Kerzen in Ständern verschiedener Höhe beleuchtete die Runde. Der Rest des Ballsaals war in Schatten getaucht.

Schritte waren zu hören. Wells, der einen adretten schwarzen Anzug trug, schritt auf die Tanzfläche.

Er muss besser schlafen, dachte Evan. *Und seine Kleidung ist gebügelt. Neue Schuhe trägt er auch.*

Als Wells näher kam, bemerkte Evan, wie gesund seine Haut nun aussah. Fort waren die Leberflecke auf den Wangen und die schlaffe Haut um die Ohren.

Er kann unmöglich 80 sein, dachte Evan. *Höchstens 65, und damit treibt man's schon weit.*

Wells sagte: »Mr. Clayton?«

»Ja, Sir?«

»Die Bühne gehört Ihnen.«

Bryan schluckte. »Sie wollen, dass ich vorlese?«

Wells ließ sich auf seinen Regiestuhl sinken und lächelte selbstzufrieden. »Ja, Mr. Clayton. Ich will, dass Sie vorlesen.«

Bryan blickte sich um. »Im Sitzen?«

»Stellen Sie sich in die Mitte. Zeigen Sie mir, warum ich Sie berühmt machen soll.«

Bryan nickte und versuchte, zwischen den Kerzenständern hindurchzumanövrieren, ohne sie umzustoßen.

Ich hoffe, du verbrennst dich, dachte Evan.

Bryan fing an zu lesen.

Die Geschichte berichtete von einer Invasion von Taipanschlangen, offenbar eine tödliche Art. Evan bekam eine Gänsehaut von der Beschreibung, doch Wells schien nicht beeindruckt. Niemand im Ballsaal sagte etwas, aber das Missfallen des Publikums war unübersehbar: Mehrere Autoren rutschten auf ihren Stühlen herum oder kritzelten Notizen. Bryan sah aus, als würde er demnächst ohnmächtig.

Evan dachte daran zurück, wie dieser Hurensohn ihn misshandelt hatte. Er hatte sich zwar nach Rache gesehnt. Doch dies … dies war besser als alles, was er sich hätte ausmalen können.

Er stellte fest, dass er sich nach vorn gelehnt hatte, die Hände zu Fäusten geballt und die Zähne gebleckt wie ein Mitläufer in einem Lynchmob.

Er ertappte sich dabei und entspannte sich. Als er sicher war, dass niemand seinen animalischen Gesichtsausdruck gesehen hatte, zog er sein Notizbuch hervor und begann zu schreiben:

DIE BLOSSSTELLUNG EINES RÜPELS
Ein Schauspiel in einer Szene, von Evan Laydon

BRYAN (schwitzend): … und dann wand sich die Schlange auf den Mann zu. Er versuchte, sich wegzuschieben, doch ihre tropfenden Fangzähne …

WELLS: Bitte, Gott, es reicht.

BRYAN (blickt von seinen zerknitterten Bogen auf): Wie bitte?

WELLS: Hören Sie auf. Ehe mir zu schlecht wird, um Sie noch aufzuhalten.

BRYAN: Ich bin noch nicht einmal durch die erste Szene.

WELLS: Dann wollen wir von Glück sagen, dass ich Sie zu diesem frühen Zeitpunkt gestoppt habe.

BRYAN (weist auf seine Zettel): Das ist nur ein Rohentwurf.

WELLS (massiert sich den Nasenrücken): Lassen Sie uns … ähm … auf die Einzelheiten dieses … Manuskripts eingehen. Ich weiß kaum, wo ich anfangen soll …

BRYAN: (Schweigen)

WELLS: Erst einmal sind Ihre Dialoge erbärmlich. Ihre Figuren klingen alle gleich, was nicht ganz so ärgerlich wäre, wenn sie wenigstens interessant wären.

Unglücklicherweise legen sie dieselbe roboterhafte Seelenlosigkeit an den Tag wie Sie. Zudem ist der Monolog auf Seite drei eine Zumutung.

BRYAN (schwitzt und wird rot): Sie verwenden doch auch Monologe. In *Overtree*, als Joe Maria zur Rede stellt …

WELLS: Ich darf das.

BRYAN: Warum …?

WELLS: Weil ich besser bin als Sie. Einem Meister der Kunst bietet jedes Werkzeug eine Gelegenheit. Für den Schmierfinken bedeuten dieselben Werkzeuge nichts als Gefahr.

BRYAN: Das ist so verdammt … elitär.

WELLS: Haben Sie Zweifel daran?

ELAINE (leise): Mr. Wells hat recht.

BRYAN: Sie können sich ficken.

WELLS: Eine weitere Kostprobe Ihrer Raffinesse.

(Ein paar Mitglieder der Gruppe lachen.)

BRYAN: Sie benutzen auch Kraftausdrücke in Ihren Werken.

WELLS: Lassen Sie mich noch einmal wiederholen, dass ich besser bin als Sie.

BRYAN (wirft die Hände in die Luft): Natürlich sind Sie besser als ich. Ihre Bücher haben alles gewonnen. Aber Sie sind auch älter als Gott.

(Wells lächelt nun hinterhältig, aber Bryan verfällt ins Zetern und bemerkt es nicht.)

Und wo werde ich in 50 Jahren sein? Ich garantiere, ich werde produktiver sein als Sie. Drei Bücher während der vergangenen 20 Jahre?

WELLS: Geschwafel lässt sich in kürzester Zeit hervorbringen. Jeder Künstler kann eine menschliche Gestalt hinkritzeln, aber nur wenige können die subtile Zartheit einer Nase einfangen oder die geschmeidige Kurve einer Kehle.

BRYAN (angespannt): Sie sind wirklich ein Mordslehrer. Schüchtern Ihre Schüler ein, töten ihren kreativen Impuls …

WELLS: Gesetzt den Fall, da ist einer. Ihre Seele ist verarmt, Mr. Clayton, Ihre Arroganz lediglich ein spröder Panzer. Wir sehen, wie er vor uns zerbröselt.

(Verstreutes Gelächter.)

BRYAN (blickt sich herausfordernd um): Sie glauben wohl, dass er's Ihnen leichter machen wird?

ELAINE (ruhig, aber bestimmt): Man muss die Regeln kennen, um zu wissen, wie man sie bricht.

BRYAN: Kommen Sie mir bloß nicht mit dem Mist. Ich weiß, wie man zeigt, statt zu erzählen. Ich weiß, wie …

WELLS: Bloße Tricks, Malen nach Zahlen. »Lesen Sie dieses Buch und schreiben Sie einen Bestseller!«

BRYAN (dünn): Ich meine nur …

WELLS: Setzen Sie sich, Mr. Clayton. Sie tun mir beinahe leid.

BRYAN: Mr. Wells, ich wollte nicht …

WELLS: Setzen Sie sich, Mr. Clayton. Ehe Sie sich noch mehr blamieren.

Bryan setzte sich hin. Es erforderte Evans ganze Selbstbeherrschung, nicht loszujubeln.

»Schlechte Fiktion ist ein Affront gegen die Seele«, sagte Wells. »Nachdem wir diese Marter erduldet haben, brauche ich etwas, um meinen Gaumen zu beruhigen. Dürfte ich um einen Freiwilligen bitten?«

Evans Puls beschleunigte sich.

Wann wäre ein besserer Moment, sein Werk zu offenbaren, als nun, da sein Widersacher am schwächsten war?

Es wäre einfach zu köstlich: Bryan, vor aller Augen auseinandergenommen, Evan als herausragendes Talent der Gruppe erkannt …

»Irgendjemand?«, forderte Wells sie auf. »Den Gipfel des Berges erreichen Sie nicht, indem Sie in der Masse den Kopf einziehen.«

Na los, dachte Evan.

Wells musterte die Gruppe mit einem verblüfften Grinsen. »Mein Gott, Herrschaften, können Sie etwa das bisschen Offenheit nicht ertragen? Wollen Sie denn kein Haus wie dieses? Wollen Sie nicht, dass Universitäten Sie anbetteln, Ihnen Ehrengrade verleihen zu dürfen? Sollen nicht Preisjurys Sie anflehen, ihren Zeremonien beizuwohnen? Schauspieler und Regisseure einander die Kehlen durchschneiden, um Ihre Romane bearbeiten zu dürfen?«

Ja, dachte Evan. *Ich will all das. Bei Gott, ich brauche es!*

Er fing an, seine Hand zu heben, hielt aber inne, als er aus dem Augenwinkel eine Bewegung wahrnahm.

Bryan sah ihn böse an und schüttelte den Kopf.

Die Hand halb erhoben erwiderte Evan den Blick, und ihm war, als würde jede Sorge, die seit jenem Tag im Wald an ihm genagt hatte, vor seinen Augen kristallisieren. Er hatte sich gesagt, Bryan habe ihn nur zum Scherz bedroht und der Seilspeer sei eine harmlose Requisite gewesen.

Doch selbst wenn das stimmte: Evan hatte Bryan einige seiner dunkelsten Geheimnisse verraten. Nicht nur die schmachvolle Tatsache, dass er seine Schwestern beim Duschen beobachtet hatte, sondern auch seine literarischen Fantasien, in denen jene langbeinigen Blondinen und die vornehmen Veröffentlichungspartys vorkamen. Immerhin war Evan gescheit genug gewesen, die vernichtendste Offenbarung zurückzuhalten, doch Bryan wusste genug über ihn, um ihn zu ruinieren.

Ruckartig zog Evan die Hand zurück, doch zu spät: Wells hatte sie bereits gesehen. Er beobachtete ihn voller Vergnügen.

»Seien Sie nicht schüchtern, Mr. Laydon. Ich setze große Hoffnungen in Ihre Arbeit.«

Evan unterdrückte ein Stöhnen. Er sah zu Bryan hin, und dessen abweisender Blick machte deutlich, dass es ernste Konsequenzen haben würde, sollte Evan lesen.

»Nur zu«, sagte Sherilyn. »Ich möchte schon lange was von Ihnen hören.«

»Ich auch«, sagte Lucy. Sie lächelte ihn ermutigend an, und Evan dachte: *Verdammt. Wissen Sie nicht, wie gern ich vorlesen würde?*

Wells' Lächeln verblasste. »Machen Sie schon, Mr. Laydon. Ich habe keine Zeit für Lampenfieber. Ein Wesen entwickelt sich nicht weiter, wenn es nicht irgendwann den Sumpf verlässt.«

Evan zog eine Grimasse. »Es ist nicht … Mr. Wells, ich, äh …« Ein Blick zu Bryan: Er erinnerte ihn an einen Bullenhai, der gerade Blut gewittert hatte. »Ich kann nicht.«

Wells blickte ihn stählern an. »Furcht ist zersetzend, Mr. Laydon. Sie dürfen sich nicht davon überwältigen lassen.«

Schweißrinnsale liefen an Evans Schläfen herab. »Es tut mir leid, Sir. Ich bin nicht in bester Verfassung.«

»Sie sehen tatsächlich ein bisschen blass aus«, sagte Will.

Lucys Hand lag auf seinem Arm. »Soll ich Sie zu Ihrem Zimmer bringen?«

»Entweder bleibt Mr. Laydon bei der Gruppe«, sagte Wells in kaltem, gemessenem Tonfall, »oder er fährt nach Hause.«

Sherilyn zog ein Gesicht. »Kommen Sie schon, Mr. Wells. Wenn jemand krank ist …«

»Ich brauche jemanden mit Mumm«, sagte Wells. Ein prüfender Blick in ihre Gesichter. »Will denn niemand von Ihnen sitzen, wo ich sitze? Fürchten Sie sich so sehr vor dem Erfolg?«

Evan ließ den Kopf hängen und versuchte, nicht loszuheulen.

Wells lächelte mitleidlos. »Ja, Mr. Laydon, beweinen Sie nur Ihre Schwäche. Wir Raubtiere trinken Ihre Tränen.« Er erhob die Stimme. »Bei Gott, hat denn hier niemand *Zähne?*«

Zu Evans Linker erhob sich jemand. Und als er sah, um wen es sich handelte, klappte ihm der Mund auf.

8

Anna erhob sich und blickte Roderick Wells unverwandt an.

Will starrte verblüfft zu ihr auf. Nie hatte sie ängstlicher ausgesehen. Oder attraktiver.

»Ah«, sagte Wells. »Sind Sie ein Raubtier, Miss Holloway? Oder bloß schmackhaft?«

Sie erwiderte sein Lächeln und blickte auf ihre Seiten hinunter.

Mann, ich hoffe, es ist gut, dachte Will. *Um ihretwillen.*

Anna fragte: »Kennt jemand die Legende vom Nachzehrer?«

Wells runzelte die Stirn. »Geben Sie uns keinen Kontext, Miss Holloway. Ihr Text sollte für sich selbst sprechen.«

»Nur ein klein wenig«, sagte Anna. »Mit Ihrer Erlaubnis?«

Wells sah verärgert aus, wedelte aber mit der Hand, wie um zu sagen: *Wenn's denn sein muss.*

»Irgendjemand?«

Rick sagte: »Ein Vampirmythos, stimmt's? Irgendwas mit einem Glockenturm?«

»Eine Kombination aus Vampir und Ghoul«, sagte Anna. »Er kann sich an sich selbst laben oder an anderen. Oder den Tod bringen, indem er Kirchenglocken läutet.«

Sherilyn kicherte. »Vielseitige Kreatur.«

Anna lächelte, wobei ihre weißen Zähne aufblitzten. Wills Magen flatterte.

»Nun, da Sie uns die heutige Lehrstunde über deutsche Mythologie erteilt haben«, sagte Wells, »wären Sie vielleicht so freundlich, uns Ihren Abschnitt vorzulesen.«

»Ja, Sir«, sagte sie und schritt in die Mitte des Kreises.

Heilige Maria, Muttergottes, dachte Will, als er zum ersten Mal ihr Kleid genauer ansah. Es lag an ihrem Körper an, als wäre es darauf gewachsen, eine smaragdfarbene Membran, die sich an ihre Kurven schmiegte, die deliriöse Muskulatur ihrer Pobacken betonte.

Anna holte tief Luft und las vor: »Karl bestieg Ragna, und sie spreizte ihre blassen Beine weiter.«

»Was zur Hölle?«, sagte Elaine.

»›Über der Schulter ihres Ehemanns schwebte das schwarze Quadrat des Fensters, in dem keine Sterne blinkten. Seit ihrer letzten Fehlgeburt war es ihnen nicht gelungen, ein Kind zu zeugen, und obschon sie sich zu entspannen versuchte, konnte sie nicht umhin, sich zu fragen, ob Karl sie einer Frau wegen verlassen würde, deren Schoß nicht fruchtlos war.

Ragnas Leib reagierte auf den ihres Mannes. Das verflochtene schwarze Haar auf seiner Brust kitzelte ihre Brüste, reizte sie, entzündete ein Feuer in ihrem Bauch, das sich mit der größeren Hitze zwischen ihren Beinen vereinigte.›«

Will stellte sicher, dass seine Miene leidenschaftslos blieb. *Betrachte diesen Auszug wie ein Gemälde,* sagte er sich. *Konzentriere dich auf die Pinselstriche, die Kunstfertigkeit.*

»›Nach einer Zeit machte sich eine angenehme Benommenheit in ihr breit. Seine Stöße wurden heftiger, ihre Schenkel wogten …‹«

Du bist am Chicago Art Institute, ermahnte er sich. *Du betrachtest Monet … Manet …*

»›… hört sie am Fenster etwas rascheln, doch alles, was jetzt zählt, ist ihr Liebesspiel. Karls Mund ist auf ihrer Kehle. Ein köstlicher Schauer läuft ihr über die Schultern. Sie presst sein Glied mit ihrem Geschlecht, und jetzt stöhnt er ihr ins Ohr, seine Barthaare streichen über ihre Ohrläppchen …‹«

Monet, ermahnte sich Will, während seine Cargoshorts unangenehm eng wurden. *Es ist Kunst. Es hat rein gar nichts mit heißem Sex zu tun oder Annas zunehmend hauchiger Stimme.*

»›Wieder das Rascheln, also öffnet Ragna die Augen, um zu schauen, ob eine große Motte vor dem Fenster flattert. Doch Karls sehnige Schultern verdecken die Scheibe, und sie ist froh darüber. Denn nun breitet sich eine Hitze aus in ihrer …‹«

»Ernsthaft?«, fragte Elaine.

»Nicht unterbrechen«, fuhr Bryan sie an.

Genau! Nicht die Lesung unterbrechen!

»Nein, ehrlich«, beharrte Elaine. »Was zur Hölle ist das?«

Anna ließ die Seiten sinken. »Gibt's ein Problem?«

»Das ist Porno«, sagte Elaine.

Anna sah sie ungerührt an. »Haben Sie eine Abneigung gegen erotische Szenen?«

Elaine nahm ihre Brille ab und fing an, sie sich mit der Vorderseite ihrer Bluse zu putzen.

»Eine Szene braucht keinen expliziten Sex, um heiß zu sein.«

»Beunruhigt Sie das Textstück, Miss Kovalchyk?«, fragte Wells.

»Es widert mich an.«

»Sie sehen nicht angewidert aus«, sagte Bryan.

Anna lächelte ihn an, und er zwinkerte ihr zu.

Was war das denn gerade?, fragte sich Will.

Elaine warf Bryan einen herablassenden Blick zu. »Ich bin nicht *beunruhigt*. Und Ihnen gefällt's nur, weil man sich darauf einen runterholen kann.«

»*Mich* hat's heißgemacht«, sagte Sherilyn.

Elaine warf die Hände hoch. »Ach, um Himmels willen.«

Lucy sah Anna mit gerunzelter Stirn an. »Ich dachte, Sie schreiben Urban Fantasy.«

»Das Buch, das mein Agent gerade verkauft hat, gehört dazu. Aber wir sollen was mit Horrorbezug machen, richtig? Ich schreibe über eine Frau, die durch eine Rivalin in den Selbstmord getrieben wird. Die tote Frau wird zu dem Nachzehrer und macht Jagd auf die, die am lebendigsten sind.« Sie sah Elaine an. »Wie zum Beispiel Leute, die Sex haben.«

Elaine rollte mit den Augen.

»Und wohin führen Sie uns mit alledem?«, fragte Wells. Die Fingerspitzen seiner Hände berührten einander, seine Zeigefinger lagen an seinen Lippen.

»Der Vampir bringt Karl und Ragna um«, sagte Anna.

»Noch mal, bitte!«, sagte Sherilyn.

»Das ist wie in diesen Horrorfilmen, wo wir in der ersten Szene eine Figur kennenlernen, und sobald wir an ihr hängen …«

»… wird sie in Stücke gehackt«, beendete Will den Satz.

Elaine ächzte. »Subtiles Werkzeug.«

»Kommt drauf an, was man damit anstellt«, sagte Will. Als Rick leise lachte, fügte er hinzu: »Sie wissen, was ich meine.«

Wells hob eine Hand, um sie zum Schweigen zu bringen. »Ich stimme Miss Kovalchyk zu. Hier geht es ausschließlich darum, beim Leser eine Erregung hervorzurufen.«

Anna sah ihn mit offenem Mund an. »Was?«

»Sie haben offenbar gehofft, der Gegenstand würde Ihren Mangel an Können kaschieren.«

Sie stieß ein sprödes Lachen aus. »Mangel an Können?«

»Das war eine erbärmliche Probe, Miss Holloway. Es funktioniert nicht einmal als Pornografie.«

Elaine warf den Kopf zurück und lachte.

»Halten Sie die Klappe«, grollte Bryan.

Anna hatte Tränen in den Augen. »Wenn ich so schlecht bin, warum haben Sie mich dann ausgewählt?«

»Hatte ich ursprünglich gar nicht. Sie und Mr. Clayton waren an 19. beziehungsweise 20. Stelle. Nur Mr. Laydon und Miss Jackson waren schon unter den ursprünglichen zehn.«

Sie schwiegen, wie vom Donner gerührt. *Das erklärt eine Menge,* merkte Wills innerer Kritiker an. *An welcher Stelle warst du wohl? 6008?*

Bryans Stimme klang dünn. »Was ist aus den anderen geworden? Ist denen aufgegangen, wie ungeheuerlich Ihre Methoden sind?«

Wells sah amüsiert aus. »Sie haben gegen die Vertraulichkeitsklausel verstoßen.«

Elaine blickte um sich. »Moment mal. Das war ernst gemeint?«

»Einmal auserwählt, waren Sie alle in Versuchung, die Nachricht zu verbreiten.«

»Woher sollten Sie das wissen?«, fragte Lucy.

»Wollen Sie es abstreiten?«

Will konnte es gewiss nicht leugnen. In dem Augenblick, da er ausgewählt worden war, hatte er zum Handy gegriffen, seine Kontakte geöffnet und die Nummer seiner Eltern gewählt. Hatte sich vorgestellt, wie sein Vater, Mr. Missbilligung höchstselbst, vor Schock keuchte.

Aber letzten Endes hatte er ihnen nichts erzählt, nicht etwa wegen der Geheimhaltungsklausel, sondern weil er gewusst hatte, was ihm bevorstand, wenn er nicht gewann.

Herablassung, schlimmer als jemals zuvor. Seine Mom hätte ihm den Kopf getätschelt. *Ich weiß, du hast dein Bestes gegeben, Schatz. Wie läuft's denn bei der Versicherungsfirma?*

Anna verschränkte die Arme. »Sie versuchen nur, mich zu erniedrigen.«

»Wenn ich Sie erniedrigen wollte, würde ich der Gruppe die Wahrheit über Ihr Debüt sagen.«

Anna versteifte sich.

Wells' dunkle Augen glommen. »Sie möchten wohl nicht, dass das rauskommt, was? Wie der Lektor, der Ihr Geseier gekauft hat, zum Rücktritt gezwungen war …«

»Mr. Wells«, begann Anna.

»… weil er die Angewohnheit entwickelt hatte, sich mit vollbusigen jungen Autorinnen zu treffen und sie als nächstes großes Ding anzupreisen …«

»Das ist nicht …«

»… der Tatsache zum Trotz, dass Sie keinerlei Begabungen mitbrachten, abgesehen von denen, die Sie in das kleine Kleid gestopft haben.«

»Hören Sie auf!«

»Lüge ich denn, Miss Holloway?«

»Ja«, heulte sie fast. »Ed hat mein Schreiben geliebt. Er hatte es von meinem Agenten, nicht von mir.«

»Und hat er das Buch eingekauft, bevor oder nachdem er Sie getroffen hatte?«

»Das hatte nichts damit zu tun.«

»Sobald sein Nachfolger einen Blick auf Ihr Manuskript geworfen hatte, hat er den redaktionellen Prozess angehalten. Das Projekt wird in der Schwebe bleiben, bis deren Rechtsabteilung einen Weg findet, den Vertrag aufzuheben.«

Es herrschte betretenes Schweigen. Anna hielt den Blick auf Wells gerichtet und ihre Unterlippe zitterte.

»Sieh an, sieh an«, sagte Elaine.

Anna blieb noch einen Moment stehen. Dann senkte sie den Blick, verließ den Kreis aus Kerzen, die Finger um ihre Bogen gekrampft, und kehrte zu ihrem Platz zurück.

Will beobachtete sie und wünschte sich, er könnte irgendetwas Tröstliches sagen. Sie konnte manchmal grob sein, aber das hier?

Das verdiente niemand.

Wells sah Anna ohne Mitleid an. »Lassen Sie das mit den weiblichen Listen sein und verdienen Sie sich Ihren Platz am Tisch, Miss Holloway.« Er blickte in die Gruppe. »Wer ist mein nächstes Opfer?«

9

Rick sorgte sich, dass er gewählt werden würde, aber Elaine sagte: »Sherilyn sollte vorlesen.«

Wells sah erfreut aus. »Ah, ja, Miss Jackson. Hierauf habe ich mich gefreut.«

Sie betrachtete ihn mürrisch. »Da bin ich sicher.« Sie sah Elaine an. »Wollen wohl sehen, wie ich vermöbelt werde?«

Elaine hob die Augenbrauen. »Ich möchte Ihre Geschichte ehrlich gern hören.«

Kurz verengten sich Sherilyns Augen, doch was sie in Elaines Gesicht sah, schien sie zufriedenzustellen. »Okay.«

Wells machte eine Geste.

»Die Bühne gehört Ihnen, Miss Jackson. Enttäuschen Sie mich nicht.«

Sherilyn blieb neben ihrem Stuhl stehen. Rick bemerkte erst, dass sie zwei Blätterstapel hielt, als sie sie hochhielt, um sie Wells zu zeigen. »Bevor ich anfange, muss ich wissen, ob Sie meine Arbeit genauso ausweiden werden wie die der anderen.«

»Ein Schriftsteller darf sich vor Kritik nicht fürchten«, sagte Wells. »Wenn es Sie nach geschöntem Lob verlangt, hätten Sie meine Einladung niemals annehmen sollen.«

Sherilyn nickte und gab eins der Bündel Lucy. »Das habe ich mir gedacht. Darum habe ich auch zwei Proben dabei.« Sie trat in die Mitte des Kreises.

»Und was, wenn ich von Miss Still verlange, die vorzulesen, die Sie ihr gegeben haben?«, fragte Wells.

Lucy sah alarmiert aus.

Sherilyn senkte das Kinn und betrachtete Wells mit hochgezogenen Augenbrauen. »Verlangen, Mr. Wells? Und wie genau würden Sie das tun?«

Wells lächelte ungerührt. »Indem ich ihr entweder eine Belohnung oder eine Strafe in Aussicht stelle.«

Lucy sah unwohl aus.

Sherilyns Mund wurde schmal. »Sie würden Lucy dafür bestrafen, dass sie meine Seiten hält?«

»Dafür?«, fragte Wells. »Natürlich nicht. Aber dafür, dass sie lieber einer leidlichen Schreiberin zuhört als einer Meistererzählerin? Ja, dafür würde ich sie ganz gewiss bestrafen.« Er wandte sich Lucy zu. »Bitte.«

Rick sah, wie Lucys Gesicht sich vor Panik anspannte, und verspürte plötzlich den Drang, Wells die Zähne auszuschlagen.

Lucy biss sich auf die Unterlippe. »Ich glaub, es steht mir nicht zu, das vorzulesen.«

Wells' Miene verfinsterte sich. »Miss Still, ich habe Sie gebeten, die Seiten vorzulesen.«

»Mr. Wells … sie gehören mir nicht.«

»Sie sind in Ihren Händen. Sobald ein Leser ein Buch in Händen hält, gehört die Geschichte ihm.«

»Es sind nicht meine Worte.«

»Miss Still, Sie haben eine Vereinbarung unterzeichnet. Ich bitte Sie zum ersten Mal um etwas, und schon wollen Sie dagegen verstoßen?«

Lucy blickte auf die Bogen hinunter. »Ich verstoße gegen gar nichts, Mr. Wells.«

»Wenn Miss Jackson nicht wollte, dass dieser Auszug gelesen wird, dann hätte sie ihn nicht mitbringen sollen. Sie versucht vorsätzlich, meine Autorität zu untergraben.«

»Autorität?«, fragte Sherilyn. »Sie sind unser Gastgeber, nicht unser Vormund.«

»Da irren Sie sich, Miss Jackson. In diesem Reich bin ich alles.« Er blickte Lucy finster an. »Lesen Sie.«

Lucy schüttelte den Kopf. »Mr. Wells, ich …«

»*Lesen* Sie das, habe ich gesagt!«

»Lassen Sie sie in Frieden!«, hörte Rick sich selbst sagen.

Langsam drehte Wells sich zu ihm um. »Das klang ja wie ein Befehl, Mr. Forrester. Wächst Ihnen etwa ein Rückgrat?«

»Sie schikanieren sie.«

»Ihnen ist wohl nach Meuterei, hm?« Wells zog höhnisch einen Mundwinkel hoch. »Würden Sie gern Ihre Theorie über den Polizeichef mit uns teilen, Mr. Forrester? Oder die Halluzination, der Sie in Ihrer ersten Nacht hier anheimgefallen sind? Warum erzählen Sie den anderen nicht, wie ich in Wirklichkeit aussehe? Von dem Monster unter dem Fleisch?«

Und einen winzigen Moment lang blitzte vor seinen Augen der dämonische Wells auf. Der kohlschwarze Blick, das Grinsen des Jokers. Die Zähne, spitz wie Nadeln.

Rick blinzelte und ihm verschwamm die Sicht. Er schloss die Augen und seine Hände ballten sich zu Fäusten.

»Erzählen Sie's ihnen«, drängte Wells.

Rick öffnete die Augen, und Wells' Gesicht war wieder normal. Vor seinem geistigen Auge sah er jedoch noch immer das Nachbild dessen, was er erblickt hatte.

Er leckte sich über die trockenen Lippen. »Sie missbrauchen Ihre Macht«, murmelte er.

Wells neigte den Kopf. »Ich kann Sie nicht hören, Mr. Forrester.«

»Ich hab gesagt, Sie missbrauchen Ihre Macht«, sagte Rick mit lauterer Stimme.

Wells zeigte seine Zähne. »Was wissen Sie denn *über Macht?*«

»Ich weiß, dass ein wahrhaft starker Mensch sie nicht benutzt, um andere einzuschüchtern.«

Sherilyn nickte in Ricks Richtung. »Endlich.«

Rick sagte nichts, sah aber nicht weg.

Sherilyn wandte sich Wells zu. »In Wahrheit sind beide Stapel identisch. Ich wollte nur sehen, wie Sie auf diese Situation reagieren würden.« Ein Nicken. »Ich freue mich, sagen zu können, dass Sie sich exakt so verhalten haben, wie ich es erwartet hatte.«

Wells' Gesicht hätte ebenso gut zu Stein geworden sein können.

Sherilyn raschelte mit den Seiten und lächelte freundlich. »Ich weiß, manche von Ihnen rümpfen bei Kinderbüchern die Nase, aber ich beabsichtige, das hier zu illustrieren und, wenn ich einen Agenten dafür finde, es irgendwann zu verkaufen.«

Bryan murmelte etwas Sarkastisches, das Rick nicht verstand, aber Sherilyn beachtete ihn nicht. »*Der magische König – ein dunkles Märchen* von Sherilyn Jackson. Illustriert von Sherilyn Jackson und Alicia Templeton.«

Als sie die fragenden Blicke der anderen sah, erklärte sie: »Meine Partnerin. Sie kann besser Gesichter zeichnen als ich.«

Rick spürte, wie er sich ein wenig entspannte. Nicht vollständig, nicht solange Wells vor Wut kochte. Doch Sherilyns Stimme war klar und selbstbewusst, und er wollte ihre Geschichte hören.

»›Vor langer Zeit lebte einmal ein mächtiger König. Die Leute glaubten, er sei ein fürsorglicher Anführer. Er ergötzte seine Untertanen mit Erzählungen über Liebe und Abenteuer, wie sie sie noch nie gehört hatten. Aus den entlegensten Regionen des Landes reisten sie herbei, um ihn seine Zauber weben zu hören, und niemand wollte die Sonnenwende verpassen, die eine neue Jahreszeit einläutete, denn in jenen Nächten führte der König eine Prozession auf den Dorfplatz, wo er eine neue Erzählung der Verzauberung spinnen würde.‹«

Anna hob die Hand.

Sherilyn hob die Augenbrauen. »Ja?«

»Ist das ganze Buch so?«

»Gibt's ein Problem damit?«

»Das ist alles pures Erzählen«, erklärte Anna. Zu Wells sagte sie: »Sie haben gerade mein Manuskript verrissen. Ich will sichergehen, dass bei Sherilyn die gleichen Maßstäbe angesetzt werden.«

Lucy funkelte Anna an. »Warum sollte das nicht so sein?«

»Ihre Rasse«, sagte Bryan.

Sherilyn senkte ihr Kinn. »Wie bitte?«

Er zuckte mit den Schultern. »Sie sind die einzige Minderheitenautorin hier. Wells könnte es Ihnen leichter machen.«

Wells' Stimme war gefährlich leise. »Miss Jacksons Hautfarbe hat nichts mit meiner Ansicht über ihre Arbeit zu tun.«

Elaine kicherte. »Genau. Ist ja eh nicht so, als wären wir 'ne diverse Gruppe.«

Sherilyn lächelte. »Ach, ich weiß nicht. Ich bin die Quotenschwarze. Marek war ein Einwanderer. Was meine Sexualität betrifft …«

»Genug mit dem Scheiß«, unterbrach Bryan sie.

Sherilyn sah ihn an. »Ich nehme an, Ihnen gefällt alles besser, wie es immer schon gewesen ist.«

Bryan hob das Kinn.

»Da haben Sie verdammt recht.«

»Wo Typen wie Sie jeden Vorteil haben.«

Bryan machte eine wegwerfende Handbewegung in ihre Richtung. »Was für ein Schwachsinn.«

»Er hat Angst«, sagte Lucy. »Er weiß, dass er unter gleichen Voraussetzungen nicht gewinnen könnte.«

»Ich will Ihnen mal was sagen«, fing Bryan an, aber Wells würgte ihn ab.

»Lesen Sie weiter vor«, sagte Wells durch die Zähne.

Sherilyn nickte, unerschüttert. »Wie Ihr befehlt.«

Wells' Gesichtsausdruck wurde noch strenger.

»›Jahrzehnte gingen vorüber, und Generationen lebten und arbeiteten unter dem wachsamen Blick des Königs.‹«

»Kriegt das auch Bilder?«, platzte Bryan heraus.

Will sah ihn böse an. »Das hat sie doch schon erklärt.«

»Schon gut«, sagte Sherilyn. Sie drehte sich in Bryans Richtung. »Alicia und ich möchten gern für jedes Kapitel eins einfügen. Was dagegen, wenn ich weitermache?«

Bryan zuckte mit den Schultern. »Machen Sie, was Sie wollen.«

Rick widerstand dem Impuls, das Arschgesicht vom Stuhl zu schmeißen.

»Vielen Dank«, sagte Sherilyn mit frostiger Höflichkeit. »›Die Diener des Königs waren allzu loyal. Es kamen Gerüchte auf, dass sie die Gemeinen ausspionierten, und einige fingen an, das Schloss mit einem misstrauischen Blick anzusehen. Zu ihnen gehörte auch ein Bauernmädchen namens Anna.‹«

Als Anna lächelte, sagte Sherilyn: »Den Namen ändere ich noch.«

Annas Lächeln verschwand.

»›Anna war launenhaft, streifte gern lange im Wald umher. Aber sie trug Liebe im Herzen. Sie erkannte das Talent des Königs, traute dem Regenten jedoch nicht. In stillen Momenten, vor allem während vor den Sonnenwend-Festessen die Darbietungen stattfanden, sah sie den König barsch mit seinen Untergebenen sprechen, wenn er dachte, dass niemand zusah. Anna war überzeugt, dass das lächelnde Gesicht des Königs eine Maske sei, hinter der sich etwas Dunkleres, Grausameres verbarg.‹«

Rick warf einen kurzen Blick zu Wells hinüber, der Sherilyn höchst interessiert ansah. Ihm lief ein Schauer über den Rücken.

»›Wann immer sie über ihre Vorbehalte sprach, hatten die wenigen, die ihrer Ansicht waren, zu viel Angst vor dem Zorn des Königs, um ihre Einwände öffentlich vorzubringen. Sie waren zu duldsam, um den König als das zu sehen, was er wirklich war: ein tyrannisches Monster.‹«

Während Sherilyn fortfuhr, waren die Muskeln in Wells' Kiefer und Kehle straff gespannt.

»›Unterdessen wurde der König kälter. Nicht länger zufrieden damit, der Herrscher seines Reichs zu sein, glaubte er, er könne sein Ansehen mehren, indem er einen Günstling auserwählte. Dieser Günstling würde nicht nur des Königs Erbe sein – die Königin und er waren kinderlos –, auch würde der König, indem er einen armen Gemeinen erwählte, seinen Ruf als gerechter Herrscher wiederherstellen.‹«

Im Ballsaal war es so still, dass Rick kaum zu atmen wagte. Wells zeigte sich auf eine Weise, die Rick noch nie gesehen hatte: Er blähte die Nasenlöcher, packte mit seinen großen Händen die Sessellehnen und zog den Mund zu einer erbitterten Linie zusammen. Hätte Rick es nicht besser gewusst, er hätte geglaubt, Wells sei in eine Art Trance gefallen.

»›Flüchtig fragte sich Anna, ob der König vielleicht sie wählen würde. Schließlich war sie schlau. Gerecht. Sie war stark genug, um ein Königreich zu führen.‹« Sherilyn machte eine Pause und holte zitternd Luft. »›Doch sie wusste, sie war zu temperamentvoll, zu unbesonnen, um effektiv zu führen. Also machte sie sich daran, das Land nach einem geeigneten Schützling zu durchkämmen.‹« Sherilyn sah Rick an, der zwar den Drang verspürte wegzusehen, ihren Blick aber dennoch erwiderte. »›Anna wusste, wenn sie vor dem König einen passenden Erben fand, konnte sie das Königreich vielleicht doch noch retten, denn sie fürchtete, dass es auf dunkle, blutige Tage zusteuerte, wie niemand sie je gesehen hatte.

So wagte sie sich also an einem hellen Sommermorgen in den Wald hinein. Als sie den jungen Mann erspähte, hatte er ihr den Rücken zugewandt, näherte sich gerade mit Sanftheit und Vorsicht einem Tier. Ein Fohlen, sah

Anna, das Fell hellbraun mit elfenbeinfarbenen Flecken darauf. Das Vorderbein des kleinen Pferdes blutete, und der junge Mann flüsterte besänftigende Worte, während er sich langsam näherte …‹«

Die Szene ging noch mehrere Minuten weiter: Anna und der junge Mann, der Richard hieß, sprachen miteinander, erst über das verletzte Fohlen, dann über den König, für den Richard ebenfalls nichts übrighatte. Währenddessen wurde Wells' Gesichtsausdruck zunehmend mörderisch.

Als Sherilyn zum Ende kam, applaudierten sie. Die meisten zumindest. Anna und Bryan blieben auffallend stoisch. Wells wartete, bis der Applaus abebbte, dann sagte er: »Amüsantes Stück, Miss Jackson. Ihren Kollegen scheint es gefallen zu haben. Ich wüsste gern, was Sie denken.«

»Das ist eine seltsame Frage.«

»Sie haben es doch geschrieben, oder nicht?«

»Natürlich hab ich es geschrieben. Ich habe wenig anderes getan, seit ich hier angekommen bin.«

Wells nickte knapp, wobei seine Zähne aufblitzten. »Da Sie offenkundig etwas für Allegorien übrighaben, möchten Sie uns vielleicht erleuchten, was den Sinn des Stückes angeht.«

Sherilyns gute Laune verflog.

Bryan lehnte sich nach vorn. »Allegorien stehen in einem Eins-zu-eins-Verhältnis zu …«

»Ich weiß, was eine Allegorie ist«, unterbrach Sherilyn ihn, ohne Wells aus dem Blick zu lassen. »Anna haben Sie eben noch gesagt, unsere Arbeit solle für sich selbst sprechen. Finden Sie, meine tut das nicht?«

Wells lächelte, aber es lag Frost darin. »Kein Grund, ausweichend zu sein, Miss Jackson.«

»Das möchte ich nun wirklich nicht sein, Mr. Wells.«

»Dann erklären Sie«, befahl Wells. »Es sei denn, Sie sind unfähig, in intelligenter Weise über Ihre eigene Arbeit zu sprechen.«

Sherilyn blickte auf ihre Zettel und wirkte zum ersten Mal unsicher.

Wells' Blick war raubtierhaft. »Wir warten, Miss Jackson.«

Sherilyn schüttelte den Kopf.

Lucy fragte: »Wissen Sie schon, wie sich die Geschichte entwickelt?«

»Ich weiß, wie ich mir das Ende *wünsche*«, antwortete Sherilyn, »aber ich weiß nicht, ob es so kommen wird.«

Bryan schnaubte. »Wie ich diesen Mist hasse.« Er hob die Hände in die Luft und sagte mit kindlicher Stimme: *»›Die Story ist der Boss.‹ ›Die Figuren treiben die Geschichte voran.‹ ›Ich lasse mich nur mitnehmen.‹«*

»Es stimmt aber«, sagte Evan.

»Blödsinn.« Bryan stieß einen Finger in Evans Richtung. »Sie selbst sind derjenige, der die Worte zu Papier bringt. Sie haben die Kontrolle.«

Elaine sah ihn feindselig an. »Sie bringen gerade ganz gut zum Ausdruck, warum Ihre Geschichten keine Seele haben.«

»Scheiß auf Seele«, sagte Bryan. »Wie sieht's mit Handlung aus? Mit *Logik*, um Himmels willen? Sie alle mit Ihren verborgenen Bedeutungen … Warum erzählen Sie nicht einfach eine zusammenhängende Geschichte?«

»Das eine schließt das andere nicht aus«, sagte Lucy.

»*Genug*«, sagte Wells so hitzig, dass sie sich ihm alle zuwandten und ihn unbehaglich ansahen. Er stand auf. »Miss Jackson, da Sie nicht in der Lage sind, über Ihre

Schilderung zu sprechen, halte ich es für vernünftig, diese Runde zu beenden.«

Er entfernte sich mit großen Schritten. Sherilyn stand mit hängendem Kopf in der Mitte des Kreises.

Gerade als Wells den Ballsaal verlassen wollte, rief sie: »Mr. Wells.«

Er blieb an der Tür stehen. »Haben Sie etwas zu sagen, Miss Jackson?«

Sie nickte. »Sie sind der König.«

Ein listiges Lächeln breitete sich auf Wells' Gesicht aus. »Damit haben Sie zum ersten Mal an diesem Abend etwas Intelligentes gesagt.«

10

Aus *Der magische König – ein dunkles Märchen,* von Sherilyn Jackson:

Die Kutsche des Königs kam näher.

Anna trieb sich selbst zur Eile. Der Tag neigte sich dem Ende zu und ihre Eltern erwarteten sie innerhalb einer Stunde zu Hause, aber sie hatte noch nicht einmal die drei Geschäfte aufgesucht, wo sie die Vorräte für die Woche einkaufen sollte. Im besten Fall wäre sie bei Einbruch der Dunkelheit zu Hause, und selbst das schien optimistisch.

Aber sie konnte ihren Blick nicht von der Königskutsche losreißen: poliert und schwarz, wie ein rollender Sarg.

Los!, dachte sie.

Zu spät. Ein paar Schritte von ihr entfernt kam die Kutsche rumpelnd zum Stehen. Der Fahrer kletterte herunter und öffnete die Tür des Wagens, in dem der König und seine Gemahlin saßen. Sie blickte gerade nach vorn, eine Studie der Königswürde.

Der König beäugte Anna.

Sie zwang sich, aufrechter zu stehen.

Lass ihn zuerst sprechen.

Aber da hörte sie sich schon herausplatzen: »Ich wollte gerade zum Krämer.«

Der König sah sie freundlich an. »Baut deine Familie nicht selbst an? Das Tal ist doch hinreichend fruchtbar.«

Er wusste also, wo sie lebte. Dann wusste er auch, wer sie war. Sie hatte es vermutet, aber es bestätigt zu hören brachte ihre Hände zum Zittern. Sie schob sie in die Taschen und hob das Kinn. »Wir bauen alles an außer Spinat. Aus irgendeinem Grund wird nichts daraus.«

Der König nickte. »Ja, es geht gerade eine Fäule um. Ihr habt Glück, dass eure anderen Feldfrüchte noch wachsen.«

Sie runzelte die Stirn. »Ihr sagtet doch, das Tal sei fruchtbar.«

Er fuhr fort, als hätte sie nichts gesagt. »Der Zyklus kommt zu einem Ende. Das Königreich muss diese Zeiten durchstehen, um sich zu verjüngen.«

»Verjüngen«, wiederholte sie, hypnotisiert von der wohlklingenden Stimme des Königs. Passanten waren stehen geblieben, um dem Austausch zuzuhören, doch Anna war sich ihrer kaum gewahr. Auch die Königin hatte Notiz davon genommen, wenngleich die einzige Veränderung ihres Gebarens war, dass sie leicht den Kopf neigte.

Die Miene des Königs verfinsterte sich. Er fixierte sie grimmig. »Der Junge, mit dem du sprichst.«

Ihre Kehle schnürte sich zu. Sie versuchte, unschuldig auszusehen, wusste jedoch, dass sie sich schlecht dabei anstellte. Das Schwindeln war ihr noch nie leichtgefallen. »Welcher Junge?«

»Der Sohn des Stallknechts hat böse Ideen, junges Kind. Halte dich lieber von ihm fern.«

Anna sehnte sich danach, den König anzuschreien, ihn daran zu erinnern, dass Richard nicht älter war als sie und ohnehin niemand in der Lage war, sie in die Irre zu führen. Sie weigerte sich, sich von irgendjemandem führen zu lassen, schon gar nicht von diesem hinterlistigen Egomanen im Königsgewand.

Sie brachte jedoch nur dies heraus: »Ich hab ihn erst letzte Woche kennengelernt.«

»Gewiss«, sagte der König, und sein Grinsen wurde breiter. »Und seither stiehlst du dich mit ihm in den Wald. Ich wette, dein Vater wüsste gern, warum du es erst jetzt zum Krämer schaffst.«

Der Fahrer, den sie völlig vergessen hatte, lachte hochmütig und sagte: »Bist du nicht ein wenig jung für ein Stelldichein auf einer Waldlichtung, Liebes?«

Sie starrte mit offenem Mund auf den Mann, der zwar einen gebügelten weißen Anzug trug, jedoch wie der letzte Gossenabschaum grinste. »Er hat mich niemals angerührt!«

»Er spielt nicht auf deinen Körper an«, sagte der König. »Es ist dein Geist, den der Junge befleckt.«

Sie wandte sich dem König zu, doch ehe sie antworten konnte, nickte er bedeutsam und sagte: »In den Zyklus hineinzupfuschen ist ein Affront gegenüber dem Königreich, junge Dame. Schmiedet weiter eure Ränke, und es wird euer beider Verderben sein.«

11

Evan ging im Zimmer auf und ab, die Hände zu Fäusten geballt, und seine Backenzähne mahlten wie ein ungeöltes Getriebe.

Er musste etwas wegen Bryan unternehmen. Nur was?

Der Hurensohn war alles, was Evan nicht war. Muskulös. Hochgewachsen. Fähig im Umgang mit Waffen. Dass Evan ein weit besserer Schreiber war, spielte keine Rolle. Was würde es ihm bringen? Er konnte Bryan ja kaum mit bildhafter Sprache niederknüppeln.

Evan blickte sich um, und sein Schlafzimmer erschien ihm wie ein Grab. Impulsiv klappte er seinen Computer zu und trug ihn zur Tür.

Als er aus dem Zimmer war, ging es ihm schon besser.

Den Korridor hinunter, die Treppe, durch den hinteren Flur und in die Nacht hinaus. Evan atmete tief die Sommerluft ein, roch Flieder, Jasmin, Zeder, Hartriegel, Espe und Birke. Mein Gott, ein Durcheinander aus Düften, die er in sein Stück würde einarbeiten können.

Würde er Gelegenheit bekommen, es mit Wells zu teilen?

Das würde er heimlich tun müssen, ging ihm auf. Andernfalls würde Bryan ihn aufhalten.

Gott sei Dank hatte er Bryan nicht alles erzählt.

Er runzelte die Stirn und schob den Gedanken beiseite.

Diesen Teil des Gartens hatte er noch nie erkundet. Hinter dem Haus rückten die Bäume näher heran als vorn, und die Gegend war wildwüchsiger.

Das machte ihm Mut. Er streckte die Brust heraus. Er sah sich selbst wie in einem Film: der angehende Autor, der in den Wald hineinschritt, seinen Laptop fest an die

Seite gedrückt. Es verlangte ihn schmerzlich danach, *Der Tod des Prinzen* zu teilen. Es war dem, was die anderen bis jetzt hervorgebracht hatten, weit überlegen.

Am Waldrand fiel ihm ein, dass er keine Taschenlampe hatte, und er blieb stehen. Verdammt. Er biss sich auf die Unterlippe und überlegte. Er könnte wieder hineingehen und eine suchen oder …

… oder er verwendete einfach die Beleuchtung seines Laptopbildschirms.

Evan öffnete den Computer, entzückt von seinem Einfallsreichtum. Das fahle Leuchten reichte nicht weit, aber immerhin erhellte es die unmittelbare Umgebung.

Er tauchte in den Wald und hielt dabei den offenen Laptop vor sich wie einen Talisman.

Was, fragte er sich, hatte er zu fürchten? Bryan war noch im Haus und tippte entweder seine geistlose Geschichte weiter oder schmorte in der Qual seiner Niederlage.

Gott, war das großartig gewesen. Zu sehen, wie dieser schmutzige Kretin heruntergeputzt wurde, war das bisherige Highlight des Retreats gewesen. Und es wäre der beste Abend in Evans Leben geworden, hätte er nur …

Ach, wie sehr er sich wünschte, den anderen sein Werk vortragen zu können!

Er stellte sich vor, wie die Frauen auf seine Prosa reagieren würden. Sherilyn. Elaine. Lucy.

Anna.

Der Laptop verdunkelte sich, also fuhr Evan mit dem Finger über das Mauspad. Abermals warf der Bildschirm sein fahles Licht auf den Pfad.

Er wünschte, Anna könnte ihn jetzt sehen. Kühn. Unerschrocken. Ja, er war immer noch außer Form, aber nun, da er gelernt hatte, seine Furcht vor der Natur zu bändigen, konnte er da womöglich auch die Kontrolle über seine körperliche Fitness erlangen?

Ja, dachte er. Er glaubte, das konnte er. Den nächsten Monat über würde er Sport machen, wenn er nicht gerade schrieb, und bis dahin wäre Bryan ausgeschieden und könnte ihn nicht länger davon abhalten, seine Brillanz zu zeigen.

Und während er einer Biegung des Wegs folgte, wurde ihm noch etwas klar. Mit der Natur in Verbindung zu treten reinigte ihn, raubte der üblen Atmosphäre in seinem Zimmer die Macht.

Seine Miene verfinsterte sich, als er an sein Apartment in New York dachte. Es war ungesund, allein zu sein. Da hatten die herumschleichenden infernalischen Dämonen in seinem Kopf zu viel Zeit, das Ruder an sich zu reißen, es gab zu viel Gelegenheit, seinen niedersten Instinkten zu folgen …

… und auf verderbliche Webseiten zu klicken.

Mit einem eisigen Schauer wischte Evan den Gedanken beiseite. Das war jetzt nicht nötig. Er hatte Fehler gemacht. Wer nicht? Solange er den Verlauf der besuchten Seiten löschen konnte, würde niemand erfahren, wie tief er gesunken war, wie weit er sich in diese verkommenen Orte hineingewagt hatte.

Aber die Bilder schwirrten durch seinen Kopf:

Menschen, die einander in die Münder urinierten. Ihre Därme aufeinander entleerten.

Hör auf.

Gefesselte Frauen, und niemals war in den Videos klar zu erkennen, ob sie schauspielerten oder vergewaltigt wurden.

Nein.

Erwachsene, die Dinge mit Kindern anstellten.

»*Genug*«, stöhnte er und grub die Finger in seine Schläfen.

Er musste aufhören, daran zu denken. Es jagte ihm Angst ein, wie nahe er daran gewesen war, diese Verfehlungen Bryan zu beichten. Klar, er war eingeschüchtert gewesen, überzeugt, der Mann werde ihn umbringen; er hatte gefährlich nahe davorgestanden, seine Süchte preiszugeben.

Wieder wurde der Laptop schwarz, und mit einem wütenden Wischen ließ er den Bildschirm abermals hell aufleuchten.

Er keuchte, gewahr, dass er sich ein gutes Stück in den Wald vorgewagt hatte. Seine Kehle juckte, Schweiß lief ihm den Rücken herab und er zitterte. Er geriet mit dem Ellenbogen in ein Spinnennetz. Erschrocken sog er die Luft ein und riss den Arm weg – und schon wieder wurde der Bildschirm dunkel. Gottverdammt, er hatte ihn doch gerade erst hell gemacht. Er wischte mit dem Finger über das Mauspad, doch diesmal leuchtete der Bildschirm nicht auf. Mit gefletschten Zähnen drehte er das Gerät zu sich herum, um nach dem Problem zu suchen, und als er sah, was dort auf dem Bildschirm war, schrie er auf und ließ den Computer fallen.

Seine kleine Schwester war mittlerweile 19, doch damals, als er angefangen hatte, sie auszuspionieren …

»*Jesus Christus*«, wimmerte Evan und wich vor dem Computer zurück.

Denn auf dem beleuchteten Bildschirm war sie zu sehen, sechs Jahre alt, zusammen mit Evan, wie er jetzt war, beide nackt, beide in der Dusche, und es war unmöglich, das war niemals passiert, und ihm wurde bewusst, dass er schrie und nach Ästen und Spinnweben schlug, und irgendwie war er vom Weg abgekommen, doch das Leuchten des Bildschirms verdammte ihn, als er herumwirbelte, um zu fliehen.

Er stolperte und fiel mit dem Gesicht voran in den sumpfigen Boden. Seine Brille rutschte herunter. Seine Finger versanken im Schlamm, und die übel riechende Flüssigkeit spritzte ihm über die Knöchel. Er spannte sich an, wollte sich wegschieben, doch die Saugfähigkeit des Schlamms war enorm, er hielt ihn an Ort und Stelle fest, und unter seinen Schreien hörte er die Geräusche, die aus seinem Laptop drangen, die ekelhaften, scheußlichen Laute, und spürte, wie ihm etwas am Hosenbein heraufglitt.

Er erstarrte, die Augen geweitet.

Er warf sich auf den Rücken und schlug sich aufs Bein, doch die Schlange war bereits in seine Kniekehle geglitten und wand sich weiter vorwärts auf seinen Schritt zu. Er fummelte an seinem Gürtel herum, während ein hohes Jaulen in seiner Kehle aufstieg, und noch eine Schlange, feucht und zappelnd, schlängelte sich über sein Gesicht. Er schlug danach, aber sie stieß ihm die Fänge in die Wange, und weiter unten biss ihm die andere Schlange in den Sack. Entsetzt brüllte er auf, rang mit den Schlangen, doch nun wimmelten weitere über ihn hinweg, wanden sich in seinen Achseln und in seinem Kreuz. Sie injizierten ihm jedoch kein Gift, sondern saugten an ihm, saugten das Blut aus ihm heraus, und irgendwo unter seiner Qual und Abscheu fragte er sich, ob irgendjemand den Laptop finden würde …

12

Im exakt selben Moment, als Evan zur Ader gelassen wurde, erhob sich Elaine aus ihrem Bett, trat ans Fenster und spähte in die wolkenlose Nacht hinaus. Ihr Schlaf war unruhig gewesen, eigentlich eher ein Delirium, so wie es ihr oft erging, wenn sie zugedröhnt war. In den letzten drei Nächten hatte sie eine Flasche mit nach oben geschmuggelt – heute war es Grey-Goose-Wodka gewesen – und daraus getrunken, bis ihre Schreibe jeden Zusammenhang verloren hatte. Das Geräusch, das sie hörte, bildete sie sich sicher nur ein. Diese gepeinigte Stimme. Jemand, der Todesqualen litt.

Sie blinzelte in die Nacht hinaus, wankte und dachte: *Ja. Schreie.*

Abrupt hörten sie auf.

Sie wollte gerade das Fenster öffnen, als etwas anderes ihren Blick gefangen nahm, ein Schatten unter ihr. Gebannt sah sie der Gestalt nach, die aus dem Herrenhaus kam und in das üppige Gras hinter dem Haus hineinwatete.

Es war ein nackter Mann, das sah sie sofort, obwohl ihre Sicht versuchte, sich zu verdoppeln. Er war sehnig und gut geformt, wenngleich schon etwas älter. Sie erkannte, dass es Roderick Wells war.

Unerwarteterweise spülte Erregung über sie hinweg. Der Mann hatte sich unglaublich gut gehalten. Sie betrachtete ihre Einschätzung seines Alters als gegenstandslos. Er konnte nicht in seinen Siebzigern sein, nicht einmal in den Sechzigern.

Er hatte den Körper eines 50-Jährigen, und selbst damit ging man schon weit. Wells' Pobacken waren glatt und rund, und man sah deutlich, wie sich seine Oberschenkelmuskeln abzeichneten. Im Mondschein sahen seine Waden wie polierte, reife Äpfel aus, die danach schrien, dass man sie kostete, daran leckte.

Er ist alt genug, um dein Großvater zu sein. Krieg dich wieder in den Griff.

Trocken dachte sie: *Ich greif mir tatsächlich gleich wohin.*

Wells blieb stehen, das Gesicht dem Wald zugewandt.

Elaine bemerkte, dass der Hof nicht nur vom Mond erhellt wurde: Es gab auch Akzentbeleuchtung. Komisch, dass ihr das noch nicht aufgefallen war. Die Lichter hingen um die Bäume, sprenkelten den Hof wie Glitzersteine und leuchteten ihn aus wie einen Rummelplatz.

Doch sie hatte nur Augen für Wells. Reglos, göttergleich stand er da, die Arme an den Seiten. Seine Augen konnte sie zwar nicht sehen, aber sie wusste, dass er die Schreie aus dem Wald gehört hatte, und nun blickte er andächtig in die Richtung.

Er kniete sich hin, legte eine Hand auf den Boden und neigte den Kopf. In dieser Haltung verharrte er, eine irre Kreuzung zwischen einem Sprinter und einem Kirchgänger, und Elaine konnte nicht anders, als die Wölbung seines Trizeps anzustarren, während er wartete, wartete …

Sie wurde sich eines neuen Geräuschs bewusst, nicht mit den Ohren, sondern mit der Haut, die sich vor Grauen spannte. Zitternd versuchte sie von dem Fenster zurückzuweichen, konnte es aber nicht. Kalter Schweiß rann ihr zwischen den Brüsten herab. Das Geräusch war ein langsamer, metronomartiger Pulsschlag, stampfende Schläge. Ihre Trommelfelle schmerzten, und es pochte in ihrem Kopf. Das Geräusch quetschte ihr Gehirn wie eine Eisenzange. Irgendwann mussten die Lichter in den Bäumen angefangen haben, zusammen mit den Schlägen aufzuflammen, und Elaine sah etwas, das ihr den Atem raubte und ihr Herz vor Schreck bersten zu lassen drohte.

Ein geisterhafter Strang aus Licht bewegte sich auf Roderick Wells zu, kam in Schlangenlinien aus dem Wald, wurde heller und dunkler mit demselben erbarmungslosen Puls, der den Rest der Nacht erhellte. Das Licht war überall, stellte sie fest, nicht nur auf der Wiese. Es blitzte auch tiefer im Wald auf, funkelte in verschwommener Ferne in den Baumwipfeln. Im ganzen. Verdammten. Wald. Das Licht sammelte sich, bewegte sich direkt auf Wells zu, und als er das Gras unter seinen Fingerspitzen berührte, schien auch ihn der Puls zu erfassen, und sein ganzer Körper erstrahlte in hellem Licht. Elaine wollte schreien und konnte es nicht. Der Wodka brannte in ihrem Bauch. Über Wells' Schultermuskeln hinweg erspähte sie nun schwarze Rinnsale auf dem Boden, wusste, dass es Blut war, und während sie zusah, schien das Blut zu perlen. Es pulsierte zusammen mit dem Licht und verschwand schließlich in Wells' Poren, in der heißhungrigen Haut des knienden Mannes.

Langsam ebbte das Pochen ab. Ließ die Wiese in Finsternis zurück und Wells allein im hohen Gras.

Er erhob sich und wandte sich um, und obgleich sich Wolken vor den Mond geschoben hatten, sah Elaine, dass Wells sie aus seinen leuchtenden weißen Augen fixierte, sah sein Halloweenkürbisgrinsen. Sie stolperte vom Fenster weg und sank schluchzend auf ihr Bett.

Sie rang nach Atem, fragte sich: *Wer ist jetzt wohl tot?*

Eine Minute verging, dann hörte sie Schritte am Ende des Gangs.

Sie blickte zu der geschlossenen Tür hin und konnte sich nicht mehr erinnern, ob sie sie abgeschlossen hatte.

Schritte.

Sie schob sich einen Fingerknöchel zwischen die Zähne, biss zu und registrierte kaum das Brennen des Salzes auf ihrer Zunge. Die Schritte kamen immer näher, und währenddessen fiel ihr wieder ein, was anders gewesen war, als Wells wieder aufgestanden war, nachdem die pulsierenden Lichter ihre Arbeit verrichtet hatten. Seine Rückenmuskeln waren ein wenig mehr hervorgetreten, und das Fleisch war nicht annähernd so lose gewesen. Seine Brustmuskeln hatten sich vorgewölbt und seine Bauchmuskeln waren wie aus Stein gemeißelt gewesen.

Die Gestalt vor ihrer Tür war … was? Wieder aufgefüllt?

Atemzüge. Sie hörte sie durch die Tür.

Eine Bodendiele knarrte. Elaine zitterte auf ihrem Bett und betete, dass Wells weiterging. Ihr Blick kroch an der Tür hinab und prüfte den Spalt darunter. Hatten sich die Schatten dort geringfügig verdichtet? Und das Schaben, das sie hörte, waren das Wells' Fingerspitzen auf der Holzmaserung?

Er will rein.

Elaine hielt die Luft an, ihr Geist, wie ein Tier im Ofen, schlug wild um sich, die Panik lichterloh in dem glühend heißen Käfig.

Leises Lachen, spöttisch, der Klang sadistisch, dämonisch.

Sie zitterte und kämpfte gegen den Schrei an, der in ihrer Kehle schwoll.

Als sie glaubte, es nicht länger aushalten zu können, erklangen endlich wieder die Schritte, wurden leiser.

Elaine reagierte nicht. Sie konnte nur die Tür anstarren und hoffen, dass Wells nicht zurückkehrte.

13

Eine Viertelstunde nach Mitternacht, Will saß gerade über seinen Laptop gebeugt, ließ ihn ein Klopfen zusammenfahren. Er öffnete die Tür und entspannte sich sofort. »He, Mann.«

Rick nickte. »Haben Sie ein paar Minuten?«

»Klar«, sagte Will und kehrte zu seinem Stuhl zurück.

»Haben Sie sich vom Ballsaal erholt?«, fragte Rick.

»Ehrlich, Mann. Was zur Hölle war das?«

»Er hätte Sherilyn umgebracht, wenn er eine Waffe gehabt hätte.«

»Setzen Sie sich, wohin Sie wollen«, sagte Will.

Rick zögerte, und da sah Will das Zimmer durch Ricks Augen: Kleidung übers Bett verstreut, ein paar auf dem Boden, und es gab nur einen Stuhl, auf dem Will saß.

»Entschuldigen Sie die …«

»Glauben Sie, das macht mir was aus?«, fragte Rick, warf ein Hemd zur Seite und ließ sich aufs Bett plumpsen. »Ich muss Ihnen was erzählen.«

»Sollen wir was trinken gehen?«, fragte Will.

Rick sagte etwas, aber Will verstand ihn nicht.

»Wie bitte?«

»Ich hab gesagt, ich werde von einem Geist verfolgt.«

Will lächelte. »Soll das 'n Witz sein?«

Rick blickte zu ihm auf.

»Na ja, es muss schließlich noch mehr geben.« Will wurde ernst. »Stimmt's?«

»Glauben Sie an Geister?«

Will dachte an das zurück, was er auf der Insel gesehen hatte, und wehrte sich gegen den Impuls, aus dem Zimmer zu rennen.

Rick schüttelte den Kopf. »Ich hab noch nie jemandem davon erzählt.«

Dann fangen Sie jetzt nicht damit an, dachte Will. »He, Mann, wenn Sie's lieber für sich behalten wollen, dann würde ich das total ...«

»Es müssen Sie sein.«

»Warum?«

Rick zögerte. »Ich hab erst an Sherilyn gedacht, aber dann, heute Abend ... Hatten Sie auch den Eindruck ...?«

»Dass Sie derjenige sein sollen, der den König herausfordert?«, beendete Will den Satz. »Ja.«

»Scheiße. Ich hab gehofft, ich hätte mir das nur eingebildet.«

»Haben Sie den Ausdruck auf Wells' Gesicht gesehen?«

»Ich wünschte, ich könnte ihn vergessen«, murmelte Rick. »Wenn Sherilyn meint, dass ich irgendwie Wells niederwerfen muss ...« Ein Lächeln trat auf sein Gesicht, aber es lag Furcht darin. »Ich meine, das ist doch verrückt, oder nicht?«

Sie wissen es besser.

»Fühlen Sie sich denn irgendwie anders?«, fragte Will.

Rick sah ihn kurz an. »Ich hab ... etwas gespürt. Und obwohl es eigentlich Irrsinn ist, kann ich es nicht völlig abtun. Es war, als würden mich Sherilyns Worte verändern.«

»Dann sagen Sie's ihr«, sagte Will.

»Ich käme mir albern vor, wenn ich mit ihr darüber spräche«, sagte Rick. »Und Evan oder Elaine kann ich es nicht erzählen.«

»Zu sehr unter deren Würde?«

»Mehr oder weniger, wenngleich Elaine allmählich von ihrem hohen Ross zu steigen scheint.«

»Scheint so.«

»Bryan ist ein Trottel.«

»Ein Volltrottel«, stimmte Will zu.

»Anna ist so … Anna.«

»Wohl wahr.«

»Und Lucy ist … Ich glaub, ich könnte mich in sie verlieben.«

Will knickte ein Bein ab und umfasste das Knie in der Hoffnung, analytisch auszusehen. »Also fällt die Wahl auf mich – was für ein Bekenntnis das auch sein mag.«

Rick hob eine Augenbraue. »Woher wissen Sie, dass es ein Bekenntnis ist?«

»Sie könnten mit Wells darüber sprechen.«

Rick schnaubte, stand auf und ging zum Fenster. »Haben Sie sich mal gefragt, warum es so lange gedauert hat von der Bewerbungsfrist bis zum eigentlichen Retreat?«

»Natürlich hab ich mich das gefragt«, sagte Will ein wenig defensiv. Hatte er nicht.

»Und?«, fragte Rick.

»Und was?«

»Was, glauben Sie, war die ganze Zeit los?«

Will gestikulierte vage. »Sie wissen doch, was man sagt: Schreiben heißt Warten. Manche Herausgeber brauchen Jahre, bis sie einem antworten. Warum sollte es bei Wells anders sein?«

»Er arbeitet nicht so. Er ist ungeduldig. Er würde nicht länger warten, als er muss.«

Will starrte Ricks Profil einen ausgedehnten Augenblick lang an: Der helle Mondschein ließ Rick selbst ein wenig geisterhaft erscheinen. »Wovon zur Hölle reden wir hier eigentlich?«

Rick lehnte sich gegen den Fenstersims. »Wells hat uns nicht unserer Schreibfertigkeit wegen auserkoren.«

»Warum dann?«

»Kann ich Ihnen vertrauen?«

»Sie haben wohl keine Wahl.«

»Was, wenn ich Ihnen sagen würde, Wells sei in Wirklichkeit etwas anderes? Dass sein Gesicht nur eine Maske sei?«

»Rick …«

»Glauben Sie an Monster?«

Wills Bauch hatte sich verkrampft. »Ich finde, Wells … hat etwas Unheimliches an sich.«

»Und wie sieht's nun mit Geistern aus?«

Will konnte den Blick in Ricks Augen nicht ertragen. Er sah auf die Wanduhr. »Hören Sie, Mann, es ist spät. Ich bin sicher, die Freakshow im Ballsaal hat Sie ebenso geschlaucht wie mich, also sollten wir vielleicht so langsam …«

»Er verfolgt mich.«

Will starrte ihn an.

»Ich bin seit dem College 19-mal umgezogen, und immer wieder findet er mich.«

Will konnte sich nicht bewegen, nicht atmen.

»Es fing an, als meine Mom wieder geheiratet hat«, sagte Rick. »Mein Stiefvater war ein Hurensohn: narzisstisch, hat uns misshandelt …«

Will sprang auf. »Ich hör's mir gern an, aber nicht hier drin.«

»Zu nahe an dem Ort, wo Wells lauert?«

Will beäugte ihn reumütig. »Sie haben das ernst gemeint, oder? Sie glauben wirklich, dass Wells etwas Widernatürliches ist.«

Ricks Stimme war leise und todernst. »Ich habe gesehen, wie er sich verändert hat, Will. Ich habe das Grauen unter der Maske gesehen.«

14

Liebe Justine,

ich hatte wirklich nicht die Absicht, dich umzubringen.

Du glaubst mir wahrscheinlich nicht, aber ich sage die Wahrheit, und die Wahrheit ist: Gleich nachdem ich dir die Nachricht geschickt hatte, ist mir aufgegangen, dass das Ganze einen schlimmen Ausgang nehmen könnte.

Du hast 40 Minuten weit weg gewohnt, aber ich hab weniger als 30 gebraucht, um Lacona zu erreichen. Gehobene Nachbarschaft, die Parzellen 8000 Quadratmeter. Weißes, zweistöckiges Haus mit schwarzen Fensterläden und einer hellgrünen Tür.

Ich parkte nahe genug, um dein Fenster zu sehen. Ich beobachtete es eine Stunde lang. Die Jalousien waren unten, aber vielleicht mochtest du das einfach so. Obwohl du in der Verbindung immer auf möglichst viel Sonnenlicht bestanden hast: Du hast es geliebt, in den Schnee hinauszublicken.

An jenem freudlosen Märzabend gab es keinen Schnee, nur feuchte braune Erde und heruntergezogene Jalousien.

Der Schrei kam etwa um acht Uhr, es war mittlerweile dunkel. Dein Dad kam aus der Vordertür und raste über die Straße. Dann lief er mit dem Nachbarn im Schlepptau wieder ins Haus zurück. Der Krankenwagen kam ein paar Minuten später an – in wohlhabenden Wohnvierteln reagieren sie schnell –, und dann schoss er mit heulender Sirene in die Nacht davon, gefolgt vom Mercedes deiner Eltern.

Willst du wissen, was das Schlimmste ist, Justine? Die Pointe des makabersten Witzes der Welt?

Ich wäre in der Nacht auch fast gestorben.

Auf irgendeiner Ebene wusste ich, dass ich es zu weit mit dir treibe. Wenn ein Junge schon dein »Leben ruinierte«, indem er dich als Schlampe bezeichnet hatte, wie viel tiefer gehend musste dann der Schaden sein, nachdem du erfahren hattest, dass du der virale Star eines gemischtgeschlechtlichen Sexvideos geworden warst?

Ich schätze, ich habe meine Antwort erhalten.

In der Nacht habe ich etwas gelernt: Geschichten besitzen unglaubliche Macht. Sie können lehren. Einen verzücken.

Sie können aber auch Leid bringen. Versklaven.

Und manche Geschichten können töten.

Ein Autor kann zu einem bösen König werden. Einer, der nimmt, statt zu geben, der mithilfe seiner Magie Liebe zerstört.

Justine, als ich herausfand, dass du tot warst, fuhr ich mit meinem MG-Cabrio zu einer halb verlassenen Straße und kippte Tequila. Ich fuhr so schnell, wie das Cabrio es zuließ. Ich hatte meine beste Freundin umgebracht, meinen Ruf ruiniert – *natürlich würden die Leute wissen, dass ich das war in dem Video* –, und ich konnte mir nicht vorstellen, welche negativen Auswirkungen mich an der Uni erwarten würden.

Ehe ich schalten kann, kommt mein MG plötzlich von der Straße ab und steuert auf eine Eiche zu: der ultimative karmische Moment. In einer Sekunde halte ich noch auf den Baum zu, in der nächsten lande ich in einem durchnässten Feld und die Reifen versinken im Schlick. Ich schluchzte, schlug aufs Lenkrad ein und wünschte mir, ich könnte rückgängig machen, was ich dir angetan hatte.

Dann hörte ich das *Ping* meines Handys: die erste Nachricht über dich, von einer Verbindungsschwester.

Deanna: Hast du das von Justine gehört??
Ich: Was ist passiert?
Deanna: Sie hat 'ne Überdosis Schlaftabletten genommen. Hast du das Video gesehen?

Draußen war es pechschwarz, mein MG steckte in einem Kohlacker fest und meine beste Freundin war tot wegen meiner Grausamkeit.

Ich: Was für ein Video?
Deanna: Das ist praktisch ein Porno. Mit Justine, Jake und noch einer Frau. Bist du das? Sorry, aber ich musste fragen.
Ich: Justine ist tot?
Deanna: Ja. Bist du das in dem Video?

In der Nacht gab ich es Deanna und ein paar anderen gegenüber zu. Sie wussten ohnehin alle, dass ich es war. Ich erzählte ihnen von der gestohlenen Kamera und harrte ihres Zorns.

Ich war sicher, dass ich verstoßen würde, vielleicht verklagt. Von allen gemieden, von jeder bedeutsamen Zukunft ausgeschlossen, einen scharlachroten Buchstaben auf meine Brust tätowiert.

Doch es geschah etwas Bemerkenswertes.

Jake und ich wurden zu Opfern.

Unsere Freunde glaubten uns unsere Geschichte, dass wir nur ein Trio betrunkener junger Leute seien, die rumgemacht hatten, dass irgendein mieser Kerl uns ausgenutzt habe. Das Video war anonym und von einem öffentlichen Computer aus gepostet worden und wurde nie zu dem Typen zurückverfolgt, den ich angeheuert hatte. Eine Weile hatte ich Angst, dass der Junge – ein ekliger Typ, den ich im Informatikkurs kennengelernt hatte – mich erpressen würde. Aber ich hab ihn nach der Sache mit dir nie wiedergesehen. Vielleicht hat er sich auch umgebracht.

Jake und ich wurden als Überlebende eines Cyberverbrechens gefeiert und waren abartigerweise beliebter denn je.

Ich stürzte mich ins Schreiben, nun mit legitimem emotionalem Leid bewaffnet. Das muss geholfen haben, denn meine Professoren machten Bemerkungen über die Unmittelbarkeit meiner Erzählungen.

Dies wirst du niemals auf einem Inspirationsposter sehen, aber es entspricht der Wahrheit:

Böse Mädchen laufen zuerst durchs Ziel.

Dieser Wettbewerb?

Er ist eins der Beispiele dafür.

Nur acht von uns sind noch übrig. Mich mag Wells am liebsten.

Mir gefallen meine Aussichten.

Wünsch mir Glück, Justine.

Deine Freundin
Anna Holloway

15

Sie bahnten sich ihren Weg über die Wiese. Hier draußen in der Nacht fühlte Rick sich ungeschützt. Es war töricht, aber er war froh, dass er nicht allein war.

Will fragte: »Reden Sie jetzt oder hören wir nur den Grillen zu?«

»Und den Zikaden«, sagte Rick. »Dieses Schnarren hab ich schon immer geliebt.«

»Ich nicht. Macht mich nervös.«

»Mich erinnert es an meine Kindheit. Wir haben am Wald gelebt.« Er lächelte, während er daran zurückdachte. Er neigte den Kopf und blickte zu der unermesslichen Zahl der Sterne auf. »Sie heiratete wieder, als ich elf war. Zuerst war ich begeistert, dachte, ich hätte endlich jemanden, mit dem ich Fangen spielen oder ringen konnte. Sie wissen schon, was Kinder eben so mit ihren Vätern machen.«

»Mein Vater war nie der Ringertyp.«

»Mein Stiefvater auch nicht. Er hat mich geschubst und geschlagen, aber gerungen haben wir nie.«

Will sah ihn an. »Tut mir leid.«

»Wussten Sie ja nicht.« Er betrachtete den Himmel. »Das meiste war verbal. Er war bloß so verdammt … kontrollsüchtig. Er musste immer exakt wissen, was meine Mutter machte. Ich denke mal, er hat sich Sorgen gemacht, dass sie ihn betrügt, aber ich weiß nicht, warum. Sie hat ihm nie einen Anlass gegeben zu denken …« Er stoppte und schüttelte den Kopf. »Was ich Ihnen erzählen muss, ist jedenfalls passiert, als ich zwölf war.«

Der Wald ragte finster vor ihnen auf.

»Im Sommer, bevor ich in die siebte Klasse kam, war ich wirklich dürr und nicht sehr groß.« Er lachte humorlos. »Ich erzähle Ihnen das nur, falls Sie sich fragen, warum ich nicht mehr unternommen habe, um zu helfen. Damit Sie denken: ›Nun, er war erst zwölf.‹ Aber insgeheim hasse ich mich dafür.«

Der Weg vor ihnen war breit genug, um nebeneinander zu gehen.

Rick nickte. »Meinem Stiefvater ging es immer nur ums Geld, also wurde er unruhig, als die Einbrüche losgingen. Die Aussicht, seine Besitztümer zu verlieren, beängstigte ihn so sehr wie die meisten von uns, einen geliebten Menschen zu verlieren. Also hat er mir eine zusätzliche Aufgabe gegeben. Ich sollte vorsichtshalber immer die Schlösser noch mal überprüfen, damit uns bloß niemand ausraubt.«

»Sie hatten wohl viele Aufgaben?«

»Drei Dutzend etwa. Die Einbrüche griffen schließlich auch auf unsere Stadt über. Zu der Zeit hatte es acht oder neun gegeben, und einer war in Gewalt ausgeartet. Die Hausbesitzer waren nicht umgebracht worden, aber ein Mann mit einer Skimaske hatte die beiden mit vorgehaltener Pistole bedroht und dem Ehemann damit eins übergezogen. Der Mann erlitt einen Schädelbruch. Hirnschaden. Damals waren alle angespannt, am meisten jedoch Phil.«

Der Weg wurde schmaler, und Rick übernahm ein paar Schritte lang die Führung, bis er sich wieder verbreiterte. »Was das Herabsetzen anderer anging, war er unerbittlich. Er kritisierte das Aussehen meiner Mutter, ihre Kleidung. Sie sollte niemals ohne Make-up rumlaufen.«

»Warum nicht?«

»Woher soll ich das wissen? Vielleicht hat er sich Sorgen gemacht, dass der Präsident auftaucht und ihn dafür verurteilt, dass seine Frau keinen Eyeliner trägt.«

Rick pausierte. Die Galle stieg ihm in die Kehle, aber er zwang sich fortzufahren. »Als sie von Scheidung sprach, ging sein Geldalarm los. Er rastete aus, sagte ihr, sie würde keinen Penny kriegen. Er kenne Anwälte, und wenn die mit ihr fertig seien, wäre sie ruiniert, dafür würden sie schon sorgen. Er drohte sogar, mich ihr wegzunehmen.« Rick hustete und spuckte ins Unterholz. »Als ob er mich gewollt hätte.«

»Was für ein Schwanzlutscher.«

Rick blieb fokussiert, denn er wusste, er würde die Nerven verlieren, wenn er jetzt aufhörte. Er erzählte Will von dem Einbruch und davon, wie Phil seine Mutter angegangen war.

»Was hat der Kerl mitgehen lassen?«

»Eine ganze Reihe von Sachen, einschließlich einer Muskete aus dem Bürgerkrieg, auf die mein Stiefvater versessen war. Das Ding war angeblich 20 Riesen wert.«

»Was ist passiert?«

Rick scharrte mit der Fußspitze seines Sneakers in der Erde. »Mom hat ihm mit einem Hammer den Schädel zertrümmert.«

»Heilige Scheiße.«

Rick erzählte ihm den Rest der Geschichte. Sie erklommen eine steile Anhöhe und krallten sich ins Geröll, um nicht nach hinten zu fallen. Als sie oben ankamen, stand Will vornübergebeugt da, die Hände auf den Knien, und keuchte. »Machen wir 'ne Pause, ja?«

»Sind Sie Raucher?«

Will schüttelte den Kopf und verzog das Gesicht. »Nö. Und warum erzählen Sie mir das alles?«

»Ich sagte doch: Es gibt einen Geist.«

»Sie werden von einem Geist namens Phil heimgesucht?«

»Nicht Phil. Der Dieb.«

Will runzelte die Stirn und richtete sich auf.

»Er wurde am nächsten Tag gefasst«, sagte Rick, »und wegen des Mordes an Phil angeklagt.«

»Ihre Mutter hat nichts verraten?«

Rick schüttelte den Kopf. »Und ich auch nicht.«

Will zögerte, aber Rick wusste, was die nächste Frage sein würde.

»Was war das Urteil?«

»Todesstrafe.«

Nach einer langen Stille sagte Will: »Jesus.«

Rick schluckte. »Der Spuk ging einen Monat nach der Hinrichtung los.«

»Sie nennen ihn ständig nur ›Dieb‹. Wie war denn sein …?«

»Ihn zu personifizieren bringt ihn zurück.«

»Klingt eher so, als wäre er nie fort gewesen.«

Rick ließ mutlos den Kopf hängen. »Ist er auch nicht.« Nach einiger Zeit sagte er: »Sein Name war Raymond Eddy.«

»Und der sucht Sie heim?«

»Raymond erscheint gewöhnlich als schattenhafte Gestalt. Oder als Albtraum.«

Will starrte ihn an. »Wie meinen Sie das, eine schattenhafte …«

»Ich erzähl Ihnen noch was«, sagte Rick. »Das Schlimmste.«

Ricks Haut war eiskalt vor Schweiß. Er fing an, auf und ab zu gehen, als könnte er sich so der Erinnerung entziehen. »Sie haben mich nicht im selben Raum wie Raymond aussagen lassen. Warum auch, stimmt's? Ich war noch ein Kind, und ich hatte ihn ja nicht einmal gesehen. Unsere Geschichte war, dass wir Phils Leiche direkt nach der Attacke gefunden haben. Meine Mom behauptete, sie sei aufgewacht, als Raymond die Tür zuschlug und verschwand.«

Er spürte förmlich, wie Will das alles im Kopf herumging, wie die logischen Fragen in ihm aufstiegen. Rick wappnete sich, doch als Will sprach, war es dennoch schmerzvoll, die Worte zu hören.

»Es gab keine Zeugen? Niemand hat Raymond bei Ihrem Haus gesehen?«

Rick schüttelte den Kopf, und sein Grauen wuchs weiter an.

»Aber wie konnten die denn …?«

»Das Justizsystem stinkt«, sagte Rick barscher, als er beabsichtigt hatte. Aber er konnte nichts dagegen tun, die Worte drangen einfach heraus. »Raymond war arm, weswegen er überhaupt erst mit dem Stehlen angefangen hatte. Er war schlau, auf dieselbe Weise wie ein Dschungeltier, aber er hatte nicht mal ’nen Pott, in den er pissen konnte, daher …«

»… konnte er sich keinen guten Anwalt leisten.«

»Seinem Anwalt war er scheißegal, und das hat man auch gesehen. Alle wussten, dass Raymond die ganzen Einbrüche verübt hatte, und als sie ihm zu einer Lagereinheit folgten, fanden sie auch Zeug, das er von uns hatte. Der Typ, dem Raymond den Schädel gebrochen hatte, der aus dem vorigen Einbruch, war ziemlich gut situiert, und die haben dafür gesorgt, dass die Staatsanwaltschaft genug fand, um ihn ans Kreuz zu schlagen.«

»Und Sie fühlen sich nun schuldig deswegen.«

Rick sah ihn finster an. »Scheiße, was glauben Sie wohl?«

Will hielt seinem Blick stand. »Raymond wusste, was vor sich ging?«

Rick stützte sich an einem Baum ab, die schorfige Rinde rau unter seiner Haut. »Er wusste es noch vor allen anderen. Er protestierte nicht einmal groß.«

»Er hat sie einfach machen lassen?«

Rick schüttelte den Kopf und holte zitternd Luft. »Er wusste ganz genau, worauf das alles hinauslief, und es war, als ob … als ob er sich auf das Danach vorbereiten *würde.*«

Er wusste, dass Will die Frage stellen würde, aber das machte es überhaupt nicht leichter. »Nach der Hinrichtung?«

Rick schwankte ein wenig. »Sie haben ihn beim örtlichen Nachrichtensender interviewt. Nachdem das Urteil gesprochen worden war. Mom … hat versucht, mich vor der ganzen Sache abzuschirmen, aber ich war ja kein kleines Kind mehr. Zu der Zeit war ich in der Junior High. Ich hab das Interview bei einem Freund gesehen.«

»Was hat Raymond gesagt?«

Rick blickte auf und versuchte Sterne am Nachthimmel zu erspähen, aber da waren nur Schatten.

»Zum Teil war's, was er gesagt hat, und zum Teil, wie. Er wechselte immer wieder das Thema, sprach in dieser kryptischen Weise. Der Reporter fragte ihn, ob er Angst vor dem Sterben habe, und statt direkt zu antworten, erzählte er was von einem Ahnen, der im Bürgerkrieg gekämpft hatte, für die Konföderation. Sagte, sein Großgroßonkel habe an die Reinkarnation geglaubt und keine Angst vor dem Tod gehabt. Raymonds Behauptung zufolge sei der Soldat in den späten 1860ern zurückgekommen, nur ein paar Jahre nach seinem Tod, wegen all des Unrechts während des Kriegs.« Rick seufzte. »Raymond sagte, er werde das Gleiche tun. Es denen heimzahlen, die ihn ins Gefängnis gebracht hatten.«

Es entstand eine Stille.

»Dieser Verweis auf den Bürgerkrieg«, sagte Will. »War das …?«

»Eine Anspielung auf die Muskete, die er aus unserem Haus gestohlen hatte?«, beendete Rick den Satz. »Zu der Zeit hab ich die Verbindung nicht gezogen, zumindest nicht bewusst. Doch später … nach Raymonds Tod hab ich mir das Interview immer wieder angesehen, und mir war, als wäre das Ganze an Mom und mich gerichtet gewesen.«

»Sind Sie sicher, dass das nicht bloß Ihrem Schuldgefühl entsprang?«

»Das hab ich mir eingeredet, aber der Spuk … ist real. Er folgt mir, wohin ich auch gehe. Und obwohl es nur die Silhouette eines Mannes ist … pechschwarz … kann ich Raymonds Gesicht erkennen.« Er machte eine Pause. »Am Ende des Interviews fragten sie Raymond, ob er dem Publikum noch irgendwas zu sagen habe.«

»Und?«, fragte Will, hörte sich aber nicht so an, als wollte er es wissen.

»Er blickte direkt in die Kamera – blickte direkt mich an – und sagte: ›Ich komme dich holen.‹«

Will war einen ausgedehnten Moment lang still. Dann sagte er: »Heilige Scheiße.«

»Er hat sein Versprechen wahr gemacht«, sagte Rick. Dann sah er einen seltsamen Ausdruck auf Wills Gesicht. »Was?«

Will blickte den Hügel hinunter. »Wonach sieht das da für Sie aus?«

Rick kniff die Augen zusammen. »Da war mal ein Haus.«

Will schwieg wieder eine Weile. Dann murrte er: »Scheiße.«

»Falsche Antwort.«

»Lassen Sie uns zurückgehen.«

Sie stiegen den Hügel hinab, wobei Will ein paarmal stürzte und fluchte.

Rick sagte: »Wegen des Spuks hab ich immer gezögert, mich irgendwo niederzulassen. Einmal dachte ich, ich hätte den Bann gebrochen. Ich bin mit ihr nach Cancún, so ein All-inclusive-Urlaub.«

»Die liebe ich«, sagte Will. »Da nehme ich gewöhnlich sieben Kilo zu.«

Rick lächelte. »In jener Nacht machte ich Sarah einen Antrag. Wir liebten uns. Später, als ich aus dem Badezimmer kam, saß sie zusammengekauert in einer

Ecke, den Mund zu einem lautlosen Schrei geöffnet. Da war eine Dunkelheit, die sie umhüllte. Es war … Sarah musste in ein psychiatrisches Krankenhaus eingeliefert werden. Ihre Familie … hat mir die Schuld daran gegeben. Die haben mich nicht zu ihr gelassen.« Er schüttelte den Kopf. »Den Ring haben sie per UPS zurückgeschickt.«

Will machte keinen Witz darüber. Rick war dankbar.

Als das Herrenhaus in Sicht kam, fragte Will: »Und Sie glauben, Wells hat Sie deswegen ausgesucht? Wegen des Spuks?«

Rick blickte an dem riesigen Gebäude hoch. »Mom und ich hatten zwei Jahre Zeit, unser Schweigen zu brechen. Sie wissen sicher … solche Verfahren brauchen eine Weile. Die Berufungen …« Er schüttelte den Kopf. »Aber wir taten es nicht. Ich hatte zu viel Angst. Und Mom … wollte nicht ins Gefängnis. Raymond mochte zwar ein gewalttätiger Verbrecher gewesen sein, aber …«

»Den Tod hatte er nicht verdient.«

Rick blickte auf seine Schuhe hinunter. »Nein, hatte er nicht.«

»Und jetzt glauben Sie, Wells hat Sie Ihrer Sünden wegen auserkoren.«

Rick nickte nur, nicht in der Lage, Wills Blick zu erwidern.

Will sagte: »Ich sehe es genauso.«

Nun blickte Rick ihn doch an und war überrascht, Tränen in seinen Augen zu sehen.

»Sie glauben, ich verrate Ihnen jetzt mein Geheimnis«, sagte Will.

Rick musterte Will. Lügen brachte nichts. »Haben Sie denn eins?«

»Ich hab auch jemanden sterben lassen. Haben Sie je von Peter Bates gehört?«

Und während sie am Rand des Waldes standen, erzählte Will ihm die Geschichte.

VIERTER TEIL

WIEDERGÄNGER

1

Der Regen begann am Vormittag und fiel gegen Mittag noch immer. Rick hatte nicht schlafen können, obwohl er mit Will den Großteil der Nacht durch die Wildnis gestapft war.

Seit dem Morgengrauen arbeitete er und hatte fast 7000 Wörter geschafft. Doch während er an einer entscheidenden Szene herummeißelte, verlor er immer wieder den Faden.

Lucy.

Sie war mehr als nur schlau. Sie machte sich etwas aus anderen. Und davor hatte er Respekt.

Er musste sie sehen.

Wegen seiner Neigung, andere nicht an sich heranzulassen. Dazu mochte er ohnehin neigen, doch nach allem, was mit Raymond Eddy passiert war, nachdem das Grauen nun schon seit mehr als zwei Jahrzehnten sein Leben überschattete, hatte er beschlossen, niemals wieder jemandem nahezukommen.

Er schob seinen Laptop von sich, setzte sich und lauschte auf den Regen, der gegen die Fensterscheiben prasselte.

Verdammt.

Er verließ sein Zimmer und klopfte an Lucys Tür.

»Ja?«, fragte sie von drinnen.

»Howdy«, sagte er. Er wusste, dass das lahm war, aber es war ihm egal.

»Rick?«

»Darf ich reinkommen?«

Die Pause war so lang, dass er schon glaubte, sie hätte sich mit einem Tau aus zusammengeknoteten Bettlaken aus dem Fenster abgeseilt.

»Es ist offen«, sagte sie schließlich. Ihr Tonfall war unverbindlich. Oder unenthusiastisch, wenn man zynisch sein wollte.

Er hatte es satt, zynisch zu sein.

Er trat ein und fand sie auf dem Bett, vollständig bekleidet, die Beine gekreuzt. Sie las in einem zinnoberroten, in Leinen gebundenen Buch.

Sie sagte: »Wussten Sie, dass Fred Astaire riesige Hände hatte? Muss wohl schlecht für einen Tänzer sein, so große Hände zu haben, also hat er immer versucht, sie zu verstecken.«

»Ich kann nicht tanzen.«

»Er versagte gleich beim ersten Probedreh. Sie fanden, er sei unattraktiv, untalentiert. Seine Flamme wäre beinahe erloschen, ehe es mit ihm überhaupt angefangen hatte.«

»Interessant. Ich muss mit Ihnen über was reden, das nichts mit Fred Astaire zu tun hat. Über zwei Sachen eigentlich.«

Sie legte das Buch aufs Bett und faltete die Hände im Schoß. Sie trug ein rot-schwarzes Flanellhemd und blaue Jeans, die Aufschläge halb die Waden hochgerollt. Keine Schuhe. Süße Zehen, die Nägel im selben Rot wie das Hemd.

»Ich höre«, sagte sie.

»Ich bin Ihnen aus dem Weg gegangen.«

»Zu gewinnsüchtig?«

Er schüttelte den Kopf. »Damit hatte es nichts zu tun.«

»Das Gefühl hatte ich auch nie bei Ihnen«, sagte sie.

»Dennoch hat es nicht viel Sinn, sich groß anzufreunden, oder?«

»Damit geht's weiter«, sagte er. »Sie haben selbst genug Probleme.«

Er sah, wie sie die Augen verengte, und winkte ab. »Soll keine Kritik sein. Ich will nur sagen … Ich möchte, dass Sie ein großartiges Buch schreiben.«

Der Ärger verschwand aus ihrer Miene, und nun wirkte sie unendlich müde. Es tat ihm weh, sie so zu sehen.

»Ich weiß nicht, ob ich das noch kann.«

»Ich weiß es aber.« Er trat weiter ins Zimmer hinein. »Ein großartiges Buch zu schreiben ist schwer. Das passiert nicht aus Versehen.«

Sie öffnete den Mund, aber er fuhr fort. »Ich habe *Das Mädchen, das starb* nicht ganz gelesen, aber ich hab genug gelesen, um zu wissen, dass Sie eine Mordsschreiberin sind.«

Ihre Augen wurden größer.

»Sie sind besser als ich«, sagte er, und als sie protestieren wollte, fügte er hinzu: »Ich weiß, wir schreiben in anderen Genres, aber ich habe ziemlich breit gefächert gelesen, und Ihre Sachen sind das Beste, was ich seit Längerem gelesen habe.«

»Sherilyn …«

»… ist sehr gut. Und Will ebenfalls, nach dem bisschen, was er mich hat lesen lassen.« Er schüttelte den Kopf. »Mit Ihren Sachen ist das nicht zu vergleichen.«

Er sah in ihren Augen, dass sie ihm glauben wollte, sich aber nicht dazu durchringen konnte.

Sie wies auf den Schreibtisch. »Was, wenn mein Versuch mies ist?«

»Lassen Sie's mich lesen.«

Er dachte, sie würde Einwände erheben, aber stattdessen dachte sie darüber nach. »Und was ist mit Ihrer Geschichte?«

»Wenn ich heute noch mehr schreibe, implodiert mir der Schädel.«

Sie ging zum Schreibtisch und öffnete den Laptop.

Er erlaubte sich, ihr Profil zu betrachten. Sie legte die Stirn in Falten, wenn sie sich konzentrierte, eine liebenswerte Neigung, fand er. Im Kinn hatte sie ein nahezu unmerkliches Grübchen, das er bisher nicht bemerkt hatte, da der Winkel dafür genau richtig sein musste. Dazu noch ihr Grips, die Persönlichkeit … Es war beinahe unfair.

Der Tischdrucker fing an, Seiten auszuspucken.

»Ich kann nicht fassen, dass ich Ihnen das zeige«, sagte sie. »Meine Rohentwürfe sind totale Katastrophen. Voller Tippfehler und überflüssiger Wörter. Einmal hab ich einem Agenten etwas Rohes gezeigt, und er hat getan, als wäre es ein Affront gegenüber der Literatur.«

»Sollte dieser Agent … Ihnen nicht eigentlich helfen? Ich meine, er arbeitet doch für Sie, stimmt's?«

Sie stemmte die Fäuste auf den Tisch. »Ich hätte ihn schon vor langer Zeit feuern sollen. Ich steh kurz davor, aber dann schreit diese panische Stimme: ›Bist du verrückt? Er ist einer der angesehensten Agenten in New York!‹«

»Ist er der Typ«, fragte Rick, »der es Ihnen schwer machen könnte? Wenn Sie ihn entlassen, meine ich?«

Lucy antwortete nicht, aber es war auch keine Antwort nötig.

»Gut, dass Sie mit ihm durch sind.«

Sie sah ihn an.

Er deutete mit dem Finger. »Und jetzt geben Sie mir diese Blätter. Ich will der Erste sein, der *Die Fred-Astaire-Morde* liest.«

Ein kleines Lächeln. »Sie mögen den Titel wirklich?«

»Her damit.«

Sie lachte leise und gab ihm die Bogen.

»He«, rief sie, als er halb durch die Tür war. »Sie haben gesagt, Sie müssen über zwei Dinge sprechen. Was war das andere?«

»Oh«, sagte er, »das.«

Er beugte sich vor und küsste sie. Ein, zwei Sekunden lang war sie steif, doch dann kam sie näher und drückte sich an ihn.

Sie legte ihm die Arme um den Hals, und ihre Fingerspitzen sandten ihm warme Schauer über den Rücken. So standen sie eine Minute da, atmeten im Einklang, aber es war dennoch viel zu früh vorbei.

2

Endlich, dachte Bryan, als Lucy die Bibliothek verließ. Sie war schon da gewesen, als er kurz nach eins angekommen war, hatte sich aber noch länger als eine Stunde dort herumgedrückt und in Büchern über Anatomie und wahre Kriminalfälle geblättert.

Er sah nach links und rechts, um sicherzugehen, dass sonst niemand hier war, dann suchte er nach einem Buch über Botanik.

Er überflog die Titel, verblüfft, wie viel Schund dort auf den Regalen stand. Horror, Fantasy, sogar Young Adult.

Alles Scheißgenres. Sein Vertrauen in Wells schwand mit jeder Sekunde.

Bryan trat um die Ecke und machte das Regal ausfindig, das er brauchte. Er wählte zwei Bücher aus – *Der gute Pflanzenführer* von der Königlichen Gartenbaugesellschaft und *Der nordamerikanische Führer für Bäume* – und ging zu dem Tisch, wo er Lucys wegen so getan hatte, als läse er ein Buch namens *Die Kunst des Krieges für Autoren*. Das war Müll, wie jeder andere Schreibratgeber, den er je überflogen hatte.

Er setzte sich hin und schlug *Der nordamerikanische Führer für Bäume* auf.

Sofort fand er, was er suchte: die Bestätigung, dass tatsächlich das meiste dessen, was ihm hier begegnet war, im Mittleren Westen beheimatet war.

Das meiste.

Bryan ließ den Blick durch die Bibliothek schweifen und fischte die Fundstücke aus seinen Cargoshorts: einen Pinienzapfen, ein Blatt und eine schwarze Nuss, die etwa die Größe einer Murmel hatte.

Den Zapfen fand er in dem Buch, und er schalt sich dafür, ihn nicht früher identifiziert zu haben. Rotkiefer. Größer als die Art, die er normalerweise in Minnesota fand, aber essenziell dasselbe.

Er untersuchte das Blatt. Runzelte die Stirn.

Nichts in den Zonen drei bis sieben ähnelte ihm. Er blätterte zu Zone zwei.

Nichts.

Auch nichts in Zone eins. Er geißelte sich mental dafür, überhaupt in diesen Abschnitt gesehen zu haben. Man fand schließlich auch keine Flamingos in Alaska, oder? Warum dann Zeit vergeuden und in Indiana nach einem Baum suchen, der nördlich von Georgia gar nicht überleben würde?

Bryan blätterte die Seiten von *Der gute Pflanzenführer* um und fragte sich, warum er seine Zeit verschwendete. Es war ja nicht so, als ob …

»In dem Buch werden Sie's nicht finden«, sagte jemand hinter ihm.

Bryan wirbelte auf seinem Stuhl herum und stieß dabei Dinge vom Tisch: Die schwarze Nuss wirbelte auf dem Hartholzboden wie ein Kreisel und verschwand dann unter einem Bücherregal.

Wilson blickte teilnahmslos auf ihn herunter.

»Jesus – wo kommen Sie denn her?«

Bryan versuchte, sich vom Tisch wegzuschieben, aber Wilson rückte ihm zu sehr auf die Pelle. »Erlauben Sie?«, sagte Bryan. »Ich würde gern meine Sachen aufheben.«

»Eine Buchenart«, sagte Wilson.

»Was?«

»Diese exemplarische Nuss findet man nur im Karpatengebirge«, erklärte Wilson.

Eine Pause. »In den Karpaten.«

»Korrekt.«

»In Rumänien?« Bryan drehte sich um und blickte zu Wilson auf. »Sie machen Witze.«

Wilson lächelte nicht. Blickte mit Augen wie Teer auf ihn herunter.

Bryan schüttelte den Kopf und setzte an, die Füße unter dem Tisch hervorzuziehen, doch eine Hand umklammerte seine Schulter und hielt ihn an Ort und Stelle fest.

»Lassen Sie mich los.« Bryan bleckte die Zähne. »Oder wollen Sie, dass ich Ihnen in den Arsch trete?«

Wilson sagte: »Ich habe Ihnen gesagt, Sie sollen mehr Wettkampfgeist zeigen, Mr. Clayton. Können Sie aufrichtig sagen, Sie hätten das getan?«

»Zum Teufel mit Ihnen«, grollte Bryan und packte Wilsons Unterarm mit beiden Händen. Doch die Finger waren unerbittlich. Bryan knurrte, strampelte nun, und nur indem er sich ganz bis auf den Boden sinken ließ und sich seitwärts drehte, gelang es ihm, sich zu befreien.

Wilson lachte.

Wichser.

Bryan baute sich vor ihm auf.

Wilsons Miene blieb gleichmütig. »Dieses Gelände geht endlos weiter. Es ist meine Aufgabe, dafür zu sorgen, dass es bleibt wie es ist.«

»Wer sind Sie?«

»Ich hab mir Ihretwegen Gedanken gemacht. Nachdem Ihre Bewerbung gezogen worden war.«

Bryan zögerte. »Wer hat sie denn gezogen?«

»Ich. Sie hat mir Dinge gezeigt.«

In der Bibliothek schien es plötzlich zu dunkel zu sein, die Lampen versagten ihren Dienst.

Bryan gab sich Mühe, seinen Ton neutral zu halten. »Ich weiß nicht, was …«

»Eindrücke, Mr. Clayton. Ihre Handschrift hinterlässt Eindrücke.« Er neigte den Kopf. »Fanden Sie es nicht eigenartig, dass man von Ihnen verlangt hat, die Bewerbung von Hand auszufüllen?«

Bryan blickte über die Schulter und sah, dass es bis zur Tür nicht weit war. Hatte Wilson sie abgeschlossen? War sie dick genug, um Schreie zu dämpfen?

Wilson lachte wiehernd. Bryan machte sich fast in die Hose.

Er fuhr sich mit der Hand über die Stirn. »Sie wollen mir erzählen, Sie hätten uns danach ausgesucht, was Sie aus unseren Bewerbungen herausgelesen haben? Ich meine, im übernatürlichen Sinn?«

»Wir brauchten einen …«, seine Hände beschrieben kleine Kreise in der Luft, »… Hammer. Einen dissonanten Akkord in der Symphonie. Eine verdorbene Zutat in der Suppe.«

Bryans Stimme war tonlos. »Ich bin also die verdorbene Zutat.«

»Wir wussten, dass Elaine die anderen in Rage bringen würde, dass Sherilyn Feuer hat. Aber wir brauchten noch jemand anderes im Gebräu. Wir mussten uns zwischen Ihnen und jemand anderem entscheiden.«

»Warum ich?«

»Carlsbad.«

Bryans Brust erstarrte zu einem harten, knöchernen Knoten. Wilsons Grinsen wurde breiter. »Haben Sie wirklich geglaubt, ich hätte Sie wegen Ihrer armseligen kleinen Jägergeschichten ausgewählt?«

»Meine Leser haben mir Briefe geschickt …«

»Sie sind die schlimmste Art Feigling, Mr. Clayton. Sie fürchten sich vor allem, am meisten vor sich selbst.«

»Sagen Sie ja nicht …«

»Was soll ich nicht sagen?«, fragte Wilson und hob die Augenbrauen. »Dass Sie über andere Jungen fantasiert haben? In der Umkleide heimlich Blicke auf sie geworfen haben?«

Bryan schüttelte den Kopf.

»Und als Sie endlich Ihren Mut zusammennahmen und Ihren Gelüsten nachgingen, erdreistete sich doch der Junge, den Sie gefickt haben, sich in Sie zu verlieben.«

»Hören Sie auf.«

»Er hat gedroht, darüber zu reden, stimmt's?«

»Nein.«

»Doch, Mr. Clayton. Also haben Sie die Sache mit ihm weiterlaufen lassen, und Sie haben in Angst gelebt, dass es herauskommen könnte.«

Bryan bedeckte sein Gesicht, aber Wilson fuhr fort: »Sie haben versucht, Schluss zu machen, und er ist wild geworden vor Wut und hat gesagt, er würde es Ihren Eltern und Klassenkameraden sagen.«

Bryan fing an zu schluchzen.

»Und dafür haben Sie ihn dann umgebracht, nicht? Sie haben das Einzige genommen, was Sie zur Verfügung hatten: einen scharfkantigen Stein, den Sie in der Höhle gefunden hatten.«

Bryan grub sich die Handflächen in die Augen.

»Sie waren größer als er, stärker, also haben Sie sich auf seinen Rücken gesetzt und ihm mit dem Stein die Kehle aufgeschlitzt. Sie haben ihn abgeschlachtet wie ein Schwein …«

Bryan schluchzte so heftig, dass ihm die Luft wegblieb.

»… und in der Nacht trug ihn die Flut davon. Wenige Monate später zog Ihre Familie nach Minnesota, ein Glücksfall. Aber Sie lagen bis spät in die Nacht hinein wach. Erfanden Ihr Image neu, gestalteten Ihren Körper um und traten aus dem Chor aus, denn Ihr Vater fand, Singen sei was für Homosexuelle. Und Sie entwickelten ein Interesse an Freiluftsport, weil das etwas war, das echte Männer machten.«

»Lassen Sie mich«, heulte Bryan.

»Sie haben mit Frauen geschlafen, aber es hat nie lange vorgehalten, oder?«

»Bitte hören Sie auf.«

»Sie hätten sich so akzeptieren sollen, wie Sie sind. Womöglich hätten Sie mit irgendeinem Mann ein glückliches Leben führen können. Aber Sie haben lieber Ihrer Menschlichkeit entsagt und die Lügen und Vorurteile Ihrer Eltern übernommen.«

»Warum machen Sie das?«

»Sie haben doch schon gemordet.«

Bryan wich zurück. »Ich kann niemandem wehtun. Das letzte Mal … Es hat mich echt fertiggemacht.«

Wilson folgte ihm Schritt für Schritt. »Es bringt nichts, sich zu verstecken.«

»Bitte lassen Sie mich gehen.«

Wilsons Zähne schimmerten, die Apotheose eines Lächelns. »Schluss mit dem Gewinsel, Sie kriecherischer Wichser. Roderick setzt sein Vertrauen in mich.«

Bryan machte einen Satz zur Tür, doch Wilson stürzte sich auf ihn und warf ihn auf den Rücken. »Von Ihnen haben wir Schneid erwartet!«

»Bitte …«

»Schluss damit, Sie ekliger kleiner Scheißer.« Wilson verpasste ihm eine Ohrfeige. »Sie konnten ja nicht einmal Evan umbringen.«

Bryan schüttelte den Kopf. »Es war nicht richtig.«

»Ich sag Ihnen, was nicht *richtig* ist«, schrie Wilson ihm ins Gesicht. »Dass Roderick mich Ihrer Unfähigkeit wegen vielleicht ersetzt. *Hören Sie zu*«, befahl er, sein Atem ging heftig. »Sie haben bis morgen Abend.« Er schlug ihn noch einmal. »*Morgen Abend.* Wenn Sie bis dahin niemanden umgebracht haben, dann schleppen Sie Ihren wehleidigen Arsch lieber weit weg von diesem Haus. Denn wenn ich Sie finde, erleben Sie Schlimmeres als den Tod. Sie werden in einem Meer der Qual ertrinken. Heimgesucht von der Pein.« Wilsons Stimme wurde kehlig. »Ich werde Sie *aufschneiden,* Clayton. Ich werde mir einen Mantel aus Ihrem Fleisch überziehen und damit wie Puck durch den Wald springen.«

Wilson stieß die Tür auf, setzte ihm einen Fuß seitlich auf den Arsch und schob ihn auf den Flur hinaus. »Raus mit Ihnen, Sie Exkrement. Morden Sie, wenn Sie den nächsten Sonnenuntergang noch erleben wollen.«

3

Nach dem Abendessen trafen sie sich im Hof. Lucy war während Corrina Bowens Besuch dort gewesen und hatte denselben Eindruck gewonnen wie vom Rest des Anwesens: einst schön, jetzt verwahrlost.

Als sie sich umblickte, fiel ihr jedoch auf, wie sehr sich alles verändert hatte. Offenbar hatten Wilson und die anderen Diener hier draußen hart gearbeitet: Mulch ausgebreitet, Büsche gestutzt, den ganzen Hof saniert.

Der Ort war auf allen Seiten von den Mauern des Herrenhauses umgeben. Zwar nahm das Sonnenlicht ab, doch mehrere herabhängende Laternen warfen ein fröhliches aprikosenfarbenes Licht über den Hof. Der Efeu an den Wänden war wieder tiefgrün, und es gab immergrüne Pflanzen in Hülle und Fülle. Das tote Laub war entfernt worden, sodass die Gärten gedeihen konnten. Der Sitzbereich war mit Felsen geschmückt, über die Phlox und Thymian krochen. Fliederbüsche und Jasmin erfüllten die Luft mit einem Gemisch aus Düften, und der hohe Kaskadenbrunnen, nun repariert und fortwährend sprudelnd, bot eine beruhigende Kulisse. Die Luft war feucht vom Regenguss, aber es war nicht abgekühlt, sondern gerade warm genug, dass Lucy sich wohlfühlte.

Aber vielleicht lag es auch an Rick, dass sie so empfand.

Er saß neben ihr und blickte mit gerunzelter Stirn auf seine Seiten hinunter. Lucys eigenes Manuskript lag in ihrem Schoß. Wenn man Rick glauben durfte, war es besser, als sie gedacht hatte. Wenige Minuten zuvor hatte er ihr seine Kritik geliefert, hatte sie jedoch, obwohl sie darauf gehofft hatte, nicht noch einmal geküsst.

Vielleicht weil sie zu der Zeit auf dem Flur gestanden hatten. Sie hoffte, dass das der Grund war und es nicht daran lag, dass sie beim Küssen derart aus der Übung war.

Im Hinblick auf das Manuskript war er begeistert gewesen. Ihre Charakterisierung, hatte er gesagt, sei erstklassig, besonders ihre weibliche Hauptrolle. Das hatte eine ihrer tiefsten Ängste gelindert: dass sie die Protagonistin zu sarkastisch gemacht haben könnte. Ihrer Erfahrung nach tolerierten Leser Bissigkeit bei Frauen nicht. War ein männlicher Hauptcharakter frech, dann war er ein liebenswerter Klugscheißer; tat eine weibliche Figur das Gleiche, war sie ein unsympathisches Miststück.

Aber Rick liebte sie. Er wusste auch zu schätzen, wie sie den Handlungsort geschildert hatte.

»Ich war schon hundert Mal in New York«, hatte sie gesagt. »Da sollte ich die Stadt wohl beschreiben können.«

»Einen Ort besuchen und effektiv drüber schreiben ist zweierlei«, hatte er angemerkt.

Er liebte ihre Wortwahl, ihre Dialoge, ihre Stimme. Die Bemerkung über ihre Stimme gab ihr am meisten Auftrieb, da Fred Morehouse gerade die am häufigsten kritisiert hatte. *Die Stimme hier ist nicht ausgeprägter als etwas, das man in einem beliebigen High-School-Schreibkurs antreffen würde.*

Rick zufolge war ihre Stimme hypnotisierend.

Nur eins kritisierte er: Manchmal wurde sie zu weitschweifig.

Dazu nickte sie. »Ich muss meinem Publikum mehr zutrauen.«

»Um seinem Publikum etwas zuzutrauen«, antwortete er, »muss man erst einmal sich selbst trauen. Sicher sein, dass man die Information auf eine Weise übermittelt hat, die der Leser verstehen wird.«

Sie lächelte matt. »Es fällt mir schwer, an mich zu glauben.«

»Das geht jedem so, aber weißt du, was hilft?«

»Kokain?«

»Kann ich mir nicht leisten. Hast du je von Jack Ketchum gehört?«

Sie runzelte die Stirn. »Horrorautor, oder?«

»Gewissermaßen. Ich meine, er macht Horror, aber nichts mit Werwölfen oder Zombies. Stephen King hat ihn als den ›furchterregendsten Mann in Amerika‹ bezeichnet.«

»Soll das ein Kompliment sein?«

»Würdest du's für einen Klappentext verwenden?«

»Wenn man das Geschlecht ändert …«

»Ich bin der größte Selbstzweifler auf dem Planeten. Wenn man vom gesamten Verlagswesen abgewiesen wird, verliert man leicht den Glauben an sich.«

»Im umgekehrten Fall ist es nicht viel besser«, stellte sie heraus.

»Dazu kann ich nichts sagen.«

Sie verzog das Gesicht. »Tut mir leid.«

»Ich hab Dallas mal getroffen – das ist Ketchums echter Vorname …«

»Ernsthaft?«

Er nickte. »Faszinierender Typ. Er war Henry Millers Literaturagent.«

»Gibt's ja nicht.«

»Und er ist ein Mordsautor. Sein Zeug ist so roh und emotional, davon erholt man sich nie wieder.«

»So gut, was?«

»Verdammt gut.« Er gestikulierte gereizt. »Jedenfalls hab ich mit Dallas geredet und ihm gesagt, wie ich mich selbst fertigmache, und er hat vier Wörter gesagt, die mein Leben verändert haben. Ich bin immer noch unveröffentlicht, aber immerhin schreib ich nicht mehr, als würde mir jemand eine Pistole an den Kopf halten.«

»Ich höre.«

»Scheiß auf die Angst.«

Sie konnte sich ein Lachen nicht verkneifen.

»Nein, ehrlich«, sagte er. »Ich weiß, wie simpel das klingt, aber als Dallas es sagte, wusste ich, es stimmt. Was hat Angst dir je gebracht? Welche konstruktive Rolle spielt sie beim Schreiben?«

Lucy dachte darüber nach. »Wenn ich redigiere …«

»Ich rede nicht vom Überarbeiten, sondern vom Schreiben ohne Angst. Dass man vor der Tastatur sitzt und sagt: *Zur Hölle damit, ich mach das, und es wird nicht vollkommen sein, und das macht nichts, denn das muss es gar nicht sein. Aber eins werde ich nicht tun: hier sitzen wie ein geprügelter Hund.* Denn das ist ein sicherer Weg zum Scheitern. Ohne Angst zu schreiben garantiert nicht, dass es gut wird, aber es bringt einen ins Spiel.«

»Du bist ja in Fahrt.«

»Na und ob.« Er fuchtelte mit ihren Seiten herum. »Das ist großartig. Und es ist erst der Rohentwurf. Stell dir vor, wie gut es sein wird, wenn du die rauen Kanten abgeschliffen hast.«

Im Hof rief sich Lucy das Gespräch ins Gedächtnis und konzentrierte sich besonders auf Ketchums Ratschlag.

»Scheiß auf die Angst«, flüsterte sie zu sich selbst. *»Scheiß auf die Angst.«*

Wells kam auf den Hof. Er trug einen burgunderroten Hausrock und eine goldene Krawatte. Er ging mit einer Anmut, die sein Alter Lügen strafte, und bewegte sich weit sicherer als zu Anfang des Retreats.

Lucy sah wie hypnotisiert zu, wie er zu seinem Stuhl ging. Seine Haltung war aufrechter, sein Gebaren unbestreitbar königlich. Seine Sorgenfalten waren vermindert, sein Gesicht nicht mehr so hager, und seine Schultern und Arme wirkten voluminöser. Weit entfernt von dem ausgemergelten, alternden Autor, der sie bei ihrer Ankunft begrüßt hatte, glich er nun eher einem vor Leben strotzenden Naturburschen in den späten Fünfzigern. Sie konnte sich ihn gut in der Hauptrolle eines Abenteuerfilms vorstellen. Vom Kampf gezeichnet, doch immer noch eindrucksvoll kehrt der Held zurück, um ein letztes Mal dem Bösen entgegenzutreten.

Wells setzte sich und strahlte in die Runde. »Sind wir bereit anzufangen?«

Anna sagte: »Sollten wir nicht auf Evan warten?«

Wells beäugte sie. »Warum fragen Sie nicht einfach, ob er aus dem Wettbewerb ausgeschieden ist?«

Anna wurde rot. »Na ja, ich …«

»Ist er. Miss Lafitte hat uns vor ein paar Minuten Bescheid gesagt.«

»Hat Evan auch ein Handy eingeschmuggelt?«, fragte Sherilyn.

Wells erlaubte sich ein Lächeln. »Hat er nicht, Miss Jackson. Er hat eine schwache Geschichte geschrieben.«

»Er hat doch nicht mal vorgelesen«, sagte Rick.

»Das hier ist keine Realityshow, Mr. Forrester. Ein Ausscheiden hängt nicht von einem mündlichen Vortrag ab. Ich habe Mr. Laydons Stückauszug privat gelesen.«

»Plausibel«, sagte Anna. »Er wusste, dass es unrettbar ist, und hat beschlossen heimzukehren.«

Lucy erwartete, dass Bryan Annas Theorie bekräftigen würde, aber er starrte nur verdrießlich in seinen Schoß. Auch Elaine gab keinen Kommentar ab. Tatsächlich fielen Lucy nun einige Veränderungen bei ihr auf. Ihr blondes Haar, normalerweise stilvoll, wurde von Spangen gebändigt. Ihre Kleidung, wenngleich vorzeigbar, wurden ihrem sonstigen ausgefallenen Standard nicht gerecht. Selbst die Tattoos auf Brust und Fußgelenk wirkten glanzlos.

»Wie dem auch sei«, fuhr Wells fort, »Mr. Laydon ist nicht mehr im Rennen, weswegen es nun nur noch sieben sind. Und da ein Stuhl frei wird«, erklärte Wells, »habe ich Wilson eingeladen, den Feierlichkeiten des Abends beizuwohnen.«

Die Glastür am anderen Ende des Hofs öffnete sich, und Wilson kam heraus.

Lucy schnürte sich der Hals zu.

Wilson, der eher einem Collegeprofessor ähnelte als einem Hausmeister, trat selbstsicher in den Halbkreis und setzte sich auf Evans Platz. Wie Wells strahlte

Wilson Lebenskraft aus. Er trug ein marineblaues Sakko über einem weißen Rollkragenpullover. Seine Jeans weiteten sich an den Aufschlägen, um den blassen Alligator-Cowboystiefeln Platz zu bieten.

Sonst reagierte in der Gruppe niemand auf Wilsons Erscheinen, abgesehen von Bryan, der nun sogar noch mürrischer wirkte.

Was geht mit ihnen vor sich?, fragte sie sich.

Wells sah seinen Diener freundlich an. »Wir sind erfreut, dass Sie sich zu uns gesellen konnten, Wilson.«

Wilson schlug behaglich die Beine übereinander. »Ich freue mich auf die Lesung.«

Wells beobachtete sie, die zusammengelegten Fingerspitzen an den Lippen. Er sagte: »Die Schriftstellerei erfordert vielerlei: Leidenschaft, Talent, Liebe. Vor allem erfordert sie jedoch eins: *Durchhaltevermögen.*« Er breitete die Arme aus und blickte sich im opulenten Hof um. »Sie sind einen Schritt näher, das alles zu erlangen. Doch all das hier«, sagte er und lächelte leicht, »lässt sich nur mit einem Opfer erreichen. Mit Durchhaltevermögen.«

Lucy las an den Mienen der anderen unterschiedliche Emotionen ab – Skepsis in Ricks, unbändigen Hunger in Annas –, doch niemand im Hof sagte etwas.

Schließlich nickte Wells und sagte: »Miss Still.«

Die Worte waren wie ein Schlag in den Magen. Sie hatte gemutmaßt, dass sie heute Abend ausgewählt werden würde, aber das machte es nicht weniger beängstigend.

»Fangen Sie an«, sagte Wells.

Sie befahl sich selbst aufzustehen, aber ihr Körper gehorchte ihr nicht. Bei Lesungen war sie schon immer von Nervenflattern geplagt worden, doch nie zuvor hatte so viel auf dem Spiel gestanden wie heute Abend.

Sie waren nur noch sieben, und wenn sie Rick glauben konnte, hatte ihr Buch echtes Potenzial.

Was, wenn Rick dir nur an die Wäsche will?, flüsterte eine Stimme.

Hoffen wir's, antwortete sie.

Sie warf ihm einen Blick zu, und er lächelte sie aufmunternd an. »Du schaffst das«, sagte er halblaut.

»Miss Still?«, fragte Wells.

»Fang mich auf, wenn ich ohnmächtig werde«, murmelte sie in Ricks Richtung.

Der Weg bis vor die Gruppe schien Stunden zu dauern. Sie spürte die Blicke der Kollegen auf sich. Wilsons Gegenwart setzte ihren Nerven am meisten zu. Die Erinnerung an die unheimliche Begegnung im Ballsaal und seine Andeutungen hatten sich ihr in den Geist gebrannt.

Reiß dich zusammen, sagte sie sich.

Sie sah Rick an und entnahm auch seiner Miene, dass sie sich zusammenreißen sollte.

»Mr. Wells?«, fragte jemand.

Es war Anna, die, anders als Bryan und Elaine, lebendiger denn je aussah. Bei ihrem schwarzen Trägerkleid hatte sie sich vielleicht von Amanda Wells inspirieren lassen, nur zeigte sie mehr Dekolleté.

Wells' Gesichtsausdruck war streng. »Wenn es nicht gerade etwas Dringendes ist, Miss Holloway …«

»Ist es aber.«

»Nun?«

»Könnten Sie uns sagen, worauf Sie bei diesen Lesungen aus sind?«

Wells hob eine Augenbraue. »Worauf ich *aus bin*, Miss Holloway?«

»Was wollen Sie von uns?«, fragte sie. »Wenn Lucy vorliest zum Beispiel. Angenommen es ist nicht gut …«

Zicke, dachte Lucy.

»… sollen wir dann Feedback geben?«

Sherilyn lehnte sich nach vorn. »Ehrlich gesagt habe ich mich dasselbe gefragt.«

Anna warf sich ihren scharlachroten Schal über die Schulter. »Haben unsere Meinungen irgendeinen Einfluss darauf, ob jemand ausscheidet?«

Lucy starrte sie an und dachte: *Riesenzicke.*

Wells lachte still. »Machen Sie halblang, Miss Holloway. Sie sind Schüler, keine Lektoren.«

»Warum sind wir dann hier?«, fragte Sherilyn.

»Gute Frage.« Wells lehnte sich zurück. »Haben Sie je einen Mannschaftssport betrieben, Miss Jackson?«

»Nicht mein Ding.«

»Sie, Miss Kovalchyk?«

Elaine zuckte mit den Schultern. »In der siebten Klasse war ich in der Volleyball-B-Mannschaft. Jemand hat mir ins Gesicht geschmettert und mir die Brille zerbrochen.«

»Und der Rest?«

Will, Rick und Anna nickten. Bryan blickte finster auf seine Hände hinunter.

Lucy dachte: *Darf ich mich jetzt hinsetzen?*

»Ein guter Trainer leitet jeden Spieler anders an, weil jeder auf seine eigene Weise lernt. Bei einer öffentlichen Korrektur kann aber auch der Rest des Teams etwas lernen, universelle Wahrheiten, von denen alle profitieren.«

Anna beugte sich vor. »Wenn Sie Lucy also alles sagen, was mit ihrem Stück nicht stimmt …«

»Mal hübsch langsam«, sagte Rick.

»… dann sprechen Sie eigentlich zu uns allen?«

Wells verengte die Augen zu Schlitzen, als er Anna ansah. »Sie sprechen, als wollten Sie Miss Still scheitern sehen.«

Anna zuckte mit den Schultern. »Ich hab genug von ihr gelesen.«

Lucys Bauch gluckerte. Durchfall konnte sie in diesem Moment am allerwenigsten gebrauchen.

Wells sah Lucy an. »Wir warten.«

Also las sie vor, zuerst mit krächzender Stimme, aber dann reichte ihr Rick eine Flasche Wasser. Während sie ein paar Schlucke nahm, sagte er im Flüsterton: »Ich wurde früher immer knochentrocken, wenn ich eine Rede halten musste.« Er sprach noch leiser weiter, sodass sie sich anstrengen musste, um ihn zu hören. »Das Gute ist, dass du ein Skript hast. Lies es stolz vor. Koste die Worte aus. Ich weiß, wie dumm das klingt, aber es funktioniert. Deine Worte haben Textur, verschiedene Geschmäcker. Genieße es. Sei *überzeugt*, dass das eine großartige Geschichte ist.«

Anna warf Rick einen schiefen Blick zu. »Der Prinz auf seinem weißen Schimmel, was?«

Er schüttelte den Kopf. »Lucy braucht niemanden, der sie rettet.«

In ihrem Bauch breitete sich Wärme aus, und das Rumoren hörte auf.

Sie blickte auf ihre Blätter hinunter und dachte: *Scheiß auf die Angst.*

Und las: »›Zu Jenna Carters Leidwesen brachte der Eispickel in ihrem Kleinhirn nicht den sofortigen Tod.‹«

4

Als sie fertig war, entstand eine Stille, die man schneiden konnte. Amanda Wells und Miss Lafitte waren irgendwann auf den Hof gekommen. Lucy musste mindestens 15 Minuten gelesen haben, denn vom Abendlicht am Himmel war so gut wie nichts geblieben.

Zu ihrer Überraschung war Elaine die Erste, die applaudierte.

Ihr Klatschen war auch nicht ironisch; das damit einhergehende Lächeln schien aufrichtig. Will und Sherilyn fielen ein und klatschten herzhaft. Rick applaudierte ebenfalls, wenngleich Lucy rasch den Blick abwandte, weil ihre Augen zu brennen anfingen.

Miss Lafitte kehrte ins Haus zurück, doch Amanda stellte ihren Drink ab, um ebenfalls zu klatschen.

Lucy wurde gewahr, dass Worte gemurmelt wurden: Wells und Wilson berieten sich.

Wells wartete, bis der Beifall abgeklungen war. »Ja, Miss Still, das war doch recht gut.« Er erhob sich. »Wären Sie so nett, sich zu setzen, während ich ein paar Gedanken teile?«

Sie spürte ihre Füße nicht, als sie zu ihrem Stuhl zurückkehrte. Beim Hinsetzen sah sie Rick an und atmete kräftig aus. Er hielt ihr die Faust hin, und nach kurzer Verwirrung boxte sie dagegen.

Sie wusste nicht mehr, ob sie sich jemals so gut gefühlt hatte. Nun wartete sie gespannt, was Wells, der nun an ihrer Seite statt vor der Gruppe stand, sagen würde.

»Ich habe heute Abend Miss Still ausgewählt, da die frühen Kapitel von *Die Fred-Astaire-Morde* äußerst vielversprechend aussahen.« Er widmete ihr einen Blick,

hervortreten. »Merken Sie sich: Ihr Bösewicht muss sowohl geheimnisvoll als auch fassbar sein. Sie dürfen Ihrem Publikum nicht verraten, was er tun wird, aber im Rückblick muss es plausibel erscheinen.« Wells hielt inne und sah Anna an. »Sie müssen ihn mit einer Motivation ausstatten. Einem *Ziel.*« Er fing wieder an, auf und ab zu gehen. »Rache. Ein Verlangen nach Macht. Sogar Selbsterhaltung.« Er nickte. »Erwecken Sie Ihre Schurken zum Leben, meine Freunde. Durch sie werden Sie zu Legenden.«

Rick rutschte auf seinem Stuhl herum, schien etwas sagen zu wollen. Wells ließ sich nicht anmerken, ob er es mitbekommen hatte.

»Das wäre dann alles für heute Abend«, sagte er. »Sie haben zu tun, und ich hätte gern einen Drink mit meiner Frau.«

Sie lachten und standen auf.

Sie bewegten sich auf die Glastür zu, aber dann rief Wells: »Miss Still. Einen Moment noch.«

Sie sagte Rick, sie werde später zu ihm stoßen, und ging zu Wells zurück, der dastand und in den nahezu schwarzen Himmel hinaufblickte. »Ich möchte meine Wertschätzung noch einmal bekräftigen. Ihr Text war inspiriert.«

Sie lächelte. »Ich bin froh, dass es Ihnen gefallen hat.«

»Inspiriert wodurch, das ist die Frage«, sagte Wells. »Dem Fred-Astaire-Mörder gelingt es, sich seinen Opfern zu nähern, ehe er ihnen scharfe Gegenstände ins Gehirn stößt.«

Lucy nickte.

»Ich frage mich nun«, fuhr Wells fort, »ob Sie womöglich etwas verstehen vom Verrat an jemandem, der Ihnen nahesteht.«

Lucy verspannte sich.

»Ja«, sagte Wells, und ein bösartiges Grinsen umspielte seine Lippen. »Ich vermute, so ist es. Ich vermute, Ihre Schwester würde eine *tiefe* Wertschätzung empfinden für dieses Motiv.«

Lucy kämpfte gegen den Schrei an, der in ihrer Kehle aufstieg.

5

Es war acht Uhr am nächsten Morgen, und Anna wartete. *Komm schon, Lucy,* dachte sie. *Schwing deinen Arsch aus dem Bett.*

Sie stellte sich vor, wie Lucy ausschlief, ein selbstzufriedenes Lächeln auf dem Gesicht nach ihrem Triumph am Vorabend. Aber Anna hielt sie nicht zum Narren. Jeder konnte ein paar Kapitel hernehmen und sie so lange polieren, bis sie funkelten. Der Rest des Manuskripts war wahrscheinlich grottenschlecht.

Dass Wells ihnen davon vorgeschwärmt hatte – zum ersten Mal hatte er einen von ihnen öffentlich gelobt –, hatte sie den größten Teil der Nacht wach gehalten. Also würde sie wohl heute kaum in der Lage sein, ihre beste Arbeit abzuliefern. Nicht ohne literweise Kaffee.

Ein Klopfen an der Tür nebenan riss sie aus ihren Gedanken.

Rick, dachte sie. Kreuzte wohl auf, um sein Schätzchen zum Frühstück zu geleiten.

Gott, machte sie das krank.

Wo haben Sie Ihren Ehemann kennengelernt?, würde jemand Lucy in zehn Jahren fragen.

Oh, das ist eine verrückte Geschichte! Wir haben am selben Wettbewerb teilgenommen. Ja, Wells' Schriftsteller-retreat. Rick war einer der anderen Autoren. Er hat mir geholfen zu gewinnen.

Nein!, dachte Anna. Lucy würde diesen Wettbewerb *nicht* gewinnen. Wells hatte sie nur aus Mitleid gelobt. Um den allgemeinen Wettkampfgeist anzufachen. Aus demselben Grund hatte er auch auf Annas Arbeit gekackt. Er richtete die schwächeren Autoren auf, damit nicht einer der stärkeren allzu mühelos mit dem Preis unter dem Arm davonlief.

Schritte nebenan. Anna hörte, wie die Tür sich knarrend öffnete.

»Hallo«, sagte jemand. Nicht Rick. Eine der Frauen.

»Was gibt's, Elaine?«, fragte Lucy.

Anna runzelte die Stirn. Was hatte das nun wieder …?

»Ich weiß, es ist früh«, sagte Elaine, »aber ich wollte es noch loswerden, bevor ich gehe …«

»Was?«, fragte Lucy, und ihre müde Stimme bekam einen scharfen Unterton.

»Das hier ist nicht das Richtige für mich«, erklärte Elaine. »Wells hat recht. Ich hab noch einen weiten Weg vor mir, ehe ich bereit für die große Bühne bin.«

Anna riss die Faust hoch. *Jawoll.*

»Warten Sie mal«, sagte Lucy. Das Geräusch, als ihre Tür sich schloss. Jetzt beide Stimmen auf dem Flur. »Das müssen Sie noch einmal überdenken.«

Was?, dachte Anna. *Sind Sie verrückt? Lassen Sie sie doch abdampfen! Dann sind wir nur noch sechs!*

»Ich wette, Ihre Geschichte ist gut«, sagte Lucy.

Anna machte eine Faust und schlug sich damit auf den Oberschenkel.

»Das ist lieb von Ihnen«, sagte Elaine, »aber Ihre war auf einem ganz anderen Niveau.«

Die Geschichten stinken beide, dachte Anna. *Und* Sie beide *stinken auch.*

Lucy fing an zu sprechen, aber Elaine redete über sie hinweg.

»Es liegt nicht nur am Schreiben.«

Eine Pause.

Lucy: »Was gibt's denn sonst noch?«

Elaine: »Geister.«

Anna zog die Stirn kraus.

Lucy: »Sie meinen …?«

Elaine: »Ich meine, was ich gesagt hab. Sehen Sie, ich hab einmal etwas Schlimmes gemacht. Es war ein Fehler. Aber … ich hab Albträume deswegen.«

Schweigen von Lucy. Anna konnte nicht mehr atmen.

Elaine, am Rande eines Schluchzens: »Ich wäre gern schon gestern Abend verschwunden, aber ich hatte zu viel Angst.«

Lucy: »Schon gut … Hier, wollen Sie, dass ich Sie …?«

Elaine: »Lassen Sie's.« Ihre Stimme wurde weicher. »Ehrlich, das ist sehr süß von Ihnen. Aber … bevor ich verschwinde, will ich Ihnen noch sagen, dass ich unrecht hatte. Zu wenig, zu spät.« Ein reumütiges Lachen. »Die Geschichte meines Lebens.«

Lucy: »Sie sind erst in den Zwanzigern.«

Elaine: »Und emotional bin ich noch ein Teenager. Gott, meine armen Eltern. Ich war so ein Biest.«

Lucy: »Ich finde nicht, dass Sie gehen sollten.«

Elaine: »Ich wohne bei meinen Eltern, bis ich wieder zu mir gefunden habe.«

Nach einer langen Stille …

Lucy: »Sie sollten mich irgendwann mal anrufen. Meine Nummer …«

Elaine: »Lassen Sie uns nicht so tun, als wären wir Freundinnen, in Ordnung? Was haben wir denn gemeinsam, abgesehen davon, dass wir beide Teil dieser Horrorshow sind?«

Lucy murmelte etwas Unverständliches.

Elaine: »Ich muss los. Ich wollte Ihnen nur noch schnell sagen, dass es mir leidtut.«

Endlich ging Elaine, was Anna davor bewahrte, bei all diesen tief empfundenen Worten im Strahl zu kotzen. Sie ging im Zimmer auf und ab, um sich innerlich auf das einzustellen, was sie tun musste. Mit vier ausgeschiedenen Autoren gab es weniger, die sie dabei erwischen konnten, aber das beruhigte ihre Nerven nicht. Erwischt zu werden hätte ihr Ausscheiden zur Folge, vielleicht sogar eine Strafverfolgung. Das Risiko war extrem.

Die Alternative hingegen war schlimmer.

Sie würde nicht zulassen, dass Lucy gewann.

Nach endlosem Warten ging Lucy schließlich.

Anna zählte bis 20, und als sie keinerlei Regung mehr hörte, trat sie aus ihrem Zimmer und eilte zur nächsten Tür.

Die Lucy nicht abgeschlossen hatte. Komisch, wie vertrauensselig hier alle waren. Sie vermutete, dass einige Hilfsmittel dabeihatten, um ihre Arbeit zu sichern, aber bei den meisten war das mutmaßlich nicht der Fall. Selbst nach allem, was Lucy durchgemacht hatte, hatte sie noch etwas Naives an sich.

Anna schnappte sich sowohl den Laptop als auch das Manuskript vom Schreibtisch und hastete zur Tür. Lauschte. Wenn jetzt jemand vorbeikäme, wäre sie geliefert.

Stille auf dem Flur.

Sie schlüpfte hinaus und hetzte in ihr Zimmer. Nachdem sie die Tür hinter sich geschlossen hatte, klappte sie auf ihrem Bett den Laptop auf.

Sofort erschien Lucys Geschichte auf dem Bildschirm. Lucy konnte jeden Moment auf ihr Zimmer zurückkehren und bemerken, dass ihr Laptop fort war, das war Anna klar. Aber die Neugier überwältigte sie, und sie überflog mehrere Kapitel.

Erst als sie Blut im Mund hatte, wurde ihr bewusst, dass sie sich in die Wange gebissen hatte.

Die Geschichte war gut, verdammt, und was noch schlimmer war: Die Schreibe war selbstbewusst und stark, die Antithese zu dem ängstlichen Gewinsel ihrer letzten beiden Bücher.

Anna bewegte den Cursor auf *Bearbeiten.*

Klickte auf *Alles markieren.*

Sie hielt nur eine Sekunde inne, dann drückte sie *Löschen.*

Speichern.

Anna schloss die nun leere Datei, überlegte einen Moment und zog sie dann noch in den Papierkorb.

Sie leerte den Papierkorb.

Anna verharrte und kaute auf ihrer Lippe herum. Kupfergeschmack erfüllte ihren Mund.

Sie machte sich Sorgen, dass die Datei noch immer wiederhergestellt werden konnte. Sie glaubte es zwar nicht, aber was, wenn sie sich irrte?

Sie dachte an *Die Fred-Astaire-Morde.*

Blickte den Computer böse an.

Nein. Sie durfte kein Risiko eingehen.

Um sicherzugehen, blieb nur eins: Sie musste den Laptop und den Ausdruck zerstören.

Sie sprang auf.

Aus der Kommode zog sie ein sackartiges graues Sweatshirt hervor. Sie würde absurd darin aussehen, aber was sollte sie machen? Sie hatte keinen Beutel, in dem sie den Laptop hätte tragen können, hatte auch keine hinreichend große Tasche dabei. Allerdings waren es draußen mindestens 20 Grad. Sie würde Blicke auf sich ziehen mit der verdächtigen Wölbung an ihrem Bauch.

Sie ging auf und ab. Nein, sie konnte den Laptop nicht hinausschmuggeln. Zu viele Leute könnten sie dabei sehen. Die anderen Autoren. Wilson. Miss Lafitte. Amanda Wells.

Roderick Wells.

Ihr Innerstes schrumpelte bei dieser Aussicht zusammen.

Sieh an, sieh an, Miss Holloway. Ein milder Tag für ein Sweatshirt.

Ich hab einen Sonnenbrand, Mr. Wells. Ich schütze nur meine …

… Gewinnchancen. Ja, ich weiß genau, was Sie beschützen. Ebenso weiß ich, was Sie unter diesem albernen Sweatshirt verstecken. Ich erwarte, dass Sie innerhalb einer Stunde von meinem Besitz verschwinden, Miss Holloway, und Sie werden von meinem Anwalt hören …

Anna blickte auf den Computer hinunter, ohne ihn wirklich zu sehen. Sie sah nur das ungläubige Starren ihrer Autorenkollegen. Sie *würde* mit einer weiteren bösen Tat leben müssen.

Im Erdgeschoss wimmelte es von Menschen. Selbst wenn es ihr gelang, mit dem Computer hinauszuschlüpfen, konnte jederzeit jemand aus dem Fenster sehen und bemerken …

Anna riss die Augen auf.

Wenn alle unten oder draußen waren, blieb nur eine Option.

Anna nahm die Bogen, schloss mit einem *Klapp* die Maschine und eilte zur Tür. Lauschte. Verließ das Zimmer, fand den Flur leer vor. Wenn sie jetzt jemand sah, konnte sie behaupten, es seien ihr Laptop und ihre Seiten.

Bald war sie im zweiten Stock, und ihre Gedanken rasten. Sie hatte hier oben nicht viel Zeit verbracht, war tatsächlich nur in einem Raum gewesen, dem Ballsaal, und an jenen Abend hatte sie schreckliche Erinnerungen.

Dennoch … Sie erinnerte sich an mehrere Schränke entlang einer Wand.

Auf dem kürzesten Weg lief sie zum Ballsaal und schlüpfte hinein.

Licht war unnötig. Es war zwar schrecklich schummrig, aber dank der Oberlichter konnte sie die Schränke ausmachen. Mit pochendem Herzen hastete sie über den matt glänzenden Boden und steuerte auf einen Schrank zu. Fand ihn offen vor und bückte sich, um die Geräte und die Seiten auf das untere Regalbrett zu schieben.

Der Laptop ließ sich nicht ganz bis zur Hinterwand schieben, denn er stieß gegen irgendetwas. Als Anna sich hinunterbeugte, um zu sehen, was dort im Weg war, schoss plötzlich ein weißes Gesicht auf sie zu und biss ihr in die Finger. Sie schrie, versuchte zurückzuweichen, aber die Zähne bissen nur noch fester zu, das bleiche Gesicht vor Hass zusammengekniffen, und ihr fiel auf, dass sie kreischte, denn es war Justines Gesicht, deutlich zu erkennen trotz des Schlamms in ihrem schwarzen Haar und des bläulich weißen Schimmers ihres verrottenden Fleisches. Justine knurrte und grinste, und die mittleren drei Finger von Annas rechter Hand begannen sich an den Gelenken zu lösen. Anna wand sich und strampelte, um sich zu befreien. Der Mund zerrte an ihr, lachte um ihre Finger, aus denen grellrotes Blut gegen Justines Wangen spritzte, und als Anna heftiger zappelte und die Finger ganz losrissen, bewegte sich das Justine-Ding mit ihr und kam aus dem Schrank gesprungen. Einen Moment lang glaubte Anna, sie könne sich von dem Justine-Ding lösen, doch als die schmutzigen, gebrochenen Fingernägel sich in ihre Oberschenkel gruben, wusste sie, es gab kein Entkommen.

Deswegen tat es jedoch nicht weniger weh, als der Nachzehrer die Zähne in ihre Kehle schlug.

6

Elaine stand vor der Bibliothek, den Koffer zu ihren Füßen. Sie wusste, dass *Die Sterne haben den Himmel verlassen* Potenzial hatte, aber es zu schreiben – oder es *hier* zu schreiben – schien nicht länger wichtig.

Es war Zeit, das hier zu beenden. Dieses Retreat war ihr wie eine Wahnsinnschance vorgekommen, doch mit jedem verstreichenden Tag wuchs ihr Gefühl, dass alles falsch war. Sie war hier ja keine Gefangene, um Himmels willen, sie war zu Gast. Und Gäste durften kommen und gehen, wie es ihnen gefiel. Sie würde ihm für die Chance danken, aber …

Aber was?

Aber ich bin zu dem Schluss gekommen, dass ich noch nicht bereit für die große Bühne bin. Ich werde niemandem verraten, wo Sie leben, das dürfte also kein Grund zur Besorgnis sein. Eigentlich weiß ich gar nicht recht, wo ich gerade bin …

Sie biss sich auf die Unterlippe. Es war nicht besonders gut.

Aber es würde genügen müssen.

Sie trat ein und ging zu Wells, der, den Rücken ihr zugewandt, in einem Ohrensessel saß, das zurückgekämmte Haar vom Feuer beleuchtet.

»Mr. Wells«, sagte sie.

Wells antwortete nicht. Langsam ging sie um den Sessel herum. Warum schlotterte sie so?

»Ich konnte Wilson nicht finden …« Sie versuchte zu lächeln. »Um ehrlich zu sein, bin ich seinetwegen hier. Er fährt doch bestimmt in die Stadt, um Vorräte zu beschaffen …«

»Setzen«, sagte Wells.

Das gefiel ihr nicht, kein bisschen. Selbst mit einem ›bitte‹ wäre es noch erniedrigend gewesen, aber ohne …

»Mr. Wells«, fing sie an.

Doch ehe sie noch mehr sagen konnte, lehnte er sich nach vorn und sah sie an. Das Feuer flackerte in seinen schlackefarbenen Augen, doch sein Blick war nicht grausam. Sein Lächeln war offen und aufmerksam. In ihr erscholl wie von ferne ein Alarm, aber sie ignorierte ihn. Er wies auf den Polsterhocker bei seinen Knien, also nahm sie darauf Platz. Der Kamin wärmte ihr den Rücken, und sie spürte, wie ihre Unruhe nachließ.

Vielleicht, dachte sie, hatte sie sich ja in Wells getäuscht. Er konnte ein fordernder Lehrer sein, aber hatten sich seine Methoden nicht auch als effektiv erwiesen? Man sehe sich nur einmal Corrina Bowen an. Eine Anfängerin bei ihrer Ankunft hier, und – *zack* – nur ein Jahr nach dem Wettbewerb hatte sie Buchverträge gehabt, Bewunderung und eine treue Leserschaft. War Elaine nicht deswegen hier? Waren sie nicht *alle* deswegen hier? Wollte sie ernsthaft abhauen, bloß damit dann die anderen …?

»Mr. Wells«, sagte sie, »Corrina Bowen war doch Ihre Schülerin?«

»Aber Miss Kovalchyk, das wissen Sie doch.«

Er lehnte sich zurück, die Beine übereinandergeschlagen, eine Hand auf der anderen. Ihr Traum pirschte sich an sie heran, jener surreale, durch Alkohol befeuerte Albtraum von einem nackten Wells und einem Wald voller pulsierender Lichter. Unerwarteterweise reagierte ihr Körper auf die Erinnerung, auf den Wells aus dem Traum. Die harten, sich vorwölbenden Inseln seiner Brust; die Bauchmuskeln, die im Mondlicht scharf hervortraten; die geschmeidigen Säulen seiner Quadrizepse; sein Geschlecht, groß und geschwollen.

Seine Hand legte sich auf ihre. »Miss Kovalchyk – darf ich Elaine sagen?«

Sie schluckte. Ein Kribbeln kroch ihr am Hals empor, wie immer, wenn sie verlegen war, aber sie registrierte es kaum. Wells' Hand war stark und streichelte ihr warm und sanft über das nackte Knie. Sie stellte fest, dass sie froh war, die rosafarbenen Shorts angezogen zu haben statt der schwarzen Caprihose. Seine Berührung war beruhigend.

»Diese Erfahrung ist schwierig für Sie, Elaine.« Er forschte in ihren Augen, sein Blick empathisch, tiefgründig. »Nicht wahr?«

»Ja«, gab sie zu.

»Ist Ihnen klar, wie weit Sie bereits gekommen sind, Elaine?«

Unversehens spürte sie, wie Gefühle in ihr hochkochten. »Ich … Als ich hergekommen bin …«

»Da waren Sie übertrieben selbstbewusst, und ich gebe zu, ich war ein strenger Lehrer.« Seine Finger bewegten sich in federigen, nachdrücklichen Kreisen. Hitze wanderte von ihrem Knie den Oberschenkel hoch. »Ich investiere meine Zeit und mein Talent jedoch nur in jene mit einer seltenen Gabe.«

Am Kloß in ihrem Hals vorbei sagte sie: »Wirklich?«

Er legte den Kopf schief und blickte auf ihre Brust hinunter. »Ist das ein Schmetterling, Elaine?«

Sie sah nach ihrer Tätowierung, als müsste sie sich ihrer Existenz versichern. »Das hab ich mir stechen lassen, als ich die NYU abgeschlossen hab.« Sie lächelte, zuckte leicht mit den Schultern. »Sie wissen schon, um zu zeigen, dass ich mich verändere, meine Flügel ausbreite und so.«

»Hübsche Metapher«, sagte er, streckte seine starken, sanften Finger aus und fuhr die Linien des Designs auf ihrer Haut nach. »Schmetterlinge sind faszinierende Kreaturen, Elaine. Ihnen gar nicht unähnlich.«

Sie errötete heftig. Sie wusste, dass sie sich hätte zurückziehen sollen, aber sie wollte, dass er sie berührte, verzehrte sich danach, dass er dem Schmetterling mit den Fingerspitzen bis zwischen ihre Brüste folgte.

»Überall auf der Welt«, sagte er, während seine Finger sie liebkosten, »gibt es Schmetterlingslegenden in Hülle und Fülle. In einigen Kulturen der amerikanischen Ureinwohner bringt das Insekt den Schlaf. Schwarzfußfrauen fertigten Bilder von Schmetterlingen an und banden sie ihren kleinen Kindern ins Haar, damit sie leichter zur Ruhe kamen.«

Eine träge Hitze, fiebrig, aber gar nicht unangenehm, hatte sie erfasst. Die Wärme des Kamins hüllte sie ein, der Duft des brennenden Holzes vermischte sich mit Wells' subtilem sommerlichen Eau de Cologne. Sie blickte in sein Gesicht, nahm jedes Detail in sich auf. Ein älterer Mann, zweifellos, aber nicht annähernd so alt, wie sie ursprünglich gedacht hatte. Sein Alter drückte sich in Erfahrung aus, in Wissen. Sein Körper hingegen, wie sie ihn in ihrem Traum gesehen hatte …

(das war kein Traum)

… war wundersam gut erhalten, der Körper eines weit jüngeren Mannes. Es war jedoch ein jüngerer Mann, ausgestattet mit der Erfahrung vieler

(Äonen)

Jahre, einer ganzen Lebenszeit. Sie ließ ihren Blick über seine Haut gleiten, seinen sinnlichen Mund, während er erzählte: »Andere Legenden konzentrieren sich auf die Wiedergeburt. Die ersten Christen sahen den Schmetterling als Symbol der Metamorphose, der Erneuerung. In der frühen mexikanischen Kultur und im alten Griechenland wurde er mit der menschlichen Seele assoziiert.«

Sie blickte ihm in die Augen und fand dort Trost. Weisheit, Manneskraft und grenzenlose Macht. Sie näherte sich ihm, ermunterte ihn, es ihr gleichzutun, hungerte nach seinem Mund, seiner Zunge.

Doch seine Finger glitten von ihr, und der Bann war gebrochen. Es gelang ihr nicht, ihre Enttäuschung zu verbergen.

Er lächelte sie mit dem Verständnis eines Vaters an. »Sie suchen Hilfe, oder etwa nicht, Miss Kovalchyk?«

Frustriert stellte sie fest, dass er zu der Förmlichkeit zurückgekehrt war. »Ja.«

Er breitete die Arme aus und zeigte sein charmantes Lächeln. »Und ich bin hier, um Ihnen alles zu geben, was Sie brauchen.«

Sie fuhr rasch fort, um dem Sog der Begierde zu entfliehen. »Ich hatte Sie nach Corrina Bowen gefragt.«

»Ich erinnere mich«, sagte er, noch immer lächelnd.

»Alle wissen von Corrina, aber sie war nicht die Einzige, die hierhergekommen ist und um Ihre Hilfe gebeten hat. Oder, Mr. Wells?«

Er betrachtete sie still, sein gut aussehendes Gesicht entspannt im kürbisfarbenen Licht des Kaminfeuers.

»Es gab andere. So wie auch jetzt.«

»Ja«, sagte er.

»Aber nur einer kann den Wettbewerb gewinnen«, sagte sie. »Nur einer von uns wird …«

Elaine bemerkte etwas an Wells, das ihr vorher entgangen war.

»… wird …«, fing sie an, aber die Kette, die Wells trug, und das Objekt, das dort an seiner Brust lag, raubten ihr den Atem.

»Stimmt etwas nicht?« Er veränderte seine Haltung, und die Kette war nun ganz zu sehen.

Elaine schreckte vor ihm zurück, eine Hand entsetzt auf den Mund gepresst.

»Was ist denn?«, fragte Wells mit derselben angenehmen Stimme.

Elaine konnte nicht atmen, nicht denken. Unsicher erhob sie sich. Irgendwo unter einer Schicht des Schocks hörte sie sich stöhnen.

Wells sah sie nur an, das Objekt an seiner Kette klein, aber im orangefarbenen Licht unverkennbar. Er rief ihr nach, aber sie antwortete nicht. Sie sprang auf die Tür zu, riss sie auf und hastete in einem albtraumhaften Nebel den Flur hinunter und zur Vordertür hinaus.

Sie taumelte über die Wiese, noch immer stöhnend, und obwohl sie gegen die Erinnerung an jene schreckliche Nacht im letzten Sommer ankämpfte, kehrte sie zurück, ungebeten und unendlich monströs.

7

Drei Stunden später hatte sich Elaine hoffnungslos verlaufen. Nesselgepeitscht und stöhnend stolperte sie durch den Wald und dachte an jene Nacht im letzten Sommer zurück. Sie hatte bis morgens Tequilas gekippt und war in ihren Camry gestiegen, obwohl die anderen versuchten, sie davon abzuhalten. Sie war vorsichtig, ignorierte ausnahmsweise die Stereoanlage, textete nicht und sah auch nicht aufs Handy. Die längste Strecke der Fahrt legte sie ohne Problem zurück, vielleicht war sie darum auch so entspannt, als sie es nach Brooklyn zurück schaffte.

So entspannt, dass sie sich dabei ertappte, wie sie am Lenkrad einnickte.

Ruckartig wurde sie wieder wach und glotzte ungläubig auf die Straße. Sie packte das Lenkrad in der Zehn-vor-zwei-Position und warf einen raschen Blick auf die grüne Digitalanzeige am Armaturenbrett.

4:13 Uhr am Morgen. War es da verwunderlich, dass sie erschöpft war? Sie erwog, an den Rand zu fahren und zu schlafen, aber damit würde sie nur Ärger heraufbeschwören. Denn wenn ein Cop sie schlafend fand, würde er sich dann nicht fragen, warum sie sich für den Camry statt fürs Bett entschieden hatte? Er würde ihr Fragen stellen, und wenn es erst einmal so weit war, würde er gewiss auch bemerken, dass sie lallte.

Sie schluckte und verzog bei dem widerlichen Geschmack im Mund das Gesicht. Sie war nicht bloß angetrunken, sie gelangte in die ersten haarigen Phasen eines brutalen Katers. Ihre Zunge fühlte sich pelzig an, ihre Augen juckten und waren trocken. Es pochte gewaltsam hinten in ihrem Schädel, und sie musste aufs Klo, klein und groß, und wohin zur Hölle sollte sie nur? Es gab keine Tankstelle in der Nähe, und bis zu ihrem Apartment waren es noch gut zehn Minuten. Sie stellte sich vor, wie sie sich irgendwo auf der Straße hinkauerte, aber das war nicht nur entwürdigend und schmutzig, sondern regelrecht gefährlich.

Vor ihrem geistigen Auge sah sie sich schon mit heruntergelassener Hose in einer zwielichtigen Hintergasse, da fuhr plötzlich auf der Gegenfahrbahn ein Streifenwagen vorbei.

Ihr Magen verkrampfte sich. Sie warf einen Blick in den Rückspiegel, wütend auf sich, weil sie die Konzentration verloren hatte. Sie sah zu, wie der Streifenwagen im Rückspiegel kleiner wurde: Die Rücklichter leuchteten rot, flammten aber nicht heller auf, und das garstige rot-blaue Licht kam nicht zum Einsatz. *Bitte nicht wenden,* dachte sie. *Ich werde auch nie wieder betrunken Auto fahren.*

Die Streife beschrieb eine weite Linkskurve und verschwand aus ihrem Blickfeld.

Ein Ruck ging durch den Camry – sie hatte etwas gerammt.

Sofort sah sie wieder auf die Straße, da wurde der Wagen auch schon ein weiteres Mal so heftig durchgerüttelt, dass die Aufhängung schrie.

Wie betäubt trat sie auf die Bremse und flog nach vorn, wobei sich der Gurt in ihre Haut grub. Sie spürte Hitze am Unterleib: Ihre Blase hatte sich entleert.

Vor Grauen liefen ihr kalte Rinnsale den Rücken herab, und sie spähte auf die Straße hinter sich, um zu sehen, was sie überfahren hatte.

Eine menschliche Gestalt. Mit dem Gesicht nach unten, reglos.

Ihre Kehle schnürte sich zusammen. *Jesus! Gott, nein,* dachte sie. *Jesus, Gott, Jesus, Gott, das kann nicht sein.* Sie begann still zu schluchzen, ihr Körper bebte, und ihr Mund war voller Galle und Tequila. Sie wusste, sie sollte etwas tun, aber sie konnte nur dieses Ding anstarren und schluchzen.

Es gab Straßenlaternen, aber keine stand so, dass sie den Körper beleuchtete.

Die Fensterscheiben des Wagens hatten angefangen zu beschlagen.

Sie war von Apartmenthäusern umgeben. Abgesehen von einer Handvoll Fenster waren es alles schwarze Rechtecke. Als ihr Blick den Spiegel streifte, sah sie sich einen Moment lang selbst, das Gesicht kreidebleich und ausdruckslos.

Hinter ihr erschienen Doppelscheinwerfer.

Sie erstarrte. Die Polizei, da war sie sicher. Vielleicht war sie Schlangenlinien gefahren.

Die Scheinwerfer wurden größer, näherten sich.

Selbst wenn es nicht der Polizist war: Wer immer in dem Wagen saß, würde ohne Zweifel den reglosen Haufen neben der Straße erspähen und anhalten. Der barmherzige Samariter würde Hilfe rufen.

Fahr los!

Aber sie konnte nicht wegfahren. Nicht wegen irgendeiner moralischen Verpflichtung. Sie war schlichtweg nicht in der Lage, sich zu rühren. Die beiden Halogen-Stecknadelköpfe wuchsen zu blendenden Kugeln heran. Der Wagen näherte sich, und die Scheinwerfer tauchten den Körper nun in grellweißes Licht. Elaine befahl sich, mit ihren kraftlosen Fingern den Schaltknüppel zu packen und eine Biege zu machen, aber sie blieb erstarrt.

Und dann machte der Wagen verblüffenderweise kehrt und verschwand.

Elaine starrte ihm nach und konnte ihr Glück nicht fassen.

Jetzt fahr. Du wurdest mit einer zweiten Chance gesegnet. Ergreif sie und erwähne das hier niemals irgendwem gegenüber.

Aber ihre Hand verriet sie und öffnete die Tür. Ihre Beine schwangen auf den feuchten Asphalt hinaus. Ihr ganzer Körper vibrierte, während sie sich dem reglos daliegenden Haufen näherte. Gegen ihren Willen registrierte sie die Falten eines beigefarbenen Mantels oder so etwas.

Während sie in ihre Hände weinte, umkreiste sie die zusammengestauchte Gestalt, bis sie das Gesicht des Mannes sehen konnte, halb in seiner Armbeuge vergraben. Seine Augen waren geschlossen. An seinem Mundwinkel klebte Blut, in der Form eines Fächers verschmiert.

»Es tut mir leid«, wisperte Elaine in ihre Hände. »Es tut mir so leid.«

Die Augen öffneten sich. Elaine schlug sich eine Hand vor den Mund, um einen Schrei zu ersticken. Der Mann, seine bärtigen Wangen blutig, stützte sich auf einen

Ellenbogen, und da rutschte ein glänzender Anhänger aus seinem Hemd. Ein Davidstern mit irgendeinem grünlichen Stein in der Mitte.

»*Ich brauche ...*«, krächzte der Mann, doch dann hustete er, und ein Blutschwall spritzte ihm über das Kinn. Wieder öffnete er den Mund, aber das Blut raubte ihm den Atem, ließ ihn wieder zusammenbrechen.

Elaine war sich nicht bewusst, dass sie floh, bis sie gegen ihre noch offene Wagentür stieß. Automatisch ließ sie sich hineinfallen, legte den Gang ein, ohne sich noch einmal umzusehen, und fuhr weg von dem sterbenden Mann.

In Wells' Wald fiel ihr all das wieder ein, und sie erinnerte sich daran, wie sie vom sinnlosen Tod Harry Yudkins gelesen hatte, eines angesehenen Professors an Touro, einer jüdischen Graduiertenschule.

Sie torkelte zwischen den Bäumen hindurch, ihre Haut mit Blut und Schweiß verschmiert.

Möglicherweise wurde ja die Kette, die Wells in der Bibliothek getragen hatte, serienmäßig produziert. Vielleicht war die Welt voller Davidsterne aus Sterlingsilber mit grünen Opalen. Sie war jedoch ziemlich sicher, dass Wells nicht jüdisch war, und wenn das stimmte ...

»Nein«, wimmerte sie.

Vor sich sah sie einen schmalen Erdstreifen, nicht breit genug, um ein Weg zu sein, aber immer noch besser, als sich weiter den Weg durchs Unterholz bahnen zu müssen.

Elaine dachte an ihren Albtraum, Wells, der nackt auf der Wiese kniete, die pulsierenden Lichter und die schwarze Flüssigkeit, die ihn genährt, seinen Körper revitalisiert hatte.

Stöhnend sprintete sie auf den Pfad zu.

Und kam rutschend zum Stehen, als sie die bucklige Gestalt vor sich kauern sah.

8

Wilsons Worte hallten in Bryans Hinterkopf wider: *Morden Sie, wenn Sie den nächsten Sonnenuntergang noch erleben wollen.*

Bryan sah in den Badezimmerspiegel und bemerkte die violetten Halbmonde unter seinen Augen, die dichter gewordenen Stoppeln. Er ließ keine Rasur aus und blickte verächtlich auf Männer wie Rick und diesen Waschlappen Will Church hinab, die das Rasieren als optional ansahen und nicht als Bestandteil einer guten Körperpflege.

Dennoch …

Bryan fand, dass er recht bedrohlich aussah mit seinem Bartschatten.

Sein Grinsen verblasste, als ihm wieder einfiel, was er nur wenige Minuten zuvor gesehen hatte.

Er hatte beschlossen, Anna zur Hilfe heranzuziehen. Schließlich hatten sie eine Allianz gebildet, oder nicht? Vielleicht würde sie ihm ja helfen, einen der anderen Autoren zu eliminieren.

Er war auf dem Weg zu Annas Zimmer gewesen, um alles mit ihr zu besprechen, da hatte er am Ende des Flurs Wilson gesehen, der gerade die Treppe aus dem zweiten Stock herunterkam und etwas über der Schulter trug. Bryan war ihm nachgeeilt, hatte über das Geländer geblickt und war erstarrt.

Ein Körper. Das Objekt, das Wilson sich über die Schulter geworfen hatte, konnte nur ein menschlicher Körper sein.

»Wilson!«, rief er ins Treppenhaus hinunter und bereute es sofort, als der stehen blieb.

Langsam drehte sich sein Kopf, und dann starrte er zu ihm hoch. »Ja?«

Bryan sah den Körper an. Ihr Gesicht war gnädigerweise verhüllt, aber er musste das hübsche Gesicht nicht sehen, um zu wissen, dass es Anna Holloway war. Das rote Haar und der gut geformte Körper verrieten sie.

Sie bewegte sich nicht.

»Was …?«

… *stimmt nicht mit ihr,* wollte er gerade fragen, beschloss jedoch, dass er es gar nicht wissen wollte. Stattdessen sagte er: »Wo bringen Sie sie hin?«

»Sie hat einen Unfall erlitten«, sagte Wilson.

Bei diesen Worten bemerkte Bryan Blutstropfen auf dem Treppenteppich. Er sah Annas reglosen Körper an und entdeckte etwas, bei dem sich ihm die Kehle zusammenschnürte:

An der rechten Hand fehlten drei Finger.

Wilsons Grinsen verbreiterte sich. »Ich schlage vor, Sie folgen meinem Ratschlag, Mr. Clayton, ehe Sie noch einen ähnlichen Unfall erleiden.«

Bryan war geflohen.

Nun, da er an Annas schlaffen Leib und Wilsons grausames Grinsen zurückdachte, starrte er in den Badezimmerspiegel und sagte zu sich selbst, dass er es tun müsse.

Wenn er gewinnen wollte – Hölle, wenn er *überleben* wollte –, dann musste er es durchziehen.

Er war gerade auf dem Weg zu Lucys Zimmer, als Will um die Ecke kam. Bryan sah ihn zuerst, und sein Blick fiel auf Wills gnomenhaften Bauch unter dem schlabberigen Cubs-Knöpfpulli. Die verschossenen Kakishorts, die abgewetzten Sandalen. Nachlässig. Verweichlicht.

Na schön, dachte Bryan. *Dann bring ich ihn um statt Lucy.*

»He«, sagte er und brachte ein Lächeln zustande, »genau Sie wollte ich sehen.«

Will guckte ihn böse an. »Was wollen Sie?«

»Jemanden, der das Boot lenkt, während ich meine Angelschnüre bewache.«

Will sah ihn an, als hätte er den Verstand verloren. »Angelschnüre?«

»Kommen Sie schon«, sagte Bryan und führte Will mit sich. »Ich hab's schon früher versucht, aber die Strömung war zu kräftig. Allein wird das nichts, ich brauche einen zweiten Mann.«

»Ich muss schreiben.«

Verdammt. Nicht nur ging Will weg, sondern es stiegen auch die Chancen, dass sie gesehen wurden, je länger das hier dauerte. Seine Idee war gewesen, Lucy hinauszulocken, indem er sie *für ihr Vorlesen* lobte. Autoren liebten es, gelobt zu werden. Zudem wäre sie von den verbliebenen Wettkämpfern am leichtesten zu überwältigen.

Will war beinahe bei seinem Zimmer.

»Okay«, sagte Bryan und schloss eilig zu ihm auf. »Ich sag Ihnen die Wahrheit. Es hat nichts mit Angelschnüren zu tun.« Eine Pause. »Ich mach mir Sorgen um Anna.«

»Was ist mit ihr?«

Abgesehen davon, dass sie tot ist?

Bryan dachte an ihren schlaffen Körper zurück, die fehlenden Finger …

Er schob das Bild von sich und versuchte sich an einer grüblerischen Miene. Er wusste, dass Will das Mädchen mit dem Scharlachhaar vergötterte. Wenn er es richtig anstellte …

»Sie hat was Gefährliches vor.«

Will erforschte sein Gesicht, suchte zweifellos nach der Lüge. »Und was?«

»Weiß ich nicht. Sie geht jeden Tag in den Wald, und wenn sie zurückkommt, ist sie …«

Will gestikulierte ungeduldig. »*Was* ist sie? Voller Kletten? Oder Pusteln?«

Bryan atmete aus. »Sagen Sie, haben Sie auch das Gefühl, dass die ausgeschiedenen Teilnehmer nie zu Hause ankommen?«

Ein schwer zu deutender Ausdruck trat auf Wills Gesicht. »Ich muss schreiben.«

»Finden Sie es nicht seltsam, dass niemand, der geht, sich vorher verabschiedet?«

»Vielleicht ist es ihnen peinlich.«

»Würden Sie alle Ihre Sachen zurücklassen?«

Will legte die Stirn in Falten. »Wilson hat sie ihnen wahrscheinlich hinterhergeschickt.«

Bryan schauderte bei Wilsons Erwähnung. Denn Wilson war nicht wirklich Wilson, oder? Bryan hatte eine Ahnung, wer der Hausmeister in Wirklichkeit war, weigerte sich jedoch, den Gedanken zu akzeptieren. Denn wenn das stimmte, dann war das ganze Retreat …

»Wir sehen uns beim Abendessen«, sagte Will und griff nach dem Knauf.

»Ich glaube, sie verlässt uns«, sagte Bryan rasch.

Wills Hand hielt 15 Zentimeter vom Knauf entfernt an. »Anna?«, fragte er, ohne aufzuschauen.

»Mhm. Deswegen war sie ständig da draußen. Sie dringt jedes Mal ein bisschen weiter vor, sucht nach dem Weg hinaus. Ich bin ihr gefolgt.«

Will hob eine Augenbraue. »Sie haben ihr nachgestellt?«

»Ich habe ihre *Spur* verfolgt. Hören Sie, ich … mache mir nur Sorgen um sie.«

Scheiße. Selbst in seinen eigenen Ohren klang das wie eine Ausrede.

»*Sorgen* machen Sie sich? Mannomann. Sie würden sie doch huckepack zur Limo tragen. Wen wollen Sie hier eigentlich für dumm verkaufen?«

Bryan öffnete den Mund und schloss ihn wieder. Will wusste genau, dass er nur Scheiße laberte. Am besten ließ er es gut sein und suchte sich jemand anderen. Vielleicht doch Lucy. Denn sonst wäre er bei Sonnenuntergang tot. Und es war bereits später Nachmittag.

Er wandte sich gerade zum Gehen, da sagte Will: »Warten Sie, Mann. Ich glaub, ich verstehe, was hier los ist.«

Bryan beäugte ihn ohne große Hoffnung.

»Sie mögen sie«, wagte sich Will vor.

»Ja, ich mag sie«, gab er zu. »Ich bin … seit dem ersten Tag in sie verknallt.«

Will musterte ihn nun.

»Und vielleicht hab ich ihr doch ein wenig nachgestellt«, sagte Bryan kleinlaut. Als Wills Stirnfurchen sich vertieften, fügte er hastig hinzu: »Aber ich würde ihr nie etwas tun. Ich glaub nur, dass sie, Sie wissen schon, von allem die Schnauze voll hat.«

»In ihrem Zimmer ist sie nicht?«

»Sie ging gerade auf den Wald zu, als ich an ihr vorbei bin. Sie wirkte wirklich … Ich weiß nicht. Schwermütig?«

»Das hört sich nicht nach ihr an«, sagte Will, eher zu sich selbst.

»Ich glaub, diesmal macht sie Ernst.«

Will setzte sich in Bewegung. »Sie sagen, sie war auf dem Weg zum Wald?«

»Etwa vor zehn Minuten«, sagte Bryan und schloss eilig zu ihm auf. »Ich weiß auch, welchen Weg sie nimmt.«

»Hoffentlich irren Sie sich«, murrte Will, während er bereits die Treppe hinabstieg.

»Wir bringen sie zur Vernunft«, sagte Bryan. Liefen sie auf dem Weg aus dem Herrenhaus an irgendwem vorbei, dann würde er die Mission abbrechen müssen. Er spürte das Gewicht des Klappmessers an seinem Fußgelenk.

Drei Stunden. Er hatte drei Stunden, um einen Mord zu begehen. An jenem Tag im Wald mit Evan hatte er seine Chance verpasst. Er hätte den aufgeblasenen Bastard wie einen Karpfen ausnehmen sollen.

Er beäugte Wills weißes Hemd mit den winzigen blauen Nadelstreifen und spürte, wie sein Puls sich beschleunigte. Stellte sich vor, wie das Rot sich ausbreiten würde, nachdem er auf ihn eingestochen hatte.

Mit grimmiger Miene folgte er Will aus dem Herrenhaus.

9

15 Minuten später erreichten sie den See. Am nördlichen Ufer ragten die Buchen auf, Bryans erstes Indiz dafür, dass hier etwas nicht stimmte. Es brachte seinen Ordnungssinn durcheinander, also wandte er sich dem See zu, schirmte die Augen vor dem Gleißen der Sonne ab und dachte an Wilson, jenen Satz: »Heimgesucht von der Pein.«

Bryan hasste die Klassiker. Einer, der ihn besonders wahnsinnig machte, war von keinem anderen als Roderick Wells.

Der Seher.

Was ihn von anderen Romanen unterscheide, hatte Bryans Englisch-202-Professor behauptet, sei die Verwendung eines negativen Helden, um die angeborene Wildheit des Menschen zu illustrieren. Oder irgend so ein Scheiß.

In dem Roman hatte es einen verrückten Protagonisten gegeben, dagegen ließ sich nichts sagen. Der Seher war ein Handschriftenspezialist, der Eindrücke auffing, wenn man ihm Proben gab. In Fällen, wo Schuldige freigesprochen wurden, suchte der Seher sie dann auf und las aus ihrer Handschrift ihre Sünden heraus. »Die Echos ihrer Verdammnis« – dieser Satz hatte Bryan angesprungen, als er sich mit dem Buch abgemüht hatte. Der Seher war eine Art Racheengel, oder eher ein Rachedämon, da er Menschen für Sünden ermordete, die sie lange zuvor begangen hatten.

Nun, da Bryan darüber nachdachte, hatte er das Buch nicht wegen seiner komplexen Sprache gehasst, sondern wegen der Idee, dass niemandem je für eine Sünde vergeben werden kann, die geheim bleibt.

Es war zu nahe dran an dem, was er selbst erlebt hatte.

Sie verweilten am Rand des Sees. Will sagte: »Was jetzt, Wildtöter?«

»Wir müssen die Uferlinie absuchen. Wenn wir ihre Spuren finden, können wir ihr folgen.«

»Wieso sind Sie so sicher, dass sie weglaufen wollte?«

Bryan zuckte mit den Schultern. »Ich könnte mich irren. Aber sie wirkte verzweifelt. Irgendwie mit den Nerven am Ende.«

»Das klingt nicht nach ihr.«

»Genau das hab ich auch gedacht.«

Die Lippen zusammengepresst, ging Will am Ufer entlang los. Bryan bewegte sich in die entgegengesetzte Richtung. Der See war vielleicht 80 Hektar groß und hatte die Form einer Kidneybohne. Am östlichen Ufer stiegen die Hügel dramatisch an, wodurch zahlreiche Klippen und Buchten entstanden.

Verstecke im Überfluss.

Bryan würde sich Zeit lassen und Will auf halber Strecke um den See wieder treffen. Sich in den Schatten verbergen. Irgendwo nahe am Wasser, damit man das Blut leichter fortspülen konnte.

Er warf einen Blick über die Schulter, um zu prüfen, ob Will ihn beobachtete, doch nein: Will blickte auf den Sand hinaus wie ein liebeskranker Welpe.

Bryans Oberlippe bog sich zu einem höhnischen Grinsen. *Trottel.*

Allein die Vorstellung, eine Göttin wie Anna Holloway könnte jemals davon träumen, Wills präpubertäre Fantasien wahr werden zu lassen …

Er begann den beschwerlichen Aufstieg die Felsen hinauf und in den sie umgebenden Schleier des Waldes hinein. Er stieg über einen gewaltigen Brocken, kletterte auf einen zweiten, ein Klacks. Sprang über eine Lücke, die vielleicht anderthalb Meter breit war. Jetzt ging es ihm gut, und alle Gedanken an Wilson und seine Ähnlichkeit mit dem Seher waren verblasst. Er hielt an, um seinen nächsten Schritt zu berechnen, und da erspähte er unter sich etwas, das sein Herz rasen ließ.

Unmöglich, dachte er.

Da unten war jemand.

Sicher spielten ihm da nur die Schatten einen Streich. Vielleicht war es bloß ein alter Haufen Abfall. Als er jedoch seine Augen anstrengte, um durch das Halbdunkel etwas zu sehen, erkannte er, dass dies kein Streich war und ganz gewiss kein Haufen Müll.

Es war ein Mensch.

Einen Moment lang vergaß er Will Church und kletterte an der gekrümmten Felsfläche hinab, bis er weit genug unten war, um in den Sand zu springen. Langsam bewegte er sich auf die Lücke zwischen den Felsformationen zu und stellte fest, dass er recht gehabt hatte: Das war eine Person. Vor dem Tod hatte sie noch eine alte braune Decke über sich gebreitet, und die nackten Füße ragten heraus.

Er schlich näher und dachte an *Der Seher*. So unmöglich es schien, er war überzeugt, dass Wilson niemand anderer war als der namensgebende Charakter in Roderick Wells' Roman. Was eine Welt beängstigender Möglichkeiten entfesselte. Hatte Wilson nur als Inspiration für die Figur gedient oder hatte Wells Wilson erschaffen? Und wie sah es mit Wilsons Alter aus? Jesus, was war damit? Er sah keinen Tag älter als 50 aus. Aber *Der Seher* war vor über 60 Jahren geschrieben worden …

Bryan schob den Gedanken beiseite, ehe der ihn noch verrückt machte. Sonst würde er noch seinen Vorteil verspielen. Eigentlich hätte er gerade einen Mord planen müssen, doch stattdessen untersuchte er einen Haufen modernder Knochen. Während er sich selbst schalt, streckte er die Hand aus …

… und würgte, als der Kopf der Leiche plötzlich zu ihm herumwirbelte, das Gesicht fleckig von Schmutz und altem Blut. Er fiel auf die Seite und flehte das Ding an, das sich aus dem Sand erhob, ihn in Frieden zu lassen, doch noch während er brabbelte und mit den Händen fuchtelte, um sich das Ding vom Leib zu halten, sah er die Augen der Leiche, so vertraut, und ihre Zähne waren gar nicht verfault und abgebrochen, sondern gerade und weiß.

»Elaine?«, wisperte er.

Sie schloss die Augen, weinte leise und fiel auf die Knie. »Helfen Sie mir«, bettelte sie. »O Gott, ich hätte nie gedacht, dass ich noch einmal jemanden sehe.«

Bryan hörte sie kaum. Er blickte sich auf der schattigen Böschung um. Fünf Meter entfernt plätscherte ein Bach. Jenseits davon der Wald. Hinter ihnen ragten Felsformationen auf.

Elaine war erst seit dem Morgen verschwunden, hatte es aber dennoch in der kurzen Zeit geschafft, sich derart zuzurichten. Es widerte ihn an.

Er stieß den angestauten Atem aus. »Gucken wir mal, dass wir Sie sauber kriegen.«

Er erhob sich und klopfte sich den klebrigen Sand ab. Sie weinte. Die stinkende braune Decke hatte sie abgeworfen, aber der Rotz auf ihrer Oberlippe ekelte ihn an.

»Tausend Dank, dass Sie mir helfen«, sagte sie und

stand unsicher auf. Ihre Kleidung, stellte er fest, bedeckte nur sehr wenig von ihr. Kurze rosafarbene Shorts und ein Trägerhemd, das einmal weiß gewesen sein mochte. Sie hatte Flecken auf der Haut. Hatte sie sich irgendeine Krankheit zugezogen? Gott sei Dank hatte er sie nicht angefasst.

»Ich bin den ganzen Tag rumgelaufen«, erklärte sie. Am Rand des Baches sank sie herab und führte mit der Handfläche Wasser zum Mund.

Von ihren Schlürfgeräuschen wurde ihm schlecht.

Erinnerst du dich noch an den Mann, den du eigentlich ermorden sollst?, ermahnte ihn eine Stimme. *Bald hat Will den See umrundet. Wie machst du's, wenn Elaine dabei ist?*

Sie spritzte sich Wasser übers Haar, das mit Substanzen verkrustet war, die er gar nicht identifizieren wollte.

»Was ist Ihnen passiert?«, fragte er.

»Ich kann nicht glauben, wie groß der Wald ist«, sagte sie. Sie strich sich das Haar zur Seite und entblößte einen Schnitt unter ihrem Ohr, so lang wie ein Regenwurm. »Ich hab versucht zurückzufinden, aber ich hab mich verlaufen. Ich wollte Sie und die anderen finden … Mein Hals ist wund vom Schreien …«

Er sah sich die Striemen an ihren Waden an. »Wie zur Hölle haben Sie sich verlaufen?«

Sie wiegte sich, machte klägliche Summlaute.

»Rasten Sie mir jetzt nicht aus«, sagte er.

»Sie erwachen zum Leben.«

Es gelang ihm nicht, den Ärger aus seiner Stimme herauszuhalten. »Das weiß ich.«

Sie drehte sich um und sah ihn mit großen Augen an. »Sie wissen es?«

»Ich kann nicht glauben, dass keiner von uns das eher rausgekriegt hat. *Der Seher* ist eins seiner berühmtesten Bücher.«

Ihre Miene verfinsterte sich.

»Wovon reden Sie?«

Er sah weg. Unter einem ihrer verkrusteten Nasenlöcher hatten sich Rotzblasen gebildet.

»Was Wells auch schreibt, es wird Realität«, sagte er. »Zumindest beim *Seher* war es so.«

Sie wusch sich die Arme, ihre Wunden voller geronnenem Blut. »Sie glauben, Wells hat ihn zum Leben erweckt?«

Er sah sie böse an. »Reden Sie denn nicht davon?«

Ihre Lippen zitterten, und das wahnsinnige Funkeln trat wieder in ihre Augen. »Die Sachen, die wir erlebt haben. Unsere Vergangenheit ist uns hierher gefolgt.«

Bryan starrte sie lange an. Er war sich vage des Bachs bewusst, des Rauschens der Blätter in der Spätnachmittagsbrise.

»*Verstehen* Sie denn nicht?«, fragte sie, wollte es verflucht noch mal nicht gut sein lassen. »Ich hab ihn umgebracht.«

Er wandte sich zum Gehen, aber sie folgte ihm und fantasierte dabei vor sich hin. »Ich wollte es nicht, das schwöre ich …«

Sie stank wie eine Obdachlose.

»Es war so dunkel«, sagte Elaine, und ihr Atem roch nach Kanalisation.

»Halten Sie die Klappe.«

Sie zog an seinem Arm und plapperte irgendetwas von betrunkenem Fahren. Er versuchte, sich ihr zu entziehen, aber sie krallte sich an der Vorderseite seines Hemdes fest.

»Darum haben sie uns ausgewählt«, sagte sie halb schluchzend.

Er zog sie ein Stück mit sich über den nassen Sand. Dann löste er ihre Finger und verdrehte ihr die gottverdammten Handgelenke. Sie schrie auf, flog mit dem Mund voran in den Sand und lag heulend da. Er stolperte seitwärts und trat dabei ins flache Wasser. Seine Shorts wurden bespritzt, und der Schuh war komplett durchweicht. Schon wieder kam sie an und flehte ihn um Hilfe an. Sie packte seinen klatschnassen Schuh, und aus Verzweiflung trat er nach ihr und traf sie an der Nase. Ihr Schluchzen wurde zu einem brüllenden Geheul, laut genug, dass man es eine halbe Meile weit hören würde.

»Schnauze«, presste er zwischen den Zähnen hervor.

Ihre blutunterlaufenen Augen flackerten zornig auf, und sie schlug um sich.

Bryan griff nach seinem Fußgelenk und besah sich dann das Blut auf seiner Handfläche.

»Dumme ... *Fotze.*« Er trat nach ihrem Gesicht, verfehlte es aber. Trotz ihrer erbärmlichen Verfassung sah sie nun nicht mehr so hilflos aus. Ihre Stimme war ein Knurren, und wenn er nach ihr trat, schlug sie nach seinen Füßen, wobei ihre abgebrochenen Fingernägel aufblitzten.

Er schlug nach ihr, aber der Hieb ging ins Leere. Fluchend fiel sie gegen seine Beine. Er taumelte zurück und ließ aus Verzweiflung seine Faust geradewegs auf sie hinunterfahren. Er traf sie mit solcher Gewalt, dass ihr die Zähne aufeinanderschlugen. Als er stürzte, fiel sie mit ihm, und ihre Klauen schlitzten ihm die Waden auf. Er jaulte, griff nach unten, packte sie an den Schläfen und verdrehte ihr die Haut. Damit entlockte er ihr einen Schrei, aber sie krallte immer noch nach ihm.

Er ließ die Scheide an seiner Wade aufschnappen und riss das Klappmesser hervor. Ihre Augen wurden riesig. »*Wagen Sie es ja nicht …*«

Er rammte es ihr in den Kehlkopf. Ein Gurgeln drang ihr aus dem Hals, und ein Schwall heißen Blutes spritzte ihm übers Handgelenk. Sie reckte den Hals, sodass sich ihre Blicke trafen, und er drückte ihr die freie Hand aufs Gesicht, um diese starrenden Augen zu bedecken. Dann riss er das Messer seitwärts, öffnete ihr die Kehle wie einen Reißverschluss, und das Geräusch wurde noch schlimmer, wie das schleimige Husten eines alten Mannes.

Will konnte jeden Moment eintreffen. Bryan zerrte sie zum Wasser und rollte sie hinein. Ihre Gliedmaßen zuckten, aber sie war nicht tot, noch nicht, also drückte er ihr Gesicht ins Wasser, nur 15 Zentimeter tief, aber genug, um ihren brabbelnden Mund zu fluten. Blut bildete eine Wolke um ihren Kopf, doch dankbarerweise war an die Stelle ihres Kreischens das Blubbern auf der Wasseroberfläche getreten.

Jetzt gab es keinen Widerstand mehr, doch Bryan hielt sie weiterhin auf den Boden des Bachs gedrückt und zwang ihre Lungen, sich mit Wasser zu füllen.

Er blickte auf ihren Körper hinunter.

Ihre *Leiche*. Was zur Hölle sollte er mit ihrer Leiche machen? Er konnte sie nicht im Bach lassen. Sie würde darin treiben, es sei denn er beschwerte sie, und dafür hatte er keine Zeit.

Er zerrte sie auf die Felswand zu, worauf er ängstliche Blicke Richtung Wald warf. Elaine hinterließ im

Sand eine blutige Spur und ihre Fersen gruben Furchen. Ebenso gut hätte er ein blinkendes Neonschild aufstellen können, auf dem stand: Mordtatort. Wenn Will nun auftauchte, dann war Bryan gehörig gefickt.

Er blickte auf Elaine hinunter. Ihre Augen starrten blicklos zu ihm hoch. Glasig. Tot.

Eine Stimme: »Bryan?«

»*Nein*«, flüsterte er. Die Furcht legte sich wie eine Schlinge um seinen Hals.

»He, Mann«, rief Will von irgendwo über ihm, »ich hab gar nichts gesehen. Sie?«

Bryan wagte nicht zu atmen. *Nein,* dachte er. *Ich hab nichts gesehen, hab niemanden umgebracht.*

»Was ist los?«, rief Will.

Ganz und gar in Eis eingeschlossen, blickte Bryan auf und sah Will zu ihm herunterschauen. Seinen Gesichtsausdruck erkannte er nicht – dafür war der Waschlappen zu weit oben –, aber er glaubte nicht, dass Will Elaines Leiche sehen konnte von der Stelle der Felsformation, an der er sich nach vorn lehnte.

»Ich bin in einer Minute bei Ihnen«, antwortete Bryan.

»Sind Sie sicher, dass Anna in diese Richtung gelaufen ist?«, fragte Will.

Bryans Lippen zuckten, und er unterdrückte den irrsinnigen Impuls zu lachen. »Ziemlich sicher.«

»Tja, ich kann sie nicht finden«, sagte Will. »Ich gehe zurück.«

»Machen Sie das«, murmelte Bryan.

Er stand da, und sein Puls hämmerte ihm in den Ohren.

Eine weitere Minute verging, und ihm wurde klar, dass Will gegangen war.

Die Spannung wich aus seinen Schultern. Er trat von Elaines Leiche weg und trottete auf den Wald zu.

Die Unannehmlichkeit war vorbei. Und er war immer noch im Spiel. Seine Augen weiteten sich. Er begriff, dass er es getan hatte. Er hatte jemanden umgebracht, und auch wenn er den Mord an Elaine nicht geplant hatte, zählte er, oder nicht?

Natürlich zählte er. Er war vor Wilson sicher.

Bryan rannte schneller, und auf seinem Gesicht breitete sich ein grausames Grinsen aus. Es war nicht leicht gewesen, aber er hatte es getan. Und etwas sagte ihm, dass es umso leichter werden würde, je öfter er es tat. Er hatte nicht die Absicht gehabt, Elaine umzubringen, aber es hatte sich als notwendig erwiesen.

Wenn Bryan *einen* Autor umbringen konnte, dann konnte er auch *noch* einen umbringen.

Sein Grinsen verbreiterte sich, während er mit stampfenden Schritten durch den Wald lief.

10

Aus *Garten der Schlangen,* von Rick Forrester:

»Nicht mehr«, wimmerte Jimmy. Er konnte die Leiche nicht ansehen, die neben ihm auf dem Boden lag. »Bitte, nicht mehr.«

»Nicht mehr?«, sagte Anderson. »Herrgott noch mal, Junge, wir sind doch auf der Zielgeraden.«

»Ich wollte nicht … wollte nicht …«

»*Was* wolltest du nicht?«, fragte Anderson. Er eilte zu ihm und ging in die Hocke. »Nicht sterben, und deswegen hast du lieber dieses arme Stück Scheiße erledigt?«

Jimmy drückte die Augen zu und fragte sich, wie viel schlimmer der Tod sein konnte. Oder die Hölle, falls es einen derartigen Ort gab.

Anderson gab ihm eine Ohrfeige. »Belüg dich nicht selbst, Junge, dafür ist es längst zu spät. Du weißt, du hättest diesem jämmerlichen Hurensohn Angst machen können, statt ihn umzubringen.«

Jimmy heulte auf.

Anderson schlug ihn erneut, härter diesmal, sodass es Jimmy das Gehirn im Schädel durchrüttelte.

»Entwickle dich weiter, du kleiner Scheißer, *entwickle* dich«, grollte Anderson.

Jimmy warf den Kopf hin und her und murmelte nur, er wolle nicht mehr.

Er wurde in die Luft gehoben, und als er die Augen öffnete, baumelten seine Füße ein gutes Stück über dem Boden.

Anderson bannte Jimmy mit seinem irren Blick. »Sieh mich an, du kleiner Wurm.«

Jimmy versuchte es, aber offenbar war es nicht gut genug. Anderson schüttelte ihn, als würde er an einem Maschendrahtzaun rütteln. Als die Welt aufhörte, sich zu drehen, wandte Jimmy all seine Konzentration auf, um dem wahnsinnigen Polizeichef in die Augen zu sehen.

»Jetzt oder nie, Sohnemann. Es heißt jetzt oder nie. Entweder hältst du dich an die Noten oder ich mach dich so tot wie den Kerl neben dir. Es wird Selbstmord sein: Keine Seele wird bezweifeln, dass du dir deine Waffe in den Mund gesteckt hast.« Jimmy, der in der Luft hing, wurde näher an den Chief herangezogen, so nahe, dass er den psychotischen Bastard hätte küssen können, wenn er die Lippen gespitzt hätte. Der Geruch des enormen Mannes hüllte ihn ein. Der tagealte Schweiß und der Holzrauch von dem Haus, das sie letzte Nacht abgefackelt hatten. Jimmy hatte sogar gemeint, das verbrannte Fleisch ihrer Opfer zu riechen, ein Mann und seine Frau, deren einzige Sünde gewesen war, aus dem Fenster zu sehen, als Anderson gerade den Jogger umgebracht hatte, eine weitere arme Seele, die ihnen zur falschen Zeit über den Weg gelaufen war, in einer Nacht, in der der Blutdurst des Chiefs geweckt worden war.

Es muss ein Ende haben, dachte Jimmy. *Der Todeszyklus muss enden.*

Wie immer war es, als hätte Anderson seine Gedanken gelesen. »Beichte, Jimmy«, sagte er mit seinem schrecklichen Grinsen. »Du magst es.« Er guckte mürrisch und schüttelte den Kopf. »Quatsch, was sage ich? Du *liebst* es. Du liebst die Macht, das Wissen, dass du ein Leben auslöschen kannst wie eine Opferkerze.«

Jimmys Brust wurde ihm eng. »Es macht mich kaputt. Ich kann weder essen noch schlafen wegen des Schuldgefühls.«

»Dass es Schuld ist, *wünschst* du dir nur, Jimbo. In Wirklichkeit ist es die Wildheit in dir, die erwacht. So sind wir. Im Kern. Wir überdauern als Spezies, indem wir töten.«

Jimmy schüttelte den Kopf.

»*Doch,* Jimbo«, fuhr Anderson fort. »Wir wissen es beide. Du bist durcheinander, weil du diese dunkle Ader in dir angezapft hast. Im Innersten liebst du das Spritzen von Blut, ergötzt dich daran.«

»Ich bin durch damit«, sagte Jimmy und schloss in Verleugnung die Augen. Wenn er den Chief nicht ansah, konnte der ihn nicht mehr täuschen, konnte ihm nicht einreden, dass er töten musste, um sich selbst zu retten, wie er es bei dem Mann am Boden getan hatte. Als er es nicht länger aushalten konnte, öffnete er die Augen und begegnete direkt dem unverwandten Starren des Chiefs.

»Der letzte Schritt«, sagte Anderson.

»Ist welcher?«, hörte Jimmy sich selbst fragen.

»Der großartigste von allen.«

»Ich würde eher zur Hölle fahren, als wieder zu töten.«

Anderson grinste. »Die Hölle ist eine Gewissheit, Junge. Das hier«, er gestikulierte zu dem leeren Park ringsherum, »ist alles, was es gibt. Sobald du einem Unschuldigen das Leben nimmst ...«

Jimmy spürte, wie sein Gesicht sich zu verziehen begann.

»... und«, fuhr der Chief fort, »ich muss dich nicht an den armen unschuldigen Bastard auf dem Boden erinnern ...«

Tränen sickerten aus Jimmys Augen.

Die Stimme des Chiefs war beinahe sanft. »Nun, da du die Verdammnis gewählt hast, bleibt nur noch ein einziger Nervenkitzel übrig.«

Und als Jimmy in Andersons Augen blickte, brach das Wissen über ihn herein, was damit gemeint war. Er fing an, den Kopf zu schütteln.

Doch Anderson nickte nur und sagte mit derselben beruhigenden Stimme: »Die zu töten, die du am meisten liebst, das bedeutet Freiheit.«

»Nein ...«

»Das bedeutet Befreiung. Das bedeutet zu wissen, dass du in Sicherheit bist.«

Jimmy starrte Anderson ungläubig an. »In Sicherheit?«

»Na ja, Scheiße, Sohnemann.« Anderson lachte atemlos. »*Natürlich* wirst du in Sicherheit sein. Weißt du denn nicht, dass du sie umbringen musst, bevor sie dich umbringen?«

11

Auf eine Nachricht von Roderick Wells hin fand sich Rick um fünf am Nachmittag in der Bibliothek ein. Er sah, dass Sherilyn und Will angeregt diskutierten. Er ging auf sie zu und stellte dabei fest, wie hell die Bücherregale schimmerten, wie frisch es in dem großen Raum roch. Der Teppich schien sauberer, elastischer. Selbst die Bücher wirkten neuer.

Er kam bei Will und Sherilyn an und sagte: »Warum entscheiden Sie beide das nicht einfach mit Armdrücken?«

Sie hörten auf zu streiten, bedachten ihn jedoch mit grimmigen Blicken.

»Was?«, fragte Rick.

»Etwas ist hier faul«, sagte Will.

Rick verspannte sich. »Wo ist Lucy?«

Sie hatten den Vorabend zusammen verbracht. Anfangs war sie zurückhaltend gewesen, doch im Laufe der Nacht war sie aufgetaut. Sie hatten eine Decke auf dem Rasen ausgebreitet und sich unterhalten. Er hatte sie zögerlich geküsst, bevor er ihr an der Tür zu ihrem Zimmer Gute Nacht gesagt hatte, und erst als er wieder in seinem Zimmer gewesen war, hatte er festgestellt, wie viel Zeit sie miteinander verbracht hatten: Es war bereits ein Uhr morgens gewesen.

Er hatte sie den ganzen Tag noch nicht gesehen.

»Wir wissen es nicht«, sagte Sherilyn. »Darum geht es ja.«

Rick zuckte mit den Schultern. »Wo sind die anderen?«

»Nicht auf ihren Zimmern.«

»Ich war vorhin mit Bryan am See«, sagte Will.

Rick runzelte die Stirn. »Warum sollten Sie das tun?«

Will verdrehte die Augen. »Es war nicht so, dass ich mich nach seiner Gesellschaft verzehrt hätte. Er sagte, Anna verhalte sich komisch. Er machte sich Sorgen, dass sie vielleicht weggeht.«

»Bryan macht sich um niemanden Sorgen außer um Bryan.«

»Das weiß ich. Aber *ich* hab mir Sorgen gemacht. Und tue es immer noch.«

Sherilyn nickte. »Als Will zurückkam, haben wir uns unterhalten. Wir fanden es eigentümlich, dass wir den ganzen Tag niemanden gesehen hatten. Also sind wir rumgegangen und haben an Türen geklopft. Niemand hat geantwortet.«

»Was war mit Ihnen?«, fragte Will.

Rick sah ihn an. Sah er Argwohn in Wills Augen? Oder waren das nur die Nerven?

»Ich bin auf Erkundungstour gegangen«, sagte er. »Mein Plot hat sich festgefahren.«

Will hob eine Augenbraue. »Ich dachte, Sie kennen keine Schreibblockaden.«

»Doch, ich kenne sie«, log er.

Eine Stimme hinter ihnen: »Sie sind früh dran.«

Sie drehten sich um und sahen Wells näher kommen. Er wirkte größer und breiter, als Rick ihn in Erinnerung hatte. *Mein Gott,* dachte er. Selbst Wells' Haut sah straffer aus, als hätte sich irgendein renommierter Schönheitschirurg ins Herrenhaus geschlichen und in tiefster Nacht ein Facelifting bei ihm gemacht.

Was geht mit Ihnen vor sich?, wollte Rick fragen. Er sah Will und Sherilyn an und fand dieselbe Verblüffung auf ihren Gesichtern.

Wells nickte zu dem Bücherregal, bei dem sie standen. »Ich sehe, Sie haben meine Southern Gothics gefunden.«

Wells ignorierte ihre prüfenden Blicke. »Darf ich?«, sagte er. Er trat zwischen Sherilyn und Will und zog eine ledergebundene Ausgabe hervor. »*Die Weisheit des Blutes,* Flannery O'Connor.« Ein Blick zu Sherilyn. »Sie haben es gelesen?«

»Zweimal«, sagte Sherilyn in kühlem Tonfall.

»Und Sie, Mr. Forrester?«, fragte Wells.

»Dieses nicht«, sagte Rick, »aber ich hab *Ein guter Mann ist schwer zu finden* gelesen.«

»O Mann, die Geschichte liebe ich«, sagte Will. »So verdreht.«

Sherilyn sah ihn zweifelnd an. »Das ist wohl was Gutes?«

Will zuckte mit den Schultern. »Absolut.«

»Hm«, machte sie und wandte sich Wells zu. »Ich beginne mich zu fragen …«

Wells stellte das Buch wieder ins Regal und kam auf sie zu. Auf Rick wirkte er wie ein altgedienter Major-League-Werfer. Kurz vor dem Ende seiner Karriere vielleicht, aber immer noch zäh genug, um Spiele zu gewinnen.

»Die Ereignisse haben sich beschleunigt«, sagte Wells.

Sherilyn sah alarmiert aus. »Was ist passiert?«

»Miss Kovalchyk und Miss Holloway sind aus dem Wettstreit ausgetreten.«

»Beide?«, fragte Sherilyn.

Rick dachte an Elaine an jenem ersten Nachmittag mit ihrem Panzer aus Arroganz zurück. Am Vorabend war sie ihm menschlicher erschienen.

»Schicken Sie die alle weg oder gehen sie freiwillig?«, fragte Rick.

»Kommen Sie«, sagte Wells, »die anderen können zu uns in den Bergfried kommen.«

»Den was?«, fragte Will und beeilte sich, um bei der Gruppe zu bleiben.

»Der Turm«, erklärte Sherilyn. »Ich nehme an, dahin führen Sie uns jetzt? In Ihr Allerheiligstes?«

»Korrekt, Miss Jackson. Es ist Ihre Belohnung dafür, dass Sie die letzten fünf Kandidaten sind.« Er ging auf eine Tür zu, die in einen düsteren Alkoven eingebettet war. »Einen derart rapiden Verschleiß hatte ich nicht geplant, doch leider …« Wells öffnete die Tür und verschwand in den Schatten.

Will folgte ihm. »Ich bin enttäuscht, dass der Zugang nicht verborgen ist. Sie wissen schon: ein Buch, das man rausziehen muss, und dann bewegt sich das ganze Regal.«

»Das wäre unpraktisch«, sagte Wells, und seine Stimme erzeugte ein Echo auf der steinernen Wendeltreppe. Rick hatte sich den Turm von außen genau angesehen, doch nun, da er hier drin war, konnte er sich des Eindrucks einer Zeitreise nicht erwehren. Die grob gehauenen Wände erinnerten ihn an seine Lieblings-Gothicliteratur, Romane wie *Der Mönch* oder *Das Schloss von Otranto*.

»Warum bezeichnen Sie ihn als Bergfried?«, fragte Sherilyn. »Für mich sieht's einfach wie ein großer Turm aus.«

»Ein Turm ist bloß ein architektonischer Bestandteil. Ein Bergfried hingegen ist eine Bastion. Befestigt, um Widersacher abzuwehren.«

Die Treppe war breit, ihr Anstieg sacht, sodass sie länger brauchten, um die Spitze zu erreichen, als Rick vorhergesehen hatte. Er schätzte, dass der Bergfried grob sieben Stockwerke hoch war, aber beim Hinaufsteigen schienen es ihm eher neun oder zehn zu sein. Wells hingegen ging in gleichmäßigem Tempo die Stufen hinauf, mit der Sicherheit und Anmut eines Mannes in seinen besten Jahren.

Rick beeilte sich, um Schritt zu halten.

Sherilyn fragte über ihre Schulter: »Wie alt, hatte Wells noch mal gesagt, ist er? Guter Gott.« Auch sie schien außer Atem zu sein.

»Bergfriede wurden vom Adel gebaut«, erklärte Wells, »um Aufstände und Guerilla-Attacken abzuwehren.« Eine Tür kam in Sicht. Wells blieb davor stehen und blickte auf sie hinunter. »Diesen hier haben nur wenige betreten. Ihnen Einlass zu gewähren ist ein Vertrauensakt, den ich sehr ernst nehme.« Eine Pause, Wells' dunkle Augen suchten die ihren. »Und ich hoffe, Sie werden das ebenfalls tun.«

Direkt nach dem Durchgang blieben sie stehen.

»Süßer Jesus, Marias Sohn«, sagte Sherilyn.

Das fasst es ganz gut zusammen, dachte Rick.

Die Wände des Bergfrieds bildeten einen perfekten Kreis, mindestens 15 Meter im Durchmesser, und die konische Spitze ragte hoch in die Luft empor. Wie in der Kapelle gab es Buntglasfenster, die auf Bodenhöhe anfingen. Wie der Flur im zweiten Stock war der Bergfried mit Gemälden und Wandteppichen geschmückt, die Szenen aus Wells' Dichtung darstellten.

Doch die tödlichen Bilder stammten nicht *nur* aus Wells' Geschichten. Rick hatte alle Romane von Wells gelesen und die meisten seiner Kurzgeschichten, doch als er flüchtig die Tableaus überflog, sah er ein halbes Dutzend Sachen, die Wells nicht geschrieben hatte.

Das makabre Gemälde eines Mannes in schwarzen Lumpen.

Kreaturen, etwa drei Meter hoch, mit fischweißer Haut und leuchtenden grünen Augen.

Eine große Schankstube mit einem Balkon, dekoriert mit abgetrennten Menschenköpfen.

Eine Frau, die sich selbst mit Benzin übergoss und ein Feuerzeug betätigte.

Ein Satyr, der oben auf einer Burg hockte, irgendein riesiges Gewässer im Rücken.

Und an den Rändern erspähte Rick unvollendete Gemälde. Er hätte überrascht sein sollen, jenen fies dreinblickenden Berg von einem Polizisten auf ihn herunterstieren zu sehen. Aber er war es nicht. Er konnte den Blick nicht von dem halb fertig gezeichneten Cop abwenden: die Stirn wie ein Schiffsbug; der felsenartige Unterkiefer, siegreich vorgereckt; die Sonnenbrille, die John Anderson irgendwie noch bösartiger wirken ließ.

»Die Sirene«, murmelte Will.

Die Gestalt, auf die Will zeigte, ähnelte einer verführerischen nackten Frau. Weiche Kurven, dunkles, fließendes Haar. Davon abgesehen war diese Gestalt pure Fantasy. Pupillenlose weiße Augen. Messerscharfe Zähne.

Auch dieses Gemälde war noch nicht fertig, aber die Sirene schien irgendein Ufer entlangzukriechen.

»Effektiv«, sagte Rick.

»Ihres auch«, antwortete Will.

»Ich hab Ihnen ja gesagt, dies sei ein magischer Ort«, sagte Wells und fing an, Kreise um sie zu ziehen. »Sie werden Teil meines Vermächtnisses.«

Wells lächelte Sherilyn an, die unsicher zur Decke hochblinzelte. »Ihres ist auch da, Miss Jackson, auch wenn Sie es nicht deutlich sehen. Warum investieren Sie nicht in ein Paar Kontaktlinsen?«

»Ich bin nicht sicher, ob ich es sehen will«, antwortete sie.

»Mr. Forrester, möchten Sie Miss Jackson ihre Szene vielleicht beschreiben?«

Das Bild aus *Der magische König* war ein dramatisches: Man stand als Betrachter hinter dem König, der die Gemeinen unterhielt. Zwei Details stachen Rick sofort ins Auge. Erstens hatte der König eine unheimliche Ähnlichkeit mit Wells. Zweitens die Gesichter in der Menge, unfertig, die Züge nur angedeutet.

Doch Rick glaubte, Lucy in der Menge auszumachen. Tommy. Evan.

Er sah weg, ehe er noch sein eigenes Gesicht fand.

»Oha«, sagte Will.

Rick sah Wells an. »Je weiter wir mit unseren Geschichten kommen, desto mehr nähern sich diese Gemälde ihrer Vollendung?«

»Die Wortzahl ist nur ein Aspekt. Die Imagination steht an erster Stelle.«

Will grinste. »Wer hat die gemalt? Wilson? Ihre Frau?«

»Zweifel ist das Handicap des Künstlers, Mr. Church.

Sie haben vielleicht bemerkt, wie deutlich Mr. Forresters Schurke ist im Vergleich mit Ihrer Sirene?«

Wills Grinsen verblasste. Rick gab keinen Kommentar dazu ab, aber der Unterschied stach ins Auge.

»Wenn also einer von uns siegt«, sagte Sherilyn, »dann wird sein Gemälde fertiggestellt, und die anderen … verblassen einfach?«

Wells lächelte. »Ich bin beeindruckt, Miss Jackson. Vielleicht überleben Sie diesen Wettbewerb ja doch noch.«

Sherilyn legte die Stirn in Falten. »Das ist eine seltsame Art, es auszudrücken.«

Rick ließ den Blick über die Decke schweifen. »Da oben gibt es mehr Bilder als Wettkämpfer.« Er sah Wells an. »Viel mehr.«

Wells antwortete nicht.

»Der Corrina-Bowen-Wettbewerb«, fuhr Rick fort. »Wenn jene Bilder verblasst sind – die derjenigen, die nicht gewonnen haben – und manche dieser Bilder nicht unsere sind … oder Ihre … wo kommen sie dann her?«

Wells antwortete nicht.

Rick wollte gerade nachhaken, aber ehe er Gelegenheit hatte, waren auf dem Treppenabsatz Schritte zu hören. Sie drehten sich um und sahen, wie Wilson in den Bergfried trat, Bryan hinter sich.

Sherilyn beäugte ihn säuerlich. »Ich dachte, Sie wären womöglich auch ausgestiegen.«

Bryans Haar war klatschnass, als hätte er gerade geduscht.

Wells sagte zu Wilson: »Und Miss Still?«

»Hat sich in ihrem Zimmer eingeschlossen«, erklärte Wilson. »Sie hat nicht reagiert.«

Wilson trat näher auf Rick zu. Kam ihm unangenehm nahe. Der Körpergeruch des Dieners war wie die blitzgeladene Luft in einem Hundezwinger.

Will sagte: »Vielleicht sollte jemand nach ihr sehen.«

»Ja«, raunte Wilson neben Ricks Ohr. »Vielleicht sollte jemand zu ihr gehen, solange sie noch lebt.«

Sherilyn sagte: »Es kann doch sein, dass sie einfach nur …«

Aber den Rest hörte Rick nicht mehr. Er war bereits auf dem Weg zur Tür.

12

Rick klopfte noch einmal; wieder gab es keine Antwort.

»Das klingt jetzt wie die gruseligste Aussage der Welt, aber ich sag es trotzdem: Ich weiß, dass du dadrin bist.« Er zuckte zusammen. »Laut ausgesprochen hört sich's sogar noch schlimmer an. Serienmördermäßig. Mir ist, als sollte ich Clown-Make-up tragen.«

Die Tür schwang einwärts. Lucy blickte ihn finster an.

Sie hatte geweint. Ihre Augen waren geschwollen und ihre Wangen hatten eine blassrosa Färbung. Noch beunruhigender war, dass mitten im Zimmer ihr Koffer stand, und einige Kleidungsstücke lagen bereits darin.

Mehrere Kommentare gingen ihm durch den Kopf, doch keiner schien passend. Sie hielt mit einer Hand den Türrahmen umklammert und mit der anderen die Tür.

»Okay«, sagte sie, »du hast mich gesehen. Gehst du jetzt wieder?«

»Hab ich was verpasst?«

»Meine Geschichte ist weg.«

Er starrte sie an.

»Ich war zur Recherche in der Bibliothek, und als ich wieder aufs Zimmer kam, stand mein Laptop draußen vor meiner Tür. Wie ein großes Fick-dich.«

»Jemand hat sie gelöscht?«

»Komplett. Sie ist nicht im Papierkorb, nicht im Dateienverzeichnis. Einfach weg.«

»Was ist mit der ausgedruckten …?«

»Auch weg.«

»Mein Gott. Ich weiß nicht, was ich … Wer war das?«

»Spielt das eine Rolle? Anna hat mich verachtet. Elaine hat, ehe sie gegangen ist, so getan, als wären wir Freundinnen, aber vielleicht war das nur ein Trick …«

Rick blickte den Gang hinunter, dachte an Bryan …

»In Wahrheit«, sagte sie, »traue ich hier niemandem. Ich war dumm, dir zu vertrauen.«

»He, ich mach dir keine Vorwürfe …«

»Ach, du machst mir keine *Vorwürfe!* Wie großzügig von dir. Irgendein … *Wichser* dringt in mein Zimmer ein, macht das Beste platt, was ich je geschrieben hab, und verhöhnt mich noch damit?«

»Das ist schrecklich, Lucy. Ich kann mir nicht vorstellen …«

»Hast du je was von deiner Arbeit verloren?«

Er trat unbehaglich von einem Fuß auf den anderen. »Teile von Kapiteln … Eine Abhandlung, die ich geschrieben hab …«

»Hast du die Sachen zurückgekriegt?«

Er zögerte. Schüttelte den Kopf.

»Irgendwelche anderen brillanten Vorschläge?«

»Vielleicht kann Wells einen Computerfachmann kommen lassen.«

»Vielleicht kannst du zu mir in die Realität zurückkehren. Sie ist weg.«

»Lucy …«

»Stell dir mal vor, das Beste, was du je geschrieben hast. Denk an *Garten der Schlangen*. Machst du das?«

Er nickte, wusste, wohin es führen würde, hoffte jedoch, dass es ihr helfen würde, Dampf abzulassen.

»Und jetzt ist es weg.« Sie schnippte mit den Fingern. »Wie fühlt sich das an?«

»Schrecklich. Katastrophal.«

»Und jetzt stell dir vor, dass das jemand absichtlich gemacht hat. Jemand dringt in deinen Privatbereich ein, böse genug, dir alles wegzunehmen.«

»Du kannst es wiederkriegen.«

Sie sah ihn an, als hätte er den Verstand verloren. »Es gibt keine Möglichkeit, die Datei …«

»Hier drin«, sagte er und tippte sich an den Kopf. »Es ist immer noch dadrin, oder? Du kennst die ganze Geschichte. Du warst erst … wie weit? Ein Drittel?«

Sie riss die Augen weit auf. »*Nur ein Drittel?* Tja, heilige Scheiße, Rick. Und ich dachte schon, das sei 'ne große Sache! Dann schlender ich einfach mal zur Tastatur und schreib das ganze Buch noch mal!«

Er ließ den Kopf hängen. »Ich wollte nicht unsensibel klingen.«

Sie ging zur Kommode. »Das weiß ich. Und ich weiß, dass ich mich schuldig fühlen werde, weil ich dich so anblaffe.«

»Musst du nicht. In der Situation wäre jeder wütend.«

Sie hob ein paar Hemden auf. »Wahrscheinlich verdiene ich das hier eh nicht.«

»Warte mal eine Sekunde.«

»Wenn du je in Virginia bist, schau mal vorbei. Und jetzt lass mich packen.«

Er wollte gerade gehen, da bemerkte er etwas, das ihm bis jetzt entgangen war. Ihre Badezimmertür stand offen, und das Licht war an. Am Waschbeckenrand ein Haufen Pillen. Kleine rote.

Sein Puls pochte ihm in den Schläfen.

»Du kannst jetzt gehen«, sagte sie. »Es sei denn, du willst meine BHs sehen. Ich verspreche dir, die sind nicht so spannend.«

Bleib oder geh, dachte er. *Bleib, und du verschlimmerst die Situation. Du machst sie wütend, sie schluckt diese roten Pillen und stirbt, ehe sie sie ins Krankenhaus schaffen.*

Lucy ließ ein Hemd in den Koffer fallen. »Vielleicht gefällt's dir, einer Frau beim Packen zuzusehen. Jeden macht was anderes an. Vielleicht sind's bei dir ja weiße Baumwollslips.«

Oder, dachte er, *die Pillen liegen gar nicht aus einem düsteren Grund da; sie füllt sie nur aus einer Medikamentenbox ins Glas um.*

»Ehrlich«, rief sie und fuhr zu ihm herum, »langsam wird's ein bisschen seltsam.«

Er murmelte: »Tut mir leid«, trat jedoch nicht von der Tür weg.

»Na, sieh an«, sagte sie. »Da wird's gleich noch viel seltsamer.« Sie fing an, die Tür zuzuschieben. »Du bist 'n großartiger Kerl, Rick. Ich wünschte, wir hätten uns anderswo kennengelernt. Aber ich hätte sowieso einen Weg gefunden, es zu versauen, egal wo wir uns kennengelernt hätten.«

»Lucy …«

Die Tür ging zu, und dann klickte das Schloss. Rick stand auf dem Flur und lauschte.

13

Lucys Faust zitterte, die Pillen darin heiß auf ihrer Haut. Mit der anderen Hand klammerte sie sich am kühlen Waschbecken fest. Ihr Agent wiederholte mit heiterer Stimme in ihrem Kopf: *Es ist vorbei, Lucy Goosy! Es ist vorbei!*

Die Hüllen ihrer Pillen lösten sich in ihrer schwitzigen Hand auf, und rote Tropfen fielen aufs weiße Porzellan. Lucy blickte auf die roten Punkte hinunter. Es war nicht das Rot von Menstruationsblut, erinnerte sie aber dennoch daran, an den Anfang einer Periode, und aus unerklärlichen Gründen verschlimmerte es noch ihr Gefühl des Verlassenseins, ihre fatalistische Gewissheit, dass dieser Augenblick, in diesem Badezimmer, das Ende der Fahnenstange war.

Lucy dachte an ihr Manuskript. Erinnerte sich an die Geschichte. Wie sollte sie auch nicht? Jeden wachen Moment, den sie nicht mit Rick verbracht hatte, hatte sie daran geschrieben oder dafür recherchiert. *Die Fred-Astaire-Morde* war das Beste, was sie je gemacht hatte.

Aber es ist weg, erinnerte Fred sie. *Zugegeben, es mag gut gewesen sein, aber jetzt ist es weg, und du hast wieder nur dich. Dich und dein Scheitern.*

Sie schlug auf den Rand des Beckens ein. Es tat weh, also tat sie es noch einmal, fester. Sie bearbeitete das Becken mit beiden Fäusten, und der Pillensaft tüpfelte das Porzellan kirschrot.

Sagen wir, nur zum Spaß, du verdienst genug, um einen weiteren Vorschuss zu rechtfertigen. Was dann, Lucy? Wieder die gleiche verdammte Geschichte. Du stolperst durch eine weitere miserable Fortsetzung – Die Ginger-Rogers-Tötungen? Das Gene-Kelly-Massaker? – *und bist wieder genau da, wo du angefangen hast. Du hast nicht den Mumm oder das Herz oder, machen wir uns nichts vor, das* Können, *um eine waschechte Autorin zu sein. Du wirst älter, hast die einzige Beziehung sabotiert, die vielleicht was hätte werden können …*

Ein Knurren schwoll hinten in ihrer Kehle an. Sie verdrosch das Waschbecken, die Seiten ihrer Finger platzten auf …

… und es wird Zeit, dass du das machst, was du schon vor Jahren hättest machen sollen, Lucy Goosy …

… ihre Fäuste schlugen zu, Blut spritzte aufs Becken …

… keine Freunde, keine Familie, kein Ehemann …

… das Knurren wurde zu einem Schrei …

… also tu allen einen Gefallen und nimm endlich die Pillen …

Mit einem unartikulierten Schrei stopfte sich Lucy die Handvoll Pillen in den Mund, würgte sie hinunter und dachte: *Jetzt sind's nur noch vier Kandidaten!*

Und ihr fiel etwas anderes ein, etwas unendlich Schlimmeres …

Die Pillen glitten ihre Speiseröhre hinunter, begierig, ihr tödliches Gift zu verbreiten.

Molly fiel ihr ein, ihre kleine Schwester, und Polen, der Ort, an dem ihr Leben zu Ende gegangen war. Wo ihrer beider Leben zu Ende gegangen war.

Das stimmt, dachte sie, und ihre Verzweiflung verblasste. *Das Mädchen, das starb* war Molly, ja. Aber Lucy hätte den Roman *Die Mädchen, die starben* nennen sollen. Denn an jenem Tag war Lucy ebenso wie ihre Schwester gestorben. Lucys Ableben hatte nur etwas länger gedauert. Das erfolgreiche erste Buch, das gefloppte zweite. Das desaströse dritte. Die armseligen Beziehungsversuche. Und all das hatte zu diesem Moment geführt, die Vollendung eines Sterbens, das vor einem Vierteljahrhundert begonnen hatte, jenseits des Atlantiks auf einem gefrorenen ländlichen Bach.

Damals war sie gestorben.

Das hier entsprach nur dem Abbruch lebenserhaltender Maßnahmen.

Sie sah in den Spiegel. Sah die Pillenfarbe, mit der ihr Mund beschmiert war. Ihre Lippen waren von einem knalligen, ungleichmäßigen Rot. Wie eine Schauspielerin auf dem absteigenden Ast, durchgeknallt und zu zittrig, um auch nur ihren Lippenstift ordentlich aufzutragen. Am Kinn hatte sie blassrosa Tröpfchen, und ein Rinnsal roten Saftes lief ihr an der Kehle herab. Sie sah lächerlich aus. Wie ein Clown.

Lucy starrte ihr Spiegelbild an, den Rand des Waschbeckens fest umklammert und sich kaum bewusst, wie sehr ihre blutenden Hände schmerzten. *Sie* hatte sich das angetan. Nicht ihr Agent, nicht Wells und nicht die anderen Autoren.

Du, Lucy. Das warst du.

Der Clown starrte zurück.

»O mein Gott«, wisperte sie.

Sie stürzte zur Toilette und steckte sich drei Finger tief in den Hals. Ihr Würgereflex wurde heftig ausgelöst, und sie bespritzte die Unterseite der Brille mit einer Flut aus Pillen, Magensäure und dem wenigen, was sie tagsüber gegessen hatte. Sie erbrach sich lange und machtvoll, aber sie wusste, dass es nicht reichte. Sie rammte sich die Finger tiefer hinein, geißelte ihre Kehle, und diesmal war der Kotzstrahl so gewaltig und heiß, dass ihr der Unterkiefer komplett aushakte, wie bei einem Horrorcharakter, der aus dem Mund ein schleimiges Alienbaby gebar. Sie wusste, dass sie etwas von dem Gift im Blutstrom hatte, verstand, dass dies eventuell eine zwecklose Maßnahme war, aber sie brachte sich dennoch zum Würgen und schob sich diesmal die Finger so tief in die Kehle, dass ein Zeuge geglaubt hätte, sie wolle ihren Unterarm verschlucken. Lucy versprühte Kotze, der Schmerz unbeschreiblich, und dann begann das trockene Würgen, das ihr das Innerste zusammenzog und ihr den Atem raubte. *Ich sterbe,* dachte Lucy, während ihre Lunge sich verkrampfte. *Ich sterbe, und nicht einmal wegen der Pillen. Sondern wegen Sauerstoffentzug.*

Sie rang nach Atem, scheiterte, sog dann doch ein wenig Luft ein. Sie keuchte, ihre Luftröhre stand in Flammen, ihr ganzer Körper brannte. Aber sie war am Leben.

Verschwommen wurde ihr bewusst, dass sie weinte. Sie mochte die erbarmungswürdigste Kreatur im Kosmos sein, aber verdammt, sie war noch hier und atmete.

Im Gegensatz zu Ihrer Schwester, flüsterte eine Stimme. Aber diesmal war es nicht ihr Agent, der sie verspottete – es war Wells.

Sie haben sie im Stich gelassen, sagte er.

Stöhnend taumelte Lucy aus dem Badezimmer. *Ich wollte nicht, dass das passiert, wollte sie nicht …*

Umbringen?, fragte Wells.

Lucy schüttelte den Kopf, aber Wells' Stimme ließ sich nicht beschwichtigen: *Sie haben das alles verdient, Lucy.*

Das gebrochene Herz, die Demütigung, den Schmerz. Sie haben das alles in Polen erworben. Und seither tragen Sie es mit sich.

Jetzt nicht mehr, dachte sie.

Es gehört zu Ihnen, beharrte Wells.

»Jetzt nicht mehr«, sagte sie laut.

Keuchend stand sie mitten im Schlafzimmer und sagte sich, dass sie den Schrecken und den Schmerz, die Mollys Tod umgaben, nun hinter sich gelassen hatte.

Doch tief in den Knochen spürte sie, dass sie sich alledem erst noch würde stellen müssen.

14

Er machte ihr sofort die Tür auf, aber statt zu sprechen, blickte er auf ihre Hände hinunter, die sie in Handtücher gewickelt hatte. Eine dilettantische Arbeit.

»Ich hab was Dummes gemacht«, sagte sie. »Ich hab ein paar Pillen genommen.«

Er machte einen Schritt auf sie zu. »Dann bringen wir dich schnell ins Krankenhaus.«

»Ich hab sie ausgekotzt.«

»Wie viele hast du genommen?«

»Ich weiß nicht. Viele.«

»Das Krankenhaus …«

»Ich glaub, ich bin in Ordnung.«

»Bist du eine Ärztin?«

»Ich sag nur«, fuhr sie fort, »bis wir es Wells erklärt haben, den ganzen Weg bis zur Straße zurückgewandert und in die Stadt getrampt sind …«

»Du könntest immer noch …«

»Bleib bei mir, während ich dusche. Du musst aufpassen, dass ich wach bleibe.«

»Das waren Schlafpillen?«

»Gegen Angst«, sagte sie. Dachte darüber nach. »Irgendwo darin verbirgt sich Ironie.«

»Komm rein«, sagte er.

Er erwies sich als sehr respektabler Krankenpfleger. Sie wusste, es war stereotyp von ihr, deswegen überrascht zu sein, aber die Männer, die sie kannte – ihre gelegentlichen Liebhaber, ihr Agent –, hatten das Einfühlungsvermögen eines Schraubenschlüssels. Rick bekam die Temperatur des Wassers genau richtig hin und blickte in die andere Richtung, während sie in die Dusche stieg und den Vorhang zuzog. Trotz ihrer derangierten Verfassung ertappte sie sich dabei, wie sie seine Augen beobachtete, in der Hoffnung, er würde einen Blick riskieren. Seit ihrer Ankunft hier hatte sie Gewicht verloren und mehr Bewegung und Sonne bekommen; abgesehen von den Schnitten an ihren Händen und ihrem zerzausten Haar war sie zufrieden mit ihrem Erscheinungsbild.

Aber Rick sah nicht hin. Er ging einfach hinaus und ließ die Tür offen stehen.

Sie ließ sich Zeit beim Duschen.

Es gab keinen Rasierer, aber sie hatte sich erst gestern die Beine rasiert, teils in der Hoffnung, sie demnächst um Rick zu schlingen.

Was lustig war, dachte sie, während sie sich die Achseln einseifte. Sie genoss es aufrichtig, mit ihm zu sprechen, wollte aber auch, dass er über sie herfiel. Sie konnte sich nicht daran erinnern, diese Kombination jemals erlebt zu haben in all ihren Jahren des Umgangs mit Männern. Wenn Rick und sie sich unterhielten, dann war ihr, als spräche sie mit einem alten Freund. Und wenn sie ins Bett ging, stellte sie sich vor, wie er sie über einen Tisch bog.

Ulkig.

Obwohl ihre Hände schmerzten, gelang es ihr, das Blut und die Pillenrückstände abzuwaschen. Mit zusammengebissenen Zähnen drehte sie die Dusche ab und zog den Vorhang beiseite. Sie wollte, dass Rick dort stand und zusah, wie sie aus der Dusche trat. Aber nur seine Fußspitzen waren in der Tür zu sehen, als bemannte er da draußen einen Posten. Sie reckte sich nach einem Handtuch auf dem Regal und wickelte sich ein. Dabei bemerkte sie, dass er ein Loch in der linken Socke hatte, aus dem sein Mittelzeh hervorragte, als würde sein Fuß eine obszöne Geste machen.

»Darf ich rein?«, fragte er.

Sie verkniff sich eine Entgegnung.

»Ach ja«, sagte er und sprang auf. »Du kannst das hier tragen.«

Er gab ihr ein graues *Stranger Things*-T-Shirt, das Gesicht abgewandt. Sie nahm es entgegen. Ob seine Schüchternheit nun echt oder gestellt war, sie gefiel ihr, eine interessante Facette seiner Persönlichkeit. Er war hochintelligent. Erleuchtet, würde sie beinahe sagen. Doch zugleich überraschend altmodisch.

Er kam wieder ins Schlafzimmer. Als er sich wieder setzte, sah sie ihn ein Buch herausholen. Elmore Leonards *Zuckerschnute*.

Sie ließ das Handtuch fallen, zog das T-Shirt über und dachte darüber nach, wie wahnsinnig sie doch war. Vor einer halben Stunde war sie so am Boden gewesen, dass sie sich das Leben hatte nehmen wollen.

Und jetzt konnte sie es nicht erwarten, mit Rick zu sprechen.

Er ging ins Bad, wühlte in dem Erste-Hilfe-Kasten im Medizinschrank und fand Mulltupfer, Pflaster und medizinisches Klebeband. Sie setzte sich auf den Toilettendeckel, während er vor ihr niederkniete und sich an die Arbeit machte. Es war keine ordentliche Arbeit, aber man erkannte, dass er sich Mühe gab, und er war vorsichtig.

Als er fertig war, sah er ihre mumifizierten Hände an und fragte: »Tut's weh?«

»Ein bisschen. Mein Hals ist schlimmer.«

Er schien zu überlegen. »War es wegen des verlorenen Buchs?«

»Mein Arzt sagt, ich leide an einer milden Depression und an Angstzuständen, und ich neige zu Zwangsverhalten. Im Wesentlichen bin ich ziemlich im Eimer.«

Er wartete.

Sie fuhr fort: »Alle sagen, Depression sei nicht situationsbedingt. Dass man ein vollkommen glückliches Leben haben und trotzdem total down sein könne. Leer.«

»Davon hab ich gehört.«

»Es ist wahr, schätze ich. Aber die Idee, dass es *nur* chemisch ist für alle Leute … Das erklärt nicht alles.«

»Kann ich mir auch nicht vorstellen.«

»Es ist nicht nur das Buch.«

»Willst du über die andere Sache reden?«

»Eine spontane Badezimmer-Therapiesitzung?«

»Im anderen Zimmer ist's gemütlicher.«

Sie setzte sich auf die Bettkante, und er zog sich einen Stuhl heran. Sie hatte es eigentlich nicht geplant, erzählte ihm jedoch von denjenigen Abschnitten ihres 14-jährigen

Abstiegs, die sie bisher ausgelassen hatte. Von dem irregeleiteten Glauben, sie könne besser schreiben als andere, und dem Schrecken, als die Selbsttäuschung allmählich in sich zusammenbrach. Sie erzählte ihm von ihrer dysfunktionalen Familie und dass Mollys Tod wie ein Fallgitter zwischen ihren Eltern und ihr herabgefallen war. Jede emotionale Bindung war ihr versagt worden, die Herzen der beiden ihr gegenüber verschlossen.

In ihren eigenen Ohren klang das alles larmoyant, doch Rick sah es anscheinend anders. Er hörte aufmerksam zu und stellte hin und wieder Fragen. Er hatte Mitgefühl für die Eltern, weil sie ein Kind verloren hatten, hielt es aber für gewissenlos, dass sie ihrer verbliebenen Tochter die kalte Schulter gezeigt hatten.

»Lässt du andere Leute nicht an dich heran?«, fragte er.

»Wenn man 33 ist und nie verheiratet war, halten einen die Leute für eine Art Sonderling. Wie die Figur in *Spuk in Hill House.*«

»Eleanor«, soufflierte er.

Sie nickte. »Exzentrisch, plemplem …«

Er blinzelte sie an. »Du erinnerst mich tatsächlich irgendwie an Eleanor.«

»Du kannst mich mal.«

Er lachte.

»Und«, fragte sie, während sie an einer Bandage herumspielte, »was machen wir jetzt?«

»Ich hätte irgendwie Lust auf Französisch.«

Sie ließ von ihrer Bandage ab.

Er fasste ihre Hüften und hob sie weiter nach hinten aufs Bett, bis ihr Kopf auf einem Kissen lag.

Das T-Shirt war hochgerutscht, und die Daunendecke war kühl und weich unter ihrem Po. Ihr war bewusst, wie seltsam sie aussehen musste – bandagierte Hände, nackt vom Bauch abwärts –, aber in seiner Gegenwart fühlte sie sich nur ein kleines bisschen befangen.

Er kroch über sie, küsste sie. Ihre Zungen streiften einander, beinahe schüchtern, dann brach er den Kuss ab und sah sie einen Moment lang nur an mit seinem schiefen Lächeln. Dann kroch er rückwärts, bis sein Kopf zwischen ihren Beinen war.

Sie legte sich zurück und genehmigte sich den Luxus, seine Lippen zu spüren, seine Zunge. Er schloss die Arme um ihre Schenkel, sein Bizeps spannte an ihrer Haut. Er ließ seine Zunge spielen, erst sanft, dann nachdrücklicher. Lucy schloss die Augen, während sich bereits eine Hitze in ihr aufbaute. Bald seufzte sie, schrie beinahe auf, den Mund leicht geöffnet. Ihr Körper gelangte an jenen süßen, feurigen Ort, verweilte dort … verweilte … Ihre Hüften bebten, ihre Pobacken spannten sich an …

Und sie wurde zu Wachs. Als sie die Augen öffnete, kletterte er gerade auf sie. Sie nahm ihn bereitwillig in sich auf, ließ ihn den Rhythmus bestimmen. Sie hob den Kopf, küsste ihn, schmeckte sich selbst in seinem Mund, und aus irgendeinem Grund machte sie das verrückt, und sie küsste ihn heftiger, ihre Zunge bearbeitete seine, und ein Stöhnen entrang sich seiner Kehle. Sie streckte die Arme aus, legte ihm die Finger auf die Pobacken und zog ihn fester an sich, tiefer in sich hinein, ihre Körper klatschten gegeneinander, die Bäuche verschwitzt, seine Bewegungen animalisch, und er knurrte, stöhnte im Takt ihrer aufeinanderprallenden Körper, und ihm entglitt die Kontrolle, und sie zog weiter seinen Arsch an sich, stieß mit den Hüften, und sein Aufstöhnen war ein wundervoller Schmerz.

Dann lag er auf ihr, erschöpft, verschwitzt, keuchend. Als sich ihre Blicke begegneten, lächelten sie.

Später, nebeneinander im Bett liegend, sagte er: »Eigentlich bin ich doch hier der Grübler.«

»Ich grüble nicht, ich entspanne mich. Endlich mal.«

»Gut.«

»Ich hab an meinen Roman gedacht«, sagte sie.

»Oh.«

Sie sah ihn an. »Der Sex war toll und alles …«

»Du willst wieder ans Werk?«

Sie drückte seine Hand. »Bleiben wir noch ein bisschen liegen. Dann will ich wieder ran.«

»An mich oder an dein Buch?«

»Sorry«, sagte sie. »*Fred Astaire* ruft.«

15

Will sah aus dem Fenster und dachte: *Das ist nicht möglich.*

Er sah die Bäume sanft im Mondlicht schwanken, sah, wie die geisterhaften Wolken begannen, sich über dem Haus zusammenzuballen.

Wenn ich zu der Insel gehe, fragte er sich, *wird sie da sein?*

Er drehte sich dem blauen Leuchten des Computers zu.

Die Sirene und das Gespenst.

Niemals zuvor hatte er etwas geschrieben, das an die Qualität dieser Geschichte heranreichte.

Was, wenn es nicht nur Geschichten sind? Was, wenn Rick wirklich einen mörderischen Irren auf die Welt losgelassen hat?

Will fing an zu schwitzen.

Wie viel schlimmer wird erst deine Sirene sein, wenn sie real wird?

Hörst du dir eigentlich selbst zu?, fragte sein innerer Kritiker. *Du hast nicht mal das Können, einen anständigen Charakter zu schreiben. Und da glaubst du ernsthaft, du könntest einen leibhaftig heraufbeschwören?*

»Verdammt«, murrte Will. Er stapfte zum Bett, setzte sich und schob die Füße in seine Sneaker. Er musste aus diesem Zimmer heraus.

Zu der Insel?

Vielleicht gehe ich zu der Insel. Diesmal den ganzen Weg dorthin. Und wenn der Sand nur Sand ist, dann weiß ich, dass alles nur meiner Einbildung entsprungen ist. Und falls nicht …

Dann stirbst du?

»Das ist doch blödsinnig«, sagte er. Er verließ das Zimmer und ging den Flur hinunter. Wells' Anwesen war zweifellos … anders. Geheimnisvolle Dinge geschahen hier, die er sich nur schwer erklären konnte. Die Sirene, die er am Strand erspäht zu haben glaubte. Der Umstand, dass niemand der ausgeschiedenen Teilnehmer vor dem Weggehen noch mit irgendjemandem gesprochen hatte. Und Ricks Bericht über diesen Cop … Raymond Eddy …

… Peter Bates.

Will schloss die Augen. Er hatte einen Fehler gemacht, als er ein Kind gewesen war, aber machte das nicht jeder? Was wäre geschehen, wenn er der Polizei von Bates erzählt hätte? Sie hätten ihn mitgenommen. Indem Will ihn dort zurückgelassen hatte, hatte er dessen Tod nur beschleunigt.

Okay, dachte er, als er sich der Treppe näherte, *vielleicht ist* beschleunigt *das falsche Wort. Verhungern ist ein abscheulicher Tod, aber war das nicht besser als …?*

Nein, es war nicht besser, und Will wusste es. Er konnte so tun, als wäre es nicht seine Schuld gewesen, aber das änderte nichts an dem, was er getan hatte. Oder nicht getan hatte.

Er machte sich an den Abstieg.

Auf halbem Weg erstarrte er.

»Ach … Scheiße«, murmelte er.

Es war das Letzte, was er tun wollte, aber es musste trotzdem sein. Er joggte in den zweiten Stock hinauf, bemerkte unterwegs, wie deutlich all die Teppichmuster geworden waren, wie strahlend die Farben. Selbst das Geländer, an dem er sich festhielt, glänzte wie neu. Als er im zweiten Stock ankam, dachte er daran, wie in *Die Schöne und das Biest* am Ende das Schloss wiederhergestellt worden war.

Er lief den Flur hinunter, der in einem züngelnden Orange erstrahlte. Er wusste genau, wo der Wandteppich war. Er passierte ein Gemälde, das eine Geistererscheinung zeigte. Einen Wandteppich mit der Darstellung eines abgetrennten Kopfes. Der Teppich, nach dem er suchte, musste hier oben auf der linken Seite sein …

Will blieb stehen.

Hölle. Es war schlimmer, als er es in Erinnerung hatte, die Ähnlichkeit geradezu unheimlich. Sein Körper vibrierte, als er das gewebte Bild der Frau in dem schwarzen Kleid ansah. Das langstielige Glas in der Hand. Das wissende Lächeln. Diese Blicke, die einen auswählten, hin und her drehten und einen als unwürdig beiseitewarfen. Die Frau aus einer von Wills liebsten Kurzgeschichten.

Von Roderick Wells.

Tja, scheiß die Wand an, dachte er.

Die Frau auf dem Teppich war Amanda Wells.

16

Rick war nie ein Aufreißertyp gewesen, allerdings auch nicht immer so rücksichtsvoll, wie er es hätte sein sollen, vor allem nicht in seinen frühen Zwanzigern. Wenn nach einem One-Night-Stand die Frau bei ihm hatte *übernachten* wollen, war ihm das recht gewesen, aber er hatte manchmal nur schwer seinen Wunsch verbergen können, dass sie morgens wieder ging.

Als Lucy ihn nun zurückließ, um ihren Roman wieder zum Leben zu erwecken, war er überrascht und, darüber wollte er am liebsten nicht zu genau nachdenken, enttäuscht. Die Aussicht, die Nacht mit ihr zu verbringen, ihre Körper dicht beieinander, war tröstlich gewesen. Zwar war er stolz auf sie, weil sie ihre Geschichte neu entstehen ließ, aber das Bett fühlte sich ohne sie ausgesprochen leer an.

Er lag da und dachte an ihr Liebesspiel zurück. Er zog in Erwägung, selbst etwas zu schreiben, wusste jedoch, dass er dafür zu zerstreut sein würde. Ebenso fürs Lesen.

Endlich war er eingenickt, da sagte mit einem Mal eine Stimme: »Bist wohl verdammt stolz auf dich, was?«

Rick öffnete die Augen in der Dunkelheit.

»Du gibst gern vor, diese Ideale, Moral zu haben.« Ein leises Lachen. »Scheiße. Du wolltest sie bloß vögeln.«

Schrecken packte ihn mit eisigen Fingern und schnürte ihn ans Bett.

»Hat es sich gelohnt?«, fragte die Stimme. »Das hoffe ich, bei der Hölle. Denn du weißt, was du ihr auf den Hals gehetzt hast. Was jetzt Jagd auf sie machen wird.«

Rick versuchte zu schlucken und konnte es nicht. Er hatte Angst um Lucy, doch auch wenn er sich dafür verachtete, fürchtete er sich noch mehr vor diesem Individuum – er wagte nicht, es einen Mann zu nennen –, das gerade bei ihm im Raum war.

»Was willst du?«, fragte Rick.

»Was für 'ne dämliche Frage ist das denn?«, fragte der Polizeichef.

»Du bist nicht real«, sagte Rick, aber seine Stimme kam unsicher heraus.

Das Rascheln von Kleidung, das Ächzen einer Bodendiele.

Rick roch den Schweiß des Polizisten. Wildtierhaft, abgestanden, mit Irrsinn versetzt. Wie ein im Stich gelassener Zwinger, in dem ein verwilderter Hund alle anderen auffraß, um zu überleben.

Rick starrte die ungeschlachte Gestalt in der Finsternis an und dachte: *Das ist der verwilderte Hund.*

»Du hegst seit einer Weile ein paar böse Gedanken, Forrester.«

Es brachte nichts, so zu tun, als wüsste er nicht, wovon Anderson sprach. »Ich gehe, wohin die Geschichte mich trägt ...«

»Du hast drüber nachgedacht, mich umzulegen.«

Ricks Mund war trocken. »Die Leser wollen, dass eine Geschichte gut ausgeht.«

»Ich geb' einen Scheißdreck auf deine Ausreden, Junge. Ich will *leben*.«

Ein Dutzend Antworten gingen Rick im Kopf herum, aber er sprach keine von ihnen aus.

»Schwing deinen faulen Arsch aus dem Bett.«

Rick stand auf und entfernte sich so weit von Anderson, wie er konnte. Er hielt ihm den Rücken zugewandt, sich seiner Nacktheit überaus bewusst. Nachdem er mit Lucy geschlafen hatte, hatte er sich nicht die Mühe gemacht, sich wieder anzuziehen. Er war glücklich gewesen. Hoffnungsvoll sogar.

Was für ein Narr er gewesen war.

Er konnte seine Sachen nicht finden. Er strengte seine Augen an, spähte zum Fußende seines Bettes …

»Herrgott noch eins, Sohnemann, jetzt schalt doch das verfluchte Licht an! Glaubst du, ich will hier rumstehen und warten, bis du deine Unterhose gefunden hast?«

Rick schaltete die Schreibtischlampe an. Nun konnte er wunderbar sehen, aber er wünschte sich, es wäre noch immer dunkel im Schlafzimmer.

Der Polizeichef sah größer aus – und furchteinflößender – als jemals zuvor.

Rick hatte keine Zeit, den Mann länger zu mustern. Aber die Blicke, die er erhaschte, während er um das Bett hastete, um seine Sachen zusammenzusuchen, boten ihm ein verstörendes Bild:

Ein Berg aus Muskeln.

Und ein Kopf, der sich mitdrehte, wohin Rick auch ging, die Spiegelsonnenbrille wie die Augen eines mutierten Insekts, das sich bereit macht, ihn zu fressen.

Dunkle Flecken auf der beigefarbenen Uniform.

»Bewegung, Soldat!«

Rick sprang in seine Shorts und versuchte, nicht das Gleichgewicht zu verlieren. Es gelang ihm nicht, seine herumwirbelnden Gedanken im Zaum zu halten. Er fühlte sich wieder genau wie damals, wenn sein Stiefvater ihn angefahren hatte.

»Ab nach unten«, befahl der Cop.

Rick fing an, nach seinen Schuhen zu suchen, aber der Polizist sagte: »Lass sie hier.«

Anderson öffnete die Tür. Rick ging hindurch.

»Die schwarze Lady glaubt, du seist jedermanns Retter«, sagte Anderson. Sie gingen die Treppe hinunter. »Von meinem Standpunkt aus scheinst du mir der Verblendetste zu sein.«

Rick war es, als wäre er zehn Jahre alt.

Verwundbar, nur mit Strümpfen an den Füßen. Er war einen halben Kopf kleiner als Anderson und einen Zentner leichter.

Anderson fuhr fort. »Du wusstest, wer ich bin. Aber du hast Sokolov trotzdem mit mir abziehen lassen.«

Ricks Brust verengte sich. Sie überquerten den Treppenabsatz.

»Sieh, was seitdem passiert ist. Tommy, Evan, Elaine, die knackige Schlampe Anna. Alle weg. Und was hast du getan, um ihnen zu helfen? Hast du einen Finger gerührt?« Sie erreichten das Erdgeschoss. »Du hast sie gehen lassen. Um dich selbst zu retten, Forrester. Das ist dein einziges Talent.«

Sie betraten den hinteren Flur. Rick blickte über die Schulter zur Küche, wo er sich bewaffnen könnte. Ein Messer oder ein Hackbeil. Ein Korkenzieher, Himmelherrgott.

»Renn nur weg, Junge«, sagte Anderson im Plauderton, »dann bring ich dich nicht nur um, sondern hack auch noch deiner Freundin die Titten ab.«

Ricks Schultern sanken herab. Wenn er Anderson tatsächlich erschaffen hatte – er konnte den Gedanken noch immer nicht fassen –, dann konnte er ihn ganz gewiss nicht körperlich überwältigen. Das war tatsächlich ein wesentliches Problem seines Manuskripts. Ihm war kein plausibler Weg eingefallen, wie der Protagonist Anderson besiegen konnte. Klar, man konnte Glück haben, gut zielen und dem Polizeichef eine Kugel ins Herz jagen, doch das war billig. Eine nachlässige, unbefriedigende Auflösung. Aber so erging es einem eben, wenn man die Waagschalen zu sehr zugunsten des Antagonisten neigte: Er wurde unüberwindbar.

»Rein da«, befahl der Chief, als sie die Kellertür erreichten.

»Was werde ich da vorfinden?«

»Das Tor zum Hades. Wen kümmert's? Beweg deinen dummen Arsch da runter.«

Rick hatte das überwältigende Gefühl, in seinen Tod hinabzusteigen. Anderson folgte ihm dichtauf, ein Fluchtversuch kam also nicht infrage.

Der Fuß der Treppe. Schatten ringsumher.

»Licht«, sagte Anderson.

»Ich könnte aufhören zu schreiben.«

Ein Lachen. »Du glaubst wohl, du hast hier das Sagen, Junge?«

»Ich hab dich erschaffen. Du kannst nur …«

»Ich rede nicht von mir, Sackgesicht. Ich rede von dem großen Mann.«

Er wurde mit dem Kopf voran ins Dunkel gestoßen. Rick wirbelte herum, sicher, dass Anderson die Treppe hinauf verschwinden würde. Ein einzelner fahler Faden baumelte von der Decke herab.

»Licht«, befahl Anderson.

Rick zog an der Schnur. Licht von der Farbe überreifer Limonen ergoss sich über sie.

Und als er den gigantischen Cop ansah, ging ihm etwas durch den Kopf.

»Wie kann es sein, dass es dich gibt?«, fragte Rick.

Anderson grinste. »Warum, glaubst du, hab ich dich hier runtergebracht?«

»Du meinst, dieser Ort hier«, Rick gestikulierte zu den Stahltüren, »hat was damit zu tun?«

»Hör auf, Zeit zu schinden, Forrester. Wir beide stehen einander näher als du und diese Biene Lucy. Und du hattest deine Zunge halb in ihrer Möse.«

Rick beherrschte sich und sagte: »Sag's mir.«

Der Chief deutete mit dem Finger. »Die da.«

Rick folgte dem Fingerzeig zu einer Tür. »Was finde ich dadrin?«

»Bewegung, Forrester.«

»Wenn ich meinen Roman beende …«

»Gar nichts beendest du, gottverdammt. Und jetzt mach die verfluchte Tür auf.«

Es schien kein Weg daran vorbeizuführen. Rick trat auf die Stahltür zu. Er spürte, dass Anderson ihm folgte; vielleicht konnte er nun, da der Chief nicht mehr die Treppe versperrte, um ihn herumflitzen und es hinaus schaffen. Vielleicht schoss ihm Anderson aber auch in den Rücken.

Rick blieb vor der Tür stehen und atmete flach.

An seinem Ohr flüsterte der Chief: »Aufmachen.«

Rick griff nach dem Knauf, und die Haare in seinem Nacken stellten sich auf.

»Was ist das?«, fragte Rick.

»Du wirst nie Manns genug sein, das wegzustecken. Also kannst du's ebenso gut hinter dich bringen.«

Rick drehte den Knauf und öffnete die Tür.

»O mein Jesus Christus«, wisperte er, und die Beine wurden ihm weich.

Er schloss die Augen, als seine Knie auf den Boden schlugen, und sah dennoch das Nachbild dessen, was er erblickt hatte, deutlich vor sich.

Elaine Kovalchyk hing diagonal in der Wand aus Erde, als hätte sie ein Riese dagegengeschmettert. Sie war nackt, aber Rick bemerkte es kaum.

Denn während sie offenkundig tot war, war die Wand ringsum lebendig.

Eingeschlossen in feuchte Erde hing Elaines Leichnam in der Schwebe wie ein Astronaut in der Schwerelosigkeit. Violettbraune Wülste wogten gegen ihre Gliedmaßen und ihren Oberkörper. Rick bemerkte mit Entsetzen die dunkelvioletten Verletzungen, wo die Erde in die Haut eindrang.

Er hörte Geräusche: ein konstantes, pulsierendes Summen und – er schlug sich die Hände auf die Ohren, um es nicht mehr zu hören – ein feuchtes Schlürfen wie von einhundert neugeborenen Schweinen, die an den Zitzen einer Sau nuckelten.

»Ihr seid alle bloß Treibstoff«, sagte Anderson.

Rick hörte ihn kaum über die Sauggeräusche hinweg. Jesus, die Erde *fraß* sie. Er grub sich die Handwurzeln in die Augen, um sich den Anblick zu ersparen. Er zwang sich aufzustehen. Dann kehrte er Elaine den Rücken zu und starrte mit verschwommenem Blick die Sonnenbrille des Polizeichefs an.

»Du wirst mir nichts tun«, sagte Rick.

Der Chief grinste, packte Rick an der Vorderseite seines Hemdes und zog ihn zu sich, sodass dessen ranziger Atem über Rick hinwegspülte, Knoblauch und madiges Schweinefleisch. »Die bessere Frage wäre, warum zur Hölle ich dich leben lassen soll.« Der Chief hob ihn von den Füßen und ging mit ihm vorwärts. »Gutmensch. Hältst dich für was Besseres. Weißt du, wer bei der ganzen Sache hier der echte Mann ist? Der Clayton-Bengel. Der hat zumindest die Eier, was zu machen.«

»Du bist am Ende«, sagte Rick dem Polizisten ins Gesicht. »Ich schreibe kein weiteres Wort, und du wirst einfach verblassen.«

»Du glaubst, ich brauch dich?« Eine Hand des Chiefs verschwand, aber eine Faust hielt Rick noch immer in der Luft. »Ich bin bereit, es mit der Welt aufzunehmen.«

Der Chief nahm die Sonnenbrille ab.

Rick blickte in leere Augenhöhlen, in denen Maden und Tausendfüßler wimmelten.

Er würgte, wandte sich ab und sah noch, wie eine weitere Tür aufflog, hinter der eine Wand aus Erde ruhelos Wellen schlug.

»Sie haben Hunger«, sagte Anderson ihm ins Ohr. »Und ich weigere mich zu sterben.«

Anderson schleuderte ihn durch die Tür. Rick krachte gegen die sich bewegende Erdwand, stieß sich ruckartig davon weg und machte einen Hechtsprung zur Tür, doch die fiel im selben Moment ins Schloss.

Der Chief zog an der Schnur, und das spärliche Licht, das unter der Tür durchgefallen war, erlosch. In völliger Finsternis hämmerte Rick dagegen und tastete nach dem Knauf.

Doch es gab keinen.

Er brüllte um Hilfe. Dann hörte er ein Geräusch.

Hinter ihm atmete jemand.

Langsam wandte er sich um und starrte ins Dunkel hinein.

Da erklang vor ihm eine Stimme, ein tiefes Grollen.

»Mörder«, sagte die Stimme.

FÜNFTER TEIL

DER MAGISCHE KÖNIG

1

Will musste es jemandem erzählen.

Wells nannte dies einen magischen Ort, und das war es auch. Aber die Magie war von dunkelster, irrwitzigster Art.

Auf dem Weg zum Speisesaal begann Will zu schwitzen. Als er durch die Tür trat, fand er Bryan, Sherilyn und Lucy wartend vor. Sie hatten Orangensaft und Kaffee vor sich stehen, aber noch nichts zu essen. Es spielte keine Rolle. Will glaubte ohnehin nicht, dass er einen Bissen herunterbekäme. Ohne Überraschung bemerkte er, wie sehr der Lüster über ihnen funkelte, wie unverschrammt und gebohnert der Boden wirkte. Die rotgoldene Tapete sah aus, als wäre sie erst gestern eingekleistert worden.

Wie neu, dachte er. *Das ganze Herrenhaus sieht neu aus.*

Er ließ sich neben Lucy und Sherilyn nieder. Bryan saß ihnen gegenüber, zurückgelehnt, sein Grinsen zu maximaler Blödheit aufgedreht.

Beachte ihn nicht. Konzentrier dich auf die anderen. Lucy wird dich anhören. Sherilyn auch.

Er räusperte sich. »Ich hab über was nachgedacht …«

»Das ist mal 'ne Überraschung«, sagte Bryan.

Will warf ihm einen Blick zu. »Letzte Nacht bin ich spazieren gegangen.«

»Sie lassen aber hoffentlich nicht bei Ihrem Wortpensum nach«, sagte Sherilyn.

»Wohin sind Sie gegangen?«, fragte Lucy.

»Dazu komm ich noch. Zuerst hab ich jedenfalls noch eine Weile in der Bibliothek gelesen.«

»Großartig«, sagte Bryan und nahm einen Schluck Kaffee. »Ein Lesebericht.«

»Und zwar eine Sammlung von Wells' Kurzprosa: *Dunkelheit und andere Träume.*«

»Die liebe ich«, sagte Lucy.

»Ich auch.« Will runzelte die Stirn. »Es gibt da eine Geschichte, die mich angesprochen hat.« Er zuckte mit den Schultern. »Ich bin halt irgendwie ein Romantiker.«

»Dafür gibt's noch andere Wörter«, sagte Bryan.

Lucy drehte sich um. »Ich hätte auch ein paar Wörter für Sie.«

Will fuhr fort: »Die Erzählung heißt ›Begebenheit auf einem Pariser Hausdach‹. Darin …«

»Ist das die – entschuldigen Sie, dass ich Sie unterbreche«, sagte Lucy und legte ihm eine Hand auf den Arm, »aber ist das nicht die, in der der Typ sich in die Frau verliebt, die in den Tod springt?«

Sherilyn hob eine Augenbraue. »Spoiler-Alarm.«

»Die ist es«, sagte Will. »Seit ich hier bin, geht sie mir durch den Kopf, und letzte Nacht ist mir aufgegangen, warum.«

»Frauen wollen sich umbringen, wenn sie mit Ihnen sprechen?«, fragte Bryan.

Will sah ihn ausdruckslos an. »Die Frau ist Amanda Wells.«

Es entstand eine Stille.

Sherilyn sah ihn an. »Wie meinen Sie das, die Frau sei Amanda Wells?«

Er spürte feuchten Schweiß in seinen Achselhöhlen. »Ich meine es so, wie ich es gesagt habe.«

Lucy regte sich auf ihrem Stuhl. »Vielleicht ist die Figur durch Amanda inspiriert.«

Sherilyn blickte Will an. »Wann wurde die Geschichte geschrieben?«

»1962.«

»Das ist unmöglich«, sagte Sherilyn. »Da war Mrs. Wells noch nicht geboren.«

Lucy lehnte sich nach vorn. »Es ist eine wundervolle Geschichte … Vielleicht hat Wells in Amanda etwas gesehen, das ihn an die Frau in der ›Begebenheit‹ erinnert hat, und er hat sie deswegen geheiratet.«

Will schüttelte den Kopf. »Ich weiß, Sie versuchen zu helfen, aber so meine ich das nicht.«

»Dann sagen Sie's doch klar und deutlich«, sagte Sherilyn.

»Erinnern Sie sich an *Lust und Täuschung in Jacmel?*«

»Mein Lieblingsroman von Corrina Bowen«, sagte sie. »Worauf wollen Sie hinaus?«

»Haben Sie je über das Hausmädchen in der Geschichte nachgedacht?«

»Ich bin gerade nicht sehr geduldig«, sagte Sherilyn.

Er schaute Lucy an, doch ihr Blick war ebenso skeptisch wie Sherilyns.

Er holte tief Luft, um sich zu sammeln. »Ich weiß, wie das klingt. Hören Sie mich einfach an.«

Aber Sherilyn gab nicht nach. »Ich kann mir keine weltliche Erklärung denken.«

»Treten Sie einen Schritt zurück«, sagte er. »Denken Sie einmal ernsthaft über Bowens Roman nach.«

»Das habe ich.«

»Denken Sie an die Magd … wie still sie war. Den ganzen Roman über blieb sie im Hintergrund, stand in keiner Szene im Mittelpunkt, war aber stets zugegen.«

»Ich hab keine Lust auf diesen Schwachsinn.«

»Ich verstehe es auch nicht«, gab Lucy zu. »Will, wollen Sie ernsthaft sagen …?«

»Das will er«, sagte Sherilyn. »Und so langsam schwillt mir der Kamm.«

Er erwartete, dass Bryan in den Chor des Unglaubens einstimmen würde, aber er wandte sich ab.

»Ziehen Sie nur die Möglichkeit in Betracht«, sagte Will. »Neulich bin ich nachts zu der Insel gegangen.«

»Im Dunkeln?«, fragte Lucy.

»Ich komm gerade an dem Kram über fiktionale Figuren, die zum Leben erwachen, nicht vorbei.«

»Denken Sie an *Lust und Täuschung in Jacmel.* Wie wurde die Figur beschrieben?«

Miss Lafitte kam herein.

Sherilyn nickte. »Warum fragen wir nicht sie?«

Will errötete.

Sherilyn fuhr fort. »Wenn Sie glauben, sie sei eine Art Phantom …«

»Das hat er nicht gesagt«, murmelte Bryan.

»Was quatschen Sie denn plötzlich rein?«, fragte Sherilyn ihn.

Will sah zu, wie Miss Lafitte ein Tablett mit einer silbernen Glocke abstellte. Sie nahm sie herunter und brachte einen ansehnlichen Schinken zum Vorschein, ein Tranchiermesser und eine lange Gabel. Dann hastete sie wieder hinaus.

»Egal«, sagte Bryan.

»Kommen Sie mir nicht mit ›egal‹«, sagte Sherilyn. »Sie *ätzen schon rum,* seit wir hier angekommen sind, und gleich beim ersten Mal, dass Sie einer Meinung mit jemandem sind, geht's um so was Haarsträubendes.«

Lucy beobachtete Will. »Was ist auf der Insel passiert?«

Seine Nerven strafften sich noch mehr und die Haare auf seinen Unterarmen kribbelten. »Vielleicht sollten wir's dabei bewenden lassen.«

»Jetzt können Sie sich's ebenso gut von der Seele reden«, sagte Sherilyn. »Ich will hören, was Sie auf der Insel vorgefunden haben. Schneewittchen und die sieben Zwerge? Pennywise, den Clown?«

Miss Lafitte kam erneut herein, ein Tablett voller Bagels und Rahmkäse auf einem Arm und eine bunte Platte geschnittenes Obst auf dem anderen. Sie fing an, alles auf dem Serviertisch anzurichten.

Will sagte: »Eine Sirene.«

Sherilyn blinzelte ihn an. »Eine mythologische, meinen Sie? Die Figur aus Ihrem Buch?«

Lucy sah zunehmend unbehaglich aus. »Essen wir einfach.«

Aber Sherilyn ließ sich nicht abwimmeln. »Wenn da eine Sirene war, warum hat sie Sie nicht gefressen?«

»Sie war noch nicht ausgestaltet«, antwortete er. Die Worte schmeckten bitter in seinem Mund.

»Ihrer Logik nach«, sagte Sherilyn, »müsste also ein böser König auf dem Besitz herumlaufen und dazu noch ein Bauer, der ihn niederwerfen will.«

»Das ist auch so«, sagte Bryan und wandte sich ihnen endlich zu. »Beides.«

Sherilyn lachte grunzend. »Hölle, ich hab das zur Hälfte geschrieben, um Wells auf den Sack zu gehen.«

»Mir hat *Der magische König* gefallen«, sagte Lucy.

»Ach, mir auch. Vertun Sie sich nicht: Ob ich diesen Wettbewerb gewinne oder nicht, ich beabsichtige, das veröffentlichen zu lassen.«

Bryan lachte.
»Wird nie passieren.«
»Ach nein? Warum nicht?«
»Weil nur einer von uns hier lebend wegkommt.«
»Ist das 'ne Drohung?«
Bryans Grinsen wurde fieser. »Haben Sie je *Der Seher* gelesen, Sherilyn?«
»Jeder hat *Der Seher* gelesen.«
»Erinnert er Sie nicht an jemanden?«
Sherilyn zog die Augenbrauen hoch. »Wer? Der Charakter?«
»Es ist Wilson«, sagte Bryan.
Das ist alles falsch, dachte Will. *Falsche Zeit, falscher Ort.* Ein Blick zu Bryan. *Falscher Verbündeter. Steh einfach vom Tisch auf und kümmer dich später drum.*
Sherilyn nickte. »Ach so, jetzt verstehe ich. Das heißt dann wohl, Wilson kann … was? In die Zukunft sehen? Kriminalfälle für die Regierung lösen?«
»Für Wells«, berichtigte Bryan sie. »Wells hat den Charakter erschaffen. Wilson tanzt nach seiner Pfeife.«
»Wenn er so dringend einen Handlanger brauchte, warum hat er nicht einfach einen angeheuert? Kohle hat er genug.«
»Wilson hat uns hierhergebracht«, sagte Bryan. »Er hat unsere Handschriftproben berührt und auf diese Weise ergründet, wer die richtige Kombination aus Charaktermerkmalen hat.«
»Jetzt bin ich mal gespannt.«
»Verschwiegenheit. Ehrgeiz. Ein gewisses Maß an Talent.«
»Natürlich«, pflichtete ihm Sherilyn in gespieltem Ernst bei.

»Was sonst noch?«, fragte Lucy, sah jedoch nicht so aus, als wollte sie es wissen.

»Jeder von uns hat ein schreckliches Geheimnis«, sagte Bryan.

Sherilyn schmetterte ihre Serviette auf den Tisch. »Ich hab genug von dieser Scheiße. Warum fragen wir nicht Miss Lafitte hier? Ihnen zufolge ist sie ja das Produkt von Corrina Bowens Vorstellungskraft.« Sie funkelte Will an. »Das wollen Sie doch sagen, oder? Dass diese kleine Magd eine Mörderin ist?«

Miss Lafitte starrte die Wand an.

Will hob die Hände. »Vergessen wir es einfach, okay? Miss Lafitte, das tut mir leid. Ich dachte nicht, dass …«

»Warum entschuldigen Sie sich denn?«, fragte Sherilyn. Sie drehte ihren Stuhl in Miss Lafittes Richtung. »Sie sind nämlich nur eine Fantasiegestalt.«

Lucy zuckte zusammen. »Sherilyn …«

»Ich will hier auf etwas hinaus«, blaffte Sherilyn und wandte sich sogleich wieder Miss Lafitte zu. »Warum erzählen Sie uns nicht, wie es in Haiti war? Hat der Plantagenbesitzer Sie misshandelt? Gab's da wirklich all die Lust und die Täuschung?«

»Ich gehe nach oben«, sagte Lucy und machte Anstalten, sich zu erheben.

Sherilyn legte ihr eine Hand auf die Schulter und hielt sie auf ihrem Stuhl fest. Will sah zu, wie die Magd zu dem Servierteller mit dem Schinken hinüberging und nach dem Tranchiermesser griff.

Er sagte: »Nein, machen Sie das ni…«

Die Magd stieß Sherilyn das Tranchiermesser seitlich in die Kehle, und die lange Klinge fuhr komplett durch ihren Hals. Dann riss sie das Messer wieder heraus, und aus beiden Seiten ihrer Kehle spritzte Blut. Lucy schrie. Bryan rannte überstürzt vom Tisch weg. Will gaffte voller Entsetzen.

Sherilyn hielt sich die Wunden zu. Das Hausmädchen ließ das Messer herabfahren. Sherilyns Ohr wurde gespalten, und Blut blubberte aus der Wunde wie Rohöl. Sherilyn erhob sich halb, die Augen fast gänzlich weiß. Die Magd rammte ihr das Messer ins Brustbein und zog es mit einem grässlichen Schaben wieder heraus. Abermals stieß sie zu, und alle ringsum bekamen den scharlachroten Sprühnebel ab.

Sherilyn, einen Kopf größer als die kleine Magd, schwankte auf ihren Füßen.

»Sie sollten mich nicht verspotten«, sagte das Hausmädchen.

Und stieß das Messer geradewegs durch Sherilyns Kehlkopf.

2

Das Letzte, was Lucy sah, bevor Will ihre Hand packte, war Sherilyn, die auf die Knie sank, während die Spitze des Tranchiermessers hinten aus ihrem Hals ragte wie eine blutige Dorsalflosse.

»Weg hier«, sagte Will, seine Stimme kaum mehr als ein Krächzen.

Er zog sie von dem psychotischen Hausmädchen fort. Sie erreichten die Tür und schossen hindurch. Der Flur war leer, aber das bedeutete nichts. Die Welt war aus den Angeln gehoben, Sherilyn war tot und im Herrenhaus rannte eine mörderische Irre frei herum.

Lucy und Will rannten zur Eingangshalle. Sie ließ seine Hand los und warf einen Blick über die Schulter. An der Vordertür angelangt versuchte sie mit Will im Nacken die Tür aufzubekommen und schaffte es schließlich. Der Tag war metallisch grau; wenn ein Sturm aufkäme, wären sie hier draußen schutzlos.

Aber nichts brächte Lucy wieder ins Haus hinein. Weder ihr Manuskript noch eine Chance auf literarische Wiedergutmachung. Ganz gewiss nicht Roderick Wells und seine Gruselshow von einem Retreat.

Will und sie eilten über die Wiese. Will rang nach Atem, noch mehr außer Form als sie. Er packte ihren Arm. Sie versuchte ihn abzuschütteln, aber er ließ sie nicht los. Schließlich wirbelte sie zu ihm herum, und beide stürzten beinahe, als sie anhielten.

»Wir müssen hier weg«, sagte sie. »Miss Lafitte …«

»Stimmt. Aber wir dürfen der Insel nicht zu nahe kommen. Dem See. Wir müssen«, er leckte sich über die Lippen, »einen weiten Bogen schlagen.«

Sie setzte sich in Bewegung.

Wieder hielt er sie fest. »Warten Sie.«

»Dieser Psychopath kriegt uns noch.«

»Welcher?«, fragte Will.

Lucy starrte ihn erschüttert an.

»Was ist mit Ihrem?«, fragte Will. »Sie wissen schon, der Typ im Smoking?«

Lucy hatte nicht an den Fred-Astaire-Mörder gedacht. Der Gedanke war einfach zu absurd, trotz allem, was sie gesehen hatte. Das waren Wörter auf Papier. Eine Geschichte. Und Teil einer Geschichte zu sein war etwas anderes als von einer Geschichte *hervorgebracht* zu werden.

Will ergriff sie an den Oberarmen und sprach ihr direkt ins Gesicht. »Wir sind über die Phase des Zweifelns hinaus, Lucy. Das hier passiert wirklich. Sie müssen es glauben, sonst sind Sie mir keine Hilfe.«

Sie sah ihm in die Augen. »*Wobei* soll ich Ihnen helfen?«

»Ich weiß nicht, entweder von hier wegzukommen oder …«

Aber Lucy bekam den Rest nicht mit, denn in dem Moment kam hinter ihm etwas aus dem Wald geschossen. Will sah, wie ihre Augen sich bewegten, und hatte gerade noch Zeit herumzuwirbeln und sich dem, was da kam, zuzuwenden, da krachte es auch schon gegen ihn. Lucy wurde beiseitegestoßen und sah im Fallen noch, wie Wills Kopf zurückflog und er mit dem Schädel auf den unerbittlichen Weg krachte. Reglos blieb er liegen.

Bryan hingegen kam auf die Beine. Grinste sie an.

»Alles klar, Süße«, sagte er, und sein Bowiemesser glänzte im Licht des wolkenverhangenen Tages. »Sieht so aus, als wären nur noch wir beide übrig.«

3

Die Tentakel waren subtil.

Die Finsternis, da war Rick sicher, war essenziell für ihre Angriffsmethode. Sie schossen nicht auf ihn zu und zerrten ihn kreischend in die wabernde Erde.

Sie waren heimtückisch, da ihre Berührung so sacht war. Man spürte sie nicht einmal, bis man auf die Erdwand zugezogen wurde. Die Tentakel waren hauchzart und fragil, fanden jedoch ihren Weg zum eigenen Körper, schlichen sich ein wie ein Virus, krochen, schwärmten, bis drei Dutzend von ihnen einen fest im Griff hatten.

Ihre gebündelte Kraft war ungeheuerlich.

Anfangs war Ricks Atem zu laut, als dass seine Ohren ihm irgendetwas genützt hätten. Die Tentakel waren ihm längst über Beine und Schultern geglitten, doch erst als er den Kontakt mit der Tür verlor, wurde ihm klar, dass er vorwärts gezogen wurde.

Nach einer Zeitspanne der entsetzten Panik zwang er sich, sich zu beruhigen und in die Dunkelheit zu lauschen. Er hatte gelesen, wenn jemandem ein Sinn genommen werde, würden die anderen sich schärfen. Er wusste nicht, ob das stimmte oder nicht, aber er stellte fest, dass es zumindest leichter war, sich zu konzentrieren, wenn es außer Geräuschen und Tastempfindungen keine Stimuli gab. Es gab einen Geruch, sicher, aber der veränderte sich nicht. Er hatte einen Geschmack im Mund, doch der kam von seiner eigenen Angst, eine beißende Note von Adrenalin.

Licht gab es überhaupt keins. Er sah gar nichts.

Doch die Geräusche waren konstant. Er musste an eine Maschine denken, die ein Rauschen erzeugte und auf die leiseste Stufe gestellt war, nahezu unhörbar, doch wahrnehmbar, wenn man sich nur genug anstrengte. Neben dem Rauschen, das vermutlich die sich ständig abwickelnden Tentakel verursachten, gab es noch ein Geräusch, eines, das ihn in ein zitterndes Kind zurückverwandelte.

Er hatte zu viele Filme gesehen, zu viele Bücher gelesen: Frodo, der in Kankras Höhle im Netz hing; junge Touristen, die in einer antiken Ruine von fleischfressenden Pflanzen attackiert wurden; Poes Figur, die verfrüht in seinem Sarg bestattet wurde, das kalte Holz, das auf sie drückte, während die Luft tödlich dünn wurde …

Aber das andere Geräusch … Lieber Gott, das war schlimmer als die Bilder: ein gefräßiger Chor, der jedes Mal anschwoll, wenn die Erde glaubte, sie stünde kurz davor, ihn endlich für sich zu beanspruchen.

Rick zitterte. Es war eine bedauerliche Ironie: Schon länger als 20 Jahre lebte er mit der Schlaflosigkeit, aber nun, da er unbedingt wach bleiben musste, rollte immer wieder die unaufhaltsame blaue Flut heran und schwächte seinen Geist, der doch scharf bleiben musste.

Wie, fragte sich Rick, während er sich an die Tür presste, sahen die Tentakel wohl aus? Waren es farblose Stränge wie bei einem Spinnennetz? Oder besaßen sie irgendein Pigment, kränklich gelb wie das Licht der Glühbirnen oder vorhautrosa wie Unterwasserpflanzen?

Die Fäden wanden sich über den Boden, die Wände, die Decke. Einmal begann er einzunicken und bemerkte sofort, wie sich die Tür in seinem Rücken bewegte. Nur war es gar nicht die Tür – es war das kreuz und quer laufende Netz aus Tentakeln, die ihn so vollständig umwickelt hatten, dass er kaum noch seine Gliedmaßen bewegen konnte. Allein war jeder Strang zerbrechlich. Gemeinsam bildeten sie ein Netz wie ein Stahlgeflecht.

Die Tentakel hatten ihn fest umschlungen.

Während die Schnüre ihn näher zogen, wurde ihm klar, dass es die Wülste selbst waren, die er hörte, die wabernde, braunviolette Oberfläche, die erwartungsvoll raunte.

Ja, dachte er wild, die Arme an die Seiten gepresst, diese Geräusche hatten etwas entsetzlich Sexuelles. Sie sehnten sich nicht nur danach, ihn zu verschlingen, sie wollten sich mit ihm *paaren*. In ihrem hohen Geschrei hörte er Lust, Wildheit und Ekstase. Er erinnerte sich daran, wie die Wülste pulsiert und sich bewegt hatten. Er stemmte sich gegen das Gewebe. Er wusste nicht, wie weit er schon gezerrt worden war, aber wenn er jetzt noch nicht auf der wabernden Wand war, so würde er es jeden Moment sein. Dieser Gedanke – wie diese hungrigen Wülste sein Fleisch kauten und einsaugten – brachte ihn dazu, mit einem Ruck seine rechte Schulter abwärtszubewegen. Das Netz riss nicht, gab aber leicht nach. Er hörte die Laute der gebrochenen Fäden. Er wand sich, zerrte seine linke Schulter abwärts, und diesmal spürte er deutlich, wie das Gewebe nachgab. Er spannte die Bauchmuskeln an, krümmte sich heftig zusammen und riss die Schultern abwärts, ein gewaltsamer Crunch, und das ganze Netz verschob sich so weit, dass er die Ellenbogen bewegen konnte. Dann drosch er auf die Ansammlung aus Fäden ein, riss die Hände frei und grub die Finger in das Geflecht, das seine Beine gefangen hielt.

Plötzlich strich sein Handgelenk an der Wand entlang. Bei dem schleimigen Gefühl der Knoten, die sich auf seiner Haut bewegten, brüllte er vor Grauen. Seine Füße waren fest zusammengebunden mit dem ausgehungerten Gewebe, die Fäden zu zahlreich, um sie zu zerreißen. Er grub seine Finger in das Geflecht und berührte dabei erneut die feuchte, fleischige Wand. Diesmal spürte er jedoch, wie die feuchte Oberfläche die Spitze seines Mittelfingers umfasste, ein jähes Reiben über die Haut. Kurz bevor er die Hand losriss, dachte er an eine Katzenzunge: winzige Hornzähne in rosafarbenem Gewebe, die an ihm leckten, ihm das Fleisch abschabten. Die Vorstellung reichte, um ihn in Raserei zu versetzen. Wie verrückt riss er an den Strängen. Dann stolperte er rückwärts und presste sich wimmernd gegen die Stahltür.

Er hatte keine Ahnung, wie lange er schon hier unten war, doch seine innere Uhr sagte ihm, dass Vormittag sein musste.

Wenn das zutraf, hatte sicher noch niemand Alarm geschlagen, weil er verschwunden war. Verdammt, wahrscheinlich war es bisher nicht einmal jemandem aufgefallen.

Er dachte an Elaines wogenden Leichnam. An das langsame Fressen der purpurn-braunen Wülste.

Die Sauggeräusche.

Seine Atemwege verengten sich. Ihm stellten sich überall die Härchen auf, während die Tentakel weiter nach ihm tasteten. Sehr lange versuchte er, den Schrei zurückzuhalten.

Doch unendlich lange konnte er das Grauen nicht im Zaum halten.

Schließlich überließ Rick sich ihm.

4

Lucy raste den Pfad hinunter, Bryans Gelächter im Rücken.

»Wo ist Ihr Freund?«, rief er ihr nach.

Sie bog um eine Ecke, die Zähne gebleckt. Sie erinnerte sich an die Spieltreffen, die ihre Eltern organisiert hatten, zusammen mit anderen Kindern, die zu Hause unterrichtet wurden. Es hatte eine Familie mit Zwillingsjungen gegeben und einem Mädchen mit rotzverkrusteter Nase, das kaum sprach. Lucy hatte angenommen, das liege daran, dass die Brüder sie so sehr drangsalierten.

Während dieser Spieltreffen hatten die Zwillinge immer Spiele ausgeheckt, bei denen sie sich ihren körperlichen Vorteil zunutze machen konnten, gewöhnliche Spiele mit grausigen Abänderungen. *Fangen* hatten sie etwa gesagt, aber es war nicht wirklich Fangen gewesen. Es war Schubsfangen gewesen, Lucy-muss-fangen, und dann hatten sie außerhalb ihrer Reichweite getanzt, weil sie nicht sehr sportlich gewesen war. Und sobald ihre Finger über das Hemd eines der Jungen gestrichen hatten, hatte er sie zu Boden gestoßen, und dann war das Spiel von vorn losgegangen. Als Lucy sich beschwert hatte, dass die Jungen sie tyrannisierten, hatte deren Mutter gesagt: »Es sind bloß Jungs, Liebes. Schenk ihnen einfach keine Beachtung.« Lucys Mom hatte dann genickt und kein Wort gesagt. Und Lucy war wieder nach draußen geschlurft, um sich weiterpiesacken zu lassen.

»Ich glaub, er hat sich verdrückt«, rief Bryan, nun sehr nahe.

Lucy rannte weiter, aber der Wald wurde dunkler und die Bäume dichter, und der Himmel über ihr nahm ein zunehmend verdrossenes Grau an. Ohne Humor erkannte sie die Ironie ihrer Situation: Gerade hatte sie noch versucht, ihrem Leben ein Ende zu setzen, und nun würde sie alles Erdenkliche tun, um es zu verlängern.

»Sie könnten ebenso gut aufgeben«, rief Bryan.

Er kam näher. Sie hetzte einen Hügel hinab und folgte dem Weg durch ein Dickicht aus Pinien. Die Zweige hingen so tief, dass sie ihr über die Arme kratzten, doch nun konnte sie schon Bryans Schritte hören, schwer, schnell und erbarmungslos. Vor ihr machte der Weg eine Kurve, aber das Piniendickicht schien sich nicht ausdünnen zu wollen. Sie lief auf eine Wand aus tiefgrünen Nadeln zu.

Ohne nachzudenken, stürzte sie sich hinein. Das Krachen übertönte alles andere. Sie preschte durch die Pinien, kratzende Nadeln und Äste peitschten ihr gegen Brüste und Bauch. Spinnweben verfingen sich in ihren Wimpern. Ihre Haut kribbelte beim Gedanken an Spinnen in ihrem Haar und deren Babys, frisch aus den Eiern geschlüpft, die ihr über die Ohren wimmelten und sich in ihre Kopfhaut wühlten.

Sie stolperte auf eine schmale Lichtung und fuhr sich fieberhaft durchs Haar, um etwaige Insekten herauszuschütteln.

Dann fiel ihr Bryan wieder ein.

Mit aufgerissenen Augen lauschte sie. Der Wald war geräuschlos.

Sie war sicher, er würde sie gleich packen, sie ein letztes Mal erschrecken. Aber er blieb still, verborgen.

Sie blickte um sich, konnte jedoch inmitten der vielen Pinienzweige weder etwas sehen noch hören.

Sie musste weiter.

Sie schob sich durch die Bäume und kniff die Augen zu, als ihr die piksigen Nadeln über die Haut kratzten. Sie streckte die Arme aus, fand eine weitere Lücke und öffnete die Augen.

Ungläubig starrte sie an, was vor ihr lag.

Ein Haus. Eines, das sie schon einmal gesehen hatte.

Nein, dachte sie.

Aber es war ein schwacher Protest. Das Haus war real. Im Inneren war Licht, und ein feindseliges Band schwarzen Rauchs stieg aus dem Schornstein auf.

Ob es nun ein Zufall war oder ein weiteres Element von Wells' verwunschener Magie, das Haus glich exakt dem in Polen.

Aber Bryan kam immer näher.

Lucy trat aus dem Pinienhain und näherte sich dem Haus. Mit seinem Obergeschoss und dem Nurdach erinnerte es sie an ein Märchen.

Hier draußen im Wald hatte sie keine Chance. Bryan war ein Jäger, ein Überlebenskünstler, ein verkommenes Arschloch, das sie nur zum Spaß umbringen würde. Das wusste sie so sicher, wie sie wusste, dass dieses Haus die präzise Replik jenes Hauses in Polen war, das dem Onkel ihrer Mutter gehört hatte oder irgendeinem anderen gesichtslosen Verwandten. Wenigstens würde sie hier vielleicht Zuflucht finden.

Während sie zur Tür eilte, blickte sie zum Himmel auf und kam zu dem Schluss, dass der Sturm jederzeit losbrechen konnte. Ein weiterer Grund, Schutz zu suchen.

Sie stieg das Treppchen hinauf und hob die Faust, hielt dann jedoch inne. Wenn sie klopfte, wäre es im Wald zu hören. Ebenso gut konnte sie Bryan rufen und ihn bitten, sie umzubringen.

Einfach hineingehen. Wenn der Hausbesitzer unwirsch reagierte, konnte sie sich ihm auf Gedeih und Verderb ausliefern. Vielleicht war es ja eine alte Frau. Die könnte die Polizei anrufen, und bald schon wäre Lucy gerettet.

Es könnte aber auch ein durchgedrehter Hinterwäldler sein, der sie in dem Moment, da sie durch seine Tür trat, mit seiner Schrotflinte abknallen würde.

Das würde zumindest schnell gehen.

Lucy probierte den Griff aus. Unverschlossen. Sie trat ein.

Am Küchentisch saß ihre Mutter.

Sie blickte nicht auf, als Lucy die Tür schloss. Lucy fragte sich, ob sie etwas sagen sollte, aber das morbide Schweigen ihrer Mom hielt sie davon ab. Draußen grollte ferner Donner.

Sie blieb stehen und blickte auf ihre Mutter hinunter. Halb erwartete sie, dass sie im selben Alter sein würde wie damals, als Molly gestorben war. Doch die zerfurchte Stirn und die Krähenfüße, gegen die auch Botox nichts mehr ausrichten konnte … Dies war ihre Mutter, wie sie jetzt gerade war. Zwar hatte Lucy sie jahrelang weder gesehen noch mit ihr gesprochen, aber sie war sich dessen sicher.

Sie wurde sich eines beharrlichen Knarzens bewusst.

Es kam von oben.

»Sind Sie dadrin?«, rief eine Stimme.

Lucy sog die Luft ein und wirbelte herum.

Bryan.

Er hatte direkt hinter der Tür gesprochen – die sie vergessen hatte abzuschließen.

Ein dumpfer Schlag. Bryans Faust.

Noch einer.

Lucy blickte sich um und sah einen Messerständer. Sie hastete hinüber, schnappte sich das mit dem größten Griff und zog es heraus. Ein Hackmesser.

»Lucy?«

Sie wich zurück und fand sich plötzlich in einem engen Flur wieder. Hinter ihr waren zwei Schlafzimmer. Zu ihrer Rechten führte eine Treppe hinauf.

Lucy entschied sich für die Treppe.

Sie war halb hinauf, da schloss sich die Fronttür. Sie lauschte.

»Wilson?«, rief Bryan. »Sind Sie hier?«

Lucy krauste die Stirn. War das Wilsons Haus? Und falls ja, was war mit der Frau am Tisch? War sie bloß ein Phantom?

Sie hörte das Ächzen von Bodendielen.

Dann Bryans Stimme: »Wenn Sie da sind, Wilson, hoffe ich, Sie kommen mir nicht in die Quere. Ich mache, was Sie mir aufgetragen haben. Wenn Forrester weg ist, dann ist es fast vorbei.«

Lucy umklammerte das Geländer. Kletterte eine Stufe höher. Die nächste. Die Treppe hatte keinen Teppich, machte aber wenig Geräusche. Vielleicht würde Bryan glauben, sie hätte das Haus umgangen. In dem Fall konnte sie einfach bis zum Einbruch der Nacht hierbleiben und im Schutz der Dunkelheit einen Fluchtversuch unternehmen.

»Jemand da oben?«

Lucy zuckte zusammen. Er war nicht direkt unter ihr, aber er war weit in die Küche vorgedrungen. Hatte er ihre Mutter nicht bemerkt?

War ihre Mutter wirklich dort gewesen?

So methodisch wie möglich stieg Lucy die letzten drei Stufen hinauf und gelangte in einen finsteren Flur.

»Lucy?«

Instinktiv wich sie zurück. Und ehe sie wusste, wohin sie sich bewegte, stieß sie gegen die Tür des hinteren Schlafzimmers: das, in dem Molly und sie geschlafen hatten.

Ihre Hand zitterte so heftig, dass sie kaum den Knauf packen konnte. Sie schlüpfte hinein. Sie griff nach unten und betätigte mit dem Daumen das Schloss, eines von der billigen Sorte, das jedes Kind mit einer Büroklammer aufbekam.

Sie saß in der Falle, und ihre einzige Hoffnung war, dass Bryan das Obergeschoss ausließ und hinausging, um seine Jagd fortzusetzen.

Sie drehte sich um, und da stockte ihr der Atem.

Von der Decke baumelte ihr Vater an einem Stromkabel, das ihm in einer Schlinge um den Hals lag. Sein Leichnam war aufgequollen und bleich, so wie sie ihn damals an Mollys fünftem Todestag gefunden hatte. Nach dem Unfall war er wortkarg gewesen, war wie ein Geist im Haus umhergeschlichen. Dann, ebenso still, wie er seine jüngste Tochter betrauert hatte, hatte er sich in der Garage an einem Dachsparren erhängt.

Langsam drehte sich seine Leiche zu Lucy herum. Sie legte sich eine Hand vor den Mund. Sie sah seine knorrigen Finger, seine kastanienbraunen Unterarme. Den aufgedunsenen Hals, um den sich das orangefarbene Stromkabel spannte. Die Leiche drehte sich weiter. Wandte sich ihr zu.

Ricks Gesicht.

Die Leiche öffnete ihre Augen. Lucy schrie.

Hinter ihr klapperte die Tür in ihrem Rahmen.

Bryan hatte sie gefunden.

5

Will öffnete die Augen und dachte: *Wo bin ich?*

Der Tag hatte die Farbe von Abwaschwasser, und die Äste reckten sich wie braun bemalte Knochen über den Himmel. *Komisch,* dachte er. *Ich bin im Wald, doch alles, was ich sehe, ist grau und braun.*

Er blinzelte, lächelte.

Sein Lächeln erstarb.

O Hölle, dachte er. *Bryan. Lucy. Das finstere Spiel.*

Er hatte nur einen flüchtigen Blick auf Bryan erhascht. Ein einzelnes Phasenbild einer schlecht geschnittenen Filmsequenz. Gerade hatte er noch mit Lucy gesprochen, und dann war er mit brachialer Gewalt gerammt worden. Er staunte, dass es ihm nicht den Kopf vom Körper gerissen hatte.

Der Schmerz kam zurückgeflutet, und er ächzte. Es war so viel netter ohne den Schmerz. Das hier war eine kreischend orangefarbene Hölle. Es war, als rammte ihm ein irrer Camper einen Hering zwischen die Schultern.

Er starb gerade.

Zumindest sagte er sich das. Sterben hieß, dass er sich nicht mehr mit Bryan befassen musste.

Dann musste er jedoch schlucken. *Lucy.*

Er konnte sie nicht sterben lassen.

Er versuchte aufzustehen, aber ein Schmerz fuhr durch seinen Oberkörper, wie er ihn noch nie erlebt hatte. Er fiel hin und wand sich am Boden. Vielleicht starb er jetzt nicht, aber er war ernsthaft verletzt. Schwer angeschlagen. Er war kein Arzt, mutmaßte aber, dass ein Wirbel gebrochen war.

Sein Vater hatte unter chronischen Rückenschmerzen gelitten, und Will hatte nie besonders viel Mitleid mit ihm gehabt. Doch nun, als er aufzustehen versuchte, bereute er jeden kleinlichen Gedanken, den er jemals ihm gegenüber gehegt hatte. Denn dieser Schmerz war monströs. Ein gänzlich unangebrachtes Schmerzniveau. Wie ein furchtbarer Zigeunerfluch.

Er sah vor sich, wie ein knotiger Zeigefinger auf ihn deutete und eine Hexe mit kreischender Stimme verkündete: *Du sollst die Qualen Tausender Lebenszeiten erleiden, böser Junge. Du wirst leiden, weil du den armen Mann in dem Loch hast sterben lassen.*

Die Erinnerung an Peter Bates überspülte ihn.

Ja, dachte Will. Und hierhin hatte es ihn geführt.

Bates in jenem Loch, hungrig, allein.

Will auf seinem Rücken. In Höllenqualen.

Hatte er nicht genau das verdient?

Er schloss die Augen.

Öffnete sie wieder, als ihm etwas auf die Stirn prasselte. Blut, war sein erster Gedanke. Aber das ergab keinen Sinn. Es sei denn, es regnete Blut vom Himmel herab. Nicht dass ihn ein derartiges Ereignis überrascht hätte. Wells' Anwesen hatte etwas Biblisches an sich. EIN MAGISCHER ORT hatte auf dem Schild gestanden.

In Wirklichkeit war es jedoch ein Ort des Gerichts.

Weitere Tropfen platschten Will ins Gesicht. Noch eine Demütigung. Er war nicht nur außer Gefecht gesetzt, gleich würde er auch noch durchweicht werden. Er knirschte mit den Zähnen und sah zu, wie die Regentropfen vom Abwaschwasserhimmel herabfielen. Drehte den Kopf und erblickte durch die nun glänzenden Äste eine größere Düsternis. Ein Sturm zog auf.

Er wusste, dass er sich nicht direkt aufsetzen konnte. Hölle, Sit-ups fielen ihm schon schwer, wenn sein Rücken gesund war. Er drehte sich auf die Seite und brachte einen Ellenbogen unter sich. Zwang sich so in eine sitzende Haltung.

Die Welt beschrieb eine wahnhafte Seitwärtsdrehung. Scheiße, sein Gehirn war schlimmer durchgeschüttelt worden, als er gedacht hatte. Wurden Gehirnerschütterungen eingestuft wie Tornados und Erdbeben? In dem

Fall war das hier Alarmstufe Rot, eine F7, eine Du-bist-so-richtig-im-Arsch-Gehirnerschütterung.

Er kämpfte sich hoch. Schaffte es, starr dazustehen, elend, während der Regen Fahrt aufnahm.

Lucy und Bryan konnten überall sein. Wieder im Herrenhaus? Tiefer im Wald? Tollten sie auf der Wiese herum oder bauten sie gerade ein gottverfluchtes Baumhaus? Wer konnte es sagen?

Sie zu suchen wäre ein törichtes Unterfangen. Das wusste er.

Er machte einen stockenden Schritt auf Wells' Herrenhaus zu. Dabei spürte er, wie sich hinter seinem linken Auge Druck aufbaute.

Das kann nicht gut sein, dachte er.

Dann hörte er es. Ein Summen.

Glenn Millers ›Moonlight Serenade‹.

Will krabbelte eine Schräge hinauf, und die Welt schwankte heftig. Er taumelte, warf noch einen Arm nach vorn, doch diesmal konnte er einen Sturz nicht verhindern. Er fiel bergauf, landete auf dem Bauch, und während das Lied anschwoll, die Stimme triefend vor Spott, wusste er, wen er sehen würde, wenn er sich umdrehte. Seine Finger versanken im Schlamm und es regnete immer heftiger.

»Dachtest wohl, wir seien quitt, was, Champ?«, fragte Bates.

Will wimmerte, grub die Knie in den Schlamm, aber er war zu schwach und die Welt neigte sich unter ihm.

Bates' barsche Stimme war nun sehr nahe. »Grausamkeit könnten wir mit Liebe begegnen, doch tun wir das?« Ein Schnauben. »Von wegen. Wir lassen unseren hasserfüllten Impulsen freien Lauf. Fahren geliebte

Menschen an. Schließen andere aus. Kehren Freunden den Rücken.«

Will fiel wieder auf den Bauch und vergrub das Gesicht in seiner Armbeuge.

»Sie waren ein Mörder.«

»Ich brauchte Liebe, Champ.«

»Sie haben Ihre Kinder umgebracht. Sie haben sie gefoltert.«

Schritte schmatzten, und schwarze Arbeitsschuhe gingen um ihn herum. Die Beine krümmten sich, dann die Stimme direkt über ihm: »Ich brauchte eine kleine Nettigkeit, Junge. Nur eine gutherzige Geste in einem Leben voller Gemeinheit. Hast du gehört, wie ich aufgewachsen bin? Was man mir alles angetan hat?«

Will schüttelte den Kopf.

»Hat man dir je die Genitalien versengt? Musstest du mal zusehen, wie deine kleine Schwester missbraucht wird, und du weißt, du kannst nichts dagegen tun?«

»Hören Sie auf.«

»Ich war ein Monster«, sagte Bates, »aber ich will verdammt sein, wenn ich so zur Welt gekommen bin.«

Will konnte kaum atmen.

»Ich könnte dich schnell umbringen«, sagte Bates. »Aber das mache ich nicht.«

Will zwang sich, dem Mann, der vor ihm hockte, in die Augen zu blicken.

Bates sah vollkommen gesund aus.

»Du hättest mich retten können, Champ.«

Der Boden unter Will begann sich zu verschieben.

»Siehst du jetzt, wie das ist, wenn man zurückgelassen wird?«, fragte Bates, und dann sah Will, wie Bates aufstieg. Der ganze Wald stieg auf.

Will streckte die Arme aus, doch zu spät. Nicht der Wald stieg auf, sondern er stürzte hinab.

Versank.

»Sehen wir mal, wie dir das gefällt«, murmelte Bates.

Und als das Loch Will immer tiefer hinabsaugte, fragte er sich: *Ist dies das Ende? Werde ich tatsächlich auf diese Weise sterben?*

Er begann zu schreien, doch sein Körper sank immer tiefer, und über seine eigene angstvolle Stimme hinweg hörte er Peter Bates lachen.

6

Als die Schlafzimmertür nachgab, riss das obere Scharnier los, und das ganze Ding hing schief wie der Zahn eines Babys, der sich am letzten Fleischfädchen festklammert.

Erfroren, dachte Lucy. Molly hatte noch nicht einmal einen Zahn verloren. War nicht Rad gefahren und nicht in den Kindergarten gegangen.

Und doch war Molly gestorben, und Lucy hatte gelebt.

Bis jetzt.

Regen prasselte gegen das Fenster.

25 Jahre, dachte Lucy. *Du hast 25 Jahre gekriegt, die du nicht verdient hattest.*

Bryans Augen funkelten in der Dunkelheit und seine weißen Zähne waren wie frisch gehauene Grabsteine. Lucy wich zurück, voller Angst, dass sie gegen die Leiche ihres Vaters stoßen würde, und dann schlössen sich seine aufgequollenen lila Hände um ihren Hals. Sie hatte es nicht besser verdient. Ein grausiger Tod. Ein einsamer

Tod. Niemand würde je erfahren, was aus ihr geworden war.

Etwas strich über die Rückseite ihres Arms.

Sie drosch nach der baumelnden Leiche, doch als sie herumwirbelte, sah sie, dass es nur ein Friesvorhang war, vergilbt vom Alter.

Bryans muskulöse Arme schlossen sich um sie.

Zischend stieß sie sich von ihm weg. Er hielt sie nicht fest, sondern lachte nur, als sie gegen das ungemachte Bett taumelte.

Sein Blick zuckte zu ihrer Taille. »Das ist mehr, als ich Ihnen zugetraut hätte.«

Sie blickte auf das Hackmesser in ihrer Hand hinunter.

»Gutes Mädchen«, sagte er. Er wies auf sein Fußgelenk. »Wollen wir mal sehen, wer besser mit dem Messer ist?«

Sie blickte sich rasch im Schlafzimmer um und fand ihre Vermutung bestätigt: Es gab keinen Weg hinaus. Es sei denn, sie sprang aus dem Fenster, aber dann würde er einfach hinausspazieren und ihren bereits zerstörten Körper von seinem Leid erlösen.

Er deutete ihren Blick falsch. »Glauben Sie, es kommt jemand, um Sie zu retten? Ihr Freund vielleicht?«

»Niemand kommt«, sagte sie.

Er trat näher. »Tja, arme, verfluchte Lucy. Haben als Teenager alles in den Arsch geblasen gekriegt.«

»Haben Sie die anderen ermordet?«

Er grinste. Unsichtbare Mäuse wuselten ihr über den Nacken.

Er schlich näher, und sein massiger Körper schien den ganzen Raum auszufüllen. »Benutzen Sie das Messer jetzt oder geben Sie auf und lassen mich einfach machen?«

Etwas in seiner Stimme ließ sie stutzen. Sie starrte ihn an, und langsam dämmerte eine Erkenntnis herauf. Von Anfang an war an Bryan irgendetwas Künstliches gewesen, etwas Erzwungenes. »Ich soll Sie ranlassen, meinen Sie? So wie Rick?«

Alle Fröhlichkeit verschwand aus seinem Gesicht. »Halten Sie den Mund.«

Ihre Stimme war ein rauchiges Raunen. »Die Sachen, die er mit mir angestellt hat, Bryan ... Wie er mich zum Stöhnen gebracht hat.«

Seine Augen waren funkelnde braune Murmeln. Er ballte die Hände zu Fäusten und fing an, sich damit auf die Oberschenkel zu klopfen wie ein Kleinkind, das auf einen Nervenzusammenbruch zusteuerte.

»Im Gegensatz zu Ihnen, Bryan«, sagte sie und schob sich langsam nach rechts. »Schon am ersten Nachmittag hat mein Körper auf Rick reagiert. Auf Sie überhaupt nicht. Weil er weiß, wer er ist. Er ist authentisch. Sie hingegen ... versuchen, jemand anderes zu sein. Sie laufen vor sich selbst davon.«

Er zog die Mundwinkel herunter. »Sie ... *Schlampe.*«

Jetzt, dachte sie. *Mach es jetzt.*

Sie schwang das Hackmesser. Bryan riss die Augen weit auf. Er stürzte aufs Bett zu. Das Messer hatte ihn knapp verfehlt und war mit so viel Schwung hinabgefahren, dass es sie aus dem Gleichgewicht gebracht hatte. Sie stolperte vorwärts, im Wissen, dass sie ihre Chance, ihn zu überraschen, vertan hatte. Der Schwung trug sie auf die Tür zu. Ihre Füße verhedderten sich, und beinahe wäre sie der Länge nach hingeschlagen – kurz schoss ihr ein Bild durch den Kopf, wie sie sich dabei selbst aufspießte, sich das Messer in den Bauch rammte wie ein Krieger beim

Harakiri – aber sie fing sich wieder und lief gebückt unter der kaputten Tür hindurch. Als sie die Treppe hinunterpreschte, hörte sie, wie Bryan ihr nachsetzte, seine schweren Tritte wie düstere Paukenschläge hinter ihr. Am Küchentisch saß niemand, ihre Mutter war wohl nur eine Vision gewesen, und dann packte sie den Türknauf, und eine Woge der Furcht spülte über sie hinweg: Hatte Bryan sie abgeschlossen?

Sie riss die Tür auf und stürmte hinaus.

Ihre einzige Hoffnung war, ein Versteck zu finden. Noch immer hielt sie das Hackmesser umklammert. Falls Bryan sie aufspürte, konnte sie ihren Todesstoß doch noch zum Erfolg bringen.

Im wilden Sprint hielt sie auf den Wald zu und blickte nicht einmal über die Schulter. Wozu auch? Wenn Bryan sie gesehen hatte, gab es ohnehin nichts, was sie tun konnte.

Vor ihr sank das Gelände ab. Die Neigung verschaffte ihr zusätzliches Tempo, und es erforderte all ihre Energie, die Kontrolle zu behalten, während sie den Hügel hinunterraste.

Bald flachte der Wald ab, und sie fand einen Weg, der sich an einem Bach entlangwand. Folgte Bryan ihr auf demselben Weg, dann war sie in ernsten Schwierigkeiten. Wenn er ihr jedoch nicht hier hinab gefolgt war, würde die Erhöhung es ihm erschweren, sie zu erspähen.

Sie rannte weiter, doch allmählich machten ihre Beine schlapp. Der Regen war kalt auf ihren nackten Armen. Es war frostig, als wäre überraschend der Winter hereingebrochen. Sie erwog, den Bach zu überqueren. Das war riskant, gewiss, aber es war ebenfalls riskant, auf Bryans Seite des Wassers zu bleiben. Ihre Zähne klapperten ebenso sehr aus Furcht wie wegen der Kaltfront, die durch den Wald fegte. Sie platschte schräg ins Wasser hinein und suchte bereits die gegenüberliegende Böschung nach einer Stelle ab, an der sie hinausklettern konnte.

Ihr Fuß blieb an etwas hängen. Sie stürzte vornüber.

Eisig schlug das Wasser über ihr zusammen. Beunruhigenderweise war der Bach tiefer, als sie angenommen hatte. Unter Wasser öffnete sie die Augen und fand, was sie zu Fall gebracht hatte, und als sie den roten Mantel sah, das hellbraune Haar, das wie Tang wogte, fing sie an zu schreien …

… denn das Eis unter Mollys Schneeschuhen brach. Aus einer gemeinen Anwandlung heraus hatte Lucy ihre kleine Schwester dazu angestachelt, sich aufs Eis zu begeben. Das Risiko schien minimal. Zwei Wochen zuvor hatte ihr Onkel sie beide mit zum Angeln genommen, und da der Winter das Land noch nicht im Griff gehabt hatte, hatte Lucy den kiesigen Grund des Bachs sehen können. Er war nicht mehr als einen Meter tief, und Molly hatte etwa diese Größe. Selbst wenn das Eis bräche und sie hindurchfiel, müsste sie sich einfach bloß hinstellen.

Doch schon als ihre Schwester die ersten zögerlichen Schritte auf die geisterhaft weiße Fläche tat, wusste Lucy, dass es eine dumme Mutprobe war, wusste auch, dass sie es tat, weil es dumm war. Die ganze Reise war dumm gewesen: Ihre Eltern hatten ihr den Eiffelturm versprochen, den Blarney Stone, das Kolosseum; dabei würde das alles erst kommen, nachdem sie einen endlosen Monat in Polen verbracht hatten, in einem langweiligen Haus alter Bauern. Die sprachen kaum Englisch, und Lucy konnte kein Polnisch. Molly nörgelte unaufhörlich, weinte oft und fand ständig Wege, Lucy zu stören, dabei wollte sie einfach nur, dass man sie in Ruhe ließ. Fand sie irgendein interessantes Objekt, ein angemaltes Vogelhaus oder eine Puppe aus Maishülsen, dann musste Molly es unbedingt in die Hand nehmen. Und bat Lucy ihre Eltern inständig, an ihrer Stelle einzuschreiten, dann bekam sie immer dieselbe Antwort: Kannst du ihr nicht dieses eine Mal ihren Willen lassen?

Dieses eine Mal hieß in Wirklichkeit jedes verdammte Mal, also ging Lucy dazu über, sich oben im Schlafzimmer einzusperren, um dem zu entfliehen.

An diesem Winternachmittag hatte Lucy das Bauernhaus mit grimmigem Ärger verlassen, denn ihre Eltern hatten ihr befohlen, ihre Schwester zu beschäftigen. Sie hatte nicht die Absicht gehabt, Molly in Gefahr zu bringen, doch ja, es lag eine gewisse Unterströmung der Gemeinheit in ihrer Herausforderung.

Mit erhobenem Kinn trat Molly auf den gefrorenen Bach und begann sofort zu kichern. Das Eis war rutschig, informierte sie Lucy, und Lucy, der sterbenslangweilig war, folgte ihrer Schwester aufs Eis, ohne ihr gemeinsames Gewicht zu bedenken.

Bald rutschte sie herum und ruderte mit den Armen, und Molly quietschte vor Vergnügen. Ausnahmsweise machte es Lucy nichts aus, denn sie musste ebenfalls lachen. Endlich erreichte sie Molly, und da sie beide ihr Gleichgewicht finden wollten, fassten sie einander an den Unterarmen, und vielleicht zum ersten Mal, seit sie in Polen angekommen waren, waren sie glücklich.

Der erste Riss entstand unter Lucys rechtem Stiefel. Sie spannte sich an, wohingegen Molly noch nichts gemerkt hatte. Lucy regte sich mehrere Sekunden lang nicht. Starrte einfach nur auf die gezackte Linie und hoffte, dass sie nicht länger werden würde.

Ein weiterer Riss bildete sich, diesmal ein größerer, direkt zwischen den beiden Mädchen. Molly hörte auf zu lachen, riss die Augen weit auf, und aus irgendeinem Grund hielten sie einander jetzt nicht mehr fest, aus irgendeinem Grund war Lucy einen Schritt zurückgetreten. Das Eis ächzte, und Molly hob das Gesicht, um Lucy anzusehen, und alle Furcht des Universums stand in ihren feuchten braunen Augen, und das zarte Alter war ihr deutlich anzusehen an ihren noch pummeligen Wangen und ihrem babyhaften Mund.

»Lucy …«, fing sie an, oder vielleicht hatte es sich Lucy auch nur eingebildet, denn das Wort ging in der Kakofonie brechenden Eises unter. Ein ganzer Abschnitt hatte unter Molly nachgegeben, und jetzt liefen Blitze im Zickzack auf Lucys Stiefel zu. Ihr Instinkt befahl ihr, herumzuwirbeln und zum Ufer zu hechten, und aus dem Augenwinkel sah sie eine verschwommene Bewegung, rudernde rote Arme und eiskaltes Bachwasser, das auf das frostgeküsste Eis spritzte. Molly gab kaum einen Laut von sich, als das Loch sie verschluckte. Lucy streckte den Arm nach ihr aus, aber ihre Schwester war drei Meter entfernt, und selbst wenn es Lucy gelungen wäre, die handschuhlosen kleinen Finger zu streifen: Das Eis unter ihr bildete nun ein chaotisches Muster durcheinanderlaufender Linien, und wenngleich sie wusste, dass sie ihre kleine Schwester retten sollte, packte sie eine atavistische Furcht vor dem Ertrinken, zwang sie rückwärts, rückwärts, bis sie zusammengekauert an dem schmalen Ufer saß, die Knie angezogen, ein schlotterndes Fötusmädchen, und das einzige Zeichen, dass Molly überhaupt da gewesen war, war ein gelegentlicher Wirbel inmitten der treibenden, scharfkantigen Eisbrocken.

Lucy war zu verängstigt, um einen zusammenhängenden Gedanken zu fassen. 30 Sekunden vergingen. Eine Minute. Sie kauerte da, zitterte und sagte sich, es sei nicht passiert. Dies sei nur ein böser Traum, der schlimmste Albtraum ihres Lebens, und hätte sie gewusst, wie sich alles entwickeln würde, dann wäre sie womöglich auch in das eiskalte Loch gesprungen, so sehr, wie ihre Mutter sie daraufhin hasste und ihr Vater zu einem blutleeren Gespenst wurde …

… und in Roderick Wells' Wald drang ihr das eiskalte Wasser des Bachs in die Kehle, zog sie in die Tiefe, denn der Grund des Bachbetts war abgefallen. Unter ihr war ein schwarzes, nasses Grab, und der Leichnam ihrer Schwester, unberührt von der Zeit, die pummeligen Wangen und die weiche Stirn bleich im Tod, die Arme in den roten Mantelärmeln ausgestreckt, stieg nun durch die Finsternis empor, und Lucy schrie, doch das Wasser erstickte ihren Schrei. Das Gesicht ihrer Schwester kam auf sie zu, die Augen geöffnet, und obwohl Lucy damit gerechnet hatte, dass sie weiß und pupillenlos sein würden, waren Mollys Augen wie immer: gutherzig, hoffnungsvoll. Molly starrte sie an, hob eine Hand, und dann streichelten ihre winzigen Finger Lucys Wange.

Die Berührung ihrer toten Schwester jagte eine Schockwelle durch ihren Körper. Sie breitete die Arme aus, schwang sie abwärts und stieg, unglaublicherweise, ein paar Zentimeter auf. Während ihr das eiskalte Wasser in die Lunge lief, reckte sie das Kinn empor, schlug mit den Beinen, und wenngleich sich ihr Körper unaussprechlich schwer anfühlte, stieg sie höher. Verzweifelt blickte sie hoch. Sie ruderte mit den Armen, trat, und diesmal brachte sie ihr Gesicht über die Oberfläche. Sie stemmte sich gegen das Wasser, sammelte alle Kraft, die ihr noch geblieben war, und schaffte es, ein wenig Luft einzusaugen. Sie erinnerte sich an das flachere Wasser, streckte ein Bein aus, und da, Gott sei Dank, spürte sie Steine unter ihrem Fuß.

Ihre Beine wollten einknicken, sie war insgesamt wacklig, aber sie kämpfte gegen die Lethargie an. Beide Füße berührten nun festen Boden. Prustend und keuchend fiel sie zur Seite, und als sie eine Stelle erreichte, wo es nur knietief war, krümmte sie sich, würgte und spie Bachwasser aus wie eine Pest. Sie hustete und keuchte, und ihr Hals brannte lichterloh.

»Mit wem haben Sie geredet?«

Lucy blickte zu Bryan hoch. »Zwingen Sie mich nicht, Sie umzubringen«, sagte sie.

»In dem Farmhaus«, sagte er, als hätte sie nichts gesagt. »Und gerade eben. Sie sprechen ständig mit irgendwem, dabei sind hier nur Sie und ich. Warum machen Sie das dauernd?«

Da war ein komisches Licht in Bryans Augen. Die Regentropfen waren kleiner, aber anhaltender und bissen ihr in die Haut wie hungrige Milben.

Bryan watete näher. »Machen Sie das, um mich zu verwirren?« Er senkte den Blick und hob ihn wieder. »Sie haben Ihr Messer fallen lassen. Warum bringen Sie mich immer wieder durcheinander?«

Lucy gaffte dümmlich ihre Hände an. Sie musste das Hackmesser losgelassen haben, als sie untergetaucht war.

»Sie alle«, murmelte Bryan. »Sie sind so verdammt undurchschaubar. Es ist, als würden Sie Besprechungen abhalten, nachdem ich ins Bett gegangen bin. Sie überlegen sich, wie Sie mich aus der Gruppe ausschließen können.«

Sie blickte sich wild um. Sie konnte nirgendwohin. »Das machen wir nicht, Bryan. Wir …«

»… wollen den Wettbewerb gewinnen, genau wie ich.« Drei Meter entfernt. Und er kam näher. »Sie haben sich gedacht, Sie eliminieren den härtesten Kandidaten.« Anderthalb Meter. »Aber ich bin immer noch hier.«

Seine Hände schossen vorwärts.

Lucy sprang weg, aber er packte sie hinten am Hemd. Sie platschte vornüber ins Wasser. Als sie auf die Knie kam, warf sich Bryan auf sie. Sie kämpfte gegen ihn, aber er wog so viel, Gott, er war wie eine Steinsäule, die sie zermalmte.

Sie drängte nach vorn, wobei die Steine im Wasser ihr die Knie aufschlitzten, aber Bryan kam mit ihr. Sie stieß mit dem Ellenbogen nach ihm, erwischte ihn an der Schulter, aber er lachte sie nur aus. Sie mühte sich vorwärts, drehte sich halb, und erst als er sie an den Schultern packte, erkannte sie ihren Fehler. Ihr Gesicht tauchte ins Wasser.

Ein kalter Schleier umhüllte sie. Bryan stierte auf sie hinunter, seine großen Hände hielten ihre Arme gepackt, doch zwischen ihnen war ein halber Meter Bachwasser, und Lucy bekam keine Luft. Zudem war diesmal ein massiger Körper über ihr, und sie hatte keine Möglichkeit zu entkommen.

Sie packte seine Unterarme, grub die Nägel in sein Fleisch. Durch die dämpfende Barriere aus Wasser hörte sie ihn schreien. Er kroch auf sie. Einen Augenblick zu spät begriff sie, was er vorhatte, und dann kniete er schon auf ihren Schultern und hielt sie am steinigen Grund des Baches, sein Schritt in ihrem Gesicht und keine Chance, ihn abzuwerfen. Sie würde hier sterben.

Die Panik kam. Wasser lief ihr in den Mund. Sie krallte nach seinen Hüften, aber er schien unempfindlich.

Sie schloss die Augen, und Kälte breitete sich in ihren Gliedmaßen aus. Ihre Finger tasteten über Bryans granitharte Waden, seine Fußgelenke.

Das Bowiemesser in seinem Halter.

Ihre Augen flogen auf. Sie ließ den Verschluss aufschnappen.

Kämpfe!, schrie eine Stimme in ihrem Kopf. Sie hatte das Messer fast herausgezogen, bevor Bryans Hand auf sie niederfuhr.

Töte ihn, oder er tötet dich!

Mit letzter Kraft stieß sie das Messer aufwärts.

Dann war Bryans Gewicht mit einem Mal fort, und sie rollte sich auf die Knie und riss den Kopf hoch. Sie versuchte einzuatmen, aber ihr System rebellierte und das Wasser schoss aus ihr heraus. Sie wusste, sie war extrem schutzlos, den Rücken ihm zugewandt, aber sie konnte ebenso wenig das Wasser aufhalten, das aus ihr hervorbrach, wie sie in ihre Kindheit zurückkehren und auf jenem gefrorenen Bach eine andere Entscheidung treffen konnte.

Sie wischte sich über den Mund, und dann stand sie auf, das Bowiemesser fest umklammert an ihrer Seite. *Erledige ihn,* befahl sie sich selbst. *Mach ihn kalt.*

»… Scheißschlampe«, geiferte Bryan. »Ich brauch 'nen Arzt …«

Lucy sah, dass er tatsächlich einen Arzt brauchte: Die Messerwunde erstreckte sich über seinen ganzen Unterarm, vom Ellenbogen bis kurz vor der Handfläche. Sie glaubte irgendwo gehört zu haben, dass es nur etwas brachte, sich die Handgelenke aufzuschlitzen, wenn man es von Norden nach Süden machte wie bei diesem Schnitt. Bryan hatte sich zwar das T-Shirt heruntergerissen und versuchte sich den Arm am Ellenbogen abzubinden, doch das Blut schoss nur so aus seiner Wunde.

Bryan machte an seinem notdürftigen Druckverband herum. »Dumme … Fotze …«, knurrte er. »Ich kann nicht glauben …«

Lucy straffte sich und wandte sich ihm zu.

Sie schritt zu ihm hinüber und hob das Bowiemesser.

Mach ihn fertig!

Er sah sie an, und Verstehen dämmerte herauf, doch Lucy ließ ihm keine Zeit zu reagieren. In weitem Bogen schwang sie das Messer, und die Klinge schnitt ihm die Haut an der Kehle auf. Es entstand eine scharlachrote Halskette, die ihm in Rinnsalen auf die Brust herablief. Er öffnete den Mund und stieß ein gurgelndes Husten aus. Er griff sich an die Kehle, und seine Augen öffneten und schlossen sich.

Bring es zu Ende!

Sie packte das Bowiemesser mit beiden Händen und rammte ihm die Klinge in die Brust.

Seine blutverschmierten Finger fielen auf ihre Handgelenke. Sie riss ihm das Messer aus der Brust und hörte ein Pfeifen aus seiner Lunge. Gerade als sie wieder zustechen wollte, sank er auf die Knie und hustete einen Schwall Blut aus, der sich im Wasser wie Rotz zu Fäden auflöste.

Sein Gesicht war kreidebleich, die Wunde in seiner Kehle tief. Sie klaffte auf und ließ sie an Fischkiemen denken, violett und roh. Unbewegt stand Lucy mit dem Messer in den Händen da und wartete, ob er sie noch ein letztes Mal überraschen würde. Sie war durch Filmbösewichte konditioniert, damit zu rechnen.

Stattdessen kippte er auf die Seite, ging unter und kam erst wieder an die Oberfläche, als die Strömung ihn schon mehrere Meter weitergetragen hatte. Sie ging ihm noch eine Weile hinterher, doch sein Gesicht blieb unter Wasser. Er war mit Sicherheit tot.

Sie drehte sich um. Sie musste dringend nach Will sehen.

Auf dem Fuße folgte der Gedanke an Rick. War er wirklich aus dem Wettbewerb ausgestiegen, ohne es ihr zu sagen?

Nein, dachte sie, während sie ans Ufer watete. Er wäre nicht gegangen, ohne sich zu verabschieden, schon gar nicht nach der vorigen Nacht.

Sie musste ihn finden. Wenn er noch am Leben war.

Sie wischte sich das blutige Messer an der Hüfte ihrer Shorts ab und trat aus dem Bach.

7

Will dachte: *Bates war ein Monster.*

Die kalte, unerbittliche Stimme der Wahrheit: *Deswegen hast du ihn aber nicht dort zurückgelassen.*

Will: *Er hat seine Kinder umgebracht.*

Wahrheit: *Bates in dem Loch zurückzulassen war die Tat eines fiesen kleinen Bastards. Du warst von deinem Bruder, deinem Vater und so gut wie jedem Kind in der Grundschule schikaniert worden, und da hast du die Chance genutzt, die ganze Gemeinheit wieder auszurotzen.*

Will: *Hat er es verdient?*

Wahrheit: *Ob er es verdient hat oder nicht, du hast jemandem das* Leben *genommen.*

Will: *Okay, ja! Ich hab jemandem das Leben genommen! Ich war jung, dumm und voller Zorn. Ich hätte die Polizei rufen sollen. Ich hätte alles anders machen sollen, und es tut mir leid.*

Wahrheit: (Stille)

Will: *Aber ich hab es nicht verdient zu sterben, oder? Oder ist Gott, das Schicksal, die Natur, das Chaos oder was auch immer die Kontrolle hat, genauso grausam wie ich damals? Oder spielt Gnade irgendwo eine Rolle?*

»Will?«

Er erstarrte. Die Stimme war nicht in seinem Kopf gewesen. Das war …

»Wenn Sie mich hören, sagen Sie etwas.«

Lucy, dachte er.

Er öffnete den Mund, um zu antworten, aber dabei rieselte ihm Erde hinein. Er prustete, wollte die Erde wegwischen, doch seine Hände waren eingegraben.

Sofort erinnerte er sich, wo er war. Der langsame Erdrutsch hatte ihn herabgerissen, und irgendwann hatte er das Bewusstsein verloren. Er hatte keine Ahnung, wie weit unter der Erde er gelandet war, doch allzu tief konnte es nicht sein, da er Lucys Worte noch verstand. Sie rief nach ihm.

Ächzend drückte er die Schultern gegen die Erde. Lebendig begraben, dachte er, dann versuchte er, die Worte zu verdrängen, doch als die Erde ihm über die Wangen rieselte und winzige Klümpchen ihm auf die Knöchel prasselten, wiederholten sie sich wie ein unheiliger Refrain: *lebendig begraben, lebendig begraben, lebendig begraben …*

»Nein!«, brüllte er.

Lucy schrie auf. Sie hatte ihn gehört! Das brachte ihm jedoch gar nichts, wenn sie ihn nicht auch sah. Er strampelte in der Erde herum, weigerte sich, auf diese Weise zu sterben. Mit emporgerecktem Kinn bewegte er die Schultern und lockerte die Erde. Er hatte schlimm gesündigt, indem er Bates hatte verhungern lassen, aber verdammt, das hier war keine poetische Gerechtigkeit, es war kein Karma, *übertrieben* war das, verflucht noch mal, und er würde sich dem nicht ergeben. Sein verletzter Rücken heulte auf, doch sein Lebenswille war stärker, er musste *atmen* …

Er brachte sein Gesicht aus der Erde heraus und sog begierig die Luft ein.

Lucy keuchte. »Will! O mein Gott!«

Es kam kaum bei ihm an. Er konnte an nichts anderes denken als an den Regen, der ihm ins Gesicht prasselte, den köstlichen Sauerstoff, während er sich aus der Erde herausschlängelte. Begierig saugte er alle Düfte des Waldes ein, die Fichten, die fruchtbare Erde und den Regen, und mit einem Ächzen riss er einen Arm frei und dann den anderen.

»O Gott, Will«, sagte Lucy, fasste ihn unter den Armen und hievte ihn hoch, »was ist Ihnen passiert? Wie sind Sie …?«

Sie beendete den Satz nicht, oder falls sie es doch tat, hörte Will es nicht. Er hörte nur den Regen, der auf den Wald niederging, seinen Gesang aus voller Kehle. Er verzog das Gesicht bei dem heftigen Schmerz in seiner Wirbelsäule, schaffte es jedoch, seine Füße aus dem Loch zu ziehen und sich auf den Rücken zu werfen. Er war am Leben. Beschädigt vielleicht, aber am Leben.

Dann schlich sich ein schrecklicher Gedanke an.

»Wo ist Bryan?«

Ihr Gesicht wurde hart. »Der treibt davon.«

Er ließ ihre tropfnasse Erscheinung auf sich wirken. Blutspuren auf ihrem Gesicht und auf ihrer Kehle. »Sie haben ihn umgebracht?«

Sie lächelte matt. »Er hat sich mit der falschen Versagerin angelegt.«

»Wir sind alle Versager.« Er setzte sich auf und zischte vor Schmerz. »Hölle.«

»Sie können hier warten.«

»Und was dann?«, fragte er und schaffte es mit Mühe auf die Knie. »Soll ich hier sitzen, bis der nächste Schrecken aufkreuzt? Miss Lafitte oder Ricks gestörter Polizeichef …«

»Oder Wells.«

Er schaute zu ihr auf.

»Wells ist der Schlüssel«, sagte sie. »Alles beginnt und endet mit ihm.«

Will stemmte die Handflächen in die Erde und rappelte sich langsam hoch. Selbst mit Lucys Unterstützung war es mühsam. »Gut, dass ich nie Football gespielt hab. Ein Rempler, und ich bin ein klappriger alter Mann.«

»Er war ja auch wie ein Güterzug. Wir haben ihn nicht kommen sehen.«

Will massierte sich den unteren Rücken. »Wie lautet Ihr Plan?«

»Wir kämpfen gegen sie. Und versuchen, uns nicht umbringen zu lassen.«

Er betrachtete ihr wirres, nasses Haar und ihre aufgerissenen, blutfleckigen Sachen. Sie war ihm nie kleiner erschienen. Oder zäher.

Sie setzten sich in Bewegung.

Aufgrund von Wills geschwächter Verfassung brauchten sie lange, doch schließlich begann der Wald sich zu lichten, und hier und da blitzte die smaragdgrüne Wiese auf.

»Ich glaube, ich weiß, wie wir Wells besiegen können«, sagte sie, und als sie die Worte aussprach, wusste sie, dass es stimmte.

Er sah sie an. »Sie wollen nach Rick suchen?«

Sie nickte.

»Was ist mit Miss Lafitte?«, fragte er.

Lucy hielt das Bowiemesser hoch. »Bryan hat dafür gesorgt, dass das hier scharf bleibt.«

»Das Ding sieht ganz schön bösartig aus.«

Lucy grinste. »Sehe ich bösartig aus?«

»Sie sehen wie 'ne ersoffene Bisamratte aus.«

Er lachte mit ihr, auch wenn es höllisch wehtat.

Sie erreichten den Waldrand und blickten an dem regengepeitschten Herrenhaus empor.

»Ich gehe rein«, sagte Will.

»Zu Ihrem Zimmer?«

»Nee«, sagte er und begann den langsamen, schmerzvollen Anstieg. »Zu Sherilyns.«

8

Schweigend erklommen sie den Hügel. Als sie näher kamen, bemerkte Lucy, wie anders das Herrenhaus nun äußerlich aussah. Keine fehlenden Schieferschindeln mehr, keine Wasserflecken auf den Mauersteinen der Fassade. Die zerbrochenen Fenster waren ersetzt worden und die Läden hingen nicht mehr schief. Dem Alter zum Trotz sah das Haus so aus, als könnte es gut erst in diesem Frühling erbaut worden sein.

Wiederhergestellt, dachte sie. *Genau wie Wells.*

Sie erreichten die Veranda.

Will sagte: »Ich gehe zuerst rein.«

Lucy sah ihn nur an.

Er seufzte. »Na gut, Sie zuerst. Aber was machen Sie, wenn …?«

»Dieses Messer hat Bryan erledigt.«

»Ja, aber Bryan war …«

»… menschlich? Kaum.« Sie holte zitternd Luft. »Wir müssen sie töten, ehe sie uns töten.«

Will nickte zu den immensen Türflügeln hin. »Miss Lafitte könnte genau jetzt dahinter stehen. Oder Wilson.«

Oder Wells, dachte sie.

»He, Lucy …«, fing Will an, aber sie griff bereits nach dem Knauf. »Was machen Sie da?«

Sie öffnete die Tür.

Nichts attackierte sie.

Sie ging hinein. »Wenn ich Rick gefunden habe, kommen wir Sie holen.«

»Und was dann?«

»Dann verschwinden wir zusammen. Den Wettbewerb zu gewinnen bedeutet jetzt einen Scheißdreck. Wir sind hinreichend gute Autoren und schaffen es auch ohne ihn.«

Sein Lächeln ließ sie wünschen, sie wären woanders, nur nicht hier, säßen einfach bei einem Drink zusammen. Sie stellte sich ihn bei einem Spiel der Cubs vor, wie er mit seinen Kumpels witzelte.

»Wir können es schaffen«, sagte sie. »Wir können sie besiegen.«

Er nickte. »Passen Sie auf sich auf.«

»Sterben Sie nicht«, sagte sie und ging auf den hinteren Flur zu.

9

Während er die Treppe hinaufhinkte, dachte er an Peter Straubs *Geisterstunde.* So viele seiner Lieblingsbücher handelten von Autoren und ihren Geschichten, von fiktionalen Figuren, die zum Leben erwachten und versuchten, ihren Schöpfern etwas zuleide zu tun.

Irgendwie hatte Roderick Wells dieses Potenzial auf eine Weise angezapft, wie es keinem Schreiber vor ihm gelungen war, auf eine Weise, die keine zurechnungsfähige Person für möglich gehalten hätte.

Will wusste nicht, ob es Wells war oder sein Land, aber die Macht hier war real. Wichtiger noch: Sie war übertragbar.

Corrina Bowen hatte eine mörderische Magd erschaffen.

Rick Forrester hatte Polizeichef John Anderson ins Leben gerufen.

Die sinnliche Abscheulichkeit, die Will am Strand erblickt hatte … Ja, selbst er hatte begonnen, etwas zu erschaffen.

Aber im Augenblick kümmerte ihn niemand von ihnen.

Er ging den Flur im ersten Stock hinunter.

Das Anwesen war riesig. Vielleicht wuchs es sogar. Nährte sich von ihren Worten, dehnte sich aus, veränderte sich, brachte neue Welten hervor.

Vielleicht würde niemand von ihnen entkommen.

Will kam bei seinem Zimmer an, ging jedoch daran vorbei.

Vielleicht hatten auch die anderen Autoren Bösewichte erschaffen, aber er konnte sich nur auf die konzentrieren, von denen er wusste. Was hatten sie miteinander gemein?

Bosheit. Unberechenbarkeit.

Gewalttätigkeit.

Aber was wäre, wenn eine ihrer Geschichten sich auf eine andere Weise zutragen würde? Was, wenn eine Erzählung ihren Lauf nähme, ohne dass es einer von ihnen bemerkte?

Er erreichte Sherilyns Tür.

Unverschlossen. Gott sei Dank. Er trat ein und schloss ab.

Langsam ließ er den Blick durch das Zimmer schweifen und dachte: *Ist dies der Moment? Entscheidet das hier über unser aller Schicksal?*

Es klang melodramatisch, aber er vermutete, dass es der Wahrheit nahekam.

Wells war jünger geworden. Und das Herrenhaus hatte sich … was? Geheilt? Verjüngt?

Irrsinn.

Aber wahr.

Er schleppte sich zum Schreibtisch hinüber und beugte sich vor, um die Schubladen herauszuziehen.

Der Schlüssel, glaubte Will, war das Buntglasmosaik in der Kapelle. Er dachte an Wells in seiner Rüstung, das goldene Schwert emporgereckt, die scharfe Klinge aufblitzend, während er die Schlangen befehligte. Wie die Augen der giftzahnbewehrten Vipern, die über die Dorfleute herfielen, waren Wells' Augen in einem widernatürlichen Licht erstrahlt, eine ruchlose Freude, die sich aus dem Massaker speiste.

Hatte Sherilyn den wahren Roderick Wells in ihrem Märchen eingefangen?

Falls ja, dann musste er ihre Geschichte finden. *Der magische König* war der Schlüssel zu allem.

Die Schreibtischschubladen waren leer, die einzigen Gegenstände darin ein paar Bleistifte und ein magentafarbener Lippenstift.

Der Regen trommelte auf die Fenstersimse, sonst war nur das Ticken der Standuhr im Schlafzimmer zu hören.

Er fuhr herum und starrte die Uhr an.

Während er sich näherte, erinnerte er sich an etwas, das sein Vater ihm einmal über diese Art Uhr erzählt hatte. Manche hatten vollständige Abdeckungen, andere nicht. Manche hatten einfach nur ein Zifferblatt und waren hinten flach, und Sherilyn war groß gewesen …

Will reckte sich und tastete oben auf der Standuhr herum. Seine Finger schabten über die Kante eines Notizbuchs. Er ergriff es und humpelte zum Schreibtisch hinüber. Griff in die mittlere Schublade und zog einen Bleistift daraus hervor. Er schlug das Notizbuch in der Mitte auf und überflog das Geschriebene, bis er ein Gefühl für die Geschichte hatte. Er dachte an die Szene zurück, in der die Hauptfigur dem Bauernjungen begegnet war. Das Mädchen in der Geschichte hätte Sherilyn sein können oder Lucy oder keine von beiden.

Der Bauernjunge hingegen … der, der den magischen König herausfordern würde … Will hatte die ganze Zeit geglaubt, dass dieser Junge Rick sei, und dem Blick nach zu urteilen, mit dem Sherilyn ihn bei der Lesung jenes Abends bedacht hatte, hatte sie ebenso empfunden.

Will versuchte, sein rasendes Herz zur Ruhe zu bringen. Er glaubte nicht, dass er sich mit Sherilyns Talent messen konnte.

Aber er konnte ihrer Vision treu bleiben. Ja, das immerhin glaubte er tun zu können. Sherilyn hatte einen fantastischen Anfang geschrieben, hatte jedoch keine

Gelegenheit mehr gehabt, die Geschichte zu vollenden. Auch Will hatte nicht viel Zeit. Er mutmaßte, dass Wells und seine Abgesandten ihren Ansturm vorbereiteten. Will würde unmöglich den grausamen Wesenheiten standhalten können, die Wells auf sie loslassen würde.

Er konnte jedoch versuchen, Wells innerhalb von *Der magische König* zu bezwingen. Die Chance war gering, doch mehr konnte er in seiner geschwächten Verfassung nicht tun.

Er las das letzte Kapitel zu Ende, das Sherilyn geschrieben hatte. Richard, der Bauernjunge, war im Kerker eingesperrt. Will musste einen Weg finden, den Jungen zu retten, den König zu stürzen und seiner Terrorherrschaft ein Ende zu setzen.

Will saß im Halbdunkel des Zimmers der toten Frau und ließ seinen Geist in jenes magische Reich hinüberwandern, wo ein bösartiger Tyrann herrschte.

So wie Roderick Wells über sein Anwesen regierte. Konnte Will ihn auf diesen Buchseiten besiegen?

Er hob den Bleistift, atmete ein und fing an zu schreiben.

10

Jedes Molekül ihres Körpers schrie, sie solle langsamer machen, Vorsicht walten lassen, doch eine noch tiefere Ebene ihrer Psyche verstand, dass die Zeit drängte und, falls Rick im Keller war, seine Zeit knapp und er in schrecklicher Gefahr war.

Während sie den hinteren Flur entlangschlich, wanderten ihre Gedanken zu Wells. Am meisten regte sie auf, wie kindlich ihre Furcht vor ihm war, wie abergläubisch. Schließlich hatte sie nicht mitangesehen, wie er irgendwem etwas getan hatte. Oder, was das anbelangte, irgendeine schändliche Tat begangen hatte.

Und doch gab es Gründe, ihn zu fürchten.

Nicht zuletzt die Tatsache, dass er stetig jünger geworden war.

Ja, dachte sie. Wells war ein psychischer Parasit, ein Dämon aus Fleisch und Blut. Vor allem jedoch …

Er ist ein Vampir.

Lucy erstarrte, zwei Meter von der Kellertür entfernt. Das Wort fiel ihr zum ersten Mal ein, doch nun, wo es einmal da war, ließ es sich nicht mehr vertreiben. Sie konnte sich Wells nicht als Blutsauger mit Fangzähnen und einer Knoblauchallergie vorstellen. Aber er war die Art von Kreatur, die sich von anderen nährte und durch Gerissenheit und Willenskraft Epochen überdauern konnte … Ja, als so ein Wesen konnte sie sich ihn denken.

Dennoch flackerte, während sie sich zum Weitergehen zwang, eine Szene aus Stephen Kings *Brennen muss Salem* in ihrem Geist auf. Es war die unheimlichste Szene, die sie je gelesen hatte. Der Protagonist – *Ein Autor! Was für ein hübscher Zufall!* – wagte sich in den Keller eines gruseligen alten Hauses, um einen Vampirkönig zu ermorden.

Lucy biss sich an dem Gedanken fest. Zugegeben, sie hatte allen Grund, sich zu fürchten; während der vergangenen Stunde hatte sie Dinge erlebt, die unmöglich waren, war von einem Psychopathen gejagt und beinahe ermordet worden.

Ganz zu schweigen davon, dass sie selbst einen Mord begangen hatte.

Doch jeder Vorwand, um nicht die Kellerstufen hinabsteigen zu müssen, war Feigheit, eine Neuauflage der Geschichte, wie sie Molly dem hungrigen Eis überlassen hatte.

Sie musste da hinunter.

Sie ergriff den Knauf, drehte ihn und legte den Lichtschalter um.

Die Beleuchtung schien schwächer denn je. Nach mehreren Stufen hinab wuchsen ihre Zweifel. Warum, fragte sie sich, hätte Rick freiwillig diese Stufen hinabsteigen sollen?

Sie kam zu dem Schluss, dass es zwei mögliche Erklärungen gab:

Erstens hatte es ihn schon einmal hier heruntergezogen. Neugier, Angst und ein halbes Dutzend subtilerer Emotionen waren durch diesen nasskalten, gespenstischen Ort aufgerührt worden.

Zweitens hatte er vielleicht keine Wahl gehabt.

Diese zweite Möglichkeit verstärkte die Kälte in ihren Knochen noch und erschwerte es ihr, von den hölzernen Stufen in den Schatten am Fuß der Treppe zu treten.

Die Zugschnur hing, wenn sie sich richtig erinnerte, etwa fünf Meter von den Stufen entfernt. Sie glaubte sie zu sehen, aber vielleicht war es auch nur ein herabhängender Spinnenfaden. Sie watete ins Dunkel hinein.

Würde sie, wenn sie nach der Schnur griff, nur wieder vor der baumelnden Leiche ihres Vaters stehen?

Eilig lief sie die letzten paar Schritte und tastete nach der Schnur.

Fand sie. Zog.

Holte wieder Luft, als die Glühbirne Licht in den Keller warf.

Aber nicht *genug* Licht, wurde ihr klar.

Zu ihrer Linken hörte sie ein schwaches Pochen.

Sie richtete ihre Aufmerksamkeit auf eine einzelne Stahltür. Und dann hörte sie es sehr deutlich.

Drinnen schrie jemand.

11

Ricks gellende Schreie drangen durch die Tür.

Lucy packte den Türgriff und rüttelte daran. Stahl mahlte über Stahl, das Geräusch allein brachte ihre Zähne zum Klappern, aber die Tür ließ sich bewegen. Sie riss sie auf, erblickte, was dahinter lag, und spürte, wie ihr alle Kraft aus dem Körper wich.

Rick war halb in ein schmutzig weißes Netz eingesponnen, das in Gestalt zitternder Tentakel aus der Wand kam. Sein Körper war in die Wand hineingepresst worden, Oberkörper und Arme von der wabernden Oberfläche fixiert. Nur ein Fuß war noch frei und trommelte auf den Boden.

Es war der Anblick seines Gesichts, der sie dazu brachte, sich aus ihrer Starre zu lösen. Genauer gesagt die hauchdünnen Fäden, die ihm über die Wangen krochen und sich in sein Fleisch bohrten, und die dunklen Male dort, als fräßen die Tentakel an Ricks Körper.

Sie kümmerte sich um seinen Kopf, der fast gänzlich von dem scheußlichen weißen Gewebe umschlossen war. Die Tentakel schlängelten sich ihm über die Lippen, glitten gierig auf seine Zunge zu. Lucy fuhr mit den Fingernägeln seitlich an seinem Kopf herab, womit sie die Stränge mühelos zerriss.

Dann arbeitete sie mit beiden Händen und nahm keine Notiz von der Wand, die nun zu kreischen begann, oder den Tentakeln, die zischend auf sie zuschossen. Sie zückte das Bowiemesser und fing an, die Stränge durchzuschneiden, die seinen Oberkörper einspannten. Sie war gerade bei seinen Armen, da fiel ihr auf, dass die Ranken sich über einem ihrer Fußgelenke geschlossen hatten. Knurrend trat sie danach, um die Stränge zu durchtrennen. Rick arbeitete nun an seiner eigenen Befreiung mit.

Sie kämpften beide: Lucy, indem sie mit dem Messer die Stränge zerschnitt, Rick, indem er den linken Arm losriss und sich gegen die Matte aus Tentakeln stemmte.

Als er frei war, stürzten sie nach hinten und landeten in der offenen Tür. Sie krabbelten von den hungrigen Wülsten weg und hielten erst an, als sie direkt unter der gelben Glühbirne im Hauptraum angekommen waren.

Sie untersuchte sein Gesicht. Er hatte zornige rote Flecken auf der Haut, aber es sah nicht so aus, als wäre das Fleisch durchstochen oder zersetzt worden.

Sie blickte sich in dem schummrigen Keller um. »Will ist oben«, sagte sie. »Holen wir ihn, und dann nichts wie weg hier.«

»Der Wald dehnt sich endlos.«

Lucy dachte an das Farmhaus und die aufgedunsene Leiche ihres Vaters.

»Wohin dann?«, fragte sie.

Er lehnte sich gegen sie. »Ich glaub, diese Dinger … die saugen einem die Energie ab …«

Lucy warf einen furchtsamen Blick über die Schulter. »Rick«, drängte sie ihn. »Wir müssen …«

»Wells ist im Turm«, sagte Rick. »Dem Bergfried.«

»Können wir nicht einfach, du weißt schon, machen, dass wir hier wegkommen?«

»Ich glaub, das ist nicht möglich«, sagte Rick. »Ich glaub, wir müssen Wells umbringen.«

»Wie kannst du …?«

Aber der Rest erstarb in ihrer Kehle, als sie die offenen Durchgänge sah.

Geisterhafte weiße Fäden ragten aus mehreren von ihnen hervor, schwebend und schmachtend, und sie kamen immer näher.

Das Haus war lebendig.

Ich hab es stärker gemacht, dachte sie. *Indem ich Bryan umgebracht habe, habe ich es irgendwie gefüttert.*

Sie wandte sich ab und spähte durch die anderen Türen. Sie waren voller Leichen.

Marek Sokolov.

Tommy Marston.

Evan Laydon.

Anna Holloway.

Elaine Kovalchyk.

Sherilyn Jackson.

Als Lucy ihre nackten, wogenden Leichen erblickte, konnte sie kaum noch atmen. Mareks Leiche war in einem seltsamen Winkel in die sich kräuselnde Wand gepresst, seine Körpermitte komplett eingesunken, die Ränder seiner Gliedmaßen und Schultern abgefressen von dem Haus.

Er wurde zuerst umgebracht, dachte Lucy. *Darum ist seine Leiche so schlimm zugerichtet.*

Annas Leiche hingegen war zwar blass, aber erhalten. Nur der Ausdruck erstarrten Entsetzens auf ihrem Gesicht, die fehlenden Finger und die dunkelvioletten

Bissspuren auf ihrer Haut zeigten an, dass sie ganz und gar keine gesunde junge Frau war.

Bei Weitem am schlimmsten war es bei Tommy. Im Leben war er arrogant gewesen, so attraktiv, dass es ihm nicht gutgetan hatte.

Im Tod war er kaum wiederzuerkennen.

Abgesehen von ein paar Stellen hier und dort lagen seine Knochen frei, und seine nackte Muskulatur erinnerte sie an die grässlichen Darstellungen in Biologielehrbüchern. Die gebleckten Zähne ließen an einen Comicschurken denken und die lidlosen Augen waren unnatürlich groß. Sie erkannte Tommy nur an seinem lockigen braunen Haar, das blutverkrustet war und zusammen mit dem Rest der Leiche hin und her wogte.

»*Pass auf!*«, keuchte Rick.

Sie wirbelte herum und sah noch, wie er auf ein Geflecht aus Strängen einschlug, das Lucy beinahe gefangen hätte.

Mit Gänsehaut half sie Rick, die fahlen Fäden zu zerfetzen.

»Raus hier«, sagte er. »Das ist 'ne Todesfalle.«

Sie erreichten den oberen Treppenabsatz und stürmten in den Flur hinaus.

12

... und mit einem niederträchtigen Grinsen ließ der König sein Schwert auf sie niederfahren.

Will las den Absatz, den er gerade geschrieben hatte, noch einmal, dann holte er tief Luft. Anna, die Protagonistin, hatte soeben Richard aus dem höllischen Kerker des Schlosses gerettet. Nun lieferten sich Anna und

Richard im höchsten Turm eine Schlacht mit dem magischen König …

Sie spürte, wie die Klinge ihr in die Schulter biss, und fiel auf die Knie. Das Grinsen des Königs wurde triumphal. Er schoss vorwärts, sein Schwert zum Todesstoß erhoben.

Eine Welle des Schwindels spülte über Will hinweg, und seine Sicht verdunkelte sich. Der Schmerz in seinem Rücken wurde mit jeder Minute durchdringender.

Konzentriere dich, sagte er zu sich selbst. *Konzentriere dich und bring die Erzählung zum Abschluss.*

Richard, dem aus einer Vielzahl von Wunden das Blut tropfte, stürzte sich auf den König und zielte mit seinem scharfen Messer auf den Schwachpunkt der königlichen Rüstung. Die Augen des Königs weiteten sich, als die Klinge auf ihn zuschoss, und obschon er erstaunliche Reflexe hatte, war er zu überrascht, um …

»Zu langsam«, sagte jemand hinter Will.

Er wirbelte auf seinem Stuhl herum. Die Bewegung jagte ihm einen brüllenden Schmerz durch den Rücken, aber sein Schock stellte alles in den Schatten.

Wilson stand mitten im Zimmer, ein seliges Lächeln auf dem Gesicht.

»Haben Sie ernsthaft geglaubt, Sie könnten das übers Knie brechen?«

Denk nach, sagte Will sich. *Denk nach.*

Wilson hatte nie imposanter ausgesehen. Das Haar des Mannes war aus dem gewohnten Pferdeschwanz befreit und fiel ihm auf die breiten Schultern, was ihn löwenhaft erscheinen ließ.

»Dies ist das Ende, Mr. Church.«

Will wusste, dass er irgendeine Verteidigung auf die Beine stellen musste. Doch Wilsons plötzliches Erscheinen, der Ausdruck unendlicher Weisheit auf dessen Gesicht, der Schmerz, der sich in immer garstigere Höhen schraubte … Das alles hatte sich gegen ihn verschworen, um ihm den Garaus zu machen.

»Sie haben versagt«, sagte Wilson.

»Fahren Sie zur Hölle.«

»Sagen Sie es mit *Gefühl*, Mr. Church!«, befahl Wilson. »Sie sind doch ins Herrenhaus zurückgekehrt, um zu kämpfen, oder etwa nicht? Warum also bangen, nun, da das Ende naht?«

Will blickte auf seine Seiten.

»Der Gedanke war plausibel«, sagte Wilson. »Man nehme die Geschichte, die auf diesem Retreat basiert, und benutze sie, um einen Anschlag auf den Gastgeber zu verüben.« Wilson trat näher. »Um ehrlich zu sein, weiß ich nicht, was passiert wäre, wenn Sie Roderick in diesem Märchen umgebracht hätten. So was hat noch niemand versucht. Und das, auch wenn ich es ungern zugebe, muss man Ihnen anrechnen.«

Will starrte die Seiten an, und ihm verschwamm die Sicht.

Wilson trat näher. »Sie haben zwar länger durchgehalten, als ich je gedacht hätte, aber ich muss Ihnen leider sagen, dass Ihre tragische Schwäche Ihr Ruin sein wird.«

Will runzelte die Stirn.

Wilson lachte atemlos. »Sie wissen es immer noch nicht, oder? Mein lieber Junge, es liegt am Fehlgebrauch der *Zeit*. Wissen Sie nicht, dass aller Stress, alle Angst, auf Zeitmangel zurückgeführt werden kann?«

Wilson ragte über ihm auf. »Sie haben sie nie wertgeschätzt. Ihr Geist hat ständig über der Vergangenheit gebrütet oder sich wegen der Zukunft gesorgt. Und genau aus dem Grund vergeuden Sie die Gegenwart.« Wilson beugte sich hinunter, die Hände auf den Knien. »Haben Sie ernsthaft geglaubt, Sie könnten einen Roman in ein paar Minuten vollenden? Es hat Miss Jackson Tage gekostet, an diesen Punkt zu gelangen. Und wie hatten Sie nun vor, ihn fertigzustellen?«

Will öffnete den Mund, doch Wilson kam ihm zuvor. »Indem Sie *schummeln*. Sie dachten, Sie verkriechen sich hier wie ein heimtückischer Schakal und machen Mr. Wells mit Ihrem elenden Gekritzel zunichte.«

Ein Gedanke dämmerte in Wills Kopf herauf, so naheliegend, dass er nicht glauben konnte, nicht früher darauf gekommen zu sein. »Sie mussten mich aufhalten«, sagte er. »Warum sollten Sie sonst hier sein?«

»Mr. Wells erachtete es als notwendig.«

»Er wusste, dass ich weiß, wie …«

»Nichts, Mr. Church. Gar nichts wissen Sie, haben nichts dazugelernt.«

Will schloss die Finger fester um den Bleistift.

»Und jetzt«, sagte Wilson und streckte den Arm nach ihm aus, »ist Ihre Zeit abgelaufen.«

Will schwang den Bleistift nach Wilsons Gesicht, doch der packte sein Handgelenk und drückte zu.

Über das Knirschen hinweg hörte er Wilson neben seinem Ohr grollen: »Haben Sie es vergessen, Mr. Church? Ich *sehe*. Ich *weiß*.«

Will wand sich auf seinem Stuhl. »Lassen Sie mich los.«

»Loslassen soll ich Sie?« Ein eisiges Lächeln. »Sie sind wie jener Idiot in Faulkners Roman: offenbaren sich im Dialog und merken es nicht einmal.«

»Ficken Sie sich«, stöhnte Will und sank auf die Knie.

»So viel Tiefsinnigkeit!«, höhnte Wilson.

Will blickte sich nach dem Bleistift um, aber er war unters Bett gerollt.

Wilson zwang ihn auf den Boden, und sein wahnsinniges Gesicht kam näher. »›Loslassen‹, sagen Sie. Merken Sie nicht, wie selbstsüchtig Sie sind? Alle haben Sie für einen guten Menschen gehalten, aber im Herzen sind Sie ein Im-Stich-Lasser.«

»Hab … meine Freunde … nicht im Stich gelassen.«

»Haben Sie denn irgendjemanden gerettet?« Wilson schüttelte rau sein Handgelenk. »Gute Absichten bedeuten nichts.«

»Warum haben Sie mich dann gestoppt?«

Eine Pause. Wilsons Gesicht spannte sich an. »Was?«

Will blickte zornig zu dem Mann auf. »Warum haben Sie mich gestoppt? Ich war gerade beim Höhepunkt …«

»Ungelenkes Gefasel.«

»… und der Bauer machte sich bereit, den König niederzuschlagen …«

»›Niederzustrecken‹, Sie Stümper. ›Niederstrecken‹ hätte es heißen müssen.«

»… aber Sie haben's nicht geschrieben«, sagte er. Und als er in Wilsons bitteres Gesicht starrte, erstrahlte ein Gedanke so klar und leuchtend wie eine angestrahlte Markise. »Sie sind neidisch auf mich.«

Wilson schnaubte. »Von allen Schreibern, die Mr. Wells zu Gast hatte …«

»Sie können nicht schreiben«, sagte Will. »Sie können nichts erschaffen.«

»… zu glauben, dass ich Sie beneiden könnte, den trägen, passiven …«

»*Die Sirene und das Gespenst*«, sagte Will. »Sie wissen, dass es ein gutes Buch ist, vielleicht sogar ein großartiges.«

»Gar nichts weiß …«

»Und Sie wissen, dass Sie niemals so etwas erschaffen könnten, denn Sie sind nur das, was Wells Ihnen zu sein gestattet.«

Wilsons Oberlippe zog sich zurück »Ruhe.«

»Ein Botenjunge. Ein Schoßhund.«

»Ruhe!«

»Sie werden niemals etwas von Wert tun, denn Wells hält Sie als Gefangenen.«

Wilson packte Will am Kragen. »Ich bin in jedem College der Welt vertreten! Ich bin besser bekannt …«

»Auf Papier«, antwortete Will. »Sie sind nur auf dem Papier bekannt. Selbst wenn man über Sie diskutiert, tut man das auf abstrakte Weise, studiert Sie wie einen Stein, liest Sie durch verschiedene Linsen …«

»Ich bringe Sie um«, fauchte Wilson.

»Marxistisch, feministisch, postmodern …«

Wilson schüttelte ihn.

»… wie es den Studenten gerade einfällt …«

Wilson schlug ihm ins Gesicht.

»… aber Sie werden nie real sein.«

Wilsons Hände schlossen sich um Wills Hals.

»*Wilson!*«, rief eine Frau.

Der Griff lockerte sich. Will blickte zu dem empörten Gesicht des Mannes hoch, dessen Augen in ohnmächtigem Zorn hin und her zuckten.

»Roderick braucht Mr. Church nun«, sagte Amanda Wells. »Bringen Sie ihn zu ihm.«

Will schaute zu ihr auf und dachte an den Wandteppich im zweiten Stock zurück. Wenn sie tatsächlich die Frau in *Begebenheit auf einem Pariser Hausdach* war, dann würde sie derartige Verderbtheit niemals gutheißen. Will beschwor sie mental, ihn anzusehen, aber ihr Blick blieb auf Wilson geheftet.

»Bringen Sie ihn in den Bergfried«, sagte sie.

Wilson fletschte noch immer die Zähne, ließ ihn nun jedoch los und richtete sich schwankend auf. »Aufstehen«, murrte er. »Ihr Tod wird mir Vergnügen bereiten.«

13

Als sie Sherilyns Zimmer betraten und den umgekippten Stuhl sahen, zögerte Rick nicht. »Wir müssen zum Bergfried.«

Lucy hob fragend die Augenbrauen.

»Komm«, sagte er und führte sie auf die Treppe zu. »Alles deutet auf den Bergfried hin. Wells schreibt in dem Turm, die Decke ist voller Gemälde … Ich glaub, es ist das psychische Zentrum des Hauses.«

Sie gingen den Flur entlang. Ricks Striemen und Risswunden pochten. Er versuchte den Schmerz zu verdrängen, nicht wegen der Intensität, sondern wegen der Assoziationen. Ihm standen noch immer alle Haare zu Berge wegen der saugenden, nagenden Wülste. Er hatte keinen Schimmer, was für eine Kreatur in jener lichtlosen Grube an ihm gefressen hatte, und jedes Mal wenn seine Gedanken sich in die Richtung bewegten, ergriff er mental die Flucht.

Wie groß war das Wesen?

Wie weit erstreckte es sich?

Und was zur heiligen Scheiße war es?

»Bist du sicher, dass das der richtige Weg ist?«

»Hier entlang hat uns Wells gestern Abend geführt. In der hinteren Ecke der Bibliothek ist eine Tür versteckt.«

Lucy beobachtete ihn. »Geht's dir gut?«

»Wenn man bedenkt, dass ich gerade eine Ganzkörperbehandlung vom größten Blutegel der Welt gekriegt hab.«

Sie schauderte. Rick verübelte es ihr nicht. Er konnte selbst nicht aufhören zu zittern.

Vor der Bibliothekstür blieben sie stehen.

»Hast du bemerkt, wie dunkel es ist?« Lucy blickte über die Schulter. »Es ist mitten am Tag, aber es ist, als wär gerade Sonnenfinsternis.«

»Wie …?«

»Das Haus ist jetzt mächtiger«, sagte sie. »Ich glaube, es will uns tot sehen.«

»Gehen wir rein. Wenn ich zu lange stehe, spür ich diese Wülste auf meiner Haut. Als würde eine zahnlose alte Hexe mit ihrem haarigen Zahnfleisch an mir nuckeln.«

»*Gott.*« Entsetzt und angewidert verzog sie das Gesicht.

Er drehte den Knauf und stieß die Tür auf.

Selbst aus zehn Metern Entfernung schlug ihnen die glühende Hitze aus dem rußigen Steinkamin entgegen. Und doch hatte die Bibliothek nie finsterer gewirkt. Die Bücherregale, Lampen und Stühle waren bloß als Umrisse zu erkennen. Sie drangen in den Raum vor und hielten sich in stillschweigendem Einvernehmen so weit wie möglich von den in Schatten getauchten Bücherregalen fern. Rick hatte angefangen zu schwitzen.

»Hast du dich je gefragt«, fragte Lucy mit belegter Stimme, »ob wir Wells nur in die Hände spielen?«

»Falls es sein Plan ist, mich zu dehydrieren …«

»Sollten wir …«

Er sah das Hackmesser erst, als es auf sie niederfuhr.

Lucy reagierte zuerst und stieß ihn aus dem Weg. Das Hackmesser pfiff an ihm vorbei.

Während Rick vorwärtsstolperte, sah er, wie Miss Lafitte ihren Hieb durchschwang, und er hörte Lucy aufheulen. Sie umklammerte eine Hand mit der anderen. Das Licht des Feuers war hell genug, um zu sehen, dass die Magd ihr die Spitze des Mittelfingers abgeschlagen hatte. Blut schoss aus der Wunde hervor.

Das verrückt gewordene Hausmädchen hatte sich im Schatten versteckt und setzte schon zur nächsten Attacke an. Sie riss das Hackmesser in die Höhe und stürzte sich abermals auf Lucy.

Lucy wich zurück. Rick sah, dass aus Lucys Gesäßtasche noch immer der Griff des Bowiemessers ragte, aber Lucy war ganz darauf konzentriert, den Blutfluss aus ihrem verletzten Finger einzudämmen.

Seine Augen hatten sich an den Feuerschein gewöhnt. Er packte einen Holzstuhl an der Lehne, hob ihn über den Kopf und rannte damit auf die Magd zu. Er würde diesem übergeschnappten Miststück den Schädel einschlagen.

Doch Miss Lafitte war zu gerissen. Sie duckte sich genau in dem Moment, als der Stuhl auf sie zusauste. Rick verlor das Gleichgewicht und landete auf den Knien. Sie schwang das Hackmesser in einem tödlichen Bogen. Rick wich aus. Die Klinge fuhr in die hölzerne Sitzfläche des Stuhls.

Die Magd kreischte vor Wut. Sie beugte sich über Rick und versuchte, das Hackmesser herauszuziehen.

Rick rammte ihr einen Ellenbogen in die Magengrube. *Uff*, machte das Dienstmädchen und krümmte sich. Rick berechnete gerade seine nächste Aktion, da brüllte sie plötzlich vor Schmerz auf und fuhr herum.

Lucy war das Bowiemesser wieder eingefallen. Blut spritzte aus Miss Lafittes gehäuteter Schulter.

Das Hausmädchen sprang auf Lucy zu und schlug mit ihren scharfen Fingernägeln nach ihr. Lucy zischte. Zwei blutige Streifen bildeten sich oben auf ihrer Brust.

Gottverdammt, dachte Rick. Mit großen Schritten ging er auf Miss Lafitte zu und packte sie von hinten an der Taille. Sie begann sich in seinem Griff zu verbiegen, doch ehe sie ihn mit ihren gemeinen Nägeln in Streifen schneiden konnte, wirbelte er zusammen mit ihr herum und schleuderte sie in den Kamin. Das Feuer loderte mächtig auf, erhellte den ganzen Raum und hustete Rick eine derart intensive Hitze entgegen, dass er vermutete, sie habe ihm die Augenbrauen abgesengt. Die Magd hatte nicht geschrien, musste also das Bewusstsein verloren haben, ehe sie bei lebendigem Leib verbrannte. Wahrscheinlich besser für sie, aber Rick kümmerte es einen Scheißdreck. Er musste sicherstellen, dass Lucy nicht noch mehr Blut verlor.

Verwirrt blickte er sich um.

Keine Spur von ihr.

Gerade war sie noch neben ihm gewesen, und jetzt …

Er hörte die Geräusche eines Handgemenges, verfolgte sie bis in den entlegensten Bereich der Bibliothek zurück und sah die zuckenden Schatten dort: Jemand wurde weggeschleift, eine Hand auf den Mund gepresst.

Wells und Lucy.

»Nein!«, schrie Rick und rannte los.

Die Tür zum Turm schlug zu. Rick stürmte in die Schatten hinein und fand die Tür, aber sie ließ sich nicht öffnen. Er schlug dagegen und brüllte Wells hinterher, er solle ihn reinlassen.

Doch Lucy war fort.

14

Sie ist tot, dachte Rick. *Du kriegst sie niemals zurück.*

Schwer atmend stand er vor der unnachgiebigen Tür zum Bergfried. Er hatte einen salzigen, beißenden Geruch in der Nase. Kurz darauf ging ihm auf, was das war.

Miss Lafittes brennendes Fleisch.

Er drehte sich um und eilte durch die Bücherei zurück. Auf dem Weg am Kamin vorbei sah er Lafittes in Flammen gehüllte Leiche und den Speckrauch, der aus der Feuerstelle quoll. Das Dienstmädchen war einen grauenvollen Tod gestorben, aber er gab ihm eine gewisse Hoffnung.

Wenn man Lafitte töten konnte, dann auch Wilson.

Und Wells?

Rick riss die Bibliothekstür auf, hetzte durchs Foyer und bewegte sich gerade auf die Werkstatt zu, da hörte er von oben einen Schrei und erstarrte.

Will.

Fieberhaft dachte er nach. Dass Wells ihnen keinen alternativen Zugang zu dem Turm gezeigt hatte, bedeutete nicht, dass es keinen gab.

Hol dir jetzt die Axt, und dann zerhack die Tür in der Bücherei.

Ein weiterer Schrei, diesmal Lucys.

Rick stürmte die Treppe hinauf. Wells hatte Lucy und Will zum Turm gebracht. Wenn Rick es richtig anstellte, konnte er vielleicht beide retten.

Er erreichte den zweiten Stock und kam rutschend zum Stehen. Abermals hörte er die Stimmen von Will und Lucy, aber sie kamen nicht von links, wo er den Turm wusste, sondern von rechts.

Rick sprintete in die Richtung. Er wusste nicht, wie oder warum Wells Lucy diesen Flur hinuntergeschmuggelt hatte, aber er konnte sie nun hören, wie sie leise um Hilfe rief.

Wells versucht, dich auszutricksen!

Er ignorierte den Gedanken und hastete den Korridor entlang. Er näherte sich dem Ursprung der Geräusche und begriff, dass sie aus einem Raum kamen, den Lucy ihm auf einem ihrer Spaziergänge gezeigt hatte.

Der Kapelle.

Vor der Tür blieb er stehen und lauschte.

Hörte eine Frau leise weinen.

Er riss die Tür auf und eilte hinein. In der vordersten Kirchenbank sah er eine Gestalt. Die herabhängenden Lampen warfen ein gespenstisches orangefarbenes Licht und strahlten das Buntglasmosaik an, das den mittelalterlichen Wells zeigte.

Rick drang tiefer in die Kapelle vor. Erst als er die Kirchenbank umrundet hatte und auf die gebeugte Gestalt hinunterblickte, erkannte er, dass es seine Mutter war. Ihre Schultern wurden starr, sie hörte auf zu schluchzen, nahm die Hände vom Gesicht und sah zu ihm auf.

Ihr Gesicht war ausgemergelt. Violette Halbmonde fassten ihre Augen ein. Dennoch wirkte sie mit ihrer gepeinigten Miene klarer als damals, als er sie das letzte Mal gesehen hatte.

»Warum hast du mich verlassen, Ricky?«

Augenblicklich durchflutete ihn Trauer und erstickte ihn. Er öffnete den Mund zu einer Antwort, brachte jedoch keine zustande.

»Sie waren gemein zu mir, Ricky. Sie haben mich angefahren, wenn ich nach dir gefragt hab. Sie haben mir gesagt, ich sei dir egal.«

Er schluckte. »Das stimmt nicht.«

»Deswegen bringen die Leute die, die sie lieben, nach Memory Walk«, sagte sie. »Um sie zu vergessen.«

»Ich hab dich besucht.«

»So gut wie nie, Ricky. Du dachtest dir, ich krieg das sowieso nicht mehr mit.« Sie lehnte sich nach vorn, und ihre hängenden Augenlider waren schrecklich, anklagend. »Habe ich aber.«

»Mom, ich …« Eine Träne lief ihm über die Wange. »Ich musste mir ein Leben aufbauen.«

»Ich hab dir das Leben *gegeben.*«

Seine Brust zog sich zusammen. »Du weißt, dass ich dich geliebt habe. Ich tu es immer noch.«

»Du liebst *dich selbst*. Nach dem, was mit Phil passiert ist …«

»Bitte nicht.«

»Und dem schrecklichen Mann, der mich verfolgt hat …«

Ricks Puls begann zu rasen, und eine helle Klinge aus Furcht schnitt durch seine Trauer.

»… mich aus den Schatten angestarrt hat«, sagte sie mit fieberhafter Stimme. »Ich hab sie angebettelt, das Licht anzumachen, aber sie haben gesagt, niemand schlafe bei Licht.« Sie umschloss sein Handgelenk mit erschreckender Kraft. »Angefleht hab ich sie, Ricky, aber sie haben mich nur ausgelacht. Die verrückte Frau am Ende des Gangs.« Die knorrigen Finger drückten zu. »Ich *brauchte* dich.«

»Mom«, flehte Rick.

»Ich war erleichtert, als er wegging«, sagte sie, »aber im tiefsten Innern wusste ich, dass er hinter dir her war. Aber *damals*«, sagte sie, und ihr Mund bog sich zu einem gemeinen Grinsen, »wurde mir klar, dass du nur tatest, was du gelernt hattest.«

Rick riss seinen Arm weg.

»So sind wir eben, Ricky!«, sagte sie und lachte. »Wir retten unsere eigene Haut, stimmt's? Wir haben deinen Stiefvater umgebracht, haben Raymond Eddy sterben lassen.«

Rick vergrub die Finger in seinem Haar.

»Du hast die Familientradition fortgeführt.«

»Mom, bitte …«

»›*Mom, bitte*‹«, äffte sie ihn nach. »Wir hätten nur die Wahrheit sagen müssen, dann wäre er vielleicht davongekommen. Dann hätten wir vielleicht nicht unsere Seelen verloren.«

Rick entfernte sich gerade von ihr, da erklang vom Altar her eine Stimme. »Blind sind die Gottlosen, denn ihre Sünden lassen Schuppen auf ihren Augen wachsen.«

Alle Kraft wich aus Ricks Körper. Er drehte sich um und sah Polizeichef John Anderson, der am Rednerpult lehnte, ein fleischgewordener Berg. Seine Sonnenbrille funkelte im orangefarbenen Licht.

»Das ist übrigens nicht aus der Bibel«, sagte Anderson. »Nur eine Tatsache, die du nie begriffen hast.«

»Wo ist sie?«, fragte Rick.

»Deine Mama? Ich dachte, die sei dir scheiß…«

»Lucy.«

»Ah«, sagte Anderson und grinste. »Deine neue Schnalle.«

Rick machte einen Schritt vorwärts. »Ich hab die Kontrolle über dich.«

»Kontrolle über mich? Junge, du hast ja kaum Kontrolle über deine eigene Blase.« Der Polizeichef kam um das Pult herum. »Ich sehe, wie verängstigt du bist.«

Anderson kam näher, bewegte sich trotz seiner Masse geschmeidig und fließend.

Warum nur hast du ihn nicht kleiner gemacht?, fragte eine sardonische Stimme. *Oder ihm irgendein Handicap gegeben?*

Weil, dachte Rick, *das der Geschichte gegenüber gemogelt gewesen wäre.* Er musste gefährlich sein. Sonst wäre er nicht Furcht einflößend.

Mission erfüllt, sagte die sardonische Stimme. *Du könntest nicht unterlegener sein. Man muss schon bis zu David und Goliath zurück, um ein derart krasses Missverhältnis zu finden.*

»Ihr Schreiber«, sagte Anderson, »seid alle so verflixt scharfsichtig, was andere Leute angeht. Aber wenn es um euch selbst geht, steht ihr genauso auf dem Schlauch wie alle anderen. Ihr seid so beschäftigt damit, die Welt anzuschauen, dass ihr euch nie die Mühe macht, einen Blick in euch selbst zu werfen.«

»Ich werde Lucy zurückholen.«

»Ich hab damit gerechnet, dass du das sagst.« Der Chief ging vorwärts, und Rick wurde schlagartig klar, dass seine Mutter nicht mehr in der Kirchenbank saß.

Anderson nickte. »Verängstigtes Kindchen. Weißt du nicht, dass du vor mir nicht davonlaufen kannst?«

»Ich brauche deine Hilfe, um Lucy zurückzukriegen.«

»Verflucht noch eins, für wen hältst du mich, Junge? Für ein Genie?«

»Du kommst in meiner Geschichte vor«, sagte Rick. »Gehörst zu ihrer Welt.«

»Ich bin in *jeder* Welt.«

Der Chief kam näher, war nun nur noch fünf Meter entfernt. Rick warf einen Blick zum Altar auf der Suche nach etwas, womit er sich verteidigen konnte.

»Wir haben nicht viel Zeit, also erklär ich's dir der Reihe nach.« Anderson trat näher. »In Geschichten liegt Macht. Ihr Schreiber seid zwar ein Haufen aufgeblasener Weicheier, aber ich muss zugeben, dass eure Vorstellungskraft eine eindrucksvolle, fürchterliche Gewalt ist. Doch wie jede andere Kraft auch birgt sie das Potenzial, außer Kontrolle zu geraten.«

»Komm keinen Schritt näher«, warnte Rick.

Anderson kam weiter auf ihn zu.

»Letzte Warnung«, sagte Rick, doch selbst in seinen eigenen Ohren mangelte es seiner Stimme an Überzeugung.

»Sag mir eins«, sagte Anderson, jetzt fast bei ihm. »In der Nacht, als Raymond deine Verlobte angegriffen hat, warum hast du ihr nicht geholfen?«

Jene alte Leere machte sich in ihm breit, die unerträgliche Selbstverachtung.

»Ich sag dir, warum. Du warst froh, dass du es nicht warst.«

»Das ist nicht wahr …«

»Komm schon, Junge. Du siehst deinem Tod entgegen. Warum gibst du nicht einfach zu, was du bist?«

Hitze leckte Rick über den Nackenansatz. »Nein.«

»Raymond Eddy, deine Mama …«

»Fick dich.«

»Deine Verlobte … die anderen Autoren …«

Ricks Fäuste waren weiß, so fest presste er sie zusammen.

»… vor allem deine kleine Muschi Lucy.«

»Du Hurensohn.«

»Kannst ums Verrecken nicht schreiben«, sagte Anderson. »Wenigstens hast du so die Chance, 'ne echte Autorin zu knallen.«

Rick hob die Fäuste.

Anderson grinste. »Na los, Junge. Zeig mal, was du draufhast.«

Und das tat Rick.

15

Lucy schlug und trat um sich, den ganzen Weg die gewundene Steintreppe hinauf, doch sosehr sie Wells auch die Ellenbogen in die Schultern stieß oder ihm gegen die Schienbeine trat, er ließ sie nicht los. Sie ging dazu über, mit den Fingernägeln nach ihm zu krallen, aber er war zu stark. Als sie den Hauptraum im Turm erreichten, schleuderte er sie von sich, und sie krachte schmerzvoll auf die Seite.

Vom Boden aus blickte sie zu ihm auf.

Er lächelte. »Ich will einräumen, dass ich eitel bin. Die späteren Phasen des Zyklus sind mir immer unliebsam. Die Knochen tun mir weh, die Gelenke schmerzen. Selbst das Aufstehen vom Stuhl ist schwer. Doch nun«, er vollführte einen raschen Stepptanz und eine Pirouette, »bin ich wieder beweglich. Völlig. Die Spuren des Alters sind von mir abgefallen.«

Er schlenderte zu einem Steinbecken hinüber, rollte die Ärmel seines weißen Hemds auf und spritzte sich Wasser ins Gesicht. Sie hatte ihm mit den Fingernägeln über die linke Wange gekratzt. »Sie sind eine Kämpferin, das muss ich Ihnen lassen«, sagte er.

»Wo ist Rick?«

Wells beäugte sie abschätzig. »Hatten Sie den Verdacht? Wegen der Umkehr des Alterns, meine ich?«

»Ja.«

»Aber Sie haben sich gesagt, das sei absurd.«

Lucy antwortete nicht.

»Was denken Sie?«, fragte er.

Er wies auf seinen Körper, der sich nicht nur geschmeidig bewegte und vor Lebenskraft strotzte, sondern auch muskelbepackt war. Mehrere Knöpfe seines weißen Hemds waren offen, und seine oberen Brustmuskeln waren zu sehen, wohlgeformt und gebräunt. Seine Unterarmmuskeln traten deutlich hervor und regten sich bei jeder Bewegung unter der Haut. »Finden Sie mich attraktiv, Miss Still?«

»Wo ist er?«

»Ihr Mr. Forrester verblasst doch eher im Vergleich.«

»Wo ist Rick?«, verlangte sie zu wissen.

Wells beäugte sie noch einen Augenblick. »Bringen Sie ihn her, Wilson.«

Wilson trat aus dem Schatten und schleifte eine gefesselte Gestalt hinter sich her.

Lucy verspürte einen Anflug von Hoffnung. War Rick noch am Leben?

Dann fiel ihr Blick auf das lockige Haar und den vorstehenden Bauch.

Will. Er war kein kleiner Mann, doch Wilson schleuderte ihn vorwärts wie einen Wäschesack. Dann griff er hinab und riss ihm einen Streifen Klebeband vom Mund. Will quiekte auf vor Schmerz und bedeckte seinen Mund mit den Händen, die an den Gelenken zusammengebunden waren. Lucy mutmaßte, dass Wilson ihm zusammen mit dem Klebeband einen Teil seines Ziegenbarts ausgerissen hatte, und den Obszönitäten nach zu urteilen, die Will nun ausstieß, wohl auch ein Gutteil Haut.

Wells lächelte auf Will hinunter. »Ich glaube ja nicht, dass das Klebeband nötig gewesen wäre, Mr. Church, aber Sie scheinen Wilsons Zorn auf sich gezogen zu haben. Wer das tut, dem ergeht es selten gut.«

»Er will unter Ihrem Stiefel raus«, sagte Will.

»Teile und herrsche, Mr. Church?«

»Ich teile ihm seinen Schädel«, knurrte Wilson.

Wells hob eine Hand und brachte so seinen Diener zum Schweigen. »Nicht nötig, Wilson. Tätliche Angriffe sind unter Ihrer Würde.«

Wilsons Miene ließ darauf schließen, dass es nicht unter seiner Würde wäre, Will zu foltern und in Stücke zu schneiden.

Wells wandte sich Lucy zu. »Mr. Forrester ist in der Kapelle.«

»Ist er …?«

»Er ist im Sterben begriffen.«

Ihr war, als hätte er ihr in den Bauch geschlagen.

Wells fing an, auf und ab zu gehen. Er bewegte sich mit dem Selbstvertrauen und der Kraft eines professionellen Athleten. »Damit bleiben nur noch Sie beide, Miss Still.

Und da Ihre Erzählung sich in höherem Maße fortentwickelt hat, fällt Ihnen die Wahl zu.«

»Wie meinen Sie das, ›in höherem Maße‹?«

Wells sah sie nur mit erhobenen Augenbrauen an. »Sie haben etwas Wunderbares erschaffen, Miss Still. Etwas … Elektrisierendes.«

Lucy begann zu zittern. »Er ist nicht real.«

»Doch, ist er«, sagte Will leise. Als Lucy ihn ansah, fuhr er fort: »Ich hab Ihren Charakter nicht gesehen. Aber ich hab meine Sirene gesehen.«

»Halb gar«, warf Wilson ein, »wie der Rest Ihres Romans.«

Wells sagte: »Seien Sie nachsichtig, Wilson. Mr. Church hat durchaus etwas Interessantes erschaffen. Erst die Zukunft wird zeigen, ob die Sirene Unheil in der Welt anrichten wird oder nicht.«

Lucy kam ein erschreckender Gedanke.

Wells nickte. »Ja, Miss Still. Der Fred-Astaire-Mörder weilt unter uns. Hat vielleicht bereits ein Opfer gefordert.«

Lucys Stimme war kaum mehr als ein Flüstern. »Das ist unmöglich.«

Wells hob das Kinn. »Ihre Kreatur ist so fähig wie amoralisch. Er wird mit der Präzision eines Chirurgen morden.«

Wills Stimme klang tonlos. »Sie sagen, wir haben Mörder erschaffen?«

»Nicht Sie alle, Mr. Church. Nur diejenigen mit einer blühenden Vorstellungskraft.«

»Marek hat es nicht geschafft, irgendwas von Gehalt hervorzubringen«, sagte Wilson.

»Wohl wahr«, sagte Wells und ging wieder auf und ab. »Dasselbe gilt für Miss Kovalchyk.«

»Sherilyn …«, begann Lucy.

»… war der interessanteste Fall«, sagte Wells. »Manche Autoren haben kleine Welten erfunden. Lucy mit ihrem Bauernhaus …«

»Das ist Wahnsinn«, sagte Will.

»Das ganze Anwesen ist formbar, Mr. Church. Da muss es so kommen, dass sich Ihre Erinnerungen und Geschichten miteinander vermischen.«

Lucy konnte nicht anders, als an die Leiche ihres Vaters zu denken, den starren Blick ihrer Schwester.

Wells fuhr fort. »Ob Miss Jacksons Märchen Mr. Forresters Handeln nun inspiriert, lediglich beeinflusst oder aufgrund ihrer Beobachtungen eine passable Vorhersage darüber getroffen hat, werden wir nie erfahren.«

»Aber es hat begonnen, wahr zu werden«, sagte Lucy.

Wells sah sie freimütig an. »Ich wusste nicht, was geschehen würde. Ich hatte noch nie einen Autor das Retreat zu einer Allegorie verarbeiten sehen.«

Lucy stellte sich vor, wie der Fred-Astaire-Mörder seinen Opfern nachstellte. »Ich kann die Geschichte immer noch verändern«, sagte sie. »Er muss nicht …«

»Er muss, Miss Still. Hat der Zyklus erst einmal begonnen, kann er nicht mehr angehalten werden. Ihr Bösewicht ist auf die Welt losgelassen worden.«

Will sah aus, als würde ihm schlecht. »Ich dachte, es könne nur einer gewinnen.«

Wells lächelte. »Die Psyche eines Schriftstellers kann Hunderte von Figuren hervorbringen.« Seine Miene verfinsterte und verhärtete sich. »Doch in jedem Zyklus gibt es nur einen Sieger.«

»Lassen Sie uns gehen«, sagte Lucy. »Lassen Sie Rick gehen.«

»Dafür ist es zu spät, Miss Still, und für Mr. Forrester ist es viel zu spät.« Er grinste. »In diesem Raum wird sich zeigen, wer der Sieger ist.«

16

Rick landete ein paar Treffer, dann rammte Anderson ihm seine Faust in den Bauch. Der Atem wurde aus ihm herausgepresst, und an dessen Stelle trat ein Übelkeit erregender Schmerz. Andersons Faust so groß wie ein Schinken hatte ihn erst ein Mal getroffen, doch der Zorn, der Ricks Angriff befeuert hatte, schwand bereits dahin.

Extremer Schmerz war offenbar dazu geeignet, einem alle Ausdauer zu rauben.

Um sich Zeit zu verschaffen, tauchte Rick in die Sitzreihen.

Der Polizeichef folgte ihm, ein wildes Grinsen auf dem Gesicht. »Siehst du, das verblüfft mich so an Leuten. So viele kennen die Theorie von irgendwas, aber letzten Endes gibt es nur sehr wenige *Macher.*«

Rick schlüpfte zwischen die Sitzbänke und schob sich auf den Abschnitt auf der gegenüberliegenden Seite zu.

Anderson nickte. »Du kannst rumtrippeln wie eine verdammte Maus, wenn du willst, aber früher oder später musst du dich mir stellen.«

Ricks Puste kehrte allmählich zurück, wenngleich der Schmerz des Hammerschlags in seinen Bauch fortdauerte. Es fühlte sich an, als hätte ihm Anderson einen Leberriss verpasst.

»Wo kommst du eigentlich her?«, fragte Rick.

Anderson trampelte ihm hinterher. »Jetzt willst du wohl über mich reden, was?«

Rick erreichte das gegenüberliegende Ende der Kapelle, wo die Schatten am dichtesten waren.

Anderson stieß ein freudloses Lachen aus. »Natürlich. Du glaubst, du könntest mich ablenken. Ich werde geschmeichelt sein, dass du dich für mich interessierst, und gar nicht merken, wie du versuchst abzuhauen.«

»Ich lauf nicht weg«, sagte Rick und bemerkte dabei, dass Anderson ihm den Weg zum Ausgang abschnitt.

»Wie du meinst, Forrester. Aber vergiss nicht: Du hältst dich vielleicht für meinen Dr. Frankenstein, aber ich kann dich Saftsack lesen wie 'ne Plakatwand.«

Ich hoffe wie verrückt, dass das nicht stimmt, dachte Rick, bewahrte jedoch eine neutrale Miene.

Rick gestikulierte zu dem Mosaik. »Das auf dem Buntglas. Ist das wirklich passiert?«

»Deine andere Frage war besser.«

Rick wich zu dem erhöhten Altarbereich zurück. »Kommst du aus dem Keller? Aus den Wänden?«

»Sehen die für dich wie Geburtskanäle aus, Junge? Die Fresserde arbeitet nur in eine Richtung.«

Fresserde, dachte Rick. *Jesus.*

Anderson blickte zu ihm hoch, und Rick spürte, wie sein Magen einen kleinen Satz machte. Er hätte schwören können, dass …

Er schob den Gedanken beiseite.

»Bist du mir eines Nachts aus den Ohren getropft, als ich geschlafen hab?«, fragte er.

»Ich bin auf der Wiese erwacht.«

Er erinnerte sich an seinen Schock, als er Anderson zum ersten Mal gesehen hatte, doch unter der Erinnerung lag noch ein anderer Gedanke, ein wichtigerer. Er hatte etwas mit Andersons Wortwahl zu tun …

»Wenn du mich umbringst«, sagte Rick, »was wird dann aus dir? Wirst du Wells' Sklave?«

Der Chief grinste. »Ich denk mal, er lässt mich hier raus, damit ich hingehe, wo die Musik spielt. Es wird so ziemlich wie in deiner Geschichte sein. Ich werde alle davon überzeugen, dass ich ein guter Kerl bin, und wenn ich kann, hab ich ein bisschen Spaß.«

Rick runzelte die Stirn. Irgendein unscharfer Gedanke durchpflügte die Tiefen seines Gehirns.

Ohne Vorwarnung griff Anderson nach oben, riss einen der Glasleuchter von der Wand und schleuderte ihn nach Rick, der so gebannt war, dass es ihm nur mit Müh und Not gelang, rechtzeitig aus dem Weg zu springen. Der Leuchter zerschellte am Altar und Glasscherben regneten auf den Hartholzboden nieder.

Leichtsinn, dachte Rick, während er sich aufrappelte. Er dachte an die Nacht zurück, in der er mit *Garten der Schlangen* begonnen hatte. Das Geräusch der Kettensäge. Das Bild des wahnsinnigen Cops, der die brummende Maschine in die Luft wuchtete und seinen Rekruten in eine gestörte Form des russischen Roulettes katapultierte.

Ja. Leichtsinn war Andersons bestimmende Eigenschaft.

Seine Schwäche.

»Weißt du«, sagte Anderson und tätschelte die Waffe an seiner Hüfte, »ich könnte dich Scheißer auch einfach abknallen.«

Rick trat vor den Altar, wobei er aufpasste, dass er in seinen Socken nicht auf die Scherben trat. »Das würdest du nie tun. Da wäre ja kein Sport dabei.«

Anderson nickte. »Schätze, du hast recht. Bringt nichts, es sich leicht zu machen.«

Und dann schoss er auf ihn zu. So abrupt kam der Angriff des gewaltigen Mannes, dass Rick einfach erstarrte. Als der Chief fast bei ihm war, duckte er sich und spürte einen mächtigen Luftzug, als der riesige Kerl über ihn hinwegflog. Anderson krachte gegen das Pult, und das solide Holz splitterte in ein Dutzend Stücke. Rick sah sich um, erspähte eine vielversprechende Glasscherbe und holte sie sich. Anderson stand gerade wieder auf, da stürzte Rick auf ihn zu. Der Chief blickte hoch und sah noch, wie Rick mit der Scherbe nach seinem Gesicht stieß. Ruckartig riss er den Kopf zur Seite, aber nicht schnell genug. Das rasiermesserscharfe Glas mähte ihm ein Ohrläppchen ab und zog eine tiefe Furche durch seinen Hals.

Er brüllte und schlug sich eine Hand auf das blutspritzende Ohr. Rick holte aus, um ihm noch einen Schnitt zuzufügen, aber der Chief verpasste ihm einen knochenzertrümmernden Schlag in die Rippen, der ihn von den Füßen hob. Doch den Mann bluten zu sehen hatte ihm Hoffnung gegeben.

Er führte einen brutalen Rückhandhieb gegen den Chief, und das schartige Glas riss ihm das Hemd an der Brust auf, dunkles Blut tränkte den beigefarbenen Stoff. Anderson bleckte die Zähne, ließ tief in seiner Kehle ein Grollen entstehen und führte einen blitzartigen Aufwärtshaken gegen Ricks Kinn.

Rick flog einen halben Meter in die Luft, und als er landete, spürte er den Biss von Glas und zersplittertem Holz.

Er lag auf dem Rücken und drohte das Bewusstsein zu verlieren. Er hatte Anderson zu gut konstruiert. Der

Chief war unerbittlich. Versessen darauf, anderen Gewalt anzutun.

Und nun begriff Rick, was sein Unterbewusstsein ihm hatte sagen wollen. Ohne eine Waffe, ohne eine Armee hinter sich würde er keinen effektiven Angriff zustande bringen.

Das hieß jedoch nicht, dass er nicht gewinnen konnte.

»Gut gemacht mit dem Glas, Junge«, sagte Anderson. Er fummelte an seinem zerfleischten Ohr herum und sah sich das hellrote Blut an. »Gut, dass ich nicht der Typ für Piercings bin, was?«

»Du bist zu nichts gut«, sagte Rick.

»Das ist aber nicht sehr höflich, Ricky.« Der Chief kam auf ihn zu. »Warum sagst du denn so was?«

»Du bist wie mein Stiefvater«, sagte Rick und kämpfte sich auf die Knie. »Du kannst nichts erschaffen. Du kannst nur«, er zuckte zusammen, als ihm ein Schmerz durch die Seite fuhr, »zerstören.«

Anderson neigte den Kopf, jetzt drei Meter entfernt. »Du glaubst, ich sei wie der Schwanzlutscher? Du hast ja keine Ahnung.«

»Ich wäre auch wütend, wenn ich wie du wäre«, sagte Rick und warf einen schnellen Blick nach links. Was er brauchte, befand sich in seiner Reichweite.

»Wie ich?«

»Jemandes Strohpuppe«, erklärte Rick. »Nicht in der Lage, selbstständig zu denken.«

Anderson zog die Lippen zurück. *»Du … kleiner … Ficker.«*

Jetzt, dachte Rick. *Jetzt.*

Anderson sprang ihn an. Ricks Finger schlossen sich um das Pultbruchstück, ein spitz zulaufendes Scheit, einen halben Meter lang. In dem Moment, als Anderson sich auf ihn warf, stieß ihm Rick seinen Pflock aufwärts in die Brust. Dann rollte er sich gerade weit genug zur Seite, dass der Chief ihn nicht unter sich begrub und ihn mit dem anderen Ende aufspießte.

Er warf sich herum und sah noch, wie der Chief auf den Rücken fiel und den Holzpflock anstarrte, der aus seiner Brust ragte. Rick konnte es zwar kaum erwarten, hier zu verschwinden und Lucy zu retten, doch seine rationale Seite ermahnte ihn, Andersons Schicksal auf keinen Fall dem Zufall zu überlassen. Denn eine derartige Kreatur … Wer konnte sagen, ob man ihn überhaupt wirklich umbringen konnte? Er musste sichergehen.

Er blickte sich um, entdeckte ein weiteres Fragment des zerschmetterten Pults, nicht so lang wie das erste, aber ebenso spitz. Und in dem Moment fing der Chief an zu lachen.

Ricks Hand erstarrte ein Stück über Andersons Gesicht.

Denn dieses Gesicht veränderte sich nun.

Fort waren der übergroße Unterkiefer und die Stirn wie ein Schiffsbug. Fort auch der Klumpen von einer Nase und das grau melierte Haar.

Stattdessen hatte er nun Ricks Gesicht.

Rick blickte auf sich selbst hinab.

»Jetzt sieht er es!«, krähte das Wesen, das nicht mehr Anderson war. »Er hat eine Weile gebraucht, doch jetzt, bei Gott, begreift er!«

Das kann nicht sein, dachte Rick.

Die blutende Gestalt hob die Hände und packte ihn an der Hemdbrust. »Ich bin ein *Teil* von dir, Forrester. Glaubst du peinlicher Scheißer wirklich, du könntest mich umbringen, ohne dich selbst dabei zu verletzen?«

Und nun bemerkte Rick den Schmerz in seinem Oberkörper, das Pochen in seinem linken Ohr. Er blickte auf seine Brust hinunter und erwartete, Blut zu sehen, das sich ausbreitete, doch vorerst war da bloß der Schmerz. Und die Furcht, dass der Chief ihn schließlich doch besiegt haben könnte.

»Du bist nicht ich«, sagte Rick und schlug seine Hand weg. Er lehnte sich nach vorn. »Du bist nicht ich!«

Die Gestalt bewegte sich nicht mehr, und ihre Stimme sank zu einem Wispern herab. »Du hast recht, Ricky. Sieh.«

Mit zitternden Fingern nahm Rick der Gestalt die Sonnenbrille ab.

Und öffnete den Mund zu einem lautlosen Schrei.

Die Augen waren wirbelnde Dunkelheiten. Rick sah entsetzt zu, wie die Gestalt ihre unteren Augenlider packte und sie herabriss, wodurch mehr Finsternis zum Vorschein kam, ein Gesicht, das kein Gesicht war, eine schattenhafte, wirbelnde Masse aus Onyx, die zu schimmern begann und sich dann in etwas Grässliches verwandelte, eine Fratze, zu teuflisch, als dass man sie noch menschlich hätte nennen können.

»Ich habe deine Mutter eingefordert«, krächzte die Kreatur. *»Sie hat geschrien und geschrien.«*

Rick versuchte sich loszureißen, doch die Kreatur packte ihn mit einer Hand an der Kehle und zog sich mit der anderen selbst die Haut ab. Der Kopf war nun gänzlich schwarz, und die Dunkelheit setzte sich an Kehle und Oberkörper fort. *»Und ich werde auch dich einfordern, aber zuerst hole ich mir deine Schlampe.«*

Rick packte die Hand, die seine Kehle umfasst hielt, doch das Wesen drückte nur noch fester zu und stierte aus seinem Gesicht aus Schwärze zu ihm hoch. *»Du wirst zur Hölle fahren«*, knurrte die Kreatur. *»Wir werden alle zusammen verbrennen.«*

Ricks Finger schlossen sich um eine Glasscherbe, doch ehe er damit das satanische Gesicht des Wesens aufschlitzen konnte, warf die dunkle Gestalt ihre Arme nach vorn und stieß ihn von sich. Als er sich auf die Ellenbogen stützte, sah er noch, wie Raymond sich erhob und umwandte.

Er grinste. *»Ich hab dir ja gesagt, ich komme dich holen.«*

Wie betäubt sah Rick zu, wie Raymond davonschoss, sein Körper verschwamm und er in die Wand hinein verschwand.

Direkt auf den Turm zu.

17

»Bis zum bitteren Ende!«, rief Wilson, und seine Augen glommen im flackernden Kerzenlicht.

»Ich überlasse es Ihnen, Miss Still«, sagte Wells. »Alles, was Sie je wollten, ist nun in Reichweite. Sie können berühmt sein, mehr Geld haben, als Sie sich je erträumt haben. Wie werden Sie entscheiden?«

Lucy blickte in Wells' schwarze Augen. »Wie lange sind Sie schon am Leben?«, wisperte sie.

»Sie haben für diesen Moment *getötet*, Lucy«, ermahnte Wells sie. »Und nun müssen Sie nur noch wählen.«

Sie sah Will an, las den Schrecken in seinem Gesicht und schaute wieder zu Wells. »Ich werde nicht zulassen, dass Sie ihm wehtun.«

Wells öffnete den Mund. »Nicht *zulassen?* Meine Liebe, die einzige Frage ist, wer von Ihnen den anderen zuerst verdammen wird.«

»Das werden wir nicht tun«, sagte sie. »Stimmt's, Will?«

»Auf keinen Fall«, antwortete er.

Aber etwas in seinem Tonfall gab ihr zu denken. Mangelte es ihm an Überzeugung oder ließ nur der Aufruhr des Augenblicks seine Stimme so teilnahmslos klingen? Sie blickte ihm in die Augen und fragte sich: *Werden Sie mich hintergehen, Will? Lassen Sie mich sterben, damit Sie gewinnen?*

»Sie haben recht mit Ihren Zweifeln, Miss Still. Poeten sprechen von Liebe und Treue. Doch Selbsterhaltung ist der grundlegendste Trieb des Menschen.«

Sie presste die Lippen zu einer schmalen Linie zusammen. »Bei den Herzlosen vielleicht.«

»Ein achtjähriges Mädchen«, sinnierte Wells. »Unbescholten, unverdorben. Ganz von bedingungsloser Rücksicht auf ihr kleines Schwesterchen erfüllt.«

»Ich *war* eifersüchtig auf sie«, sagte Lucy. »Ich wollte die Aufmerksamkeit. Deswegen wollte ich aber noch lange nicht, dass sie stirbt.«

»Lügen«, sagte Wilson.

Tränen traten ihr in die Augen. »Ein Teil von mir ist an dem Tag auch gestorben.«

Wells nickte. »Der Teil von Ihnen, der die Aufmerksamkeit Ihrer Eltern teilen musste. Der Teil, der um ihre Liebe wetteifern musste.«

»Nein.«

»Lassen Sie sie in Ruhe«, sagte Will.

Wells beachtete ihn nicht. »Der Bach war nicht tief, meine Liebe. Sie hätten sie leicht retten können.«

»Ich wäre auch gestorben«, sagte Lucy, doch ihre Worte gingen halb in einem Schluchzen unter.

»Und dieses Risiko wollten Sie nicht eingehen«, stimmte Wells zu. »Damals wie heute.«

Sie wischte sich die Tränen weg. »Ich lasse Will nicht sterben.«

Wells sagte: »Sie werden gleich etwas Unglaubliches sehen, Miss Still. Etwas, das meine siegreichen Geschichtenerzähler über die Zeitalter hinweg bezeugen durften. Vor einem Jahrhundert in einem Herrenhaus in Boston. Vor einem halben Jahrtausend in einem fernen schottischen Schloss. Im antiken ...«

»Sie sind ein Parasit«, flüsterte sie.

»Ich bin *am Leben*«, berichtigte er sie. »Ich bin reich, berühmt und erfüllt von einer Macht jenseits aller Vorstellungskraft. Ich bin *ewig*, Miss Still.«

»Nein«, sagte sie.

»Halten Sie sie fest, Wilson.«

Wilson wirbelte sie herum und drückte ihr ihre Arme an die Seiten.

Wells trat auf Will zu.

»Ich will nicht sterben«, sagte Will.

Wells lächelte. »Sie haben also beschlossen, dass Miss Still an Ihrer Stelle sterben wird?«

Will blickte schwer atmend zu Wells auf. Dann schien sich sein Gesicht zu klären. »Sie haben verloren, Mr. Wells.«

Wells' Lächeln erstarb. »Sie glauben wohl, ich bräuchte einen Sieger, um zu überleben, Mr. Church? Es liegt lediglich in meiner sportlichen Natur, unsere Vereinbarung einzulösen.«

Will rollte sich seitwärts, ein Versuch, auf die Beine

zu kommen, doch die Fesseln um seine Hand- und Fußgelenke vereitelten seinen Plan.

Wells setzte sich rittlings auf ihn und hielt ihn am Boden fest. *»Sehen Sie mich an, Mr. Church.«*

Lucy fing an, sich in Wilsons Griff herumzuwerfen.

Wells streckte die Hand aus und drückte sie Will auf Mund und Nase. Will wimmerte in seine Handfläche. Lucy sah mit krankem Entsetzen zu, wie Wills Beine sich wie eine Schere öffneten und schlossen.

Hinter ihr stieß Wilson ein zufriedenes Seufzen aus. Lucy warf sich gegen ihn, um sich zu befreien.

Im Turm erschienen pulsierende Fäden aus Licht. Sie begannen in den Wänden und an der kuppelförmigen Decke und schlängelten sich über den Boden hinweg auf Wells und sein Opfer zu. Von ihrem Blickwinkel aus konnte sie nur flüchtige Blicke auf Wills Gesicht werfen, aber das war mehr als genug. Die hervortretenden Augen, die gerötete Haut. Die gedämpften Schreie.

Dann gewahrte sie das Geräusch, ein metronomartiges Pochen, das mit dem Pulsieren des Lichts einherging, so tief und mächtig, dass der Boden unter ihren Füßen vibrierte.

Mit jedem Pulsschlag kroch das Glühen weiter auf Wells zu, bis es seine Schuhe erreichte, wanderte an seinen Beinen hinauf, schwamm ihm über den Oberkörper, und schließlich blitzte sein ganzer Körper im Gleichtakt mit dem Bergfried auf.

Seine Augenlider begannen zu flattern und sein Leib wurde von qualvollen Krämpfen geschüttelt.

»Lassen Sie ihn los!«, rief Lucy. Ruckartig zog sie an Wilson, krallte nach seinen Armen, doch er lockerte seinen Griff nicht.

Wills Schreie wurden schwächer, und dann hörten die Zuckungen ganz auf.

Bald waren die Lichter und das Geräusch fort, und Wells erhob sich von Wills totem Leib.

Nun sah er eher wie ein 25-Jähriger aus. Sein ganzer Körper war von Muskelsträngen durchzogen.

Er schritt auf sie zu, ein fleischgewordener griechischer Gott. Sein weißes Hemd spannte sich über seinen prallen Muskeln. »Transzendenz ist ein Mythos, Lucy. Sie glauben, Ihr Handeln sei edel. Doch Sie haben nur eine andere Art des Selbstmords gewählt.«

Sie sah Will an, in der Hoffnung, dass er wieder aufstehen würde.

Doch er blieb regungslos liegen.

Sie war allein.

Nein!, dachte sie. *Du bist noch nicht tot.*

Sie spannte sich gegen Wilsons Griff, aber er weigerte sich beharrlich, sie loszulassen.

Wells lächelte ihn an. »Zehn Opfer diesmal.« Er lachte leise. »Ich frage mich, wie es Amanda gefallen wird, mit meinem jugendlichen Ich zu schlafen.«

»Wo ist sie überhaupt?«, fragte Lucy.

»Spielt keine Rolle«, murrte Wilson, doch Lucy ließ irgendetwas nicht los. Irgendein wichtiger Erinnerungsfetzen …

»Sie ist hiermit nicht einverstanden«, sagte sie.

Wells zuckte mit den Schultern. »Sie ist unerfahren. Mit der Zeit wird sie meine Neuwerdung schätzen lernen.«

Lucy durchforstete ihren Geist nach Erinnerungen an die Erzählung. Stellte sich die Frau in ›Begebenheit auf einem Pariser Hausdach‹ vor. Dann sagte sie: »Die

Figur in Ihrer Geschichte ... Amanda hätte ein derartiges Ritual niemals gebilligt.«

Wells schnaubte verächtlich. »Ritual? Meine Liebe, dies ist der glorreiche Gipfelpunkt akribischer Planung. So glatt ist das Spiel noch nie gelaufen. In der Vergangenheit sind Fehler passiert, und die Ereignisse haben sich viel zu unschön entfaltet.«

»Nicht dieses Mal«, sagte Wilson.

Wells lächelte warm, fasste über Lucy hinweg und ergriff Wilsons Schulter. »Aber nicht dieses Mal. *Der Seher* war nicht nur einer meiner größten Romane. Er hat sich auch als unschätzbare Ressource erwiesen.«

»Aber Ihre Frau ... Ist sie hiermit einverstanden?«

Wells rollte mit den Augen. »Was kümmert mich ihr Einverständnis? Ich habe sie erschaffen. Ich habe ihr das Leben gegeben.«

»Versklavt haben Sie sie«, sagte Lucy. »In der Geschichte sehnt sich Amanda danach, frei zu sein.«

Wilsons Stimme war angespannt. »Mr. Wells, hören Sie nicht auf dieses ...«

»Ich weiß, was Miss Still versucht.« Wells sah Lucy an, ein listiges Funkeln in den Augen. »Sie wollen sehen, wo Amandas Loyalitäten liegen. Wird sie sich für ihren Gatten entscheiden oder sich auf die Seite einer Fremden schlagen?« Wells nickte. »Komm, Amanda.«

Aus der Dunkelheit trat Amanda Wells hervor, und sie war Lucy nie liebreizender und fanatischer erschienen.

»Ich werde Roderick niemals verraten«, sagte Amanda.

»Er hat Ihnen das Gehirn gewaschen«, antwortete Lucy.

»Ich *liebe* ihn. Leidenschaftlich, selbstlos. Ich erwarte nicht, dass Sie das verstehen.«

»Die Frau in der Geschichte hätte sich niemals unterwerfen lassen.«

Amanda stieß ein atemloses Lachen aus. »Meine Liebe. Wie viele von uns bleiben denn dieselben, die sie einmal gewesen sind?«

Lucy sah zu Wills leblosem Körper hin. Dachte an sein Klugscheißergrinsen. Seinen selbstironischen Humor. »Ich bin's jedenfalls nicht.«

Amanda sah sie fragend an. »Was sind Sie nicht?«

»Dieselbe«, sagte Lucy. Sie wandte sich zu Wells um, nickte in Amandas Richtung. »Dieses arme Geschöpf können Sie vielleicht manipulieren«, ein Nicken in Wilsons Richtung, »oder diesen geistlosen Roboter.«

Wilson machte einen Schritt auf sie zu.

»Aber Sie können nicht jeden kontrollieren«, sagte sie. »Will … mich … Rick.«

Wie gerufen war von unten ein gedämpfter Knall zu hören.

»Ah«, sagte Wells. »Ihr Prinz.«

Er ist am Leben!, dachte sie. Sie wollte es glauben, doch nach Wills Tod waren alle Hoffnungen, an die sie sich geklammert hatte, verblasst.

»Er müsste tot sein«, murmelte Wilson, und sein Blick huschte hektisch umher.

Lucy musterte das perplexe Gesicht des Dieners. »Das haben Sie nicht vorhergesehen, oder? Darum sind Sie wütend. Sie können nicht in die Zukunft sehen.«

»Er müsste tot sein!«, schrie Wilson.

Doch Wells lächelte nur. »Da wären wir nun also«, sagte er. »Am Ende des Märchens.«

Ein weiterer Knall. Rick, der versuchte, den Zugang zum Turm einzuschlagen?

»Sie werden uns beide umbringen müssen«, sagte Lucy. »Rick wird mich ebenso wenig opfern wie ich ihn.«

Wieder knallte es.

Wells grinste. »Meine Liebe, Sie erinnern sich nicht an Miss Jacksons Geschichte. Am meisten fürchtete das Bauernmädchen nicht den König, sondern seinen obersten Henker.«

Wilson machte einen Schritt nach vorn.

»Halt«, sagte Wells. »Ich versage Ihnen Ihr Vergnügen nur höchst ungern, Wilson, aber es muss sein.«

Wilson blieb stehen, einen Ausdruck erlesener Frustration auf dem Gesicht.

Ein Knacken von unten. War Rick durchgebrochen?

»Es ist Zeit, Miss Still.« Wells wandte sich zu dem dunkelsten Bereich im Turm um und nickte. »Ich befehlige nicht nur meine eigenen Charaktere, sondern auch die Geister, die meine Autoren heimsuchen.«

Der Schatten sauste auf Lucy zu.

18

Abermals schwang Rick die Axt, und diesmal brach das stählerne Blatt durch. Bruchstücke fielen jenseits der Tür polternd zu Boden. Rick schob die Hand durch das Loch, das er gemacht hatte. Die scharfkantigen Splitter stachen ihm ins Handgelenk. Er knirschte mit den Zähnen und tastete mit den Fingern nach dem Schloss. Er fand und öffnete es. Mit der Schulter stieß er die Tür auf, und dann eilte er die Treppe hinauf. Er wünschte sich, er hätte den Umweg zur Werkstatt nicht machen müssen, aber ohne die Axt wäre er niemals durch die schwere Tür gekommen.

Wie lange war Raymond schon im Turm? Hatte Wells Lucy womöglich längst umgebracht, bevor Raymond eintraf?

Rick wusste es nicht, aber er raste die Stufen hinauf und ignorierte den scharfen Schmerz in seinen Rippen, das unerklärliche Ziehen in der Brust und im Ohr. Hatte er sich wahrhaftig selbst verletzt, als er John Anderson angegriffen hatte? War der Charakter so sehr Teil von ihm?

Er hetzte die Wendeltreppe hinauf, höher und höher, und als er den Bergfried erreichte, stellte er verblüfft fest, dass die Tür offen stand.

Er platzte in den Turm hinein, und ihm bot sich ein Anblick, der ihm das Blut gefrieren ließ.

Raymond Eddy stand dort und hielt Lucy umklammert, die sich in seinen Armen herumwarf. Ein grollendes, tiefes Pochen war zu hören, begleitet von einem kontinuierlichen Lichtflackern, das in Raymonds Gesicht begann und sich nach außen hin über den Boden und die Wände ausbreitete und den ganzen Bergfried erhellte. Der Großteil des Lichts schien hingegen auf Wells zuzuströmen, der nahe bei den Buntglasfenstern stand. Seine schwarzen Augen glommen, und ein Ausdruck des sexuellen Hungers lag auf seinem Gesicht.

Er wirkte zehn Jahre jünger als Rick.

Sein Hemd, am Hals offen, flatterte, als das Licht seine Muskeln galvanisierte. Er breitete die Arme aus, genoss die bösartige Energie, die Raymond ausstrahlte.

Alles führt zu Wells, dachte Rick. *Anderson, Raymond Eddy, die Geister unserer Vergangenheit. Alles hängt von Wells ab.*

Wie um seine Gedanken zu bestätigen, scharten sich plötzlich Gestalten um Lucy und Raymond Eddy, und wenngleich Rick nicht alle erkannte, konnte er jedoch genug von ihnen identifizieren, um zu verstehen, was gerade vor sich ging.

Die weibliche Hauptfigur aus *Die Vögel von Monte Rey.*

Der Schurke aus *Blitzarie.*

Ein einprägsamer alter Mann aus einer Novelle namens *Der letzte Tag im Park.*

Wie ein Karneval der Kuriositäten umringten Lucy und Raymond Figuren aus Wells' Geschichten und sahen mit feierlicher Billigung zu, wie ihr die Energie entzogen wurde.

Rick kam *näher.*

Wilson trat vor, um ihn zu empfangen. »Sie werden den Ritus nicht unterbrechen.«

Rick hob die Axt. Er sah nur noch Wilson, knapp außerhalb des Kreises der Zuschauer, Wächter dieser unheiligen Zeremonie, einen Ausdruck mitleidloser Schadenfreude auf dem Gesicht. Es war still im Bergfried, abgesehen von dem tiefen Pochen und einer schwachen Stimme, die Worte murmelte.

Rick schwang die Axt. Als Wilsons Hände aufwärtsschossen, um sie abzufangen, trat ihm Rick brutal gegen das Knie. Wilson stieß ein überraschtes Knurren aus. Das Knie gab zwar nicht nach, aber Wilson ließ die Arme sinken. Rick nahm all seine Kraft zusammen und riss die Axt abwärts.

Es reichte.

Das Blatt drang in Wilsons Schulter, und das Schlüsselbein knirschte. Wilson zischte und versuchte das Axtblatt zu fassen zu bekommen, doch Rick riss es bereits los. Wilsons Gesicht war eine Grimasse der Überraschung. Er stolperte nach vorn und tastete in Ricks Richtung, womöglich mit dem Gedanken, den nächsten Schlag abzuwehren.

Rick trat jedoch zur Seite, verlagerte sein Gewicht auf den hinteren Fuß und schwang die Axt wie einen Baseballschläger.

Die Klinge schnitt durch Wilsons Hals wie eine Sichel durch Winterweizen. Wilsons Kopf rollte davon und kam knapp außerhalb des Kreises zu liegen. Der kopflose Körper kippte seitwärts, und das Blut, das in einer Fontäne aus dem Hals schoss, spritzte den Zuschauern gegen die Beine.

Nun endlich bemerkten die schweigsamen Gestalten Rick. Wells hatte ihn ebenfalls bemerkt.

Die neue, lebensstrotzende Version von Wells kam mit weit ausgreifenden Schritten auf ihn zu, die Hände zu Fäusten geballt und die Augen weit aufgerissen vor Empörung. »Sie … *wagen* es, Wilson zu attackieren? Haben Sie die geringste Ahnung, wie wichtig er ist?«

»War«, korrigierte Rick ihn. Er brachte die Axt in eine andere Position, um sie besser im Griff zu haben. »So wichtig, dass Sie ihn einsperren mussten wie die übrigen armen Seelen hier?«

Wells trat in den Kreis, und die Zuschauer traten beiseite, um ihn durchzulassen. »*Arme Seelen?* Ich habe sie ins Leben gerufen, Mr. Forrester. Mir verdanken sie ihren Sinn.«

»Sklaven.«

»Ein Schriftsteller …«

»… lässt seine Figuren sie selbst sein«, unterbrach Rick ihn.

Wells lächelte ungläubig. »Sie wollen mir erklären, was ein Geschichtenerzähler macht? Sie haben ja keine …«

Rick schoss auf Raymond Eddy zu. Er hob gerade die Axt, um nach der Schattengestalt zu schlagen, da sprang Wells los.

Rick schaffte es beinahe. Er hatte geglaubt, Wells sei abgelenkt genug – wutentbrannt genug –, dass er Raymond einen tödlichen Treffer verpassen konnte. Doch Wells war schneller. Einen Meter vor Raymond, der noch immer Lucys zusammengesunkenen Körper umklammerte, krachte Wells gegen Rick, und die Axt rollte klappernd davon. Der Aufprall hob Rick von den Beinen und er flog in einem gnadenlosen Bogen davon. Er schlug mit dem Kopf auf den Boden und Sterne explodierten vor seinen Augen.

Wells packte Rick am Hemd, drehte sich und schleuderte ihn mitten durch den Kreis. Noch während er durch die Luft flog, staunte er über Wells' Kraft. Er krachte zu Boden und rutschte auf die Außenwand zu.

Hier war das Licht stärker. Rick stützte sich auf die Ellenbogen, unsicher, ob er ein Kopftrauma erlitten hatte oder ob er die Aufhellung seines Sichtfeldes einem Wolkenloch hinter dem Buntglas verdankte. Wells rückte an: Rick hörte seine entschlossenen Schritte hinter sich.

Kämpf gegen den Bastard, sagte er zu sich selbst. *Dein Leben hängt davon ab. Lucys Leben hängt davon ab.*

Er presste die Lippen zusammen. Nach allem, was er wusste, konnte Lucy bereits tot sein. Raymond entleerte sie, saugte ihr das Leben aus dem Mark. Rick sah zu den beiden hinüber, sah das strahlende Licht, das in Wellen in alle Richtungen lief, vor allem jedoch zu Wells hin.

Rick blickte in sein Gesicht, und nun sah er ihn wie in jener ersten Nacht, das Monster hinter der Maske. Wells' gut aussehendes Gesicht verwandelte sich, wurde fratzenhaft. Seine Zähne waren länger, die Augen unergründlich, und Rick hörte ihn im Geist triumphieren: *Das Ende, Mr. Forrester! Dies ist das Ende!*

Wells hatte das furchterregende Grinsen eines Goblins auf dem Gesicht, als er seine Finger um Ricks Schultern krampfte und ihn hochzerrte. Die Augen leuchteten in einem infernalischen Orange.

Rick schwang seinen Kopf, so hart er konnte, gegen Wells' Nase.

Wells brüllte vor Schmerz und stolperte zurück. Rick rappelte sich auf und schwang die Faust. Der Schlag traf Wells am Kiefer. Rick verlangte es danach, Lucy vor Raymond Eddy zu retten, aber wenn Wells Raymond kontrollierte, war dann nicht sie zu retten der sicherste Weg, ihn zu besiegen?

Gott, er hoffte es.

Rick ballte die Faust und schwang sie, doch Wells parierte den Schlag. Rick versuchte, den Kopf zur Seite zu reißen, aber es war zu spät: Wells' Faust traf seine Schläfe.

Rick taumelte zurück, und seine linke Gesichtshälfte schien in Flammen zu stehen.

Er ging zu Boden und sah aus dem Augenwinkel, wie Wells auf ihn zurannte. Verzweifelt kämpfte er sich hoch und schlug mit dem Ellenbogen nach Wells' Gesicht, doch der wich dem Angriff einfach aus und traf Rick mit einem barbarischen Schlag am Unterkiefer.

Rick flog nach hinten, auf die Buntglasfenster zu. Das rote Abendlicht war nun so intensiv, dass er es sogar durch die geschlossenen Lider noch sah.

Kämpf!, sagte er zu sich selbst. Blut tropfte ihm von den Lippen. Schwankend stand er auf und versuchte,

Wells mit einem Roundhouse-Kick zu erwischen, dem der jedoch leicht auswich.

Wells schlug ihm wieder auf den Mund, diesmal mit einem brutalen Rückhandschlag; Rick taumelte zurück. Er fiel der Länge nach auf den unerbittlichen Stein, und seine Gedanken zerstreuten sich in alle Richtungen. Zu Lucy, die durch die Hand eines Geistes starb. Zu Will, dessen Leichnam wie eine kaputte Schaufensterpuppe auf dem Boden lag. Zu seinem eigenen Roman.

Als Wells mit großen Schritten auf ihn zukam, die Mundwinkel zu einem gnadenlosen Grinsen hochgezogen, dachte Rick an seine Lieblingsbücher. An das Problem eines unaufhaltbaren Antagonisten. Manchmal waren die Aussichten so trostlos, dass nur noch ein Pyrrhussieg möglich war. In solchen Situationen blieb nur ein einziger, unerfreulicher Kurs. In solchen Situationen …

Wells griff nach unten, packte ihn an der Kehle und zog ihn in den Stand.

Knurrte ihm ins Gesicht: »Sie haben falschgespielt. Ich habe Sie in gutem Glauben hierhergebracht, und sehen Sie nur das Unheil, das Sie angerichtet haben. Ihr Freund, tot. Ihre wahre Liebe, tot. Und jetzt Sie.« Wells schüttelte ihn. »Sie dachten, Sie könnten Umgang mit Göttern pflegen? Dass Ihr armseliges Talent sich mit meinem messen könnte?« Wells kam näher, und seine Nase berührte Ricks. »Ich halte meine Versprechen. Andernfalls würde ich Sie selbst aussaugen.«

Rick starrte ihn erst verständnislos an, doch dann entschlüsselte er, was Wells sagen wollte. Ihm verschwamm die Sicht, sein Geist war benebelt, und als er den Kopf zu dem Kreis drehte, stellte er fest, wie sehr Lucys Körper mittlerweile erschlafft war und wie strahlend das Licht im Bergfried pulsierte.

Du hast sie im Stich gelassen, sagte die Stimme. *Du hast es nicht geschafft, sie zu beschützen, so wie du es auch nicht geschafft hast, deine Mutter zu beschützen. Du bist ein Feigling, Rick. Ein Versager.*

Das Pochen dauerte fort. Es drang in den Boden und die Wände des Turms. In Wells' Knochen und Sehnen, durch Wells' Finger …

… in Ricks Körper.

Rick sah wieder klar. Licht umgab ihn. Und Farben, die er zuvor nicht bemerkt hatte. Er sah die Buntglasfenster an, die Abendsonne, die nun gemeinsam mit dem fahlen Leuchten im Bergfried aufflammte. Wells hatte seine Aufmerksamkeit auf Lucy gerichtet und bemerkte deshalb nicht, was Rick nun sah: Ein neues Buntglasbild zeigte einen Mann in zerlumpter Kleidung und jemanden, der nur ein König in strahlend purpurnem Gewand sein konnte.

Das Glasdesign stellte einen Bauern dar, der einen König attackierte und ihn auf ein Fenster in furchterregender Höhe zutrieb, und mit einem Schock, der bis auf die Knochen ging, begriff Rick, dass sich die Szene im Buntglas in einem Turm abspielte.

In einem Bergfried.

In diesem Moment, während die Energie pulsierend durch Wells fuhr und in Ricks sich verjüngenden Körper drang, ging ihm plötzlich auf, woher die Stimme kam und warum Lucys Lippen sich trotz ihres unmittelbar bevorstehenden Todes bewegten.

Sie erzählte Sherilyns Geschichte zu Ende.

Die nun in dem bunten Glas Gestalt annahm.

Während Rick zusah, klärten und schärften sich die gefärbten Scheiben.

Und als Rick das herrliche neue Bild erblickte, fiel ihm wieder ein, wie die alten Geschichten stets endeten, wie die Protagonisten das Böse bezwangen, selbst wenn sie dafür den ultimativen Preis zahlen mussten.

Ein Opfer.

Mit einem letzten Blick auf Lucy, deren Lippen nun kaum noch zuckten und deren Körper leblos in Raymonds Armen hing, riss Rick die Arme hoch und packte Wells an den Schultern. Der drehte sich zu ihm, seine Miene halb verträumt, halb spöttisch, und Rick wirbelte ihn herum, sodass er mit dem Rücken zum Buntglas stand.

Sein Ausdruck verwandelte sich in Erstaunen.

Rick grub die Finger fester in Wells' Fleisch und trieb ihn weiter rückwärts.

Alle Freude floh aus Wells' Gesicht. »Was glauben Sie eigentlich, was Sie hier …?«

»Gewinnen«, grollte Rick.

Wells wehrte sich, doch Ricks Körper war bis zum Bersten angefüllt mit dem pulsierenden Licht, war in eine knisternde Masse aus Energie verwandelt, und als sie sich dem Buntglasfenster näherten, glaubte er, Lucy schwach rufen zu hören. Dann fiel Wells durch die vielfarbigen Scheiben, die zersprangen und Rick Finger und Arme aufschlitzten. Blendendes Sonnenlicht umfing ihn, und er war auf einen schwindelerregenden Sturz in den Hof hinab gefasst, da ging ein Ruck durch seinen Körper: Etwas hielt ihn fest.

Rick blickte hinunter und sah Wells' nach Halt suchende Hände, sein hasserfülltes Gesicht. Einen Moment lang trat die Bestie unter der Maske zutage: spitz zulaufende Zähne, lang gezogenes Kinn, vorstehende Wangenknochen, satanische Augen. Dann war sie fort, und nur der Mann blieb zurück.

Wells stürzte schnell hinab, und dann war ein dumpfes Knacken zu hören, als er mit dem Hinterkopf auf dem Stein aufschlug, die Schädeldecke aufplatzte und Schädelfragmente und Gehirnmasse überallhin spritzten. Wells' zerschmetterter Leib lag mit ausgestreckten Armen und Beinen reglos in einer stetig wachsenden Blutlache.

Rick jedoch schwankte am Rand des Bergfrieds, und bunte Glasscherben funkelten um seine Füße.

Jemand hatte ihn an der Rückseite seines Hemds gepackt und hielt ihn noch immer in dem zerklüfteten Loch. Er wandte sich um, in der Erwartung, dass Lucy sich irgendwie von Raymond Eddy losgerissen und verhindert hatte, dass Rick in die Tiefe stürzte.

Aber nicht Lucy hatte ihn am Hemd gepackt.

Es war Amanda Wells.

Wortlos erwiderte sie seinen Blick. Wenn sie ihren Griff nun löste, würde er in den Tod stürzen.

Vielleicht war das ihr Plan. Sie machte keine Anstalten, ihn von der Kante des Abgrunds wieder hereinzuziehen, und er sah auch keinerlei Emotion in ihrem Gesicht.

Doch nach einem endlosen Moment zog sie ihn zurück in den Bergfried.

Seine Füße knirschten auf dem zerbrochenen Glas und er zuckte zusammen. Dann trat er Amanda Wells gegenüber.

»Warum?«, fragte er.

»In meiner Geschichte«, sagte sie, »habe ich mich gegen den Mann gewandt, den ich liebte.«

Er warf einen Blick zur Seite, konnte aber von seinem Standpunkt aus, einen Meter vom zerbrochenen Fenster entfernt, Wells' Leiche nicht sehen. »Darum haben Sie ihn hinabstürzen lassen?«

Sie schüttelte den Kopf. »Darum habe ich Sie gerettet.« Sie blickte sich um, und in ihrer Miene lag etwas Wehmütiges. »Wenn man hier lebt, bekommt man nicht viele Gelegenheiten, seine Fehler wiedergutzumachen.«

Rick verspannte sich.

Sein Blick wanderte zu Lucys reglosem Körper.

Er erstarrte, als ihm wieder jenes hässliche, seelenzerschmetternde Wort einfiel, das unentbehrliche Mittel, um das Böse zu überwinden.

Er starrte Lucys geschlossene Lider an, ihre ausgebreiteten Arme, und dachte: *Opfer.*

Er begann zu schaudern, und das Wort wiederholte sich in seinem Kopf wie ein Grabgesang.

Opfer.

Opfer.

Rick öffnete den Mund und schrie.

19

Er raste durch den Raum und murmelte immer wieder »Nein, nein, nein, nein« vor sich hin. Die schweigsamen Gestalten traten beiseite, um ihn durchzulassen. Wenngleich er vor allem auf Lucy fokussiert war, erfasste er mehrere Details.

Keine der Gestalten griff ihn an.

Raymond Eddy war verschwunden. Für immer, hoffte er.

Wilsons kopfloser Leichnam war noch immer kopflos.

Er ließ sich an Lucys Seite sinken und nahm sie in die Arme. Wäre sie nicht so knochenlos schlaff gewesen, er hätte angenommen, sie schlafe.

Aber sie schlief nicht. Ihre Haut war warm. Fiebrig warm sogar. Doch ihre Brust hob und senkte sich nicht mehr, und als er sie küsste, kam kein Atem über ihre Lippen.

»Scheiße, lass mich jetzt nicht hängen«, sagte er. Er streichelte ihr über die Stirn, strich ihr das verschwitzte Haar von den Schläfen. »Komm schon«, sagte er durch zusammengebissene Zähne. »Wir sind doch nicht so weit gekommen, nur damit du jetzt …« Er schüttelte den Kopf. »Komm schon, Lucy. Kämpf dagegen an.«

Er blickte sich um, doch von den Gestalten ringsum kam keine Hilfe.

Sie starrten ihn mit einem Ausdruck an, der Neugier sein mochte. Doch niemand, Amanda Wells eingeschlossen, rührte sich, um einzuschreiten.

»Verdammt«, knurrte er. Er legte Lucy nieder, wobei er aufpasste, dass ihr Kopf nicht auf den harten Stein schlug. Er legte ein Ohr auf ihre Brust und lauschte.

Seine Augen weiteten sich.

Er hörte, wenngleich schwach, einen Herzschlag.

Okay, sagte er sich. *Wende CPR an, Mund-zu-Mund-Beatmung, Herzdruckmassage, irgendwas. Sitz da nicht bloß rum!*

Er schritt zur Tat, versuchte krampfhaft, sich an den Kurs zu erinnern, den er im College gemacht hatte. Er prüfte ihre Atemwege und fand sie frei vor. Legte ihr die Handflächen auf die Brust und drückte. Er wusste, es war nicht perfekt, aber er hatte das Gefühl, halbwegs nahe dran zu sein. Er drückte auf ihre Brust, blies ihr in den Mund, lauschte auf ihren Herzschlag.

Immer noch schwach, aber er wurde stärker.

Er machte weiter. Ein urzeitlicher Teil seines Gehirns sagte ihm, bei Genesung komme es nicht auf medizinische Präzision an, sondern auf Kontakt, auf Liebe.

»Rick«, sagte jemand hinter ihm.

Er sah Amanda Wells an, die in Lucys Richtung nickte.

Lucy blickte zu ihm auf.

»O Jesus«, wisperte er und küsste sie auf die Lippen. Er schob einen Arm unter sie und hielt sie in seinem Schoß.

Mit schwacher Stimme fragte sie: »Warum hörst du auf?«

Er lachte, küsste sie noch einmal und drückte sie ganz fest. Er wiegte sie und genoss ihre Wärme, das Gefühl ihres lächelnden Gesichts an seinem Hals.

»Ich dachte, du wärst fort«, sagte er.

»War ich auch.«

Als er sich von ihr löste, um sie anzusehen, sagte sie: »Dieses … Ding. Es hat von mir gezehrt …«

Ricks Hals schnürte sich zu. »Es ist mir hierher gefolgt. Ich bin so …«

»Halt den Mund«, sagte sie. »Jetzt ist es ja weg.« Ihr Blick wanderte zu Amanda Wells. »Ist Ihr Mann auch fort?«

Etwas Eiskaltes schlich sich in Amandas Miene. »Er war nie mein Ehemann.«

Rick musste nicht fragen, was sie meinte. Dass sie sein Leben gerettet hatte, war Erklärung genug.

Er hielt Lucy eine lange Zeit. Sie schien damit zufrieden. Niemand der Umstehenden sagte etwas.

Das lodernde Sonnenlicht begann schwächer zu werden. Lucy sagte: »Können wir jetzt gehen?«

20

Amanda stand bei ihnen auf der Wiese, während die Sonne hinter den Bäumen versank und der Himmel einen Verlauf verschiedener Farben annahm: Violett und Rosa, Orange und Blau. Der Regen hatte das Land abgekühlt, und die Tropfen im Gras leuchteten in der Abendsonne. Die anderen, die mit ihnen im Turm gewesen waren, hatten sich im Herrenhaus verstreut.

Lucy nickte in die Richtung. »Was wird aus denen?«

Amanda schüttelte den Kopf. »Ein paar werden ohne Sinn sterben, andere werden einen Neuanfang machen.« Sie lächelte. »Wo wir gerade bei einem Neuanfang sind: bitte schön.«

Sie streckte Lucy einen braunen Briefumschlag hin.

»Nehmen Sie es«, sagte Amanda. »Sie haben gewonnen.«

Lucy schüttelte den Kopf. »Mein Buch ist nicht fertig.«

»Sie haben Sherilyns Geschichte fertiggestellt. Und Ihr Manuskript zeigt das größte Potenzial.« Ein kleines Lächeln in Ricks Richtung. »Tut mir leid.«

Er lachte. »Ach, ich geb Ihnen ja recht.«

Amanda fuhr fort: »Der Umschlag enthält den Schlüssel zu einem Bankschließfach in New York. Darin werden Sie drei Millionen Dollar finden.«

Lucy sagte nichts.

»Außerdem«, fuhr Amanda fort, »enthält der Umschlag Briefe an verschiedene leitende Lektoren. Roderick dachte, es entspräche der Natur der Abmachung, ihn dem siegreichen Autor oder seinem Agenten zu überlassen.«

Lucys Schläfe begann zu zucken.

»Sie werden niemandem erzählen, was hier vorgefallen ist, und werden auch nicht über das Ableben meines Gatten sprechen. Die Publicity, die seinen Tod umgeben würde, würde *Die Fred-Astaire-Morde* nur zu trauriger Berühmtheit verhelfen. Ein Bestseller wäre praktisch garantiert.«

Lucy griff nicht nach dem Umschlag.

»Stimmt etwas nicht?«, fragte Amanda.

»Abgesehen davon, dass acht Menschen gestorben sind?«, fragte Lucy.

Rick hob eine Augenbraue. »Woher kommt nur mein Gefühl, dass du deine Preise nicht annehmen wirst?«

»Ach, das Geld nehme ich schon. Ich bin ja kein Trottel.«

Er stieß die Luft aus. »Gott sei Dank.«

»Aber ich werde nicht meine Verbindung zu Wells ausschlachten, um diesem Buch zum Erfolg zu verhelfen.« Sie nahm den Umschlag, riss ihn auf, griff hinein und fand den Schlüssel. »Wo ist das Schließfach?«

Amanda nannte ihnen die Adresse.

Lucy sah Rick an. »Hast du das? Zahlen sind nicht so meins.«

Er nickte. »Ich hab's.«

Lucy gab Amanda den Umschlag zurück. »Ich hoffe, Sie haben nicht die Absicht, die Tradition Ihres Mannes fortzuführen?«

Amandas Mund wurde zu einer schmalen Linie. »Das ist nicht besonders nett.«

»Sie waren an seinen Plänen beteiligt und sind mitschuldig. Ich weiß zu schätzen, dass Sie Rick das Leben gerettet haben – ehrlich –, aber ich kann nicht so tun, als würde ich Sie mögen.«

Ein frostiges Lächeln. »Dann haben wir etwas gemeinsam.«

Nach einiger Zeit sagte Rick: »Zum Teufel, mir reicht's für heute mit Streit. Was dagegen, wenn wir losziehen?«

»Sie reden manchmal wie ein Cowboy«, sagte Amanda. »Irgendwie sehen Sie auch wie einer aus.«

Er blickte auf seine Schuhe hinunter und sagte: »Das ist komisch. Ich hab Western schon immer geliebt. Hab sie tonnenweise gelesen.« Er blickte zum Horizont. »Vielleicht versuch ich mal einen, wenn ich mit *Garten der Schlangen* fertig bin.«

Lucy nahm seine Hand. »Gehen wir.«

Sie waren ein paar Schritte den Hang hinunter, da kam ihr ein Gedanke. Sie blickte zu Amanda zurück. »Müssen wir den ganzen Weg bis zur Stadt gehen?«

»Ich habe Ihnen einen Fahrer organisiert. Er wird eingetroffen sein, wenn Sie die Lichtung erreichen.«

Rick kratzte sich im Genick. »Das ist aber kein durchgeknallter Mörder, oder?«

»Nur ein Farmer aus der Region. Der bringt uns einmal im Monat die Post.«

Lucy musterte Amandas Gesicht. »Ich dachte, niemand wusste, dass Wells hier gelebt hat.«

Amanda sagte über die Schulter: »Wir haben doch alle unsere Geheimnisse, nicht wahr?«

Danach

Helen Marshall, ihre neue Agentin, verkaufte *Die Fred-Astaire-Morde* für einen siebenstelligen Betrag. Sie willigte auch ein, Rick zu vertreten, wenngleich sie sich Sorgen machte, ob sein Gegenstand nicht zu provokant für eine Mainstream-Leserschaft sei.

Nicht nur hatte ein Herausgeber Lucys Roman gekauft, sie hatten auch eine unchristliche Geldsumme in seinen Erfolg investiert. Als Lucy und Rick zur Veröffentlichungsparty erschienen, war *Die Fred-Astaire-Morde* bereits, wie die *New York Times* es nannte, zu einem »Eventbuch« geworden. Die Publicity machte Lucy verlegen, doch Helen versicherte ihr, dass es hochverdient war. Die Vorabrezensionen gaben ihr recht, wenngleich Lucy noch immer den ersten boshaften Verriss fürchtete.

»Und ich dachte, ich sei hier der Grübler.«

Sie zuckte zusammen und warf einen Blick zu Rick hinüber, der gemütlich neben ihr in der Limousine saß. Sie schüttelte den Kopf. »Ich wünschte, wir hätten was unter dem Radar machen können.«

Er grinste sie an und sah unwiderstehlich aus in seinem dunkelbraunen Sakko, dem weißen Hemd und den blauen Jeans. Sie hatte ihn zu einer legeren Anzughose überreden wollen, aber er hatte sie darüber in Kenntnis gesetzt, dass es bei dem Sakko bleiben würde, sein einziges Zugeständnis an die Formalität. Nun, da sie ihn ansah, kam sie zu dem Schluss, dass die Jeans genau richtig waren.

»Mit dem Fliegen unter dem Radar ist es für dich vorbei«, sagte er.

Sie schnitt eine Grimasse. »Bitte sag nicht, dass …«

»Ich mach nur Witze. Du kriegst so viel oder so wenig Rampenlicht, wie du willst. Ich kann dir auch 40 Hektar auf dem Land kaufen, und dann wirst du ’ne kauzige Katzenlady.«

»Du magst bestimmt keine Katzen.«

»Ich liebe sie«, sagte er. Als er ihr Gesicht sah, fügte er hinzu: »Nein, ernsthaft, ich hatte immer Katzen, als ich aufgewachsen bin. Wir hatten auch ein, zwei Hunde, aber eine Katze hatten wir immer.«

»Welche war deine Lieblingskatze?«

»Die dürre, Cuddles. Sie hatte langes Fell und einen gebrochenen Schwanz.«

»Cuddles?«, fragte sie und versuchte, nicht zu lachen.

»Lass stecken. Ich war fünf.«

»Danke, dass du heute Abend mitgekommen bist«, sagte sie und nahm seine Hand. Sein Griff war fest, aber nicht zu fest.

Er war immer vorsichtig, um nicht an die Stelle zu kommen, wo sie ihre Fingerspitze verloren hatte. Sie war immer noch empfindlich.

Er sah sie an. »Meinst du, die Portionen sind groß genug? Ich bin am Verhungern.«

»Sind deine Handflächen darum so verschwitzt?«

»Ich bin verdammt nervös«, gab er zu. »Ich bin an solche Soireen nicht gewöhnt.«

»Sie sind nicht deinetwegen da.«

Er grinste. »Sieh mal an. Du verhältst dich schon wie so ein verhätscheltes Starlet.«

»Ich bin zu alt, um ein Starlet zu sein.«

»Aber sexy genug. Ich würde sogar sagen …« Er lehnte sich herüber und rieb seine Nase an ihrem Hals.

»Rick, der Fahrer.«

»Ach, dann hat er was, das er seiner Frau erzählen kann: die berühmte Autorin und ihr lüsterner Verlobter.«

Lächelnd schob sie ihn weg. »Wir sind da.«

Sie gingen hinein. Als sie den Concierge passierten, fiel Lucys Blick auf ein Gemälde von einer Landschaft des Südens: ein Fluss, gesäumt von Eichen, bewachsen mit Spanischem Moos. Es ließ sie an einen Artikel denken, den Rick ihr eine Woche zuvor gezeigt hatte.

Während des vergangenen Jahres hatte sie all die Geschichten über die vermissten Autoren aufmerksam verfolgt.

In den Zeitungen aus Alabama hatte wenig über Sherilyns Verschwinden gestanden. Schließlich war sie schon mehrere Jahre geschieden gewesen und noch vor dem Wettbewerb fortgezogen, um mit Alicia zusammenzuleben.

Der Mord an David Zendejas hingegen, einem prominenten Baptistenprediger, hatte die Nachrichten beherrscht: Seine Leiche war von zwei Prostituierten gefunden worden, die er in sein exklusives Haus in Montgomery mitgenommen hatte.

Der Mord hatte sich im Hauptbadezimmer abgespielt. Jemand hatte ihm einen spitzen Gegenstand durchs rechte Ohr ins Gehirn gestoßen. Keine der Prostituierten – deren Namen verschwiegen wurden, weil sie beide minderjährig waren – hatte den Mörder gesehen. Die Theorie war, dass der Mörder Zendejas in dem Badezimmer aufgelauert hatte und nach der Tat durchs Fenster entkommen war.

Als sie sich dem Bankettsaal näherten, lief ihr ein eisiger Schauer über den Rücken.

»Alles in Ordnung?«, fragte Rick.

Lucy nickte, wusste aber, dass sie wenig überzeugend wirkte. Sie konnte Rick ebenso wenig zum Narren halten wie sich selbst.

Als sie durch die Tür traten und die Menge erblickten, machte Lucys Herz einen Satz. Sie hatte gehofft, es würden nur 15 oder 20 Personen sein, aber es waren nahezu 100. Sie erspähte ihre Lektorin, Janice Roth, zusammen mit ihrem Ehemann, aber Helen war nirgends zu sehen, falls sie denn hier war.

Lucy blieb im Eingang stehen und ließ den Blick durch den Saal schweifen. Sie hatte sich Sorgen gemacht, dass überall wandhohe Banner mit ihrem Gesicht hängen würden, stellte jedoch erleichtert fest, dass es nur ein paar Leichtschaumplatten mit dem glänzenden Buchcover darauf gab, keins von ihnen wandhoch.

»Sicher, dass es dir gut geht?«

»Könnte sein, dass ich ohnmächtig werde.«

»Wenigstens musst du keine Rede halten.«

»Eine Lesung ist genauso schlimm. Vielleicht schlimmer. Was, wenn …?«

»… du alle vom Hocker haust?« Er drückte ihre Hand. »Ehrlich, du bist klasse bei Lesungen. Es ist, als hättest du Sex mit den Worten.«

»Denkst du eigentlich an irgendwas anderes als Sex?«

Er überlegte. »Bücher. Filme. Baseball. Manchmal Essen.«

»Na toll.«

»Was ist denn sonst noch wichtig?«

Sie schlug ihm gegen den Arm. »Du versuchst nur, mich abzulenken.«

»Klappt's?«

»Eher nicht.«

»War ’nen Versuch wert. Gehen wir.«

Sie betraten die Banketthalle, und lässige Jazzmusik drang an Lucys Ohren. Der Duft nach Parfüm vermischte sich mit etwas anderem, womöglich Brathähnchen.

»Auf das Cover bin ich immer noch neidisch«, murmelte Rick, als sie sich dem Gedränge näherten. Lucy sah zu der nächsten Leichtschaumplattenversion von *Die Fred-Astaire-Morde* hin. Zugegeben, sie war ebenfalls begeistert von dem Cover. Der Aufbau war einfach, aber elegant: ein Mann in einem schwarzen Smoking und mit einem Zylinder, den Kopf geneigt, sodass man das Gesicht nicht sah. An der Seite trug er einen schwarzen Gehstock, der in einer scharfen silbernen Klinge endete – eine der Waffen des Mörders. Unten stand in schlichtem Weiß der Titel; Lucys Name prangte oben auf dem Cover, etwas größer und im selben Font.

Eine Stimme hinter ihnen: »Nicht zu fassen, dass die den Burschen reingelassen haben.«

Helen Marshall.

Lächelnd kam ihre Agentin näher und umarmte Rick. Sie war eine kleine Frau – 1,55 höchstens –, strahlte jedoch Intelligenz und Macht aus. Sie war um die 50, und mit ihrem ergrauenden Haar und der Brille hatte sie etwas von einer Schleiereule. Sprach sie jedoch über das Verlagswesen, dann war Lucy zufrieden mit der Gegenwart und blickte hoffnungsvoll in die Zukunft.

Mit anderen Worten: Sie war das Gegenteil von Fred Morehouse.

Lucy hatte ihn gefeuert, übers Telefon, kurz nach ihrer Rückkehr nach Williamsburg. Wie erwartet war es nicht gut gelaufen.

»Ich hab gute Neuigkeiten«, sagte Helen.

»Quentin Tarantino will die Rechte für *Garten der Schlangen?*«, fragte Rick.

»Sorry, aber es sind Neuigkeiten für Lucy. Janice will die Serie kaufen, über die wir gesprochen haben. Mindestens drei Bücher.«

»Gutes Geld?«

»Mit Sicherheit.«

Lucy sah Rick an. »Was meinst du?«

Rick nickte Helen zu. »Frag nicht mich, ich für meine Wenigkeit suhle mich ja im Blut.«

Helen lächelte. »Schrauben Sie's einfach ein wenig runter. Eine Enthauptung pro Buch.«

»Was, wenn sie alle wichtig sind?«

Helen warf Lucy einen Seitenblick zu. »Können Sie den zur Räson bringen?«

»Glauben Sie, das bringt was?«

»Auch wieder wahr«, sagte Helen. Sie zwinkerte Rick zu, und er lächelte stolz zurück. Lucy widerstand dem Impuls, ihn zu küssen.

Lucy hielt ihre Lesung vor dem Dinner, hauptsächlich weil sie Helen gebeten hatte, es so zu planen. Wenn sie nichts im Magen hatte, so ihr Gedanke, reduzierte das die Chance, dass sie sich über ihr Mikrofon erbrach. Als sie fertig war, hatte sie das Gefühl, dass es gut gelaufen war. Entweder das oder die Menge wollte nur ihre Gefühle nicht verletzen.

Ihr einziger Fehler war, dass sie sich an einer Stelle bei »scharwenzeln« verlas: »Es wurde hässlich, als der Polizist anfing, dort herumzuschwanz…«

Als sie sich wieder zu Rick setzte, raunte der: »Alles schön, bis der Bulle kommt und rumschwanzt.«

»Schnauze«, sagte sie, aber ihr Mundwinkel zuckte.

Er ließ nicht locker. »Weißt du, es sind zu viele Leute im Saal. Ein Verstoß gegen die Brandschutzbestimmungen. Rufen wir lieber die Polizei und lassen die ein bisschen rumschwanzen.«

Sie schüttelte sich vor Lachen und schlug ihm auf die Schulter. »Bist du echt so kindisch?«

»Gehört zu meinem Charme.«

Sie war auf dem Weg zum Badezimmer, da sagte jemand: »Ich hätte mehr Geld für Sie rausgeschlagen.«

Fred Morehouse.

Sie drehte sich um, und da stand er. Maßgeschneiderter grauer Anzug, Krawatte aus Kaschmirseide, blau mit gelben Nadelstreifen. Stilvoll wie immer, die Haut so gebräunt wie eh und je.

»Helen hat einfach nicht zurückgerufen«, sagte er. »Ich musste ein paar Strippen ziehen, um überhaupt einen Platz zu kriegen.«

Lucys Gedanken wirbelten herum. Sie wollte nicht mit ihm sprechen, hatte jedoch kaum eine Wahl. Wegzugehen hieße eine Niederlage einzugestehen. Wenn sie ihn anschrie, würde sie nur eine Szene machen, und am Ende würde sie schlecht dabei aussehen: *Spannungsautorin beschimpft wirr den Agenten, der sie entdeckt hat.*

Sie leckte sich über die Lippen. »Haben Sie die Lesung gehört?«

Er schüttelte den Kopf. »Nicht notwendig. Ich kenne Sie gut genug.«

Hol Sie der Teufel, dachte sie.

Er bedachte sie mit einem abschätzenden Blick. »Sie sehen gesünder aus, Lucy Goosy. Ihr neuer Mann behandelt Sie wohl gut.«

Sie weigerte sich, sich provozieren zu lassen. »Rick ist mein bester Freund.«

»Wo haben Sie ihn kennengelernt?«

Lucy reagierte nicht, fragte sich aber zum tausendsten Mal, ob irgendjemand wusste, was sich auf Wells' Anwesen abgespielt hatte. Roderick Wells' Dahinscheiden hatte natürlich einen Sturm in den Medien ausgelöst, aber es wurden acht Autoren vermisst, und nicht einer dieser Fälle war mit dem Retreat in Verbindung gebracht worden.

Dennoch ... Etwas an Freds Tonfall bereitete ihr Bauchschmerzen.

Allerdings bekam sie von Freds Tonfall immer Bauchschmerzen.

Sie wiederholte die Geschichte, die Rick und sie eingeübt hatten. »Ich war auf einer Wohltätigkeitsveranstaltung namens ›Schreck für den guten Zweck‹.« Sie zuckte mit den Schultern. »Wir sind uns in der Hotelbar begegnet und haben uns auf Anhieb verstanden.«

Fred schien das Interesse zu verlieren. »Nie davon gehört.«

»Wohltätigkeit war nie so Ihr Ding.«

Damit gewann sie seine Aufmerksamkeit. »Ich hätte nie gedacht, dass Sie so eine Schlange sind, Lucy Goosy. Der Typ, der einfach jemandem den Rücken kehrt.«

»Helen behandelt mich mit Respekt.«

»Helen packt ihre Schützlinge in Watte.«

Lucy unterdrückte den Impuls, ihm die Augen auszukratzen.

»Eins muss ich ihr aber zugestehen«, sagte er. »Sie hat 'nen Lektor gefunden, der's schafft, Sie aufzupolieren.«

Lucy verschränkte ihre Finger, um sie vom Zittern abzuhalten. »Janice leistet großartige Arbeit.«

»Da bin ich sicher. Aber vielleicht macht ja auch Ihr neuer Mann die Arbeit. Die Geschichte hört sich gar nicht nach Ihnen an.«

»Woher wollen Sie wissen, wie ich mich anhöre?«

»Woher ich das *wissen* will? Ich bin derjenige, der Sie aus dem Schmonzettenstapel gefischt und Ihnen das Schreiben beigebracht hat.«

»›Es muss ein Nachfolger sein.‹ Das waren Ihre Worte.«

Fred sah ärgerlich aus. »Wovon zur Hölle reden Sie?«

»Nach *Das Mädchen, das starb*«, erklärte sie. »Ich wollte was Eigenständiges schreiben. Sie aber haben darauf bestanden, dass ich einen Nachfolger mache.«

»Einen guten Nachfolger, ja.«

»Ein Schriftsteller kann keine Geschichte schreiben, die er nicht in sich hat. Für die er keine Leidenschaft empfindet.«

Er verdrehte die Augen. »Ach, Herrgott, Lucy. Das ist Autorenjargon für ›Ich hab's versaut und möchte gern meinem Agenten die Schuld geben‹.«

Sie nickte. »Es war meine Schuld.«

Er hob die Hände und rief hysterisch: »Halleluja! Endlich sieht sie das Licht.«

»Ich hätte lieber auf mein Gefühl hören sollen statt auf Sie.«

»Dafür braucht man allerdings Mumm.«

»Die typische Morehouse-Garstigkeit«, sagte sie. »Früher hab ich mich davon verunsichern lassen.«

»Verstehe. Und jetzt stehen Sie über meiner Garstigkeit.«

»Weit darüber«, pflichtete sie ihm bei.

»Sie haben einen schweren Fehler gemacht, Lucy Goosy.« Er trat näher, und aller Charme war aus seinem Gesicht verschwunden. Er war in den späten Sechzigern, und trotz seiner Schönheitsoperationen und der immerwährenden Bräune zeigte sich allmählich sein Alter. Die lose Haut an seinem Hals gab ihm ein vage reptilienhaftes Aussehen.

Er nickte. »Jeder kennt jeden in diesem Geschäft. Sie glauben, das hier ist ein Neubeginn für Sie? Es ist eine Wiederholung, nur dass Sie diesmal älter sind. Großer Vorschuss, wunderbare Besprechungen … Dann holt die Realität Sie ein. Ihr nächstes Buch wird scheiße, und dann bricht alles wieder zusammen.«

Sie erkannte Spuren von Roderick Wells in seinem Blick. Die Bosheit. Das Bedürfnis, zu kontrollieren.

Sein Grinsen war haifischartig. »Nichts dazu zu sagen, Lucy Goosy?«

»Ich hab mich nur gefragt, wie das wohl ist, wenn man so viel Energie auf den Wunsch verwendet, andere scheitern zu sehen.«

Das Grinsen verschwand.

Lucy schob sich an ihm vorbei und schritt auf die Toiletten zu.

Als sie in den Bankettsaal zurückkehrte, sah sie Fred an einem Tisch am Eingang sitzen. Sein charmantes Grinsen war zurück, und er schien gerade zwei Paare mit einer seiner patentierten Morehouse-Anekdoten zu ergötzen, mutmaßlich eine, in der er selbst die Heldenrolle innehatte.

Sie nahm ihren Platz neben Rick ein und sagte: »Mein ehemaliger Agent ist hier.«

Rick hatte sich ein Bier geholt, während sie weg gewesen war. Er nahm einen Schluck. »Hab ich gesehen. Soll ich ihn vermöbeln?«

»Wir haben schon miteinander gesprochen.«

»Du siehst so aus, als hättest du gewonnen.«

Sie erwiderte sein Lächeln. »Hab ich auch.«

Im Augenblick waren sie allein am Tisch. Die Marshalls und die Roths hatten sich zu einer Gruppe von Partygästen nahe dem Rednerpult gesellt, an dem Lucy gelesen hatte. Der Anblick des Pults erinnerte sie an das, was Rick von jener Kapelle erzählt hatte, von seinem Kampf gegen John Anderson.

Sie bemerkte kaum, wie die Vorspeisen vor ihnen abgestellt wurden.

Gebratenes Hähnchen, Spargelspitzen und gewürzte Stampfkartoffeln. Typisches Bankettsaalessen, doch Lucys Magen knurrte dennoch.

Rick schlug zu.

Lucy beobachtete ihn. »Du solltest das Mittagessen nicht auslassen.«

»Ich war zu nervös, um zu essen«, sagte er mit vollem Mund. »Ich meine, ich wusste ja, dass du stürmischen Beifall kriegst, aber …«

»Du wolltest, dass ich Erfolg habe.«

Er hörte auf zu kauen und sah sie schräg an. »Natürlich wollte ich das.«

Sie gab ihm einen Kuss auf die Wange.

In dem Moment schrie jemand im hinteren Teil des Bankettsaals. Lucy sprang auf, blickte mit gerecktem Hals in die Richtung und sah, wie einer der Kellner etwas aus Fred Morehouse' Genick riss.

Einen Sekundenbruchteil später wurde ihr klar, dass das, was der Kellner in der Hand hielt, ein blutiges Messer war.

Blut tränkte Freds Schultern und seine Augen traten entsetzt hervor. Mehrere Leute standen auf und versperrten

Lucy die Sicht, doch zwischen ihnen hindurch sah sie, dass der Mörder unverwandt zu ihr herübersah.

Gut aussehend. Zurückgegeltes Haar. Am Hals ein Geburtsmal, das wie Florida geformt war.

Er zwinkerte ihr zu, dann verließ er mit raschen Schritten den Saal.

Nach der Attacke war es kurz unheimlich still. Dann brach Geschrei los und Stühle fielen klappernd um.

Fred, die Augen weit aufgerissen, fiel vornüber auf den Tisch und bewegte sich nicht mehr. Dann wurde er durch vorbeihastende Partygäste verdeckt.

Lucy wandte sich ab, ihr Herz raste.

Rick sagte: »Armer Fred.«

Hinter ihnen entstand ein Gedränge, und die Leute schrien, jemand solle die Polizei rufen.

»Was machen wir jetzt?«, fragte sie.

»Warten«, sagte er.

Menschen riefen durcheinander, dann kam der Hotelsicherheitsdienst.

Mit zitternder Hand nahm Lucy einen Schluck Wasser. Sie machte eine Kopfbewegung dorthin, wo bleiche Gäste Freds Leiche angafften. »War das der, an den ich gerade denke?«

Rick nahm einen Schluck aus seiner Bierflasche und stellte sie wieder ab. »Nehme ich an.«

Sie schwiegen eine Weile.

Ihr Atem ging flach. Sie ließ die Handflächen auf dem Tisch und wartete darauf, dass das Schwindelgefühl vorüberging. Schließlich blickte sie zu Rick hoch. »Sollte ich mich verantwortlich fühlen?«

»Wofür?«, fragte er. »Arschlöcher wie Fred Morehouse davon abzuhalten, andere schlecht zu behandeln?«

Sie sah die schockierten Schaulustigen an, hörte in der Ferne eine Sirene. »Er *war* ein Arschloch.«

»Unbestreitbar.«

»Das heißt aber nicht, dass er den Tod verdient hat.«

»Hab ich nie gesagt.«

Helen kehrte an den Tisch zurück, sichtlich erschüttert. »Ist das nicht schrecklich?«

Lucy schluckte. »Ich stehe unter Schock.«

Rick biss in ein Stück Hähnchen. »So ein Schock macht mir immer Appetit.«

Lucy trat ihn unter dem Tisch.

Helen schien es nicht zu bemerken. Sie sah zu der Menschentraube um Freds Tisch hin und sagte: »Dann endet die Veröffentlichungsparty wohl frühzeitig.«

»Wir können eine andere anberaumen«, sagte Lucy.

Rick sah sie mit hochgezogenen Augenbrauen an.

Helen nickte. »Das ist eine fantastische Idee.« Sie senkte die Stimme. »Ich möchte nicht wie ein Ghoul klingen, aber bei der zweiten Veranstaltung gibt's sicher noch mehr Publicity.«

Rick trank von seinem Bier. »Klingt schlüssig.«

Helen sah sie an. »Lucy?«

»Ich bin dabei, wenn Sie es sind.«

»Das bin ich«, sagte Helen lächelnd. Dann hüstelte sie in ihre Faust. »Ich sollte wohl eine Ankündigung machen.«

»Tun Sie uns aber einen Gefallen«, sagte Rick.

»Ja?«

»Warten Sie damit, bis wir raus sind.«

Helen nickte. »Natürlich.«

Rick trank sein Bier aus und zeigte auf ein rotes Exit-Schild in der Ecke. »Wenn wir da rausgehen, müssen wir nicht an Fred vorbei.«

»Guter Plan«, sagte Lucy.

Er rückte vom Tisch ab. »Fahren wir auf dem Weg zum Hotel beim Chinesen vorbei.«

Sie verflocht ihre Finger mit seinen. »Nur wenn wir zweimal Krabben-Rangun bestellen.«

»Warum …?«

»Weil du immer alles allein aufisst.«

Er zog den Kopf ein. »Ich dachte, du magst das nicht.«

»Woher soll ich das wissen? Du inhalierst es ja immer gleich, wenn wir zu Hause ankommen.«

Er grinste sie an. »Du bist ja temperamentvoll heute Abend.«

»Warte erst, bis wir im Hotel sind.«

Hand in Hand verließen sie den Bankettsaal.

jonathanjanz.com

In Amerika feiern die Horror-Fans die Romane von Jonathan Janz schon eine ganze Weile. Sie lieben seine brutalen Geschichten, deren beklemmende Atmosphäre manchmal so dicht ist, dass man das Gefühl hat, daran zu ersticken.
Jonathan Janz wuchs zwischen einem dunklen Wald und einem Friedhof auf, was alles erklärt. Er ist verheiratet und Vater von drei Kindern.

Zuletzt erschienen in der Reihe HORROR & THRILLER:

150 Hunter Shea: *Die Kreatur*
151 Jeff Strand: *Der Zyklop*
152 Jeff Menapace: *Durch Schlamm und Blut*
153 Jeff Strand: *Lass uns töten*
154 Ambrose Ibsen: *Der Spuk von Beacon Hill*
155 Jeff Strand: *Blister*
156 Edward Lee: *Succubus*
157 Caitlin Starling: *Die leuchtenden Toten*
158 Jeff Strand: *Geisterhaus*
159 Dean Koontz: *Devoted – Der Beschützer*
160 N. Sansbury Smith & A. J. Melchiorri: *Dark Age – Buch 1*
161 Edward Lee: *Leichenwald*
162 N. Sansbury Smith & A. J. Melchiorri: *Dark Age – Buch 2*
163 N. Sansbury Smith & A. J. Melchiorri: *Dark Age – Buch 3*
164 Terry Goodkind: *Teufelsnest*
165 Brian Keene: *Der Komplex*
166 Hunter Shea: *Schlachthaus*
167 Darcy Coates: *Der Fluch von Ashburn House*
168 Terry Goodkind: *Angela Constantine*
169 Simone St. James: *Der Geist von Maddy Clare*
170 Terry Goodkind: *Mädchen vom Mond*
171 N. Sansbury Smith & A. J. Melchiorri: *Dark Age – Buch 4*
172 Ambrose Ibsen: *Der Spuk im Rainier Asylum*
173 Ambrose Ibsen: *Der Spuk von Winslow Manor*
174 Alma Katsu: *Das Fieber*
175 Brian Keene: *Ghost Walk – Pfad des Unheils*
176 Tiffany D. Jackson: *Weißes Feuer*
177 Lisa Unger: *Die Rote Jägerin*
178 Elias Witherow: *Die Schwarze Farm*
179 Jonathan Janz: *Das finstere Spiel*